Ellen Berg

Für immer, oder was?

atb aufbau taschenbuch

Ellen Berg

Für immer, oder was?

(K)ein
Liebes-Roman

aufbau taschenbuch

MIX
Papier aus verantwortungsvollen Quellen
FSC® C083411

ISBN 978-3-7466-3691-7

Aufbau Taschenbuch ist eine Marke
der Aufbau Verlage GmbH & Co. KG

1. Auflage 2022

Satz LVD GmbH, Berlin
Druck und Binden CPI books GmbH, Leck, Germany
Printed in Germany

www.aufbau-verlage.de

Kapitel 1

Als Laura auf Zehenspitzen in den Schlosssaal schlich, blieb sie schon nach wenigen Schritten vollkommen überwältigt stehen. Wow. Genau so hatte sie sich immer die perfekte Hochzeitskulisse erträumt.

Der hohe Saal erstrahlte ganz in Weiß, von den stuckgeschmückten Wänden bis zu den mattweißen Kronleuchtern an der Decke. Die Stühle an der langen weiß eingedeckten Tafel waren in schneeweiße Hussen mit schimmernden weißen Satinschleifen gehüllt, vor den geöffneten Fenstern bauschten sich zartweiße Batistgardinen.

Alles wirkte so festlich, so romantisch. Ergriffen wischte sie sich eine Träne aus dem Augenwinkel. Wer hier feierte, konnte ja nur glücklich werden.

»Schön, nicht wahr?«, raunte eine sanfte Männerstimme.

Laura fuhr herum. Binnen Sekunden stieg die Raumtemperatur um gefühlte zehn Grad, eher zwanzig. Eine heiße Röte übergoss ihre Wangen, und ihr Puls beschleunigte sich, denn auch der Bräutigam war die Erfüllung ihrer geheimsten Wünsche. Einfach alles stimmte an ihm: die sprühenden Augen, das gewinnende Lächeln, der hellgraue Anzug mit den Maiglöckchen im Knopfloch.

»Es ist wunderschön«, hauchte sie.

»Dann können die Feierlichkeiten ja beginnen.« Der Bräutigam wühlte kurz in seiner Hosentasche und zog einen zerknitterten Zwanzigeuroschein hervor. »Schon jetzt vielen Dank für Ihre Bemühungen, Frau Gazzetti.«

Härter konnte man nicht in die Realität plumpsen.

Dies war nicht Lauras Zukünftiger. Dies war auch nicht ihre Hochzeit. Dies war gewissermaßen ihr Arbeitsplatz für heute.

Blumen sind Schokolade für die Seele, mit diesem Motto hatte sie vor fünf Jahren ihre eigene Floristeria eröffnet, dank derer sie mittlerweile einen exzellenten Ruf für ausgefallenen Blumenschmuck genoss. Immer häufiger wurde sie auch für Hochzeiten gebucht, um dem schönsten Tag im Leben das florale Sahnehäubchen aufzusetzen.

»Gern geschehen.« Sie schluckte. »Wenn Sie von der Trauungszeremonie zurückkommen, wird alles fertig sein.«

»Ich habe nichts anderes erwartet«, strahlte der Bräutigam. »Dann einen schönen Tag noch, ich muss los, eine gewisse Dame erwartet mich in der Schlosskapelle.«

Gedankenverloren schaute Laura ihm nach. Und wer wartet auf mich? Ein Goldfisch, eine Katze, ein halb leeres Bett.

Gut, Optimisten hätten ihr Bett vielleicht halb voll genannt, doch Lauras Optimismus hielt sich in überschaubaren Grenzen. Während sie mit einem Finger das Muster der blütenweißen Damasttischdecke nachzeichnete, wurde es ihr schwer ums Herz. So viele Hochzeiten hatte sie nun schon mit ihrem Blumenschmuck ausgestattet, nur nicht die eigene.

Weil sie gar nicht stattgefunden hatte.

Noch nicht, tröstete sich Laura. Aber im Ernst: Wie hoch war denn die Wahrscheinlichkeit, dass sie noch jemals heiratete? Wenn man Ende dreißig und mit gewissen Ansprüchen unterwegs war, wurde es immer schwieriger mit dem Mann fürs Leben.

Lebensabschnittspartner, ja, die gab es durchaus, doch selten hielten ihre Beziehungen länger als ein, zwei Jahre. Gerade vor drei Monaten hatte sie ihren Freund Sebastian in die Wüste geschickt, wegen unüberwindlicher Differenzen und, na ja, weil sie vergeblich auf einen Antrag gewartet hatte.

Dabei brauchte Laura gar keine große Märchenhochzeit. Selbst auf einen Ehering hätte sie verzichtet. Alles, was sie sich wünschte, war Verbindlichkeit, das Gefühl, anzukommen – und nicht dauernd darüber nachdenken zu müssen, ob man wirklich gewollt wurde oder nur eine halbherzige Zwischenlösung war. »Mal sehen, was draus wird«, hatte sie oft genug gehört. Sie erwartete ein uneingeschränktes »Ja« – keinen Partner, für den die Nächste nur eine Wischbewegung auf Tinder entfernt war.

Ganz oder gar nicht, hieß ihre Devise. Dumm nur, dass dieser grandiose Plan bislang nicht funktioniert hatte.

Faule Kompromisse kamen jedenfalls nicht mehr infrage. Wozu auch? Die Zeiten hatten sich geändert, und eine emanzipierte Frau musste ihren Wert nicht mehr durch einen x-beliebigen Mann an ihrer Seite beweisen. Obwohl sich Laura aus tiefstem Herzen nach einem Bis-dass-der-Tod-uns-scheidet-Mann sehnte, wollte sie nicht wahllos zuschlagen, nur um endlich *in einer Beziehung* auf Facebook posten zu können.

Auf schlimmer und ewig? Nein, danke.

Dennoch, ein Leben ohne Liebe, das war doch wie Tanzen ohne Musik. Sie seufzte tief. Wie wunderbar wäre es, abends eng umschlungen einzuschlafen und zu wissen, dass man nie mehr allein aufwachen muss. Zwei Köpfe auf dem Kopfkissen, zwei Zahnbürsten im Schlafzimmer, zwei Tassen auf dem Frühstückstisch. Gegenseitig die Sätze beenden, weil man genau weiß, was der andere sagen will. Sich einig sein in den wichtigen Fragen. Ganz fest an die gemeinsame Zukunft glauben. Einen Mann anschauen und wissen, dass man in ihm den einen Seelenverwandten gefunden hat, das eine Zuhause, den einen Platz in der Welt.

Zwar stand Laura auch männerlos mit beiden Beinen im Leben, in Sachen Beziehung stand sie jedoch komplett auf dem

Schlauch. Verflixt. Die Sache mit dem »Für immer« wollte einfach nicht klappen.

»Wenn Du schon so laut nachdenkst, kannst du's auch laut aussprechen«, sagte jemand.

Wie ertappt sah sie auf. Es war Skipper, der heranschlenderte, ihr Kumpel seit Schulzeiten und ihr bester Freund. Seinen Spitznamen verdankte er dem kleinen Motorboot, mit dem er in seiner Freizeit herumschipperte, und auch sein Look hatte etwas Maritimes: dunkelblaue Jeans, dunkelblaue Wildlederjacke, blau-weiß gestreiftes T-Shirt.

»Worüber soll ich mir denn deiner Meinung nach den Kopf zerbrochen haben?«, fragte sie stirnrunzelnd.

»Dass du zwar die beste Hochzeitsfloristin weit und breit bist, aber in den Sternen steht, ob du jemals auf deiner eigenen Hochzeit tanzen wirst.«

Das war mal wieder typisch Skipper, der nahm kein Blatt vor den Mund. Genau das mochte Laura an ihm. Jeder brauchte einen Freund, der Klartext redete, andererseits konnte sie sich eine kleine Spitze nicht ganz verkneifen.

»Soweit ich mich erinnere, Käpt'n, hast du auch noch nicht rausgefunden, wie man in den Hafen der Ehe segelt.«

»Auf hoher See fühle ich mich halt am wohlsten.« Er lachte. »Eine Frau auf dem Schiff bringt Unglück. Alte Seemannsweisheit.«

»Klingt eher nach einem Matrosen, der in jedem Hafen eine andere küsst.«

»Sagen wir, ich habe eine Fernbeziehung mit der perfekten Frau«, erwiderte er und warf Laura eine Kusshand zu. »Mein Pech, dass ich sie noch nicht gefunden habe.«

»Willst du mich etwa verladen?« Mit halb gespieltem Vorwurf stupste sie ihn auf die gestreifte T-Shirt-Brust, ungefähr an der

Stelle, wo Menschen für gewöhnlich ein Herz hatten. »Du sammelst One-Night-Stands wie andere Leute Rabattpunkte, also tu mal nicht so, als wäre dein chaotisches Liebesleben in Wirklichkeit die Suche nach der perfekten Frau.«

»Erwischt. Ich folge Konfuzius, für mich ist der Weg das Ziel.«

Skipper war eben ein Abenteurer, und über mangelnden weiblichen Zulauf konnte er sich wahrlich nicht beschweren. Mit seinem kantigen gebräunten Gesicht, der durchtrainierten Figur und der verwegenen dunkelblonden Haartolle wirkte er wie ein Neutronenstern auf die Damenwelt. So gut wie jede Frau, die in sein Gravitationsfeld geriet, wurde magisch angezogen und unweigerlich verschluckt – bis die Nächste drankam.

So ein turbulentes Liebesleben war natürlich nichts für Laura. Sie suchte nach dem Richtigen, das heißt, nein, sie wollte vom Richtigen *gefunden* werden, damit sie sich endlich mit Haut und Haar angenommen fühlen konnte.

»Danke, dass du mir mit der Deko hilfst«, sagte sie zu Skipper, der begonnen hatte, die Kartons mit den Blumengestecken in den Saal zu schleppen.

»Ehrensache. Außerdem kann ich mir in meinem Job die Zeit ja frei einteilen.«

Er nannte es einen Job, Laura nannte es ein Mysterium. Skipper verdiente seine Brötchen mit Kryptowährungen – was bedeutete, dass er drei, vier Stunden am Tag vor seinem Laptop saß und gewinnbringend zockte. Für jemanden wie Laura, die ganz analog mit Blumen arbeitete, ein ewiges Rätsel.

Vorsichtig klappte er einen Karton auf und pfiff leise durch die Zähne.

»Hey, ist ja Wahnsinn, was du da gezaubert hast!«

»Danke schön.«

Voller Stolz betrachtete Laura die kunstvollen Gestecke, die sich in silberfarbene Pokale schmiegten: üppig gefüllte weiße Pfingstrosen und cremeweiße Fliederdolden, aufgelockert durch hauchfeine Gräser und grünen Korallenfarn. Wie elegante Springbrunnenfontänen neigten sich weiße Orchideenzweige aus dem Arrangement, und für den romantischen Touch sorgten Vergissmeinnichtblüten, an denen Laura in liebevoller Handarbeit winzige funkelnde Strasssteine befestigt hatte.

»Respekt, das sind wahre Gemälde«, sagte Skipper, während er die kleinen Kunstwerke so behutsam aus dem Karton hob, als seien es schlafende Babys. »Wie kriegst du das bloß immer hin?«

Laura rieb sich mit dem Handrücken über die Stirn, wobei sie ein kleines Gähnen unterdrückte.

»Mit ganz viel Liebe und eiserner Disziplin. Ich bin die halbe Nacht aufgeblieben, damit der Tischschmuck auch wirklich frisch auf die Tafel kommt und nicht schon vor Ende der Feier schlappmacht.«

»Aber morgen schläfst du dich aus, ja?« Fürsorglich legte er einen Arm um ihre Taille und drückte sie an sich. »Die Silberpokale hole dann ich für dich ab, keine Widerrede.«

Ja, auch das war Skipper: Er mochte ein notorischer Casanova sein, aber wenn's drauf ankam, packte er mit an.

Ein Leben ohne ihn war für Laura schlicht unvorstellbar. Dafür hatten sie zu viel miteinander geteilt – vom ersten Vollrausch über tiefschwarze Liebeskummerphasen bis hin zu existenziellen Krisen. Skipper war der Freund, den man bedenkenlos nachts anrufen durfte, wenn man sich schlaflos in den Kissen wälzte oder eine Panne auf der Autobahn hatte. Bei spontan einsetzenden Wehen hätte er vermutlich sofort einen Hubschrauber organisiert und den dann auch noch selbst geflogen.

Auf den ersten Blick wirkte er leichtlebig, vielleicht sogar ein bisschen oberflächlich, aber das war nur seine Taktik, sich nach außen hin zu schützen. Wer ihn näher kannte – und Laura kannte ihn in- und auswendig –, erlebte ihn als einen absolut loyalen und überraschend feinfühligen Freund. Mit ihm konnte sie über alles reden. Selbst über heikle Dinge, die man nur preisgab, wenn man einem Menschen bedingungslos vertraute. Im Grunde waren sie wie ein altes Ehepaar, nur ohne Sex. Wobei man ja hörte, dass die meisten alten Ehepaare sowieso keinen Sex hatten.

Einmal hatte Skipper sogar im Scherz gesagt, sie verbrächten so viel Zeit miteinander, dass sie genauso gut heiraten könnten. Darüber hatten sie noch wochenlang gelacht. Der testosteronbeschwipste Aufreißer und die gefühlsbetonte Romantikerin – absurder ging's wirklich nicht.

Die nächste halbe Stunde verbrachten sie schweigend damit, den Blumenschmuck auf der Hochzeitstafel zu verteilen. Laura hatte sogar ein Lineal dabei, um die Abstände auszumessen. Alles musste auf den Millimeter genau stimmen, in dieser Hinsicht war sie eine echte Perfektionistin. Danach trat sie einige Schritte zurück und lächelte zufrieden. Sie liebte ihren Beruf, und sie liebte den Moment, wenn sich alles zu einem Gesamtkunstwerk fügte. Das weiße Porzellan, das funkelnde Silberbesteck und die Kerzenleuchter kamen noch viel besser zur Geltung durch die zarten Blütengestecke, die wie kleine weiße Wolken über dem Tischtuch schwebten.

»Sorry übrigens, wenn ich eben beim Hochzeitsthema etwas negativ rüberkam«, entschuldigte sich Skipper, der neben sie trat und ebenfalls seinen Blick über die geschmückte Hochzeitstafel schweifen ließ. »Du hast noch alle Zeit der Welt. Es ist nie zu spät.«

»Für dich vielleicht«, entgegnete Laura achselzuckend. »Männer können noch heiraten, wenn sie bei Ginseng und Inkontinenzwindeln angelangt sind. Bei Frauen läuft das anders. Da tickt die

Uhr, und meine tickt immer lauter. Im Übrigen ist Heiraten gar nicht mein Topthema. Ich möchte nur endlich einen Mann, der sich ohne Wenn und Aber für mich entscheidet – und für eine Beziehung, die ein Leben lang hält. Langsam mache ich mir allerdings Sorgen, weil ich schon wieder allein bin.«

»Bist du doch gar nicht.« Aus Daumen und Zeigefingern formte Skipper ein Herz. »Überleg mal, wie viele gute Freunde du hast.«

»Stimmt«, gab Laura ihm recht, »dafür bin ich ja auch dankbar.«

Aber manchmal kam es ihr so vor, als wären ihre Freunde nur die Entschuldigung des Schicksals dafür, dass es ihr keinen Für-immer-Mann schickte. Nachdenklich zupfte sie an einer Orchideenranke, die ein bisschen aus der Reihe tanzte. Wie seltsam, dass sie dieses Gespräch ausgerechnet an einem Ort führten, wo zwei Menschen nicht nur ihre Liebe feiern würden, sondern auch eine gemeinsame Zukunft. Von so was konnte sie nur träumen.

Blumen sind das Lächeln der Erde, hatte Laura mal gelesen. Wenn es so weiterging mit ihrem Single-Depri, musste sie höllisch aufpassen, dass ihr das Lächeln nicht doch noch abhandenkam.

»Hey, Kleines, was ist denn los?« Sacht strich Skipper ihr eine Haarsträhne aus der Stirn. »So bedrückt habe ich dich lange nicht gesehen.«

Die liebevolle Geste tat ihr gut, und sie lehnte sich an ihn, froh, dass Skipper die personifizierte starke Schulter in ihrem Leben war.

»Manchmal fürchte ich, dass ich so ende wie meine unverheiratete Tante Sophia, die immer verschrobener wird. Du weißt doch: Mit vier lachst du über deine schrullige Tante, mit vierzehn schämst du dich für sie, mit vierundzwanzig kippt ihr zusammen ein Likörchen. Und mit vierzig *bist* du die schrullige Tante.«

»Hey, hey«, beschwichtigend legte Skipper eine Hand auf ihre Schulter. »Jetzt übertreib mal nicht. Sieh dich an, du bist apart, du hast Stil …«

»Apart sagt man, wenn hübsch vorbei ist.«

»Jetzt *untertreibst* du aber.« Mit einer resoluten Bewegung zog er sie zu einem bodentiefen goldgerahmten Spiegel an der Stirnwand des Schlosssaals. »Was siehst du? Ist das nicht spektakulär? Auf einer Skala von eins bis zehn bist du mindestens eine zwölf.«

Was Laura sah, war eine Enddreißigerin mit langem dunklem Haar, das sie am Hinterkopf zu einer geflochtenen Aufsteckfrisur hochgetürmt hatte. Ihr weißes ärmelloses Wickelkleid mit dem roten Klatschmohnmuster schmiegte sich an einen Körper, den sie mit Zumba einigermaßen fit hielt, und in ihren großen dunklen Augen, leicht verschattet durch die nächtliche Arbeit, ahnte man noch das kokette Funkeln des einstigen Teenagers.

Doch der erste Lack war ab. Unübersehbar.

»Was du mit spektakulär meinst, ist mir schleierhaft. Sebastian fand, ich hätte Wellfleisch auf den Hüften und zu ausgeprägte Nasolabialfalten.«

»So ein blöder Honk«, schnaubte Skipper. »Vergiss ihn, ist sowieso besser. Man sollte nicht die Asche anbeten, sondern ein neues Feuer entzünden.«

»Wenn das mal so einfach wäre.« Unwillig zuppelte Laura an ihrem Kleid herum, das ein kleines bisschen zu eng geworden war. Kein Wunder, wenn man mit Süßigkeiten ins Bett ging statt mit einem Mann. »Vor zehn Jahren hatte ich ein ganzes Blumenbeet voller Verehrer, jetzt sind nur noch ein paar vertrocknete Begonien übrig, verstehst du?«

»Nein, versteh ich nicht.« Skipper kniff ein Auge zusammen und betrachtete sie so konzentriert im Spiegel, als sähe er sie zum ersten Mal. »Jetzt mal ohne Scheiß: Wenn ich dich nicht seit Ewigkeiten kennen würde, könnte ich voll auf dich abfahren.«

Oha. Laura versteifte sich unwillkürlich. Vorsicht, vermintes Terrain! Ein einziges Mal, vor vielen, vielen Jahren, war sie nämlich schwach geworden. Nach einer besonders schmerzhaften Trennung hatte Skipper sie getröstet, zwei Flaschen Wein hatten als Brandbeschleuniger gewirkt, und irgendwie waren sie ganz von selbst im Bett gelandet. Ein großer, großer Fehler.

Am nächsten Morgen hatte Laura sofort reinen Tisch gemacht. »Pass auf«, hatte sie gesagt, »das war ein saublöder Ausrutscher, lass uns so tun, als wäre es nie passiert.«

Danach hatte sie ihn ohne Frühstück weggeschickt. Es war ihr ungeheuer peinlich gewesen. Wie tief musste man sinken, um Mitleids-Sex zu haben? Dass es ein Feuerwerk der Leidenschaft gewesen war, wie es nur entstand, wenn man einander vertraute und sich vollkommen fallen lassen konnte, tat nichts zur Sache. Mitleids-Sex blieb Mitleids-Sex: ein absoluter Tiefpunkt in der Chronik ihres Liebeslebens.

Zum Glück hatte Skipper diese Nacht nie wieder erwähnt, womit sie ihn als erfolgreich *gefriendzoned* betrachten konnte. Aber noch immer schämte sie sich für den Ausrutscher und war froh, dass er ihrer Freundschaft keinen Abbruch getan hatte.

»So schweigsam?«, fragte er. »Woran denkst du gerade?«

Die klassische Frage. Eine gefährliche Frage. Schließlich besaß Skipper ein untrügliches Gespür dafür, was ihr gerade durch den Kopf ging. Dachte er etwa auch noch manchmal an diese Nacht? Oder hatte er sie längst gelöscht?

»Ich denke an die vertrockneten Begonien«, flunkerte Laura. »Und daran, dass der Druck immer stärker wird.«

»Welcher Druck?«

»Dauernd werde ich gefragt, warum ich noch Single bin«, seufzte sie. »Und dann diese tränentriefenden Kommentare: Du Arme, was machst du denn so ganz allein an Weihnachten? Mit wem verbringst du Silvester? Fährst du etwa ganz allein in Urlaub? Willst du denn keine Kinder? Im Laden hörte ich mal: Ist es nicht furchtbar deprimierend, dass Ihnen keiner rote Rosen zum Valentinstag schenkt, nicht mal ein lausiges Alpenveilchen?«

Mit großen Augen schaute Skipper sie an.

»Ist das etwa ein Problem für dich?«

»Das Mitleid ist das Problem«, antwortete Laura niedergeschlagen. »In China feiert man das Singledasein mit einem großen Shoppingtag, da wird richtig auf die Pauke gehauen. Hierzulande gibt man mir das Gefühl, eine Verliererin zu sein: aussortiert und abgehängt. Noch nie von Single Shaming gehört?«

»O Gott.« Skipper sah ehrlich erschüttert aus. »Es gibt sogar schon einen Begriff dafür?«

»Unter Frauen ist er wahrscheinlich bekannter.« Aufstöhnend beugte sich Laura vor, um ein paar herabgefallene Blütenblätter vom Parkettboden aufzuheben und in einen leeren Karton zu befördern. »Stell dir vor, ich habe eine Kundin, die einen Fake-Ehering trägt und sich regelmäßig Blumen ins Büro schicken lässt, damit die Kollegen denken, sie wäre in festen Händen.«

»Total beknackt.« Skipper schüttelte den Kopf, dann fing er an zu lachen. »Als ich jünger war, habe ich in den Einkaufswagen manchmal eine Packung Babywindeln zu den Kondomen gelegt, damit ich nicht so schuftig rüberkomme. Läuft das auch unter Single Shaming?«

»Nee, unter superschuftig, du Halunke.« Scherzhaft drohte sie ihm mit dem rechten Zeigefinger. »Und im Gegensatz zu dir spreche ich von echten Problemen.«

»Jetzt mach dir mal keinen Kopf«, sagte er weich. »Du wirst

sehen, der Richtige kommt schneller um die Ecke, als du Kurve sagen kannst. Bis dahin solltest du einfach den diem carpen.«

»Den – was?«

»Carpe diem? Nutze den Tag?« Er zwinkerte ihr zu. »Und die Nächte natürlich auch.«

»Skipper …«

»Ich weiß, ich weiß, Sex ohne Liebe ist für dich tabu«, redete er schnell weiter, »aber so wie ich es sehe, hast du momentan weder Sex noch Liebe. Also hol dir in der Zwischenzeit das, was einfacher zu bekommen ist.«

»Diese Unterhaltung macht mich fertig«, ächzte Laura. »Komm, wir müssen uns beeilen, der Wandschmuck fehlt noch.«

»Geht klar, doch denk an meine Worte: Lieber eine gute Affäre als eine miese Beziehung. Wenn du keinen Mann findest, mach dir einfach ein schönes Leben.«

Kapitel 2

Das Hochzeitsfest rückte unübersehbar näher. Nach und nach füllte sich der Saal mit livrierten Kellnerinnen und Kellnern, die hektisch herumflitzten, um ein letztes Mal die akkurate Anordnung von Geschirr und Besteck zu überprüfen oder etwaige Kalkflecken von den Gläsern zu polieren. Champagnerkühler wurden neben die Tische gestellt, gefaltete Servietten korrigiert, Satinschleifen zurechtgezupft.

Fast körperlich konnte Laura die kribbelnde Nervosität spüren, die solchen Ereignissen vorausging. Heiraten war eben kein Fest wie jedes andere, heiraten war ein Gefühl. Und das größte Geschenk bestand nicht etwa aus irgendwelchen Präsenten, sondern aus den Erinnerungen, die heute erschaffen wurden. Da musste jedes Detail mit liebevoller Sorgfalt gestaltet werden.

Sie schaute zu Skipper. Er hatte seine blaue Wildlederjacke ausgezogen, so dass sie das Muskelspiel seiner Oberarme bewundern konnte, während er einen großen länglichen Karton mit seinem Taschenmesser aufschlitzte.

»Können wir? Bist du so weit?«

»Aye, Aye, Frau Kapitän. Auf drei. Eins, zwei …«

Gemeinsam hoben sie die Girlanden mit weißen Malven, Ranunkeln und Immergrün aus dem Karton und befestigten sie mithilfe abziehbarer Haken an den Wänden. Der Tipp mit den Haken stammte von Skipper, und der Effekt war einfach phänomenal. Schon der Tischschmuck hatte den Saal in ein feenhaftes Blumenreich verwandelt, die Girlanden setzten dem zauberischen Eindruck das i-Tüpfelchen auf.

»Danke, Skipper«, seufzte Laura erleichtert. »Ohne dich hätte ich das nie geschafft.«

»Kein Ding«, beteuerte er. »Ich helfe dir wirklich gern. Andererseits finde ich, dass du dir langsam eine professionelle Hilfe leisten könntest. Deine Floristeria brummt doch wie verrückt, da brauchst du jemanden, der dir täglich zur Hand geht. Ich möchte einfach nicht, dass du dich übernimmst.«

Gerührt schaute Laura ihn an. Er dachte eben immer an ihr Wohlergehen.

»Schon richtig. Aber finde mal jemanden, der so einen Job will und dann auch noch gut macht.«

»Womit ich ja auch nicht sagen wollte, dass ich ersetzbar bin«, lachte er verschmitzt.

Sie begannen gerade, die leeren Kartons zusammenzufalten, als eine junge blonde Frau in den Schlosssaal gestöckelt kam, ganz in Lila gewandet, vom eng geschnittenen Satin-Kostüm bis zur großformatigen Umhängetasche. Es war die Hochzeitsplanerin. Seit Wochen nervte sie Laura mit zahllosen Anrufen, Mails und Besuchen, damit auch bloß alles in ihr ausgeklügeltes »Konzept« passte.

Für Tischschmuck und Brautstrauß hatte sie die blassrosa Sweet-Avalanche-Rose und weißes Schleierkraut vorgeschlagen. Zwei Hochzeitsklassiker, doch nichts für Laura, die sich immer etwas Besonderes ausdachte. Ihre Variante war zunächst mit den Worten abgeschmettert worden, man erkenne darin »keine Symbiose mit der übergeordneten ästhetischen Idee«. Erst nach erbitterten Diskussionen hatte Laura die Vergissmeinnichtblüten durchsetzen können, und auch jetzt schien die Dame schon wieder auf Krawall gebürstet zu sein.

»Frau Gazzetti, wird das noch was vor Weihnachten?«, giftete sie. »In dreißig Minuten kommen die Gäste, und hier stehen noch lauter olle Pappkartons rum!«

»Kein Problem«, sprang Skipper für Laura in die Bresche. »Ich bringe den Krempel rechtzeitig raus, versprochen.«

»Oh.« Verzückt starrte die junge Frau ihn an. »Wer sind Sie denn?«

Er salutierte scherzhaft, indem er zwei Finger an seine rechte Schläfe legte.

»Ein Freund und Helfer. Stets zu Diensten, Mylady.«

Fasziniert beobachtete Laura die Hochzeitsplanerin, deren säuerliche Miene schmolz wie Zitronensorbet in der Mikrowelle. Es war eben immer dasselbe: Wo Skipper auch auftauchte, im Handumdrehen machte er eine Eroberung. Wenngleich die Zeit angeblich drängte, ließ sich die junge Frau sogar in ein Gespräch verwickeln. Jetzt war es nur noch eine Frage der Zeit, bis die beiden Handynummern austauschten.

Laura gab Skipper drei Minuten. Nach zwei Minuten holte die Hochzeitsplanerin ihr Handy aus der Umhängetasche und hielt es ihm mit flatternden Wimpern hin.

»Heute wird es bestimmt spät, Hochzeiten dauern immer ewig«, flötete sie. »Vielleicht morgen Abend?«

»Abgemacht.« Skipper warf ihr einen seiner verführerischen Hallodriblicke zu, bevor er ihr das Handy abnahm und seine Nummer eintippte. »Bin jederzeit erreichbar, Lady. Aber jetzt bringe ich erst mal die Kartons raus, ich will ja keinen Ärger mit einer schönen Frau bekommen.«

Trotz des eher schlichten Kompliments erntete er ein schmachtendes »Danke schön«. Wirklich irre, wie gut seine Masche funktionierte. Aber war es überhaupt eine Masche? Laura musste zugeben, dass Skipper eine hinreißende Leichtigkeit im Umgang mit Frauen hatte. In dieser Hinsicht war er wohl ein Naturtalent.

Nachdem die Hochzeitsplanerin aus dem Saal gerauscht war, fing er Lauras leicht entgeisterten Blick auf.

»Was?«

»Ach, nichts.« Zerstreut pulte sie an einem eingerissenen Karton herum. »Das heißt, um ehrlich zu sein: Dir fliegen die Herzen im Akkord zu, aber ich muss erst wieder das First-Date-Grauen absolvieren, wenn ich noch was reißen will.«

»Wieso, Dating ist doch lustig.«

»Weit gefehlt«, entgegnete Laura. »Du bist gerade mal beim Aperitif, da spürst du schon die unausgesprochene Frage: Ende dreißig und noch nicht mal geschieden? Was für einen Webfehler hat die denn, dass es nie für eine dauerhafte Beziehung gereicht hat?«

Auch ihre Mutter war eine Meisterin darin, ihr dieses Gefühl zu vermitteln, was es nicht gerade leichter machte.

»Big Mama macht Stress, oder?«, fragte Skipper, womit er ein weiteres Mal seine Fähigkeit unter Beweis stellte, ihre Gedanken zu lesen.

In der Tat ließ Alessandra Gazzetti keinen Tag verstreichen, ohne ihrem unendlichen Bedauern Ausdruck zu verleihen, dass ihre Tochter noch keinen Mann fürs Leben »abbekommen« hatte. Mit achtunddreißig habe Laura das Verfallsdatum fast schon überschritten, so die herzwärmende mütterliche Expertise.

»Mama meint, wenn ich so weitermache, bin ich bald unvermittelbar. Für sie ist mein Beziehungs-TÜV so gut wie abgelaufen.«

»Was deine Mutter meint, ist hinlänglich bekannt«, bemerkte Skipper feinsinnig. »Was willst du?«

Laura umrundete den Tisch, um nachzuschauen, ob der Blumenschmuck nach den letzten Korrekturen der Servicekräfte auch wirklich noch in Reih und Glied stand. Während sie ihr Lineal anlegte, ging sie leicht in die Hocke.

»Letzten Samstag beim großen Familienessen war mein Beziehungsstatus Schrägstrich fehlender Gatte mal wieder das bevorzugte Gesprächsthema«, erzählte sie augenrollend. »Als Italienerin, die seit vierzig Jahren in Deutschland lebt, hat Big Mama nicht nur ihre Vorliebe für die ligurische Küche beibehalten, sie will auch endlich ihre einzige Tochter unter die Haube bringen. So wie es die Tradition verlangt.«

Skipper zog eine Augenbraue hoch.

»Das ist keine Antwort auf meine Frage, was *du* willst. Und warum du es dir nicht endlich holst.«

Als ob das so einfach zu beantworten wäre. Laura dachte ja selber permanent darüber nach, ohne zu einem befriedigenden Resultat zu kommen.

»Ich glaube, ich habe einfach ein sensationelles Talent, die falschen Männer kennenzulernen«, erklärte sie halb selbstironisch, halb resigniert. »Warum sonst gerate ich immer wieder an diese Typen mit Bindungsschwierigkeiten? Sebastian war auch so ein Exemplar: viel Mehl, wenig Rosine. Der hat sich bis zuletzt alles offengehalten. Jammerschade eigentlich, am Anfang waren wir ein tolles Paar.«

»Der beste Lehrer ist immer der letzte Fehler«, warf Skipper ein. »Heul bloß keinem Kerl hinterher, für den du nur eine Option warst. Frauen können so einiges faken – volle Lippen, Tränenausbrüche, Orgasmen, aber Sebastian hat eine ganze Beziehung vorgetäuscht.«

»Damit kennst du dich ja aus«, schmollte Laura.

»So ein Liebesverbrecher bin ich nun auch wieder nicht.« Über die wippenden Gräser eines Gestecks hinweg schenkte er ihr einen treuherzigen Augenaufschlag. »Ich sage den Frauen von Anfang an, dass ich nichts Festes will. Ich stehe dazu, dass ich mein Leben genieße – beziehungsfrei und kinderfrei.«

Diese Haltung war Laura völlig fremd. Wie man es auch drehte und wendete, für das Single-Leben war sie einfach nicht geschaffen. Manche Frauen bekamen das vielleicht ganz gut hin, doch sie fürchtete sich vor den einsamen Abenden, vor der Stille, dem leeren Bett. Es gab einfach viel zu viele Dinge, die nur zu zweit Spaß machten: küssen, lachen, tanzen, ins Kino gehen. Sex.

»Ich bin durch und durch ein Paarmensch«, sinnierte sie und richtete eine zerdrückte Vergissmeinnichtblüte auf. »Umso bedauerlicher, dass der Richtige nie dabei war. So, jetzt aber weg mit den Kartons, sonst platzt noch dein Date mit Fräulein Wichtig.«

Gemeinsam falteten sie die restlichen Kartons zusammen und trugen sie portionsweise runter in den Schlosshof, wo Lauras hellblauer Kastenwagen stand. Doch ihr war nur zu klar, dass Skipper das Thema keineswegs auf sich beruhen lassen würde.

»Hör bloß nicht auf Typen wie Sebastian«, keuchte er denn auch, als sie zum dritten Mal die elegant geschwungene Freitreppe zum Saal hinaufliefen. »Deine Wirkung auf Männer ist nachweislich beeindruckend.«

»Ach was, die meisten behandeln mich mittlerweile, als wäre ich radioaktiv.« Im Laufen sah sie ihn von der Seite an. »Die spüren instinktiv, dass ich auf der Suche bin, und schon sind sie weg. Selbst wenn so was wie eine Beziehung entsteht, weißt du doch, wie es bei mir läuft: Ein, zwei Jahre eitel Sonnenschein, dann knallen die Türen.«

»Und wie willst du das ändern?«

Das war die Preisfrage des Jahrhunderts.

»Ich versuche … aufgeschlossen zu bleiben«, wich sie einer konkreten Antwort aus.

Danach nahm sie zwei Stufen auf einmal, um sich ihm zu entziehen, denn drüber reden machte es in diesem Falle nicht wirklich besser. Sicher, es hatte gutgetan, Skipper ihr Herz auszuschütten, aber vielleicht war das Thema dann doch etwas zu heiß für diese sehr spezielle Freundschaft.

So leicht ließ er sich allerdings nicht mit Plattitüden abfertigen. Mühelos holte er Laura ein und hielt sie oben auf dem Treppensatz fest.

»Warte mal, Kleines.«

»Wozu?« Schwer atmend stützte sie sich auf das schmiedeeiserne Geländer. »Ich warte schon achtunddreißig Jahre darauf, dass sich was ändert. Doch die Männer ändern sich nun mal nicht.«

Eine Mischung aus Mitgefühl und Ratlosigkeit malte sich in Skippers Miene, dann huschte ein schelmisches Grinsen über sein Gesicht.

»Könnte aber auch sein, dass du die Kerle irgendwie vertreibst. Vielleicht schnarchst du ja. Oder du sprichst im Schlaf. Oder es liegt an, wie soll ich sagen, unfreiwilligen nächtlichen Verdauungsgeräuschen.«

Laura erstarrte. Sprach er etwa von ihrer superpeinlichen gemeinsamen Nacht? Nein, offenbar wollte er sie nur zum Lachen bringen. Das kannte sie schon von ihm – immer, wenn sie down war, versuchte er sie aufzumuntern. Diesmal allerdings auf ihre Kosten.

Jetzt lachte er richtig los, und Laura knuffte ihn gekränkt in seinen wackelnden Waschbrettbauch.

»Danke der Nachfrage, du Scheusal, ich habe schon des Öfteren mit einem Mann das Bett geteilt, und derartige Beschwerden gab es nie. Sekunde mal.« Wie vom Blitz getroffen hielt sie inne. Ein sehr, sehr mulmiges Gefühl kroch plötzlich durch ihren Bauch. »Wie kommst du eigentlich darauf, es könnte an mir liegen, dass meine Beziehungen regelmäßig den Bach runtergehen?«

Irritiert legte Skipper den Kopf schräg.

»Ich – was? Das war doch nur Spaß!«

»Nein, nein«, widersprach Laura, »du hast gerade den Fehler bei mir gesucht. Genauso war es.«

Prompt hörte sie die Stimme ihrer Mutter: *Wenn du so weitermachst, bist du bald unvermittelbar.* Es klang vorwurfsvoll, so als mache sie irgendetwas falsch. Dabei begegnete sie doch nur den falschen Männern.

»Darf ich dich mal an den Näheverweigerer Max und den ewigen Schweiger Patrick erinnern? Nicht zu vergessen Thilo, das Muttersöhnchen, oder Quentin, den Fremdgeher. Und Sebastian war öfter mit seinen Kumpels unterwegs als mit mir. Lauter verhaltensoriginelle Männer zum Abgewöhnen. Aber du suchst die Schuld ausgerechnet bei *mir*?«

Skipper, der ihrem Ausbruch mit wachsender Betroffenheit zugehört hatte, hob abwehrend die Hände.

»Laura, Süße, erstens war das nur ein doofer Scherz, um dich aufzuheitern, zweitens war es sowieso eine absolut hirnrissige Idee, ein Gespräch über Beziehungen anzufangen. Dafür fühle ich mich gar nicht zuständig. Du bist eine tolle Frau, Punkt. Also vergiss ganz schnell, was ich gesagt habe, ja?«

Das hätte Laura liebend gern getan. Der Stachel saß jedoch zu tief, um ihn mit ein paar netten Worten herauszuoperieren. Es ging ja nicht wirklich um Schnarchattacken oder Verdauungsgeräusche, sondern vielmehr um die ziemlich erschreckende Frage, ob sie eventuell – also, wirklich nur eventuell! – einen gewissen Anteil an ihren Liebesdesastern hatte.

»Zeit für einen Faktencheck«, wagte sie die Flucht nach vorn. »Hand aufs Herz, Skipper: Habe ich irgendwelche negativen Eigenschaften, die einer festen Beziehung im Wege stehen?«

Es war ihm anzusehen, wie unangenehm er das Thema fand.

»Weiß nicht …« Nachdenklich nagte er an seiner Unterlippe. »Du sagst, du wärst ein Paarmensch, aber …«

»Ja?«

»… aber manchmal denke ich, in Wirklichkeit hast du Angst vor einer echten Beziehung.«

Das war ein starkes Stück. Der Wahnsinn! Sie war es doch, die sich nach Verbindlichkeit sehnte!

»Du überraschst mich immer wieder«, sagte sie um Contenance bemüht, konnte jedoch nicht verhindern, dass ihre Stimme ein wenig bebte. »Würdest du das bitte näher erläutern?«

»Na ja, bisher hast du die Zweisamkeit immer nur für eine gewisse Zeit ausgehalten und dann eine Vollbremsung hingelegt.« Entschuldigend legte Skipper die Handflächen aneinander. »Aber hey, das ist nur meine unmaßgebliche Meinung. Und jetzt sollten wir wirklich die letzten Spuren unserer Arbeit beseitigen.«

Seite an Seite gingen sie in den Saal, wo bereits Kerzen angezündet und Champagnerflaschen entkorkt wurden. Schwungvoll stapelte Skipper die letzten leeren Kartons übereinander und trug sie hinaus, Laura griff zu ihrem Handstaubsauger, um letzte kleine Blättchen und winzige Blütenstaubkrümel vom Tischtuch zu entfernen.

Nicht nur das Staubsaugergeräusch rumorte in ihrem Kopf. Herrje noch eins, was, wenn tatsächlich Laura Gazzetti diejenige war, an deren Bindungsqualitäten es haperte? Dieser Gedanke war ebenso neu wie furchteinflößend, wenn man sich bislang immer als Opfer beziehungsgestörter Kerle betrachtet hatte.

Ein zweistimmiges »Überraschung!« riss sie aus ihren düsteren Überlegungen. Wie aus dem Nichts standen plötzlich Mimi und Charlotte neben der Hochzeitstafel, ihre engsten Freundinnen.

»Wir waren so neugierig auf das Schloss!«, rief Mimi atemlos.

»Dürfen wir Fotos für Instagram machen?«, fragte Charlotte, die schon ihr Handy zückte.

Laura stellte den Staubsauger aus und musterte das ungleiche Gespann. Charlotte, im dunkelgrauen Jerseyanzug, das brünette Haar zu einem strengen Knoten frisiert, überragte um Hauptes-länge die kleine rundliche Mimi, die ihre geblümten Umstands-kleider praktischerweise auch zwischen ihren vielen Schwanger-schaften trug. Sie nannte es die Muttimorphose.

»Also wirklich, die Hochzeitsfeier geht gleich los!« Laura hielt ihr linkes Handgelenk mit der Armbanduhr hoch. »Jeden Moment kann das Brautpaar aufkreuzen! Wie seid ihr überhaupt hier reingekommen?«

»Wir haben gesagt, dass wir deine Assistentinnen sind«, giggelte Mimi und blies sich eine Strähne ihres karottenroten Bobs aus den Augen. »Ist doch nichts dabei.«

Die beiden Frauen tauschten einen vielsagenden Blick.

»Okay, wir wollten sehen, ob die Location eventuell auch was für dich wäre«, bekannte Charlotte lächelnd. »Vielleicht heiratest du hier irgendwann mal? Du darfst die Hoffnung niemals aufgeben.«

Nach dem niederschmetternden Gespräch mit Skipper war Laura so gar nicht nach dem Thema zumute.

»Klar hoffe ich weiter. Es gibt ja auch Millionen Leute, die jeden Freitag einen Lottoschein ausfüllen.«

Dann packte sie ihren Staubsauger ein und zupfte ein letztes Mal an der widerspenstigen Orchideenranke.

»Alles in Ordnung?«, erkundigte sich Mimi besorgt. »Du siehst irgendwie durch den Wind aus.«

»Sogar ganz schön fertig.« Charlotte sah sich suchend um. »Wo ist eigentlich Skipper? Wollte er dir nicht helfen?«

Just in diesem Moment kam er federnden Schritts in den Saal. Seine Miene verspannte sich leicht, als er Mimi und Charlotte entdeckte. Bei Lauras Freundinnen biss er sich die Zähne aus.

Mimi war Hausfrau, glücklich verheiratet und hatte fünf Kinder, Charlotte ging in ihrem Beruf als Mathematiklehrerin auf und hatte einen Kollegen geehelicht, mit dem sie auch kinderlos glücklich war. Gegen Skippers Charmeoffensiven waren beide immun.

»Hallo, die Damen«, begrüßte er sie deutlich zurückhaltend. »Na? Was sagt ihr zu Lauras Meisterwerk?«

Mit einem Ausdruck größten Entzückens zeigte Mimi auf die prachtvoll geschmückte Tafel und die Girlanden an den Wänden.

»Ein Träumchen! Wenn ich nicht schon verheiratet wäre, würde ich Laura sofort buchen. Schade eigentlich, dass bei dir kein Bedarf besteht, Skipper. Du bist ja eine Bindungsphobie auf zwei Beinen.«

»Aha.« Er biss sich auf die Lippen, so als läge ihm etwas auf der Zunge, was er dann doch lieber für sich behielt. »Dürfte ich euch denn ganz unverbindlich und garantiert flirtfrei auf einen Prosecco einladen?«

»Nein, heute ist Mädelsabend«, erwiderte Charlotte und verschränkte die Arme. »Männer haben da keinen Zutritt.«

»Schon gar keine Männer mit hundert Punkten auf der Frauenvernascher-Skala«, setzte Mimi noch einen drauf.

Skipper zog eine kleine Grimasse.

»Ich kann nichts dafür, die Evolution hat es so gewollt.«

Damit fing er sich einen finsteren Blick von Charlotte ein, die an ihrer Schule eine Gleichstellungsgruppe leitete und regelrecht allergisch auf Machosprüche reagierte.

»Schönen Gruß in deine Steinzeithöhle. Anscheinend ist dir entgangen, dass die Evolution inzwischen ein neues Kapitel aufgeschlagen hat, mit neuen Männern, die Verantwortung für ihre Beziehungen übernehmen.«

»Und wo sind sie, diese sagenhaften neuen Männer?« Laura holte tief Luft, weil sie an das Folgende schon nicht mehr ganz so fest glaubte wie noch vor fünf Minuten. »Ich gerate nämlich nur an die gebrauchten Mängelexemplare.«

»Irgendwie habe ich das Gefühl, du willst immer anderen erklären, was du selbst nicht verstehst«, orakelte Mimi.

Ein undefinierbarer Ausdruck trat in Charlottes Gesicht.

»Du, meine liebe Laura, bist ein ganz spezieller Fall.«

»Aber es gibt Hoffnung, kochen kannst du ja.« Mimi leckte sich über die vollen Lippen. »Was gibt's denn heute beim Mädelsabend zu essen?«

Laura wusste nicht, ob sie lachen oder sich ärgern sollte.

»So also werde ich von euch verhackstückt? Als kochende Männerniete, die sich selbst nicht versteht?«

»Falls du demnächst ein neues Datingprofil anlegst, solltest du das vielleicht ein bisschen anders formulieren«, feixte Skipper.

»Wieso, gutes Essen ist immer ein Plus«, verteidigte sich Mimi. »Sieh mich an, ich habe drei Männer in die Flucht gekocht, bevor ich meinen Robbie mit den perfekten Bratkartoffeln rumgekriegt habe.«

»Womit sich wohl die Frage erledigt, ob die Evolution auch neue Frauen hervorbringt«, bemerkte Skipper süffisant. »Insofern hat Laura doch doppelte Chancen.«

»Also, nee, dein Frauenbild ist so was von durch.« Charlotte verdrehte vorwurfsvoll die Augen. »Laura ist doch kein doofes Weibchen, das irgendwen nehmen muss. Sie ist eine wunderbare Frau, eine phantastische Freundin, eine bemerkenswert erfolgreiche Kleinunternehmerin. Deshalb hat sie den Besten verdient.«

»Und den werden wir ihr backen, verlass dich drauf«, fügte Mimi hinzu.

Vermutlich wollte sie Laura damit beruhigen, erreichte jedoch das genaue Gegenteil. Es behagte ihr überhaupt nicht, im Mittelpunkt einer Diskussion zu stehen, die ihr das dumme Gefühl vermittelte, so was wie der traurige Rest auf einem abgefrühstückten Büffet zu sein. Während sie den Staubsauger einpackte, hörte sie die zarten Geigenklänge eines Streichquartetts, das irgendwo hinter geschlossenen Türen den berühmten Hochzeitsmarsch übte.

Nicht für sie. Es war wirklich zum Heulen.

»Du bist noch nicht über Sebastian hinweg, stimmt's?«, fragte Mimi mitfühlend.

»Zur Hölle mit Lauras ganzen Exfreunden«, grummelte Charlotte. »Das heißt, besser nicht, sonst kriegt der Teufel 'ne Krise.« Sie schaute zu Skipper, der stumm zuhörte, sich aber garantiert seinen Teil dachte. »Und? Was sagst du als Unbeteiligter zum Thema Liebe?«

Er verzog keine Miene, doch Laura sah, dass in seinen Augenwinkeln der Schalk nistete.

»Ganz einfach, liebe Charlotte: Männer kommen nicht in die Hölle, Männer heiraten.«

Kapitel 3

Die Sonne sank bereits dem Horizont entgegen und tauchte die kleine Einkaufsstraße in ein warmes rötliches Licht, als Laura ihren hellblauen Kastenwagen vor der Floristeria parkte. Neuerdings fuhr sie fast immer mit dem Rad, nur für die Auslieferungen benutzte sie noch ihre uralte, leicht angerostete Kiste, in der es nach Blumenerde, Pappkartons und handfester Arbeit roch.

Bevor sie ausstieg, ließ sie die Seitenscheibe ein Stückchen runter und atmete tief durch. Wer hätte gedacht, dass Hochzeiten so aufwühlend sein könnten?

Der Bräutigam kam ihr in den Sinn, seine lachenden Augen, aus denen das pure Glück sprühte. Jetzt saß er sicherlich an der gedeckten Tafel und erhob sein Glas, um eine geschliffene Rede auf die Freuden des Ehestands zu halten. Zu gern hätte Laura noch seine Auserwählte gesehen, ihre Hochzeitsfrisur, ihr Kleid. Sie selbst besaß ebenfalls ein Kleid, das sich für eine Hochzeit eignen würde, eine Vintage-Designerrobe aus écruweißer Seide, die sie vor einiger Zeit auf Ebay ersteigert hatte – in der unsinnigen Hoffnung, dass Sebastian endlich seinen Antrag raushaute.

Tja. War wohl nix.

Dabei hatte sie wirklich alles versucht. Seine sämtlichen Lieblingsspeisen hatte sie ihm gekocht, selbst Gerichte, die sie verabscheute, etwa gebratene Blutwurst mit Ketchup. Sie hatte seine lärmenden Kumpels ertragen, desgleichen seine Angewohnheit, morgens unter der Dusche zu pinkeln, ein entspanntes Verhältnis zu seinen Darmgeräuschen zu pflegen und sich mit ihrer heiligen Pinzette die Nasenhaare rauszureißen.

Sebastian zuliebe war sie sogar samstags mit auf den Bolzplatz gegangen, obwohl sie Fußball in etwa so interessant fand wie Löcher im Käse. Und, was sie am meisten wurmte: Auf seinen Wunsch hin hatte sie ihm freizügige Selfies geschickt, als er ein paar Tage verreist gewesen war. Selfies in Unterwäsche! Schrecklich, wirklich schrecklich.

Was man alles tut, um eine schwächelnde Beziehung zu retten, ist eigentlich viel schlimmer als die schwächelnde Beziehung selbst, überlegte sie. Das grenzte schon an Selbstverleugnung.

Geistesabwesend griff sie ins Handschuhfach, um nach Süßigkeiten zu fahnden. Sie liebte Lakritze, schön salzig und scharf, und tatsächlich befand sich noch ein Rest in der knisternden Tüte. Kauend schloss sie die Augen. Wenn das so weiterging mit ihren seriellen Beziehungskatastrophen inklusive der unweigerlich folgenden Essattacken, würde sie bald nicht mehr in das Hochzeitskleid passen. Und das war noch ihre geringste Sorge. Skippers Worte hatten etwas ausgelöst, was momentan mehr an ihr nagte als ihr Singledasein: den bohrenden Zweifel, ob sie sich überhaupt für eine dauerhafte Zweisamkeit eignete.

War sie zu selbstbewusst, zu dominant? Zu langweilig, zu zickig, zu chaotisch, zu eigenständig? Oder einfach ein Freigeist, der insgeheim Angst vor einer festen Bindung hatte, wie Skipper mutmaßte?

Ihr Herz klopfte hart gegen die Rippen. Nein, jemand klopfte an die Windschutzscheibe, um sich bemerkbar zu machen.

»He, was wird das? Willst du im Auto übernachten?«

Es war Lauras Nachbar Tom, der vor dem Wagen stand. Obwohl er in ihrem Alter war, trug er Käppi, XXL-Sweatshirt und ausgebeulte Jeans, als sei er in den Zwanzigern stehengeblieben. Direkt nebenan betrieb er einen ziemlich obskuren Handyshop, in dem man gebrauchte Smartphones, nachgemachte Luxusuhren sowie allerlei hanebüchenen Dekokram kaufen konnte. Tom nannte es die Bling-Bling-Bude, Laura den Schnickschnack-Schuppen, was so ziemlich aufs Selbe hinauslief.

»Ich, nein, also …«, erwiderte sie und stieg aus, »ich musste nur mal nachdenken.«

»Denk nicht zu lange.« Er grinste breit. »Frauen kriegen Falten vom Denken.«

Er konnte froh sein, dass Charlotte nicht zuhörte, die hätte ihm was gehustet. Laura nahm es lockerer. Tom befand sich zwar nicht gerade auf der Höhe der Genderdebatte, doch als Nachbar war er Rakete. Mehr als einmal hatte er ihre schadhaften Stromleitungen repariert, mit den unvergesslichen Worten: »Wenn du da reinfasst, kriegste einen gepolkt, aber ich wickel mal was drum.« Sogar den defekten Spülkasten der Toilette hatte er wieder hingekriegt. Manchmal lieh er ihr auch sein Motorrad für kleine Spritztouren, denn Laura besaß zwar einen Motorradführerschein, konnte sich aber keine so kostspielige Maschine leisten.

Sie revanchierte sich, indem sie Tom regelmäßig zu Spaghetti einlud und immer samstags mit selbst gemachter Lasagne vor seiner Tür stand. Alles in allem war er ein richtig guter Kumpel. Deshalb enthielt sie sich jeden Kommentars zu seinem Statement über denkende Frauen.

»Hast du Frau Minnemann die Rosen gegeben, während ich weg war?«, fragte sie stattdessen. »Du weißt schon, die nette alte Dame mit dem weißen Pudel.«

»Ja, du Engel der Armen.« Tom drehte sein Käppi so, dass der Schirm nach hinten zeigte, dann hob er einen Daumen. »Sie hat den Strauß vor einer halben Stunde abgeholt. Ich kenne wirklich niemanden außer dir, der seine Ware verschenkt.«

»Ach, das ist nur mein kleiner Beitrag zum Wohlergehen von Menschen, die knapp bei Kasse sind«, winkte Laura ab. »Frau

Minnemann hat eine winzige Rente, und sie liebt Rosen. Da kann ich ihr doch ein paar abgeben.«

»Und vergiss nicht deine wöchentlichen Gratissträuße fürs Pflegeheim.« Er senkte seine Stimme. »Also, zu verschenken habe ich nichts, aber günstige Preise. Gerade sind ein paar falsche Rolex reingekommen, frisch aus Taiwan. Interesse?«

»Vielen lieben Dank, weder Interesse noch Bedarf.«

Laura schaute auf ihre eigene Armbanduhr, ein unauffälliges goldfarbenes Erbstück von ihrer Großmutter mit einem schmalen braunen Lederband. Kurz vor halb acht schon. Gleich würden Charlotte und Mimi da sein, und es gab noch so viel in der Küche zu tun.

»Lust auf einen Drink?«, fragte Tom.

»Ein andermal vielleicht, heute sind meine Mädels dran.«

»Alles klar, dann viel Spaß«, nickte er und trollte sich ohne weitere Nachfrage.

Als langjähriger Nachbar wusste Tom natürlich, dass der Mädelsabend ein unumstößliches Ritual in Lauras Leben war. Mit ihrem Blumenladen hatte sie unglaublich viel um die Ohren und musste auf manches Vergnügen verzichten, doch der erste Freitagabend im Monat gehörte ihren Freundinnen, daran gab es nichts zu rütteln.

Vor mehr als zehn Jahren hatten sie einander beim Zumba kennengelernt. Es war Instantsympathie gewesen, fast wie Liebe auf den ersten Blick. Damals hatten sie den Kurs mit ihren ebenso inspirierenden wie lautstarken Unterhaltungen fast gesprengt, seitdem trafen sie sich abwechselnd zu Hause. Heute war die Reihe an Laura, deren kleine Wohnung direkt hinter dem Blumenladen lag.

Ihre verkorkste Laune hob sich schlagartig, als sie das hellgrüne Schild mit den verschnörkelten Buchstaben *Floristeria Laura –*

Blumen sind Schokolade für die Seele erblickte. Sie hatte hart dafür gekämpft, sich etwas Eigenes aufzubauen. Zwischen Toms Handyshop und einer Bioschlachterei gelegen, war das Ladenlokal bei der Übernahme eine absolute Ruine gewesen. Jetzt punktete der Verkaufsraum mit weinrot gestrichenen Wänden, antiken Möbeln in Shabby-Chic-Weiß und natürlich einem erlesenen Blumensortiment.

Andächtig blieb Laura vor dem Schaufenster stehen. Dahinter blühte ein wahrer Garten Eden, geschmackvoll nach Farben und Formen sortiert. Es verstand sich von selbst, dass sie keine handelsüblichen Plastikvasen benutzte. Jede Blume, jede Pflanze hatte ihr eigenes liebevoll ausgesuchtes Gefäß, wahlweise aus Glas, Porzellan, Steingut oder Terrakotta.

Ein betörender Duft schlug ihr entgegen, als sie die Ladentür aufschloss. Rosen und Lilien verströmten ihr süßlich-feines Aroma, dazu allerlei Exotisches, das Sehnsucht nach fernen Ländern weckte. Zum Beispiel die großen blassroten Protea aus Südafrika, die an pralle Früchte erinnerten. Oder chilenische Orchideen mit dem schönen Namen Dracula Simia, in deren Blüten man Koboldgesichter erkennen konnte und die intensiv nach Orangen dufteten. Lauras absoluter Liebling war die Passiflora coccinea, auch Rote Passionsblume genannt. Wie glühende Sterne leuchteten ihr die sattroten Blüten entgegen.

»Wenn ich mal heirate«, sagte sie halblaut zu sich selber, »das heißt, *falls* ich jemals heirate, werde ich Passiflora in den Blumenschmuck einarbeiten. Rot wie die Liebe, rot wie die Sünde, rot wie …«

»Führst du etwa Selbstgespräche?«, kicherte Mimi, die durch die offene Tür hereinspazierte.

»Nein, ich habe nur …«

»Selbstgespräche sind typisch für Langzeitsingles«, befand

Charlotte, die hinter Mimi auftauchte. »Irgendwann werden die komisch.«

»Aha.« Laura stemmte die Hände in die Hüften. »Ich bin also komisch.«

»Noch nicht, Süße«, widersprach Charlotte. »Aber bevor es so weit kommt, werden Mimi und ich einschreiten.«

Das nannte man wohl mit der Tür ins Haus fallen.

»Würdet ihr mir freundlicherweise verraten, was ihr vorhabt?«, erkundigte sich Laura misstrauisch.

Mimi, die in einer Hand eine große Tüte schwenkte, strich mit der anderen ihr bunt geblümtes Hängerkleid glatt und setzte eine geheimnisvolle Miene auf.

»Lass uns erst mal essen. Danach besprechen wir alles bei einem Glas Wein.«

Wenn Laura etwas nicht ausstehen konnte, dann Pläne, die über ihren Kopf hinweg geschmiedet wurden.

»Was denn?«, hakte sie nach. »Wollt ihr mich etwa verkuppeln?«

»Könnte durchaus sein.« Mimi formte ihre vollen Lippen zu einem Kussmund und schmatzte drei Küsschen in Lauras Richtung. »Aber nicht gleich deinen Facebook-Status ändern, ja?«

Sehr witzig. Andererseits bestand ganz eindeutig Gesprächsbedarf, und letztlich war Laura heilfroh, gerade heute Mimi und Charlotte an ihrer Seite zu haben. Ein bisschen neugierig war sie auch geworden. Irgendetwas führten die beiden im Schilde. Mimi wirkte richtig hibbelig vor lauter Aufregung.

»Sag mal, was sind denn das für ausgefallene Dinger?«, ließ sich Charlotte vernehmen, die gern ein bisschen im Laden herumstöberte und auf einen Terrakottatopf zeigte, aus dem ein ganzes Büschel kurzstieliger rosa-weißer Blumen herauswuchs.

»Das sind Ice-Cream-Tulpen.« Laura ging zu ihr und strich sanft über die weißen Spitzen. »Schau, außen haben sie knallpinke

Blütenblätter, aber je weiter sie aufgehen, desto mehr schieben sich die inneren weißen nach oben. Das sieht dann aus wie Himbeereis mit Sahne – deshalb Ice-Cream-Tulpen.«

»Also, allmählich kriege ich wirklich Hunger«, jammerte Mimi. »Entschuldigt bitte, aber mit fünf kleinen Kindern kommt man den lieben langen Tag zu gar nichts, auch nicht zum Essen.«

»Schon gut.« Laura lächelte nachsichtig. »Ich verstehe das, ich bin ja selber dauernd im Stress. Skipper meinte sogar, ich sollte jemanden einstellen, damit mir nicht die Arbeit über den Kopf wächst. Aber heute Abend speisen wir druckbefreit. Es gibt ligurische Spezialitäten, mit, warte«, sie zählte an den Fingern ab, »vier Gängen.«

»*Vier!*«, juchzte Mimi begeistert.

»Mit meinen selbst gebackenen Plätzchen sogar fünf, und spätestens bei der Vorspeise möchte ich erfahren, was ihr ausgeheckt habt.«

Das beredte Schweigen, das folgte, sprach für sich. Offenbar ging es um einen sorgsam geplanten Knalleffekt, über den Mimi und Charlotte noch nichts verraten wollten. Man durfte gespannt sein.

Dumm nur, dass Laura nicht sonderlich auf Spannendes erpicht war, was ihr Liebesleben betraf. Dafür hatte sie schon zu viele unliebsame Überraschungen erlebt.

Sie sperrte die Ladentür zu und geleitete ihre Freundinnen in den Flur, der vom Verkaufsraum in die Wohnung führte. Den engen fensterlosen Gang hatte sie mit einem halb erblindeten Kronleuchter vom Flohmarkt aufgepeppt, so dass er nicht mehr so trübe wirkte. Dahinter öffnete sich der Blick auf eine mintgrün tapezierte Wohnküche, an die sich ein kleines Wohnzimmer und ein winziges Schlafzimmer anschlossen.

Kaum hatte Laura die Küche betreten, als eine braun-gelb getigerte Katze auf sie zuschoss und schnurrend um ihre Beine strich.

»Hallo Luna«, raunte sie und nahm das Kätzchen auf den Arm, um ihm den Nacken zu kraulen. »Da bist du ja, mein Liebling.«

Danach schaute sie automatisch zum Aquarium auf der Anrichte, in dem Fritzchen seine Runden zog. Die Kombination von Katze und Goldfisch barg gewisse Tücken, um nicht zu sagen: Risiken. Luna stand ein gutes Stück höher in der Nahrungskette als Fritzchen, deshalb sorgte Laura dafür, dass sie immer genug zu essen hatte.

»Macht es euch doch schon mal gemütlich, ich füttere nur kurz das Raubtier«, sagte sie und öffnete mit geübten Griffen eine Dose Hühnerleber in Aspik, Lunas Leibgericht.

»Kein Problem.« Charlotte vollführte eine Geste, die den runden Küchentisch mit vier holzgeschnitzten antiken Bauernstühlen einschloss. »Gemütlich ist es hier ja schon von alleine.«

Laura freute sich über das Kompliment. Sie nannte ihr ebenerdiges Domizil eine Gartenwohnung mit Charme, ihre Mutter sprach von einer schnöden Hinterhoflage. Dass Laura den Innenhof mit Rhododendren bepflanzt und zwei Kräuterhochbeete angelegt hatte, ließ Alessandra Gazzetti nicht gelten. Die Geschmäcker waren halt verschieden.

Auch Lauras Art, ihre Wohnung zu dekorieren, gefiel nicht jedem. Vor allem ihre Exfreunde hatten gewisse Probleme damit gehabt, dass sie an keinem Flohmarkt, keinem Trödelladen vorübergehen konnte, ohne etwas Interessantes aufzustöbern. Lampen, Porzellanfiguren, Sammeltassen, Bilderrahmen, Spiegel, es nahm einfach kein Ende. Ihre neueste Errungenschaft waren zwei Glasvasen aus den Fünfzigern mit grün-weißem Farbverlauf. Auch der mit verblichenem rotem Samt bezogene Sessel, der den Durchgang zum Wohnzimmer blockierte, gehörte zu den betagten Schnäppchen, denen sie nicht hatte widerstehen können.

Besonders schön fand Laura den verbogenen Schirmständer aus Messing. Ein Gegenstand, dessen völlige Unverwendbarkeit sofort ins Auge sprang, der dem Raum jedoch eine besondere Note verlieh.

»Hui, schon wieder was neues Altes?«, fragte Charlotte, die sogleich den Sessel ausprobierte. »Bisschen wackelig, finde ich.«

»Das ist mein Beitrag zum nachhaltigen Konsum«, erklärte Laura selbstbewusst. »Ich mag Möbel mit Patina.«

»Und das hier?« Neugierig ruckelte Charlotte an dem Schirmständer herum. »Kann das was?«

»Mach's nicht kaputt.«

»Wieso, ist es doch schon.«

»Für mich ist es eher eine Skulptur. Also Vorsicht, bitte.«

Währenddessen hatte Mimi den Herd angesteuert und hob den Deckel von einem der Töpfe.

»Mmmh, wie das duftet! Was ist das denn Schönes?«

»Kaninchen in Rotwein, nach einem Rezept meiner italienischen Oma.« Laura ging ebenfalls zum Herd, um Wasser aufzusetzen und den Backofen vorzuheizen. »Vorher gibt es ligurische Farinata Genovese, zu Deutsch: Pfannkuchen aus Kichererbsenmehl mit schwarzem Pfeffer und Prosciutta Castelnovese. Für den Pastagang habe ich Ravioli mit einer Spinat-Ricotta-Parmesan-Füllung und Walnusssauce vorbereitet, als Dessert steht dann Panna Cotta mit frischen Beeren auf dem Programm.«

»Mir läuft jetzt schon das Wasser im Mund zusammen«, stöhnte Mimi, die sich über eine Porzellanplatte voller Kekse in Blütenform beugte. »Und das?«

»Extra für euch habe ich Canestrelli gebacken, mit echter Vanille. Wusstet ihr, dass Vanille zu den etwa dreißigtausend Orchideenarten weltweit gehört?«

»Nein, so was weißt nur du.« Charlotte erhob sich aus dem

knarrenden roten Sessel. Ein ungewohnt milder Ausdruck lag auf ihrem Gesicht, als sie zu Laura ging und ihr einen Kuss auf die Wange hauchte. »Du bist wirklich unglaublich. Danke, dass du für uns gekocht hast. Ich weiß ja, eigentlich hast du für so was gar keine Zeit.«

»Die nehme ich mir halt«, erwiderte Laura mit einem tapferen Lächeln. »Das habe ich von Big Mama gelernt. Egal, wie turbulent es in unserer Familie zuging, es stand immer was Leckeres auf dem Tisch.«

»Und ich habe was Leckeres zu trinken mitgebracht.« Mimi holte nacheinander zwei Flaschen Rotwein aus ihrer Tüte. »Könnte nämlich ein längerer Abend werden.«

Schon wieder ein versteckter Hinweis. Laura wurde einfach nicht schlau aus ihren Freundinnen. Dass sie irgendeinen geheimen Plan verfolgten, fand sie rührend, aber auch etwas beunruhigend. Nicht von ungefähr stand das Wort Liebe im Duden zwischen Leiden und Lust, und ihr Bedarf an neuen leidvollen Erfahrungen ging gegen null.

Gemeinsam deckten sie den runden Tisch, auf dem schon geflochtene Sets aus hellem Bast lagen. Dazu Pfeffer- und Salzstreuer in Form kleiner rosa Schweinchen sowie fünf antike Likörgläser vom Flohmarkt, in denen gelbe Rosen steckten. Ohne Deko ging's halt nicht.

Nachdem Charlotte und Mimi Platz genommen hatten, servierte Laura die Pfannkuchen, die sie rasch im Backofen angewärmt hatte. Der hauchdünn geschnittene Schinken passte wunderbar dazu. Es war ein Gericht, das sie an ihre Kindheit erinnerte, an jene Zeit, als die Zukunft noch eine strahlend helle Verheißung gewesen war, Traummann und Traumfamilie inklusive.

Bevor sie zu essen begannen, entkorkte Charlotte eine der Weinflaschen und füllte die Gläser.

»Auf uns, auf unseren Mädelsabend!«, brachte sie einen Toast aus. »Und auf das Liebesglück unserer großartigen Gastgeberin!«

»Haha.« Laura zog einen Flunsch. »Welches Liebesglück?«

»Liebe geht durch den Magen«, seufzte Mimi, die ihre erste Portion schon verdrückt hatte und sich einen weiteren Pfannkuchen von der Servierplatte angelte. »Das schmeckt himmlisch. Wer dich nicht will, ist doch verrückt.«

»Womit wir beim Thema wären«, ergänzte Charlotte feierlich.

Aha. Laura legte ihr Besteck beiseite.

»Dann lasst mal bitte die Katze aus dem Sack.«

»Den Kater, besser gesagt«, gluckste Mimi.

Mit einem spitzbübischen Lächeln zog Charlotte ihr Handy hervor, tippte den Fotospeicher an und hielt Laura das Display hin.

»Darf ich vorstellen? Das ist der Mann, der dich glücklich machen wird.«

Elektrisiert schaute Laura auf das Foto. Äußerlich war es definitiv ein Traummann, der ihr da entgegenlächelte: gut geschnittenes Gesicht mit ausdrucksvollen dunklen Augen und sympathischen Lachgrübchen, gepflegte Frisur, geschmackvolles curryfarbenes Jackett. Sie schätzte ihn auf Anfang vierzig, dennoch wirkte er auf unwiderstehliche Weise jungenhaft. Genau ihr Ding.

Nur der Zeitpunkt passte leider nicht. Ihre Gefühle brauchten dringend eine Pause, bevor sie sich in die nächste Beziehung stürzte.

»Daniel Lombardi ist ein Bekannter von Charlottes Mann«, erzählte Mimi, deren runde Wangen glühten. »Ein echtes Sahneschnittchen!«

»Er ist wie für dich gemacht«, schwärmte nun auch Charlotte. »Klug, witzig, charmant, vielseitig interessiert.«

»Und Tierarzt!« Mimis Stimme überschlug sich. »Sogar ein richtig guter! Der könnte ein Kotelett wiederbeleben, so begnadet ist er!«

»Aber am meisten mag er Katzen«, berichtete Charlotte im Tonfall eines Gebrauchtwagenverkäufers, der ein besonders attraktives Schnäppchen anpries. »Passt, oder? So wie du steht er außerdem auf italienisches Essen, weil seine Vorfahren aus der Toskana stammen. Ihr werdet euch blendend verstehen.«

Überschwänglich warf Mimi die Arme in die Luft.

»Dein Herz will zurück ins Spiel, Süße! Daniel ist das Dimensionsportal zu einer Liebe, die du schon abgeschrieben hattest!«

»Ich war so frei, ihm ein Foto von dir zu schicken«, sagte Charlotte und tippte ihren WhatsApp-Account an. »Schau mal, was er mir daraufhin zurückgeschrieben hat.«

Laura warf einen Blick auf das Display. Sie wollte die Nachricht nur überfliegen, las sich aber auf der Stelle fest, weil sie gleich vom ersten Satz in den Bann gezogen wurde.

> Liebe Charlotte, das Foto Deiner Freundin hat mein Herz berührt. Sie ist etwas ganz Besonderes, scheint mir. Ich mag dieses Fluidum einer Frau, die gleichermaßen stark wie zerbrechlich wirkt. Selbstverständlich möchte ich nichts überstürzen, aber wenn Laura einverstanden ist, könnten wir ja mal ein bisschen schreiben. Oder, anders gesagt: uns schreibend annähern, um herauszufinden, ob gewisse Schwingungen entstehen. Mein Herz hat so lange nicht getanzt … Dürfte ich Dich bitten, Laura unbekannterweise von mir zu grüßen? Nochmals vielen Dank, Charlotte. Sei umarmt, ich freue mich auf alles, was kommt.

Wie vom Donner gerührt saß Laura auf ihrem Stuhl. Ihr Kopf sagte Nein, aber ihre Gefühle wollten definitiv keine Pause, denn sie tanzten und winkten und riefen: Mensch, das ist er! Das ist der Richtige!

Kapitel 4

Liebesbriefe gehörten zum Tafelsilber der großen romantischen Herzensgeschichten – das heißt, in früheren Zeiten war es so gewesen. Heutzutage konnte man schon froh sein, wenn jemand in einer WhatsApp die üblichen Kürzel benutzte, *LG* wie *Liebe Grüße* oder *Luvv U* wie *Liebe dich*. Speziell Männer hielten ihre Nachrichten knapp und nüchtern. Ohnehin trugen sie ihr Herz selten auf der Zunge, was sich dann auch in der schriftlichen Kommunikation niederschlug.

Und nun das. Laura fehlten buchstäblich die Worte. Das alles hörte sich großartig an, fast zu großartig, um wahr zu sein. Trotzdem. Zwei Seelen kämpften in ihrer Brust, denn durch das Gespräch mit Skipper hatte ihre Zuversicht, einen Mann nicht nur für sich zu gewinnen, sondern auch dauerhaft halten zu können, einen gehörigen Knacks bekommen.

»Warum sagst du denn nichts?«, fragte Charlotte, in deren Stimme eine gewisse Enttäuschung mitschwang.

Auch Mimi wirkte enttäuscht.

»Begeisterung sieht anders aus. Wach auf, Süße. Wir wissen alle, dass dir langsam die Decke auf den Kopf fällt, weil du nun mal nicht fürs Alleinleben geschaffen bist. Dies ist eine einmalige Chance!«

So wie sie die letzten Worte betonte, hörte es sich wie »die letzte Chance« an. Flach atmend schob Laura mit der Gabel einen Pfannkuchenrest auf ihrem Teller hin und her. Es fiel ihr schwer, über ihre Bedenken zu sprechen, doch sie musste wohl all ihren Mut zusammennehmen und Farbe bekennen, wenn sie nicht gleich in die nächste Pleite schlittern wollte.

»Es ist so, ich habe das Gefühl ...«, begann sie stockend, »also, es könnte sein, im Prinzip jedenfalls, dass ich diejenige bin, die immer alle Beziehungen versemmelt.«

Einige Schrecksekunden lang sagte niemand einen Ton. Charlotte und Mimi stand die Fassungslosigkeit ins Gesicht geschrieben. Mit verständnislosen Blicken musterten sie ihre Freundin, die zerknirscht in sich zusammengesunken war. Nur Luna miaute herzzerreißend, weil sie stets die Gemütslage ihres Frauchens erfasste. Den Rücken zu einem U durchgebogen, schaute sie mit großen bernsteinfarbenen Augen zu Laura auf.

»Aber, aber, aber ...«, setzte Mimi an, verstummte jedoch, weil ihr augenscheinlich so schnell kein gutes Gegenargument einfiel.

Selbst Charlotte wirkte ratlos, was selten vorkam. Nervös spielte sie mit dem obersten Knopf ihrer taubengrauen Seidenbluse.

»Warst du nicht der Ansicht, dein Pech in der Liebe liegt daran, dass dir bislang nur gestörte Mistkerle über den Weg gelaufen sind?«

»Und dass die Blödmännerdichte ständig zunimmt?«, ergänzte Mimi.

»Ja, dieser Ansicht war ich.« Laura stand auf, um die Teller abzuräumen. Einer nach dem anderen landete in der Spülmaschine, danach lehnte sie sich an die Küchenzeile. »Doch falls das nicht zutrifft, habe ich ein echtes Problem. Stellt euch vor, ich date diesen Traummann Daniel, bin aber derart beziehungsunfähig, dass es wieder danebengeht. Genauso gut könnte ich versuchen, in Flipflops den Mount Everest zu besteigen.«

»Krass«, entfuhr es Mimi – und wenn Mimi einen Ausdruck wie *krass* benutzte, war sie wirklich baff.

Charlotte trank erst mal einen Schluck Rotwein. Dann nahm sie mit angriffslustig zusammengezogenen Augenbrauen ihre Serviette und tupfte sich die Lippen ab.

»Sag sofort, wer dir diesen blöden Floh ins Ohr gesetzt hat.«

»Mit einem Scherz von Skipper fing es an, doch dann meinte er, ich hätte Angst vor einer echten Beziehung«, erklärte Laura geknickt. »Da bin ich halt ins Grübeln gekommen«,

»Skipper?«, tönte es ihr im Chor entgegen.

»Der hat's gerade nötig, dir Beziehungstipps zu geben«, fauchte Mimi.

»Skipper, der alte Verstörungstheoretiker, also wirklich!«, entrüstete sich Charlotte.

»Immerhin ist er mein ältester Freund und aufrichtig in allen Lebenslagen«, gab Laura zu bedenken. »Wie steht's mit euch? Frei heraus, die Damen: Glaubt ihr, dass ich Bindungsprobleme habe und an mir arbeiten sollte, bevor ich Daniel treffe?«

Eine heikle Frage, wie die unangenehm berührten Mienen ihrer Freundinnen verrieten. Im selben Moment schwante Laura, dass ihr die Antworten sehr wahrscheinlich wenig Freude bereiten würden. Wer sagte einander schon immer die Wahrheit? Die volle schonungslose Wahrheit? Selbst beste Freundinnen wahrten im Normalfall eine gewisse höfliche Distanz.

»Vielleicht solltest du was mit deinen Haaren machen«, zirpte Mimi.

Laura fiel aus allen Wolken. Sie empfand ihre Frisur als zeitlos und war stolz auf ihre seidig glänzende Mähne, die sie jeden Morgen zu einer kunstvollen Aufsteckfrisur drapierte.

»Was stimmt nicht mit meinem Haar?«

»Du hast immer noch die brave Frisur wie das kleine Mädchen, das einst Big Mamas Prinzessin war«, antwortete Mimi und nippte an ihrem Weinglas. »Mit so einem Styling zieht man keine Wurst vom Brot. Klar, wir wurden dazu erzogen, unseren Müttern zu gefallen, doch mittlerweile geht es ja wohl darum, die Söhne um den Finger zu wickeln.«

»Bei allem Respekt, Mimi, das ist doch Nonsense.«

»Nein, denn eine Frisur ist auch so was wie ein aufgedrucktes Baujahr«, übernahm Charlotte.

»Wie bitte?«

»Die meisten Frauen stylen sich noch in den späten Dreißigern wie damals als Teenager«, erläuterte Charlotte ihre Theorie. »Du bist in den Nullerjahren stehengeblieben, würde ich sagen, da trug man solche Vogelnester. Das macht alt. Deshalb habe ich mich für einen schlichten Knoten entschieden, und Mimi hat sich mit ihrer feuerroten Kurzhaarfrisur einen zeitgemäßen Style verpasst.«

»Bob, Charlotte, es heißt *Bob*«, wurde sie von Mimi korrigiert.

Laura fühlte sich komplett übergebügelt.

»Ich soll mein Haar opfern, um jünger auszusehen? Niemals!«

»Der Köder muss aber dem Fisch schmecken, nicht dem Angler«, merkte Mimi an.

»Danke für diese hochphilosophische Einlassung.«

»Manchmal könntest du auch etwas diplomatischer rüberkommen«, sagte Charlotte spitz.

»Genau.« Mimi nickte eifrig. »Etwas weicher und weiblicher oder so.«

Mit sehr, sehr gemischten Gefühlen erhob sich Laura vom Tisch, um die Ravioli ins mittlerweile siedende Wasser zu befördern. Auch sie selbst befand sich kurz vor dem Siedepunkt. Vielleicht war es ja doch keine so gute Idee gewesen, die Stunde der Wahrheit einzuläuten. Während sie die Walnusssauce erwärmte und mit einem Hauch Majoran abschmeckte, spürte sie die Blicke ihrer Freundinnen auf ihrem Rücken.

»Ich soll also weiblicher werden und meine Frisur ändern«, murmelte sie und warf einen Blick über ihre Schulter. »Das ist doch Humbug, schließlich geht es hier nicht um irgendwelche läppischen Äußerlichkeiten.«

»Nicht nur, aber auch.« Charlotte lehnte sich auf ihrem Stuhl zurück und setzte ein Gesicht auf, als hätte sie eine besonders begriffsstutzige Schülerin vor sich. »Deine Wohnung zum Beispiel ist zwar superkuschelig, aber letztlich eine Single-Höhle mit integrierter Trödelsammlung, die schreit: Hallo Männer, my home is my castle, ihr seid hier überflüssig.«

Laura blieb die Spucke weg. Ihre schöne Wohnung? Eine Single-Höhle?

»Das ist kein Trödel, das ist hygge«, hielt sie leicht schockiert dagegen.

Im selben Moment fiel ihr ein, dass sich weder Sebastian noch einer ihrer anderen Exfreunde sonderlich wohl in ihren Wohnungen gefühlt hatten. Auweia.

Ihr schwirrte der Kopf, als sie die Ravioli aus dem kochenden Wasser fischte, auf drei Teller verteilte und die Walnusssauce darübergoss. Noch heute Morgen war die Welt – fast – in Ordnung gewesen, nun schien es, liege bei ihr einiges im Argen. Oder geriet sie vielleicht doch nur an die falschen Männer? Auf einmal wusste sie gar nichts mehr.

»Bitte sehr.« Sie stellte die Teller auf den Tisch. »Lasst es euch schmecken, guten Appetit.«

Das ließ sich Mimi nicht zweimal sagen. Sie spießte gleich drei Ravioli auf ihre Gabel und schnupperte genüsslich daran, bevor sie den Bissen in ihrem Mund verschwinden ließ. Etwas beklommen fingen auch Laura und Charlotte an zu essen. Eine mit Händen zu greifende Spannung lag in der Luft.

»Kompliment, so gute Pasta habe ich noch nie gegessen«, sagte Charlotte nach einer Weile.

»Wirklich spitzenmäßig.« Über den Tisch hinweg langte Mimi nach Lauras Hand. »Sei uns bitte nicht böse, ja? Wir meinen es doch nur gut.«

So was sagten Menschen immer, wenn sie das Gesagte bedauerten. Doch man konnte *Gutgemeintes* nun mal nicht rückgängig machen, und Lauras Stimmung war so ziemlich im Eimer.

»Ich rede jedenfalls nicht von irgendwelchen Lappalien«, seufzte sie. »Wie gesagt, Skipper bezweifelt, dass ich mich voll und ganz auf einen Mann einlassen könnte. Klingt so, als hätte ich ein Bindungsproblem.«

»Wie wäre es mit einem Therapiehund?« Mimis Blick streifte Luna, die unnachahmlich nonchalant durch die Küche stolzierte, ohne die drei Frauen weiter zu beachten. »Ich meine, es ist so typisch, dass du eine Katze hast und damit ein Haustier, das für seine Unabhängigkeit bekannt ist. Vielleicht wäre ein Labrador gut, um deine Bindungsfähigkeiten zu trainieren. Die sollen ja sehr anhänglich sein.«

»Boah, nee«, stöhnte Laura, die absolut kein Hundemensch war. »Was sollte ich schon von einem Lebewesen lernen, das Fremde anknurrt und gegen Straßenlaternen pinkelt?«

»Und was, bitte schön, lernst du von einem Fisch?«, konterte Mimi eingeschnappt. »Dass du dir keine Widerworte anhören musst? Glückwunsch, das ist natürlich ein super Training für Beziehungsgespräche.«

»Jetzt kommt mal runter, Mädels«, griff Charlotte mäßigend ein.

»Danke, down bin ich schon.« Laura zersäbelte zwei Ravioli, dass es auf dem Teller quietschte. »Frisuren! Therapiehunde! Solche Ratschläge braucht kein Mensch!«

»Vielleicht brauchst du einen Reality Check«, entgegnete Charlotte sanft. »Du willst wissen, ob es an dir liegt, dass deine Beziehungen nicht dauerhaft funktionieren? Dann sind wir womöglich die falschen Auskunftspersonen. Frag lieber deine Exfreunde, die müssen es ja schließlich wissen.«

»Ich soll …« Laura räusperte sich. »Das meinst du nicht ernst.«

»Doch, doch«, bekräftigte Charlotte. »Ich habe das mal zu Ende gedacht. Bei so vielen unterschiedlichen Männern kann es in der Tat kein Zufall sein, dass deine Beziehungen nie länger als ein, zwei Jahre halten. Und wenn du immer dieselbe Schiene fährst, kannst du nicht erwarten, dass sich die Resultate ändern.«

Einigermaßen geplättet kraulte Laura das seidige Fell von Luna, die auf ihren Schoß gesprungen war, um sich ein paar Streicheleinheiten abzuholen – aber sogleich wieder unter dem Tisch verschwand. Weil sie halt unabhängig war.

»Wie stellst du dir das vor? Soll ich meinen Exfreunden etwa eine WhatsApp schreiben? Hallihallo, was hat dich immer an mir gestört?«

»Ein persönliches Gespräch wäre wohl besser.« Mimi hatte ihre Ravioli unterdessen verputzt und schielte auffällig unauffällig zum Herd. »Bei einem guten Essen oder so.«

»Dann hör zu und lerne«, sagte Charlotte.

Laura hielt es nicht mehr auf ihrem Stuhl. Sie stand auf und tigerte unruhig durch die Küche, verfolgt von Luna, die das Ganze für ein Spiel hielt, bei dem man Katz und Maus mit Frauchens Füßen spielen durfte.

»Das würde die Sache der Emanzipation um Jahre zurückwerfen!«, ereiferte sie sich. »Ach, was sag ich – Jahrzehnte! Schließlich würde es doch darauf hinauslaufen, dass ich mich verbiege, und zwar nach den Wünschen von Kerlen, mit denen es sowieso nicht geklappt hat!« Aufgebracht blieb sie vor dem Tisch stehen. »Und so was Beklopptes kommt ausgerechnet von unserer Feminismusbeauftragten?«

Charlotte war der Seitenhieb durchaus nicht entgangen. Pikiert betrachtete sie ihre Fingernägel.

»Der Feminismus erschöpft sich schon lange nicht mehr in simplen Feindbildern. So einfach kann es sich frau nicht mehr machen. Heutzutage geht es um Verständigung und Wahrung der gegenseitigen Interessen.«

»Mit dieser Rede kannst du bei der UNO auftreten, mir bringt das leider nichts«, murrte Laura und setzte sich wieder. »Das ist mir viel zu abstrakt.«

»Hier kommt eine konkretere Beschreibung«, meldete sich Mimi erneut zu Wort. »Dein Liebesleben verläuft ausgesprochen sportlich: Entweder rennst du einem Mann hinterher oder vor ihm weg.«

Das wurde ja immer besser. Niemals hätte Laura gedacht, dass eine Stunde der Wahrheit so ungemütlich werden könnte.

»Sagen wir, es geht um deine generelle Beziehungsfähigkeit«, warf Charlotte in ihrer ruhigen, pädagogisch wertvollen Art ein neues Argument in die Debatte. »Kennst du überhaupt deine Verhaltensmuster in einer Beziehung?«

»Genau, jeder hat nämlich solche Muster«, pflichtete Mimi ihr bei. »Wie man auf Stress reagiert, wie man streitet, wie man Krisen bewältigt. So was ist ausschlaggebend für die Bindungsqualität – und entscheidet darüber, ob es für eine dauerhafte Beziehung reicht.«

Vollkommen verblüfft schaute Laura sie an.

»Hast du neuerdings ein Psychodiplom?«

»Nein, einen Mann und fünf Kinder.« Mimi richtete sich zu ihrer vollen Größe auf und hob das Kinn, ganz die stolze Familienvorstandsvorsitzende, die täglich Ehe, Haushalt und das beeindruckend komplizierte Sozialleben ihrer Kinder managte. »Ich muss mich permanent mit solchen Dingen auseinandersetzen. Johnny, mein Ältester, zieht sich bei Streitigkeiten zurück, Marlene wirft mit Gegenständen, Fee diskutiert, und die Zwillingsbabys …«

»… schreien«, vollendete Charlotte den Satz.

Laura war nur noch verwirrt. Allein bei der Frage, welchen Streitmodus sie hatte, musste sie passen. Wie sollte sie da Auskunft über ihre Beziehungsmuster geben?

»Alkohol ist jedenfalls keine Lösung«, verkündete sie und goss sich ein weiteres Glas ein.

»Da ist so, so – Ballermann!«, platzte Mimi der Kragen. »Wir haben doch gerade erst angefangen mit dem Thema!«

Laura trank einen Schluck.

»Wir sollten einfach unseren Mädelsabend genießen. Kommt Zeit, kommt Tat.«

Ein leicht ironischer Zug umspielte Charlottes Mund, während sie ihre Serviette zusammenfaltete und auf den Tisch legte.

»Sooo viel Zeit hast du nun auch wieder nicht. Wie oft war ich noch mal auf deinem dreißigsten Geburtstag?«

»Ich finde Charlottes Konzept jedenfalls gar nicht so übel«, schmollte Mimi, die mit der Gabel kleine Kreise in den Saucenrest auf ihrem Teller malte. »Besuche deine Exfreunde, frag sie, was schiefgelaufen ist, zieh deine Schlüsse daraus. Danach kannst du Daniel daten – ohne dass du in eventuelle toxische Beziehungsmuster zurückfällst.«

Daniel. In Lauras Herzgrube begann es zu puckern. Obwohl sie sich vorgenommen hatte, eine längere Beziehungspause einzulegen, konnte sie nicht ganz verhehlen, dass dieser Mann etwas mit ihr machte, was sie selbst nicht verstand: Er weckte neue Hoffnung in ihr.

Es war weniger das Foto als seine WhatsApp, die ihre Vorsätze ins Wanken brachten. *Mein Herz hat so lange nicht getanzt …* So schrieb ein Mann, den sie kennenlernen wollte. Unbedingt.

»Und?« Gespannt sah Mimi sie an. »Machst du's? Redest du mit deinen Exfreunden?«

Unschlüssig spielte Laura mit ihrem Besteck.

»Na jaaa, der Gedanke ist durchaus verlockend«, dachte sie laut nach, »nur – was ist mit meinem Laden? Ich kann doch nicht einfach die Floristeria schließen, um auf Ex-Tournee zu gehen.«

Eine konzentrierte Stille senkte sich über den Tisch. Alle überlegten angestrengt, dann schnippte Charlotte mit den Fingern.

»Ich hab's! Du bittest Skipper, dich in der Floristeria zu vertreten. So wie der drauf ist, könnte der einem Eskimo Eiswürfel verkaufen. Aufwendige Gestecke kriegt er natürlich nicht hin, aber zumindest bei der weiblichen Kundschaft sind stabile Umsätze garantiert.«

»Ich glaube sogar, dass er dir richtig gern hilft«, sagte Mimi aufgeregt. »Sein Kryptozeugs wuppt der doch mit links und nebenbei.«

Mit zusammengepressten Lippen begann Laura, die Teller einzusammeln. Skipper als Vertretung? Ob das gutgehen würde?

»Außerdem traue ich meiner alten Kiste nicht«, brachte sie den nächsten Einwand vor. »Hier in der Stadt läuft sie noch ganz gut, aber wenn ich meine sämtlichen Exfreunde besuchen wollte, müsste ich auch längere Strecken bewältigen.«

»Ach, das schaffst du schon.« Mimi stützte ihre Ellenbogen auf und betrachtete Laura mit ihren großen grünen Augen, in denen sich alle Zuversicht der Welt spiegelte. »Die Typen wohnen bestimmt nicht sooo weit weg.«

»Doch, doch. Früher, als ich noch in anderen Blumenläden gejobbt habe, bin ich oft umgezogen, und entsprechend verteilen sich meine Exfreunde auf einen Radius von, sagen wir, dreihundert, vierhundert Kilometern.«

»Dann borgst du dir eben Toms Motorrad«, rückte Mimi mit dem nächsten Vorschlag heraus. Sie nahm Salz- und Pfefferstreuer vom Tisch und ließ die beiden kleinen Schweinchen zusammenklacken. »Bitte sehr, deine Ritter Tom und Skipper! Also, so symbolisch, meine ich. Oder heißt das allegorisch?«

»Wohl eher metaphorisch«, wurde sie von Charlotte belehrt.

Laura wusste nicht recht, was sie sagen sollte. Klar, plausibel klang das alles schon, aber war es auch fair? Sie nahm gern die Hilfe von Freunden in Anspruch, sofern es freiwillig geschah, doch das war dann doch etwas viel verlangt.

»Ich will Skippers und Toms Freundschaft nicht über Gebühr strapazieren«, erläuterte sie ihre Skrupel. »Und dann wären da ja auch noch Luna und Fritzchen.«

Charlotte schaute zum Aquarium auf der Anrichte, in dem Lauras Goldfisch stoisch seine Runden drehte.

»Ich nehme Fritzchen.«

»Und Luna bleibt solange bei uns, die Kinder freuen sich«, versicherte Mimi.

Hm. Irgendwie konnte sich Laura immer noch nicht recht mit der Idee anfreunden. Abgesehen von den organisatorischen Fragen verspürte sie wenig Lust auf ein Wiedersehen mit ihren Beziehungsruinen. Allein die Vorstellung, all die Männer zu treffen, mit denen sie Tisch und Bett geteilt, aber auch heftig aneinandergeraten war, ließ ihren Magen auf Erbsengröße schrumpfen.

»Komm schon«, drängelte Charlotte, »hier geht es um Daniel, um die Liebe, um deine Zukunft.«

»Um alles!«, rief Mimi.

»Okaaaay«, lenkte Laura zögernd ein. »Ich denke darüber nach.«

Und bekommst noch mehr Falten vom Denken, flüsterte eine fiese kleine Stimme in ihrem Kopf. Es wird Zeit, den Dingen auf den Grund zu gehen, wenn du dein Leben nicht als Seniorenheimsingle beschließen willst – und der einzige Spaß darin bestehen wird, heimlich Prosecco in deinen Infusionsbeutel zu kippen.

Kapitel 5

Es gab nur eines, was beziehungsversehrte Gemüter noch wirkungsvoller runterzog als Hochzeiten: Beerdigungen. Jedes Mal, wenn Laura vor einem Sarg stand, fragte sie sich, ob sie dereinst in so einer Holzkiste landen würde, ohne je eine dauerhaft feste Beziehung gehabt und eine Familie gegründet zu haben.

Heute war es besonders arg. Soeben hatte sie drei Kränze und zwei Gestecke angeliefert, nun stand sie fröstelnd in der betongrauen Aussegnungshalle und spürte, wie ihre Stimmung ins Bodenlose sank. Blumen verwelkten, Menschen hauchten ihr Leben aus. Was für eine trostlose Vorstellung, unbemannt zu enden, ungeliebt, ungeküsst.

Die wimmernden Orgelklänge der Musikbeschallung gaben ihr den Rest. Sie wühlte gerade in ihrer Handtasche, um nach einem Taschentuch für ihre feucht gewordenen Augen zu suchen, als ein schwarz gekleideter Trauerredner auf sie zutrat, den sie schon von anderen Anlässen dieser Art kannte.

»Ist jemand gestorben, oder warum machen Sie so ein langes Gesicht, Frau Gazzetti?«, fragte er launig. »Um aus meinen Reden zu zitieren: Ein Mensch sieht ein, dass wer, der stirbt, den andern nur den Tag verdirbt.«

Wahrscheinlich mutierte man in seinem Metier zwangsläufig zum Spaßvogel, um bloß nicht dauernd über den Tod nachzudenken, doch Laura war so gar nicht nach makabren Scherzen zumute.

»Hallo.« Sie schnäuzte sich verstohlen. »So trifft man sich wieder.«

»Lässt sich bei unserer Berufswahl wohl kaum vermeiden«,

griente der Trauerredner, steckte sich ein Kräuterbonbon in den Mund und hielt Laura die Tüte hin. »Ist gut für die Stimme. Und für die Stimmung. Na, wenigstens sind Ihre Kreationen ein Lichtblick in diesem Jammertal.«

Laura schaute zu den Kränzen. Grabschmuck gehörte nicht gerade zu ihren Lieblingsaufträgen, aber immerhin war es ihr gelungen, den Hinterbliebenen die altbekannten Beerdigungsblumen auszureden. Statt Lilien und Calla hatte sie duftige Popcorn-Schneeballdolden mit weißen Hortensien und feinen Himalaya-Perlkörbchen gemixt. Einen farbigen Akzent bekamen die Kränze durch rotes Ziergras mit dem schier unaussprechlichen Namen Imperata cylindrica Red Baron.

»Wissen Sie, ich bemühe mich immer, der Sache eine Spur Lebendigkeit zu verleihen«, schniefte sie. »Trauernde brauchen etwas Positives, das ihnen Hoffnung gibt oder sogar ein Lächeln entlockt.«

»Aus diesem Grund wird der Satz ›Hat die Gruppe verlassen‹ in meiner Todesanzeige stehen«, witzelte der Trauerredner, womit er Lauras Humor endgültig überstrapazierte.

»Ich müsste dann mal los, bin spät dran für mein Familienessen. Schönen Tag noch.«

Sie brauchte dringend frische Luft. Nicht nur wegen des Trauerredners und weil der düstere Ort sie melancholisch stimmte, sondern auch, weil der Mädelsabend recht lange gedauert hatte. Nun machte er sich mit einem kapitalen Kater bemerkbar. Erst früh um zwei waren sie auseinandergegangen, schwer beschwipst und unter Erneuerung ihres heiligen Schwurs, dass nichts und niemand ihre Freundschaft auseinanderbringen werde. Nicht einmal der überaus wortreich angepriesene Daniel.

Draußen vor der Friedhofskapelle sog Laura die von sommerlichen Düften geschwängerte Luft in ihre Lungen. Einmal mehr war ihr bewusst geworden, wie kurz das Leben währte und dass sie es nicht unbemannt verstreichen lassen durfte.

Dann wollen wir doch mal sehen, dachte sie, wer dieser Wundermann von Tierarzt ist, der Katzen mag und auf italienisches Essen steht. Eine Traumkombi. Gibt es so was überhaupt?

Nachdem sie sich zur Gemütserhellung eine Handvoll Lakritze genehmigt hatte, holte sie ihr Handy heraus. Schon nach wenigen Klicks hatte sie Daniel Lombardis Website gefunden. Als Erstes sprang ihr der Schriftzug *Offiziell als katzenfreundliche Praxis zertifiziert* ins Auge. Na, das klang ja schon mal famos. *Katzen sind sehr sensibel, sie müssen sanft, respektvoll und stressfrei behandelt werden,* las Laura weiter. *Daher haben wir einen separaten Katzenwartebereich, der mit weichen Kissen und Decken ausgestattet ist. Zusätzlich sorgt ein besonderes Pheromonspray dafür, dass sich Ihr Liebling vor der Untersuchung entspannt und nicht durch die Gerüche anderer Tiere – insbesondere Hunde – beunruhigt wird.*

Wow, Daniel war definitiv ein Katzenversteher. Wie sympathisch. Laura klickte weiter. Darüber hinaus kümmerte sich Dr. Daniel Lombardi um so ziemlich alles, was kreuchte, fleuchte, bellte oder flatterte, von A wie Ara bis Z wie Zwergkaninchen. Unter dem Stichwort Leistungsspektrum fanden sich die Punkte *Beratung zur artgerechten Haltung, Vorsorgeuntersuchungen, Akupunktur, Osteopathie, Bioresonanztherapie, operative Eingriffe, Zahnsteinentfernung, Wurmkuren, Kastrationen.*

Kastrationen? Uaaah, falsche Assoziation. Laura tippte auf Daniels Kurzprofil. Das Foto zeigte ihn im weißen Kittel mit einem getigerten Kätzchen auf dem Arm, das Lunas kleine Schwester hätte sein können. Darunter stand zu lesen, er sei mit allen schulmedizinischen Weihen ausgestattet, der Schwerpunkt seiner Praxis liege jedoch auf der ganzheitlichen Tierheilkunde.

Das Foto war Bombe. Sofern keine raffinierten Filter im Spiel waren, handelte es sich um einen Mann, der nicht nur unverschämt gut aussah, sondern mit seinem offenen Blick und den kleinen Lachfältchen um die Augen spontanes Instantvertrauen erzeugte. Laura sog sich förmlich an dem Foto fest. Womöglich war ja dieser Daniel der Mann, der alles änderte?

Aber, Moment, sie durfte nicht einfach so weitermachen, wenn sie die Gespräche des vergangenen Tages berücksichtigte. Bisher hatte sich Laura immer als absolutes Beziehungs-Ass betrachtet, als eine echte Bindungsfanatikerin. Das sahen sowohl Skipper als auch Mimi und Charlotte etwas anders. Selbstwahrnehmung und Außenwahrnehmung waren eben bekanntlich zwei Paar Schuhe, und offenbar war sie vom Holzweg in eine Sackgasse gerutscht.

Vielleicht sollte sie erst mal sich selbst besser kennenlernen, bevor sie Daniel kennenlernte. Und dafür eventuell doch ihre Exfreunde befragen.

Den Trennungsgründen war Laura nie ernsthaft auf den Grund gegangen. Wenn Türen knallten und Geschirr zu Bruch ging, hatte man einfach keinen Kopf für irgendwelche tiefschürfenden Analysen. Natürlich hatte es Meinungsverschiedenheiten gegeben, Konflikte, Missverständnisse. Die Sache mit den Beziehungsmustern war allerdings ein völlig neuer Aspekt.

Sie steckte das Handy ein. So, Laura Gazzetti, jetzt musst du eine Entscheidung treffen. Bist du gewillt, deinem Beziehungsschlamassel auf den Grund zu gehen? Bist du bereit, an dir zu arbeiten? Und, nicht zuletzt: Hast du den Mumm, dich deinen Exfreunden zu stellen? Oder ist das Ganze eine komplette Schnapsidee?

Mit diesen Schicksalsfragen stieg sie in ihren Kastenwagen und rumpelte los, ungeachtet dessen, dass ihre Kopfschmerzen stärker geworden waren. Viel lieber hätte sie sich samt Kater und Katze ins Bett gelegt. Doch das wäre ein unverzeihlicher Affront für Big Mama gewesen.

Jeden Samstag um vierzehn Uhr traf sich die gesamte Großfamilie in dem Häuschen am Stadtrand, wo Laura ihre ersten achtzehn Lebensjahre verbracht hatte. Das kleine sonnengelb gestrichene Haus lag inmitten eines idyllischen Gartens mit Obstbäumen, Beerensträuchern und üppig blühenden Beeten. Letzteren verdankte Laura ihre große Passion für Blumen. Schon als Vierjährige hatte sie Tulpenzwiebeln gepflanzt und Stiefmütterchensamen ausgesät. Manchmal war sie sogar heimlich nachts aufgestanden, um ihre kleinen Schützlinge zu gießen.

Daran musste sie mit einem gerührten Lächeln denken, als sie wenig später ihren Wagen vor dem Gartenzaun abstellte und ausstieg. Noch immer grünte und blühte es hier, dass es eine Augenlust war. Sonnenblumen und Rittersporn leuchteten ihr entgegen, rosa Federnelken, rubinroter Bartfaden, orangerote Kokardenblumen.

Sie blieb stehen, um an einem Busch Heckenrosen zu schnuppern. Ja, Blumen waren ihre große Leidenschaft. So blieb abzuwarten, ob sie ihre leidenschaftlichen Gefühle jemals wieder einem Mann schenken konnte. *Dem Mann.* Dem einen oder keinem. Womöglich Daniel?

»Meine kleine Principessa!«

Mit weit ausgebreiteten Armen segelte Alessandra Gazzetti durch den Vorgarten. Ihr welliges schwarzes Haar, in dem sich erste Silberfädchen zeigten, wehte im Wind, das glatte runde Gesicht strahlte, als sie ihre Tochter fest an sich drückte. Ein bisschen zu fest vielleicht. Laura hatte immer das Gefühl, als wollte Big Mama damit sagen: Du gehörst mir!

Sie erwiderte die Umarmung anstandsgemäß, indem sie langsam bis fünf zählte. Dann machte sie sich los und überreichte ihrer Mutter den Blumenstrauß aus rosa Ranunkeln, Eukalyptuszweigen und intensiv duftendem rosa Ginster, der bei der stürmischen Begrüßung fast draufgegangen wäre.

»Bitte schön, Mama, für dich. Danke für die Einladung.«

»Aber Kind, was redest du denn da, du bist doch kein Gast!«, echauffierte sich Alessandra Gazzetti. »Wir sind deine Famiglia! Dies ist dein Zuhause!«

Darüber konnte man durchaus geteilter Meinung sein. Laura liebte ihre Mutter von ganzem Herzen. Andererseits war es ein Ding der Unmöglichkeit, ihr begreiflich zu machen, dass eine fast vierzigjährige Frau ihr eigenes Leben wollte – und sich längst ein eigenes Zuhause erschaffen hatte. Da Laura nicht verheiratet war, wurde das geflissentlich übersehen. Was definitiv nie übersehen wurde, waren ihre Klamotten, und selten fanden sie Gnade vor Big Mamas Augen.

»Kind, warum trägst du denn so was Unvorteilhaftes?«, fragte Alessandra Gazzetti tadelnd. »Du bist so wunderhübsch, da könntest du wirklich mehr aus dir machen.«

Bedröppelt schaute Laura an sich herab. In ihrer Welt war das weite steingraue Sweatshirt mit den neongelben Bündchen richtig schick. Sie hatte es in einem Secondhandladen aufgetrieben und Ton in Ton mit grauen Jeans kombiniert. Nichts für Big Mama. Wie immer trug sie selbst etwas Farbenfrohes, heute ein tomatenrotes Wickelkleid, über das sie eine blau-weiß karierte Schürze gebunden hatte.

»Du bist also ohne Sebastian gekommen, Kind«, wechselte Alessandra Gazzetti unvermittelt das Thema.

Als ob das nicht offensichtlich wäre. Laura zuckte die Schultern.

»Wir sind nicht mehr zusammen, das weißt du doch.«

»Und es ist wirklich aus?«, vergewisserte sich ihre Mutter, die jede Trennung mit großer Anteilnahme und inzwischen auch wachsender Missbilligung verfolgte. »Er war so ein guter Junge, den hättest du dir als Ehemann angeln sollen. Schau, in diesem Garten könnten längst meine Enkelkinder spielen!«

Laura verspannte sich augenblicklich, denn die Erwähnung von Sebastian war in etwa so hilfreich wie Salzsäure auf einer frischen Wunde. Alessandra Gazzetti hatte ein großes Herz und war der liebevollste, großzügigste Mensch unter der Sonne, aber Zartgefühl gehörte nachweislich nicht zu ihren charakteristischen Eigenschaften, so viel stand fest.

»Woran hat es denn diesmal gelegen?«, fragte sie nun auch noch.

»Ich möchte gerade nicht darüber reden«, lispelte Laura.

Es war einfach zu kompliziert. Sie liebte Sebastian nicht mehr, so weit war sie immerhin, dennoch vermisste sie ihn wie verrückt. Die Trennung hatte sie längst noch nicht verwunden. In ihrem Unterbewusstsein spukte Sebastian immer noch herum, in Form eines Phantoms, das sie ständig begleitete.

Abends horchte sie unwillkürlich darauf, ob sich der Schlüssel im Türschloss drehte, bis ihr wieder einfiel, dass er ja nicht mehr kommen würde. Oder sie schaute aufs Handy, ob er geschrieben hatte, um sich dann umso schmerzlicher klar zu werden, dass es keinen Grund mehr gab, einander Nachrichten zu senden.

Sie stalkte ihn sogar, wenn auch nur digital. Weder seine Facebook- noch seine Instagram-Seite hatte sie gelöscht, obwohl das die obligatorische erste Amtshandlung nach einer Trennung hätte sein müssen. Viel zu oft schaute sie noch auf seinen Accounts nach, was er gerade tat und wo er sich vergnügte. Heimste er für einen Post besonders viele Likes und Herzchen von Frauen ein, erging es ihr wie bei einer Online-Seite für Hotelbuchungen: Wenn die Information *Fünf Personen sehen sich dieses Hotel gerade an* aufpoppte, wollte man auf einmal genau das haben, wofür sich auch andere interessierten.

»Ich würde mir so sehr wünschen, dass du deine Meinung änderst und dich von mir beraten lässt«, sagte ihre Mutter mit sorgenzerfurchter Stirn. »Als lebenserfahrene Frau, die zudem im Land der Liebe geboren wurde, bin ich zufälligerweise Expertin auf diesem Gebiet. Es tut mir halt in der Seele weh, dass du immer noch allein bist, meine kleine Principessa. Eine Frau ohne Mann ist wie Spaghetti ohne Parmesan. Du hast erstaunlich viel erreicht, aber verheiratet wärst du viel, viel glücklicher …«

Damit drehte sie sich um und überließ ihre Tochter den Gedanken an die Tücken der Liebe im Allgemeinen und die Nachteile des Alleinlebens im Besonderen. Mit hängenden Schultern tappte Laura hinter ihr her zum Haus. Wenn Big Mama ihr ins Gewissen redete, fühlte sie sich immer wie eine Fusselbürste: Es blieb unweigerlich was kleben. In diesem Falle Single Shaming vom Feinsten – weil es keinen Mann gab, keine Enkel, kein Garnichts.

Aber so waren Mütter eben. Sie sagten einem, wie wunderhübsch man sei, und im selben Atemzug, dass man unmöglich angezogen sei. Sie schworen, dass sie unendlich stolz auf ihr Kind seien, doch bei nächster Gelegenheit sprachen sie von zwei linken Händen und lauter Daumen. Sie lobten einen Kuchen über den grünen Klee, fanden im Nachhinein aber, er sei dann doch etwas klitschig gewesen. Oder sie schwärmten davon, was man Erstaunliches erreicht habe, und vergifteten das Kompliment dann mit dem Nachsatz, verheiratet könne es noch viel besser sein.

Mütter halt. Die widersprüchlichsten Wesen der Welt. Man musste sie einfach lieben. Was blieb einem denn auch anderes übrig? Haken dran, weitermachen, war ja alles *gut gemeint.*

Ein Duft nach Gemüsesuppe und frisch gebackenem Focacciabrot umfing Laura, als sie in den Flur trat. Der vertraute Duft ihrer Kindheit. In einer Aufwallung nostalgischer Gefühle schloss sie die Augen, bevor sie den mit großformatigen Familienfotos gepflasterten Eingangsbereich durchquerte. Lautes Stimmengewirr drang an ihr Ohr, untermalt von Lachen und Kindergeschrei.

Durch die offen stehende Esszimmertür spähte sie in den relativ kleinen Raum, dem weiße Vitrinen mit goldenen Schnörkeln eine festliche Note verliehen. Ein knappes Dutzend Personen scharte sich um den großen Tisch, auf dem dicht an dicht Antipastiplatten standen. Frittierte Zucchini mit gerösteten Pinienkernen, Datteln im Speckmantel, Vitello Tonnato und Auberginen in Tomatensauce waren nur einige der Köstlichkeiten, die darauf warteten, verspeist zu werden.

Lauras Herz vollführte einen freudigen Hüpfer, als sie ihre kleinen Nichten entdeckte. Die fünfjährige Alice krabbelte vergnügt kreischend unter dem Tisch hervor, die zweijährige Giulia saß auf dem Schoß ihres Vaters Eduardo, Eddy genannt, und kaute an einem knusprigen Stück Focaccia.

»Tante Lauli, Tante Lauli!«

Mit einem Freudenschrei stürzte sich die schwarzlockige Alice auf Laura. Beglückt hob sie das Mädchen hoch und hauchte ihm einen Kuss auf den Scheitel. Alice war aber auch allerliebst mit ihrem süßen Schnütchen und den grüngoldbraunen Kulleraugen, die sie von ihrem Vater hatte, Lauras Lieblingscousin.

»Cara! Carissima!« Behutsam reichte Eddy die kleine Giulia an seine Frau Luisa weiter, um aufzustehen und Laura mit zwei Wangenküsschen zu begrüßen. »Endlich bist du da!«

»Tut mir leid, samstags ist immer Hochbetrieb im Laden, außerdem musste ich noch Beerdigungskränze ausliefern«, entschuldigte sie sich, während sie die übermütig zappelnde Alice auf die Füße stellte.

»Ich weiß, du bist ungeheuer fleißig.« Eddy lächelte verständnisvoll. »Es ist nur so, dass dich die Kinder schon sehnlichst erwartet haben.«

»Und nicht nur die Kinder«, wisperte seine Frau Luisa, die eine Locke ihres rotblonden Haars um den Zeigefinger wickelte und mit dem Kinn in die Runde deutete. »Big Mama ist immer für eine Überraschung gut.«

Nanu? Aufmerksam schaute sich Laura um.

Am Kopfende des Tischs residierte ihr Vater. Trotz seiner fast siebzig Jahre machte er immer noch einen höchst vitalen Eindruck. Volles grau meliertes Haar bauschte sich über dem von der Gartenarbeit gebräunten Gesicht, und selbst die Kochkünste seiner Frau hatten nichts an seiner drahtigen Statur ändern können. Lauras Blick wanderte weiter. Zwischen diversen Cousins, Cousinen, Onkel und Tanten – auch Tante Sophia war dabei, wie stets mit einer riesigen perlweißen Henkeltasche auf dem Schoß und einer zartvioletten Perücke auf dem Kopf – residierte ein älterer Herr mit Hornbrille und Halbglatze. Sein kobaltblauer dreiteiliger Anzug saß untadelig, seine kleinen Augen hinter den Brillengläsern taxierten sie mit unverhohlenem Interesse.

»Das ist Don Antonio Camillieri«, stellte ihre Mutter ihn vor. »Er ist Anwalt, sehr, sehr erfolgreich mit seiner eigenen Kanzlei und seit Kurzem verwitwet.«

Wie ein defekter Fahrstuhl rauschte Lauras Laune weiter in den Keller. Daher wehte also der Wind. Big Mama konnte es einfach nicht lassen, irgendwelche Herren einzuladen, die sie für geeignete Heiratskandidaten hielt. Seit Jahren ging das so, obwohl Laura regelmäßig dagegen protestierte.

Was hatte sie nicht schon alles erlebt. Einen pomadisierten Autohändler im geliehenen Lamborghini, der sie unbedingt auf eine »Spritztour« einladen wollte. Einen wahnsinnig von sich selbst beeindruckten Juwelier, der bereits zum Antrittsbesuch Verlobungsringe mitbrachte, »nur mal so zur geschmacklichen Abstimmung«. Einen jung gebliebenen Gynäkologen im besten Alter, der vorzugsweise über Vaginalinfektionen referierte.

Nun also war es ein betagter Jurist, den ihre Mutter als idealen Gatten und künftigen Schwiegersohn ausersehen hatte.

»Freut mich«, nuschelte Laura pflichtschuldigst.

»Ganz meinerseits.« Mit einer Hand klopfte der Anwalt auf den freien Stuhl neben sich. »Mein linker Platz ist leer, ich wünsche mir la bella Signorina her. Wollen Sie sich nicht zu mir setzen?«

Schlagartig verstummten die Gespräche, und es wurde mucksmäuschenstill im Esszimmer. Alle Augenpaare richteten sich auf Laura, die gar nicht wusste, wohin sie schauen sollte vor lauter Peinlichkeit.

»Ihr könnt euch auch duzen, wir sind hier doch ganz unter uns«, lachte Alessandra Gazzetti etwas zu laut. »Fast sind wir ja schon eine Familie.«

Was will sie mir denn damit sagen?, dachte Laura erbittert. Dass ich mit diesem Typen alt und unglücklich werden soll? Inklusive Gerichtsakten zum Frühstück und Sex nur an gesetzlichen Feiertagen? Das dazugehörige Kopfkino überstieg ihre emotionale Vorstellungskraft, doch der Mann, den ihre Mutter als Kandidaten ausersehen hatte, blinzelte erfreut.

»Dann ist es also in Ordnung, wenn ich euch euche?«

»Noch so ein Spruch, und ich schreie«, röhrte Tante Sophia, deren Stimme man die jahrzehntelange Vorliebe für Likörchen anhörte.

»Don Camillieri, bitte, beachten Sie die alte Dame gar nicht weiter«, flötete Big Mama. »Selbstverständlich begraben wir das alberne Sie.«

Nachdem Tante Sophia einen Bannstrahl von Halt-die-Klappe-Blick bekommen hatte, nickte Alessandra Gazzetti aufmunternd ihrer Tochter zu, mit ihrem besten Na-los-doch-ran-an-den-Speck-Blick, den Laura nur zu gut kannte.

»Stell dir vor, Kind, Don Camillieri – also Antonio – züchtet englische Rosen in seinem Garten. Bestimmt werdet ihr euch glänzend verstehen, ihr habt ja so viele Gemeinsamkeiten.«

»Erzähl das jemandem, der dir das glaubt«, kam es krächzend aus Tante Sophias Ecke.

Falls überhaupt möglich, wurde es noch stiller am Tisch.

»Sophia, dürfte ich dich um etwas mehr Zurückhaltung bitten?«, presste Alessandra Gazzetti hervor. »Du musst nicht zu allem deinen Senf dazugeben. Schweigende Zustimmung reicht völlig.«

»Oh, ich fürchte, da kann man nichts machen«, ertönte Tante Sophias knarrender Reibeisen-Bass. »Ich bin zu alt, um mich noch zu ändern. Meine Macken sind mittlerweile denkmalgeschützt.«

Laura war ihr ehrlich dankbar für ihre frechen Zwischenrufe. Sie hatte so was von überhaupt keine Lust auf einen juristisch versierten Rosenkavalier, der Wildfremde *euchte.* Deshalb tat sie so, als hätte sie die Aufforderung überhört, sich neben ihn zu setzen, und wandte sich der kleinen Alice zu.

»Schätzchen, wollen wir mal schauen, was deine Tante Alessandra in der Küche gezaubert hat? Bestimmt darfst du schon vom Dessert naschen – vielleicht gibt es ja Eis?«

»Au ja, Eis!«, jubelte Alice und rannte los.

Laura folgte ihr auf dem Fuße. Im Gehen schickte sie eine SOS-Message in ihre Mädelsgruppe.

Hilfe, Big Mama will mich mal wieder an den Mann bringen! Könnte mich jemand in einer halben Stunde abholen? Sagt einfach, es ist ein Notfall. Übrigens IST dies ein Notfall!

Kapitel 6

Wie immer, wenn Alessandra Gazzetti kochte, herrschte in der Küche ein höchst kreatives Chaos. Auf dem Herd schmorten Saltimbocca-Röllchen in einem großen Topf, in einem weiteren köchelte Minestrone, daneben lagen Schneidebretter mit Gemüseresten und frisch gehackten Kräutern. Auf der anderen Seite des Herds stand eine große Schüssel mit grünem Salat, der Mülleimer in der Ecke quoll über, die Küchenfenster waren beschlagen. Das pralle Leben.

Seit Laura ausgezogen war, hatte sich hier nichts verändert. Noch immer dieselben vanillegelben Küchenschränke, derselbe solide Küchentisch, dieselben rot gepolsterten Stühle aus Birnbaumholz. Selbst die etwas krakeligen Blumenbilder, die sie als Kind für ihre Eltern gemalt hatte, hingen noch am Kühlschrank.

Alles schien ihr sagen zu wollen, dass die Zeit stehengeblieben war und sie hierhergehörte.

»Wo ist denn nun das Eis?«, piepste Alice.

»Gleich, Schätzchen.« Eilig öffnete Laura die Kühlschranktür. »Ich weiß nämlich, wo Tante Alessandra ihr obergeheimes Geheimfach hat.«

»Eis, Eis, Eis!«, rief das Mädchen aufgeregt und fügte ein wohlerzogenes »Bitte, liebe Tante Lauli« hinzu.

»Brav, meine Kleine«, wurde sie dafür von ihrem Vater gelobt.

Verwundert schaute Laura über die rechte Schulter.

»Eddy? Was machst du hier in der Küche? Möchtest du auch schon Eis naschen?«

»Nein, Carissima.« Er zog einen der rot gepolsterten Stühle heran, setzte sich rittlings darauf und kreuzte seine Arme auf der Rückenlehne. »Ich möchte wissen, wie es dir geht.«

So wie er sie von schräg unten anschaute, mitfühlend, eine Spur schalkhaft, erinnerte er sie auf einmal an Skipper. Das brachte etwas in ihr zum Klingen. Laura hatte keinen Schimmer, was genau, denn es war eher eine vage Empfindung als ein konkretes Gefühl, doch irgendwas regte sich in ihrer Herzgrube, was sie ziemlich verwirrte. Besser, sie widmete sich wieder dem Kühlschrank.

Unter den Begeisterungsrufen von Alice förderte sie aus dem Eisfach eine große Schale zutage, deren rosafarbener Inhalt frostig glitzerte. Mit einem Messer hob sie die oberste Schicht ab und ließ sie auf eine saubere Untertasse gleiten.

»Tante Alessandra macht das Eis immer selber, das ist ihre Spezialität«, raunte sie dem Mädchen verschwörerisch zu. »Jetzt müssen wir nur noch rausfinden: Ist das Erdbeereis oder Himbeereis?«

»Erdbeer! Ich mag Erdbeer!«, juchzte Alice, die ungeduldig von einem Fuß auf den anderen trippelte.

»Sekunde.« Laura holte zwei kleine Löffel aus der Besteckschublade und hielt ihr einen hin. »Du darfst als Erste probieren, Schätzchen.«

Während das Mädchen selig mit seiner Eisportion verschwand, checkte sie ihr Handy. Eine Nachricht von Mimi war eingetroffen.

> Tut mir leid, bin gerade mit Kind und Kegel im Großmarkt und erledige den Wochenendeinkauf. Die Schlange vor der Kasse ist kilometerlang! Halte durch! Kuss!

Fast zeitgleich trudelte Charlottes Nachricht ein.

Zu blöd aber auch, mein Friseurtermin dauert noch mindestens zwei Stunden. Kriege heute blonde Strähnchen! Melde Dich, wenn später noch Bedarf besteht. LG C

Enttäuscht steckte Laura das Handy zurück in die Hosentasche. Sie brauchte dringend eine andere Exit-Strategie. Diese samstäglichen Familienessen waren zwar eine schöne Tradition, aber in ihrer heutigen Verfassung fühlte sie sich weder den gut gemeinten Ratschlägen ihrer Mutter noch dem Interesse eines weiteren Heiratskandidaten gewachsen.

Mit ihrem letzten bisschen Energie setzte sie sich zu Eddy an den mit Brotkrümeln und Schnippelresten übersäten Küchentisch.

»Nun zu deiner Frage – mir geht's gut.«

»Wow, das nenne ich einen hochfrequenten Beschönigungsschub«, erwiderte er lächelnd. »Wir kennen uns, solange ich denken kann, vergiss das nicht. Es geht dir miserabel, meine Liebe, und ich vermute, dass der Herr Anwalt im Esszimmer deine Stimmung auch nicht gerade hebt. Also: Was ist los?«

Laura zögerte. Ausgerechnet mit Eddy über ihre Beziehungsdebakel zu sprechen, war ihr höchst unangenehm. Zu Teenagerzeiten war sie klammheimlich in ihn verliebt gewesen. Kein Wunder. Eddy sah nicht nur umwerfend aus mit seinen olivgrüngoldenen Augen und dem lässigen Dreitagebart, er hatte auch dieses besondere Einfühlungsvermögen, das sie bei anderen Männern oft vermisste.

»Was ist los, Cara?«, wiederholte er leise. »Liebeskummer, richtig? Ehrlich gesagt verstehe ich das nicht. Du bist eine tolle Frau, kannst unheimlich gut mit Kindern, bist eine liebende Tochter, nur eben …«

»… eine Niete, was Männer angeht«, vollendete Laura den Satz.

Verlegen spielte sie mit dem kleinen Löffel, den sie immer noch in der Hand hielt. »Mein Liebesleben ist von jeher ein einziges Krisengebiet, das weißt du ja, und dann hat sich auch noch Sebastian als Reinfall entpuppt.«

»Woran ist es denn eigentlich diesmal gescheitert?«

Nicht an mir, lag es Laura auf der Zunge. Doch diese Erklärung war womöglich etwas zu simpel, wenn sie an die gestrigen Gespräche mit Skipper und ihren Freundinnen dachte.

»Am Anfang war es großartig, wir ergänzten uns perfekt«, erzählte sie niedergeschlagen. »Auch nachdem wir zusammengezogen waren, lief es wunderbar. Bis ihm auf einmal einfiel, dass er mehr Freiraum brauchte, und immer öfter mit seinen Kumpels um die Ecken zog. Wobei ich zugeben muss, dass ich natürlich auch einen gewissen Freiraum benötige.«

Eddy beugte sich ein wenig zu ihr vor.

»Cara, du brauchst eine Menge Freiraum. Allein deine Floristeria nimmt sehr viel Zeit in Anspruch, dazu kommen die regelmäßigen Treffen mit deinen Freundinnen. Und mit Skipper.«

»Aber daran ist doch nichts Falsches, oder?«

Nachdenklich krempelte Eddy die Ärmel seines weißen Hemds hoch, dann schaute er sie forschend an.

»Für Sebastian war das vielleicht zu viel. Allein deine enge Freundschaft mit Skipper ...«

»... was ist damit?«

»Ihr seid schon sehr speziell. Dauernd hängt ihr zusammen, dauernd macht ihr diese Insiderwitze, die nur ihr beide versteht. Ihr seid wie ein altes Ehepaar, das sagst du ja selber. Als Partner kann man sich da schon mal ausgeschlossen fühlen – oder wird eifersüchtig.«

Betreten presste Laura die Lippen aufeinander. So hatte sie es noch nie betrachtet. Für sie war es völlig selbstverständlich, dass ein Mann ihre engsten Freunde akzeptierte. Auch Skipper. Vor allem Skipper.

»Aber da läuft nichts zwischen uns«, beteuerte sie. »Es ist nur Freundschaft. Wer mit mir zusammen ist, könnte es als eine Art Gentleman's Agreement auffassen: Skipper gehört irgendwie dazu, wir sind alle glücklich, fertig.«

»Das würde allerdings voraussetzen, dass Skipper ein Gentleman ist«, grinste Eddy, der aufstand, um sich ein Glas Wasser einzugießen. »War da nicht mal was vor einiger Zeit? Dieser – Ausrutscher?«

Laura wurde etwas flau im Sonnengeflecht. Warum hatte sie ihm das damals bloß gebeichtet? Nicht einmal Mimi und Charlotte wussten davon. Hätte sie sich ja denken können, dass sie diese Geschichte eines Tages aufs Butterbrot geschmiert bekam.

»Puh, ja, vor vielen Jahren ist ein Abschiedskuss ein bisschen eskaliert«, antwortete sie kleinlaut. »Hatte aber nichts zu bedeuten.«

»Einer der Gründe, warum ich dich mag, ist, dass du das wirklich glaubst.« Eddy lachte herzlich, bevor er einen Schluck Wasser trank und das Glas auf den Tisch stellte. »Hör zu, Cara, es wäre wirklich sinnvoll, wenn du die Sache mit Skipper für dich klärst und dann einen gewissen Sicherheitsabstand einhältst.«

Laura fühlte sich immer unwohler. Diese Unterhaltung ging in eine Richtung, die ihr so gar nicht behagte.

»Muss ich etwa mein altes Leben aufgeben, wenn ein neuer Mann auftaucht? Muss ich Skipper aufgeben?«

»Könntest du das denn überhaupt?«

Sie erstarrte. Himmel, nein! Andererseits war es ebenso unvorstellbar, ihren Freunden zuliebe auf einen Partner zu verzichten, und dieses Dilemma hatte etwas so Auswegloses, dass ihre Unterlippe zu zittern anfing.

»Ich weiß einfach nicht, was ich tun soll, um endlich was Festes zu haben«, flüsterte sie den Tränen nahe. »Aber ich komme schon irgendwie damit klar. Es gibt Schlimmeres.«

»Jetzt tu mal nicht so, als wäre dein Herz mit Teflon beschichtet.« Eddy schüttelte den Kopf. »Lass mich das kurz zusammenfassen. Du bläst Trübsal, deine Laune ist am Limit, deine Beherrschung am Anschlag. Aber – *du kommst damit klar*?«

Aufseufzend wischte sie mit der flachen Hand ein paar Brotkrümel vom Tisch.

»Nein, komme ich nicht«, gab sie zu, weil sich das Offensichtliche wohl nicht länger verbergen ließ. »Und jetzt? Irgendwelche Tipps? Es gibt da nämlich einen neuen Mann in der Pipeline, einen gewissen Daniel, aber ich weiß nicht, in meinem desolaten Zustand …«

Eddy setzte sich wieder und legte versonnen den Kopf schräg.

»Es muss immer erst schlimmer werden, damit es besser wird.«

»Was meinst du denn damit?«, fragte Laura ehrlich erschrocken. »Etwa *noch schlimmer*?«

»Bevor du einen neuen Mann in Betracht ziehst, solltest du das Tal der Tränen durchwaten und dich fragen, warum bislang so viel danebengegangen ist.« Begütigend legte Eddy eine Hand auf ihren Arm. »Es gibt mehr als eine Möglichkeit, einen Mann zu verlieren, Cara. Ich will ja nicht behaupten, dass dir die Kerle reihenweise weglaufen, doch rein statistisch gesehen …« Er unterbrach sich. »Wie viele feste Beziehungen hattest du noch mal in den letzten zwölf, dreizehn Jahren?«

Laura begann stumm zu rechnen.

»Mit Sebastian – fünf. Übrigens, nur fürs Protokoll: Meist habe *ich* Schluss gemacht.«

»Egal, das ergibt eine Halbwertszeit von durchschnittlich zwei, drei Jahren, Pausen dazwischen nicht eingerechnet«, resümierte

Eddy sachlich. Er bettete sein Kinn auf die Unterarme und schaute sie ernst an. »Dein emotionales Betriebssystem braucht dringend ein Update, Cara.«

Oha. Jetzt ging es ans Eingemachte. Eddy betrieb mit seiner Frau Luisa einen Coffeeshop und ein Feinkostgeschäft, war jedoch im Grunde seines Herzens ein Computerfreak vor dem Herrn. Deshalb verwendete er solche Ausdrücke immer nur dann, wenn ihm etwas wirklich wichtig war.

»Du befürchtest also«, fahrig zog Laura an den neongelben Gummibündchen ihres Sweatshirts, »es droht so was wie ein Systemabsturz?«

»Hätte ich nicht besser formulieren können.« Er hielt kurz inne. »Noch mal zurück zu Skipper. Du sagst, da ist nichts. Gut, dann teste dich: Wie würdest du reagieren, wenn er eine feste Freundin hätte?«

»Skipper hat nie feste Freundinnen.«

»Ich meine ja auch nur – was, wenn?«

»Dann würde ich ihm alles Gute wünschen.«

»Ist das so?«

Eine Pause entstand, in der Eddy sie abwartend anschaute und Laura versuchte, die Küchenuhr zu hypnotisieren. Zu gern hätte sie die Zeit im Schnellgang vorgespult, um endlich allein zu sein und in Ruhe über alles nachzudenken. Über Freiräume, Bindungsqualitäten, Beziehungsmuster zum Beispiel. Und über Skipper.

»Hier seid ihr also!«, zerriss Alessandra Gazzettis wohltönende Stimme die Stille. »Was hockt ihr denn in der Küche herum? Die anderen fragen schon, wo ihr abgeblieben seid!«

Laura wechselte einen Blick mit Eddy. Sag bloß nichts, signalisierte sie ihm mit den Augen.

»Alles easy cheesy, Mama.«

»Wie jetzt – alles Käse?« Ungehalten marschierte ihre Mutter zum Herd, schnappte sich einen großen Holzlöffel und rührte die dampfende Minestrone um. »Oder denkst du, ich verstehe kein Englisch?«

»Laura ist zurzeit etwas dünnhäutig«, versuchte Eddy zu vermitteln. »Wir sollten sie heute mal mit Samthandschuhen anfassen. Einverstanden?«

»Dünnhäutig, soso.«

Mit lautem Geklapper holte Lauras Mutter einen Stapel Suppenteller aus dem Küchenschrank und begann, große Portionen Gemüsesuppe in die Teller zu schöpfen. Laura stand auf, um ihr zu helfen. Vorsichtig nahm sie zwei Teller vom Stapel und hielt sie ihrer Mutter hin.

»Es ist wegen Sebastian«, erklärte sie deprimiert.

»Und wegen Max, Patrick, Thilo, Quentin, schätze ich.«

Eines musste man Big Mama lassen: Ihr Gedächtnis funktionierte einwandfrei. Sogar die richtige Reihenfolge hatte sie sich gemerkt.

»Könnte man so sagen.«

»Und was gedenkst du dagegen zu tun?« Während Alessandra Gazzetti einen weiteren Teller füllte, dass es nur so schwappte, färbte sich ihr glattes Gesicht auf einmal puterrot. »Weißt du überhaupt, dass die Verwandtschaft mittlerweile Wetten abschließt, wie lange deine, deine – ach, was auch immer – halten?«

»Wie bitte?« Eddy, der sich bis jetzt zurückgehalten hatte, sprang von seinem Stuhl auf. »Alessandra, bei allem Respekt, das geht zu weit. Ich weiß absolut nichts von irgendwelchen Wetten.«

»Weil du ja auch Lauras Lieblingscousin bist«, kam es trocken zurück. »Im Gegensatz zu Onkel Luigi, Tante Sophia, Onkel Fabio, Cousine …«

»Bitte, Alessandra.« Wie ein tapferer Ritter stellte sich Eddy zwischen Laura und ihre Mutter. »Lass es gut sein.«

Big Mama wollte etwas einwenden, aber Eddy ließ es gar nicht erst so weit kommen. Mit einem flammenden Blick drehte er ihr die Handflächen zu – das international gültige Signal für Stopp.

»Merkst du denn gar nicht, dass du deine Tochter irre unter Druck setzt?«, redete er sich in Rage. »Ich weiß, du willst nur das Beste für Laura und wünschst ihr alles Glück der Erde, aber so funktioniert das nicht. Dauernd diese Vorwürfe, dauernd dieses Gerede, dass sie endlich heiraten soll. Laura ist völlig fertig! Und du? Drückst ihr auch noch diesen abgenudelten Rosenzüchter aufs Auge!«

Mit ungläubig geweiteten Augen hörte Big Mama ihm zu, anfangs empört, dann immer betroffener.

»Gut, schön. Das mit Don Antonio war vielleicht nicht meine beste Idee.«

»Das war mit Abstand die schlechteste Idee, die du jemals hattest!«, schäumte Eddy.

Verunsichert sah Alessandra Gazzetti zu ihrer Tochter, die wie eingefroren dastand, in jeder Hand einen Suppenteller, unfähig, sich zu bewegen oder etwas zu sagen.

»Wie sollte ich denn wissen, dass Laura heute nicht in Stimmung für einen Flirt ist?«

»*Stimmung* trifft es nicht mal annähernd!«, entgegnete Eddy donnernd. »Laura ist kurz vorm Durchdrehen!«

Die Türglocke schrillte. Eine Sekunde später hastete Mimi in die Küche, völlig außer Atem und in Begleitung ihrer sämtlichen fünf Kinder. Ein weinendes Baby saß auf ihrem Arm, das zweite wurde vom zehnjährigen Johnny getragen, die achtjährige Marlene zog ihrer kleinen Schwester Fee an den Haaren. Im Nu war der Raum von Geheul und Geschrei erfüllt.

»Hab's gerade so geschafft«, japste Mimi, die ziemlich ramponiert aussah. Strähnig klebten die roten Haarfransen an ihrer schweißglänzenden Stirn, auf ihrem cremeweißen Hängerkleid prangten rötliche Saftflecken. »Hallo, Frau Gazzetti, ich muss Ihnen leider Ihre Tochter entführen, es ist ein – ein Notfall.«

Bevor jemand etwas sagen konnte, klingelte es erneut, und gleich darauf stob Charlotte herein. Auch sie wirkte alles andere als ausgehfein. Unzählige Streifen Alufolie bedeckten ihren Kopf, was ein bisschen so aussah, als sei ein Alien in der Küche gelandet.

»Muss gleich wieder los, die Blondierung darf nicht länger als eine halbe Stunde einwirken, und das ist schon das absolute Maximum, sonst fallen mir alle Haare aus«, sprudelte sie hervor. »'tschuldigung, ist ein Notfall, Frau Gazzetti, Ihre Tochter muss sofort mitkommen!«

Eins musste Laura ihren Freundinnen lassen – wenn Not an der Frau war, gaben sie wirklich alles. Sekundenlang hörte man nur Mimis Kinder, die abwechselnd schrien, weinten und lachten, bis Lauras Vater im Türrahmen erschien und konsterniert den Menschenauflauf in der Küche musterte.

»Was ist hier denn los?«

»Geheime Frauensache, sieht man doch«, krakeelte Tante Sophia, die sich in seinem Schlepptau befand. »Und jetzt kommt die Stelle, wo du mal deiner Tochter den Rücken stärken solltest. In der Zwischenzeit vergraule ich den Anwalt.«

»Untersteh dich!«, rief Lauras Mutter.

Damit erwischte sie Tante Sophia auf dem falschen Fuß. Drohend hob die alte Dame ihren Krückstock.

»Ich muss Laura vor ihm beschützen! Also zwing mich nicht, etwas zu tun, was wir beide bereuen werden!«

Eddy reagierte als Erster auf das Geplänkel. Mit beiden Händen formte er einen Trichter vor dem Mund, um die lautstarke Geräuschkulisse zu übertönen.

»Ruhe im Karton!« Wie auf Kommando verstummten alle Anwesenden, sogar die Babys hörten auf zu weinen. »So, Leute, jetzt mal zum Mitschreiben: Laura braucht eine Auszeit!«

»Wovon denn?«, wunderte sich Alessandra Gazzetti, die offenbar immer noch nichts begriffen hatte.

»Von uns, stimmt's?«, sagte ihr Mann. Im Familienleben spielte er eine eher unauffällige Rolle, doch dass er im Schatten seiner temperamentvollen Frau stand, bedeutete keineswegs, dass es ihm an Durchblick fehlte. »Laura, mein Herz, was sagst denn du dazu?«

Mit allergrößter Anstrengung löste sie sich aus ihrer Erstarrung, stellte die beiden Suppenteller auf dem Küchentisch ab und fuhr sich durchs Haar.

»Ich glaub, ich brauch mal Urlaub von mir selber. Und ich weiß auch schon, mit wem ich ihn verbringe.«

Kapitel 7

Eine Woche war vergangen. Eine ziemlich turbulente Woche. So viel musste bedacht, so viel geregelt werden, wenn man sich auf eine Reise ins Ungewisse begab. Luna weilte bereits bei Mimis Familie, Fritzchen stand samt seinem gläsernen Zuhause in Charlottes Wohnzimmer, und auch für die Floristeria war gesorgt, jedenfalls organisatorisch: Skipper besaß den Ladenschlüssel, den Kassenschlüssel sowie eine Liste mit Blumensorten für den Einkauf im Großmarkt.

Jetzt also war der große Tag gekommen. Schon am frühen Morgen hatte leichter Nieselregen eingesetzt, ein guter Grund, die Reise zu verschieben. Ein schlechter Vorwand, besser gesagt. Keine Ausreden mehr! Laura war fest entschlossen, sich ihrer unrühmlichen Beziehungsvergangenheit zu stellen, ganz gleich, ob nun bei Regen, Sturm oder Weltuntergang.

Seit zehn Minuten wartete sie mit Skipper draußen vor dem Blumenladen, wetterfest gekleidet in ihrer schwarzledernen Motorradmontur und in einem Zustand, für den das Wort hibbelig eine lachhafte Untertreibung gewesen wäre. Laura fieberte, Laura bibberte, ihre Nerven lagen blank.

Mittlerweile goss es in Strömen. Von der hellgrünen Markise, unter die sie sich mit Skipper geflüchtet hatten, rannen ganze Sturzbäche. Wo blieben nur Mimi und Charlotte? Die beiden hatten darauf bestanden, sich von ihr zu verabschieden, zumal sie bis zuletzt skeptisch gewesen waren, ob Laura auch tatsächlich losfahren würde. Nun, sie selbst konnte es ja kaum glauben, dass sie mit ihrer gepackten Tasche vor der Floristeria stand.

»Mach dir keine Sorgen, ich halte hier die Stellung«, sagte Skipper ungefähr zum hundertsten Mal. »Trotzdem bleibt es dabei: Diese Reise ist dermaßen bescheuert, da fliegt mir das Hirn weg.«

Nervös knabberte Laura an ihrer Unterlippe und strich sich ungefähr zum hundertsten Mal eine Haarsträhne hinter die Ohren.

»Es ist eine vernünftige Entscheidung, Skipper. Sonst wird das nie was mit meinem Liebesglück.«

»Und warum siehst du dann aus wie jemand, der einen Flug ins All gebucht hat, obwohl er sich vor Außerirdischen fürchtet?«

»Weil …« Laura umklammerte ihre Tasche ein bisschen fester, »weil ich einen gewaltigen Bammel habe.«

Unwirsch schüttelte Skipper den Kopf.

»Dann pack deine doofe Tasche wieder aus und bleib hier.«

»Die ist nicht doof«, war alles, was ihr dazu einfiel.

»Das Ding da?« Lachend zeigte er auf die unförmige schweinslederne Hebammentasche, die Laura vor Jahren bei einer Wohnungsauflösung erstanden hatte. »Damit siehst du aus wie Team Durchgeknallt. Was ist überhaupt da drin?«

Gute Frage. Tagelang hatte sich Laura den Kopf darüber zerbrochen, was man anzog, wenn man seinen Exfreunden wiederbegegnete.

»Nach reiflicher Überlegung bin ich zu dem Schluss gekommen, dass ich mich von meiner besten Seite – sprich, in meinen schönsten Outfits zeigen werde. Zum Beispiel habe ich den grünen Seidenoverall dabei, den du so gern magst.«

»Moment mal«, er kniff die Augen zusammen, »wieso strapst du dich denn so für deine Exfreunde auf?«

»Warum sollte ich in Sack und Asche gehen?«, stellte Laura die einzig sinnvolle Gegenfrage. »Das weiße Kleid mit dem Klatschmohnmuster ist auch in der Tasche, mein neues graues Sweatshirt und … oh, hallo Schatz!« Lebhaft winkte sie Charlotte zu, die auf der gegenüberliegenden Straßenseite aus einem silberfarbenen Kleinwagen stieg. »Hier sind wir!«

»Das sehe ich!«

Mit wedelnden Armen überquerte Charlotte die Fahrbahn, schick und adrett wie immer. Selbst der prasselnde Regen konnte ihrer Erscheinung nichts anhaben. Die blonden Strähnchen, die neuerdings ihr brünettes Haar schmückten, standen ihr ausgezeichnet, ihr rehbrauner Trenchcoat wirkte ungemein edel. Pfeilschnell flitzte sie unter die nässetriefende Markise, wo sie zunächst Laura umarmte, um danach deutlich weniger enthusiastisch Skipper zu begrüßen.

»Hi, was machst du denn hier?«

»Abschiedskomitee, was sonst?«

»Ich warne dich, versuch bloß nicht, Laura last minute zurückzuhalten!«

»Woher denn?« Er grinste schief. »Ich bin hier der Coach vom Dienst. Laura erzählt mir gerade, was sie für ihre Ex-Show eingepackt hat.«

»Sehr gut«, nickte Charlotte. »Vorbereitung ist alles. Schon allein deshalb sind solche proaktiven Treffen ideal.«

Skipper blieb der Mund offen stehen.

»Was, bitte, ist ein proaktives Treffen?«

»Meist läuft es doch so«, sagte Charlotte und nestelte an ihrem Haarknoten, »man hat einen Bad Hair Day, wetzt kurz vor Ladenschluss in einer ausgeleierten Jogginghose zum Supermarkt, trägt diese fiesen Schlappen, die man längst wegwerfen wollte – und plötzlich steht ganz zufällig der Ex vor einem.«

»Genauso ist es«, bestätigte Laura, die in dieser Hinsicht ebenfalls einige unliebsame Erfahrungen gemacht hatte. »Dabei wünscht man sich doch immer, dass man seinem Ex in Bestform begegnet – schicke Klamotten, super Frisur, Hammerausstrahlung –, damit er denkt: Hey, die ist längst über mich hinweg, schade eigentlich, wo sie doch so eine Klassefrau ist.«

»Aber dann erwischt er dich ausgerechnet an einem Schlumpftag«, übernahm Charlotte. »Das wiederum wird Laura nicht passieren, weil sie proaktiv um ein Treffen gebeten hat.«

Verständnislos sah Skipper zwischen den beiden Freundinnen hin und her.

»Eure Sorgen möchte ich haben.«

»Keine Chance«, hüstelte Charlotte. »Du hast ja ausschließlich Sex-und-Hopp-Beziehungen, weshalb du nach menschlichem Ermessen wohl kaum in die Verlegenheit geraten wirst, einer Exfreundin zu begegnen.«

»Okay, cool.«

Falls sich Skipper über ihre Stichelei ärgerte, ließ er es sich nicht anmerken. Betont gleichmütig schaute er hoch zur Markise, auf die es immer heftiger einprasselte. Allerdings entging Laura keineswegs, dass etwas in ihm arbeitete. Seine Kiefernmuskeln spannten sich an, sein gesamter Körper wirkte wie versteinert. Schon in den vergangenen Tagen war er seltsam unleidlich gewesen. Gereizt. Störrisch. So als sei er nicht mit sich im Reinen.

Plötzlich fragte sie sich, wie gut man eigentlich jemanden kannte, den man in- und auswendig zu kennen glaubte. Vielleicht war Skipper ja gar nicht so cool, wie er behauptete?

»Jetzt sei mal nicht so streng, Charlotte«, verteidigte sie ihn. »Jeder macht halt sein eigenes Ding. Auch in der Liebe.«

»Apropos.« Charlotte zückte ihr Handy und scrollte durch den WhatsApp-Account. »Daniel hat sich noch mal bei mir gemeldet.«

Schon der Name ließ Lauras Herz höherschlagen. Ein warmes Gefühl breitete sich in ihrer Herzgegend aus. Mit Charlotte war sie übereingekommen, nichts zu überstürzen, und hatte sogar der Versuchung widerstanden, Daniel auf seiner Website zu kontaktieren. Doch allmählich fühlte sie sich reif für mehr als vage Tagträume. Gespannt schaute sie aufs Display.

> Liebe Charlotte, heute Nacht habe ich von Laura geträumt. Verrückt, oder? Ich sah sie auf einer Blumenwiese, inmitten von Gänseblümchen und Löwenzahn. Wie eigenartig, dass sie schon ein Teil von mir zu sein scheint – sonst würde ich ja wohl kaum von ihr träumen. Eine vorsichtige Frage: Du sagtest, sie hätte momentan sehr viel zu tun und noch keinen Kopf für ein Date. Ein offizielles Date muss auch gar nicht sein, aber würdest Du mir ihre Handynummer geben, damit wir wenigstens schreiben können? Keine Sorge, ich kann Kavalier. Ich würde sogar sagen, dass ich einer bin. 😊 Frag meine haarigen Patienten, die sind derselben Meinung.

Die letzten drei Sätze gaben den Ausschlag. Ein Mann mit Humor war einfach unwiderstehlich.

»Einverstanden«, hauchte Laura. »Gib ihm gern meine Nummer.«

»Siehst du, ich wusste, dass ihr zusammenpasst«, triumphierte Charlotte, sichtlich zufrieden, dass sie einen Treffer gelandet hatte. »Daniel hat dich auch schon gegoogelt, so macht man das eben heute. Du kannst ja …«

»Wer ist Daniel?«, fiel Skipper ihr ins Wort.

Er war ganz blass unter seiner Bräune geworden, fast spielte sein Teint ins Grünliche. Könnte natürlich auch an der grünen Markise liegen, überlegte Laura, während ihr der flüchtige Gedanke kam, dass er womöglich eine Spur eifersüchtig war. Oder einfach überfürsorglich.

»Ach du große Güte, Skipper!« Gekonnt klapperte Charlotte mit ihren wasserfest getuschten Wimpern. »Hat dir deine beste Freundin denn gar nichts erzählt?«

»Mmnja, ich wollte nicht über ungelegte Eier gackern«, murmelte Laura mit schlechtem Gewissen, weil sie Skipper nicht eingeweiht hatte. »Es ist ja noch völlig ungewiss, was beziehungsweise *ob* was draus wird.«

»Tiefstapeln war schon immer deine Stärke, Schatz.« Mit einem feinen Lächeln wandte sich Charlotte an Skipper. »Ich bring dich mal auf den aktuellen Stand, ja? Laura tritt diese Reise an, weil sie an ihren Beziehungsmustern arbeiten will, bevor sie was Neues anfängt. Deshalb führt sie Gespräche mit ihren Exfreunden, und Daniel ist sozusagen die Belohnung. Vielleicht sogar derjenige, auf den sie immer gewartet hat: die große Liebe mit einer strahlenden Zukunft.«

»Für immer, oder was?« Verächtlich blies Skipper die Backen auf. »Hast du's vielleicht auch ein bisschen kleiner? Ich finde, Liebe wird total überschätzt. Alle reden vom himmelstürmenden Rausch der Gefühle, aber dann wird geheiratet, die Kinder purzeln hinterher, und alles, was von den grandiosen Gefühlen übrig bleibt, sind nörgelnde Männer und frustrierte Mütter.«

Laura traute ihren Ohren nicht. So furchtbar desillusioniert und abgrundtief pessimistisch hatte sie Skipper noch nie erlebt. Es war ihr geradezu unheimlich.

»Hey, was hast du denn?«, flüsterte sie.

»Eine Vollmeise«, antwortete Charlotte säuerlich.

»Kleine Korrektur«, entgegnete Skipper, »es ist nur so, dass ich keine faulen Kompromisse mag.« Sein Blick verschleierte sich ein wenig und richtete sich auf den nassen Boden zu seinen Füßen.

»Es gab durchaus mal eine Frau, bei der ich mir mehr vorstellen konnte, ist lange her. Aber wie das Leben so spielt: Sie wollte mich nicht, sie blieb unerreichbar, also surfe ich lieber auf der Datingwelle.«

Jetzt war Laura nur noch platt. Von einer unerreichbaren Frau hatte Skipper noch nie etwas erzählt. Und sie erzählten sich doch sonst alles!

»Hi, wovon sprecht ihr?«, fragte Mimi, die unter einem riesigen schwarzen Regenschirm auftauchte, von Kopf bis Fuß in einen schreiorangen Plastikmantel gehüllt.

»Das lassen wir mal besser unerwähnt«, knurrte Charlotte.

»Wieso denn?« Mit einer Hand lockerte Mimi ihr feuerrotes Haar, das trotz des Schirms regennass am Kopf klebte. »Habt ihr Geheimnisse vor mir?«

Laura dankte dem Schicksal, dass sie Skippers Tirade über frustrierte Männer und nörgelnde Mütter verpasst hatte. Oder war es umgekehrt gewesen?

»Danke, dass du gekommen bist, Mimi. Dann wären wir komplett, und die Zeremonie des Abschieds kann beginnen.« Unternehmungslustig zog sie den Reißverschluss ihrer schwarzen Ledermontur hoch bis zum Kinn. »Das Motorrad steht vor Toms Handyshop, ihr könnt mich gern begleiten.«

Sie wollte schon losmarschieren, als Skipper ihr auf die Schulter tippte.

»Halt, eins noch.« Seine Stimme vibrierte eigentümlich. »Was macht dich so sicher, dass du die Typen auch wirklich antriffst? Wissen die überhaupt Bescheid?«

Verdutzt drehte sich Laura zu ihm um. Da sie sein Mienenspiel seit Ewigkeiten studierte, hatte sie keinerlei Mühe, die steile Falte zwischen seinen Augenbrauen als echte Besorgnis zu entschlüsseln.

»Wieso, ich habe allen eine Message geschickt.«

»Aber doch wohl nicht allen dieselbe?«

»Klar, das hat es einfacher gemacht, nur die Termine waren personalisiert.« Sie warf sich in Positur wie eine Bühnenschauspielerin und tippte auf ein imaginäres Handy ein. »*Hi, ich bin's, Laura. Weißt du noch? Herz-Smiley, Lach-Smiley. Stell dir vor, beim Ausmisten habe ich etwas sehr Persönliches von dir gefunden, und da ich zufällig in deiner Gegend sein werde, möchte ich es dir gern vorbeibringen.*«

»Beim Ausmisten?«, echote Mimi glucksend.

Charlotte schüttete sich aus vor Lachen, was ein bisschen so klang, als hätte sie einen Hochgeschwindigkeitsschluckauf.

»Das glaubt dir doch kein Mensch«, prustete sie. »Du und ausmisten!«

»Hat aber funktioniert.« Selbstgewiss straffte Laura ihre Schultern. »Alle meine Exfreunde stehen an den vorgeschlagenen Terminen auf der Matte. Danach nehme ich mir Sebastian vor.«

»Das heißt, deine Exfreunde wissen gar nicht, dass du über eure Beziehungen reden willst?«, fragte Skipper stirnrunzelnd.

»Sagen wir, dieses Detail habe ich aus ermittlungstaktischen Gründen weggelassen.« Laura musste schmunzeln. »Ich finde es zielführender, wenn sie ganz spontan auf meine Fragen antworten. Das ist authentischer. Und aufschlussreicher.«

»Bravo, alles richtig gemacht«, wurde sie dafür von Charlotte gelobt. »Männer reden ja nie über misslungene Beziehungen, sie beenden sie vorher. Nun könnt ihr das Versäumte nachholen.«

»Wer ist denn als Erstes dran?«, erkundigte sich Mimi aufgeregt.

»Max.« Laura verdrehte die Augen. »Der Nerd.«

»Um Himmels willen, Max?« Charlotte schlug die Hände über dem Kopf zusammen. »Dann musst du ja gleich am Anfang die härteste Nuss knacken.«

»Max war doch der laufende Meter, oder?«, grinste Skipper, der irgendwie erleichtert wirkte. »So 'n besserer Türstopper, klein, moppelig, schwarze Brille.«

»Also bitte, mit Äußerlichkeiten habe ich mich noch nie aufgehalten«, sagte Laura leicht verstimmt.

»Kann schließlich nicht jeder ein Adonis sein wie Skipper-ich-krieg-sie-alle-rum-und-bin-dann-wieder-weg«, zischte Charlotte.

»Boah.« Er zog seine dunkelblaue Wollmütze tiefer in die Stirn. »Wie spießig ist das denn?«

»Gar nicht, denn ab dreißig ist man für sein Gesicht verantwortlich«, widersprach Charlotte kampfeslustig. »Das mit deinem Gesicht hast du echt gut hingekriegt, und dein Körper ist ebenfalls in Topform, aber spätestens mit fünfunddreißig sollte man auch für sein Leben Verantwortung übernehmen. Da sehe ich einigen Nachholbedarf. Deine Bauchmuskeln sind besser definiert als deine Lebensziele.«

»Was weißt du über meine Lebensziele?«, blaffte er zurück.

Mimi war am Ende. Mit einem Ausdruck größter Bestürzung umklammerte sie die Revers ihres orangen Regenmantels.

»Sagt mal, habe ich irgendwas verpasst? Was ist denn mit euch los? Warum zeckt ihr euch so an?«

»Frag Lauras besten Freund«, erwiderte Charlotte kühl. »Ausgangspunkt unserer Unterhaltung war Max, der Nerd. Wenn mich nicht alles täuscht, hat Skipper bislang noch jeden Mann weggemobbt, der in Lauras Leben eine Rolle spielen wollte.«

»What?« Zornig stopfte er seine Hände in die Hosentaschen. »Jetzt bin ich also auf einmal derjenige, der …?«

Den Rest des Satzes ließ er in der Luft hängen, als wisse er nicht weiter. Irgendwie war es Charlotte gelungen, ihn in die Enge zu treiben.

Laura rutschte das Herz in die Hose. Leider passte Charlottes

Bemerkung zu Eddys Einschätzung, dass Skippers Rolle in ihrem Leben einen gewissen Anteil am Scheitern ihrer Beziehungen haben könnte. Es stimmte ja: Bisher war ihm kein Mann gut genug für seine Freundin Laura gewesen. Oder war diese Freundschaft womöglich so innig, dass kein Partner dazwischenpasste?

Auf der Hand lag jedenfalls, dass Skipper jetzt schon eifersüchtig auf Daniel war, und daraus ergab sich nur eine logische Schlussfolgerung: Falls es mit Daniel klappte, musste auch Skipper gut versorgt sein, um sich nicht zurückgesetzt zu fühlen.

Er braucht dringend eine Frau an seiner Seite, damit er loslassen kann, überlegte Laura. Auch für mich wäre es wahrscheinlich besser, wenn ich ein bisschen loslasse, denn wir sind wirklich wie ein altes Ehepaar, das dauernd zusammenhängt. Ja, so war es wohl. Sie brauchten beide mehr Raum, um sich frei zu schwimmen und sich auf ihre jeweiligen Beziehungen zu konzentrieren. Die es noch gar nicht gab.

Notiz an mich selbst: Eine Frau für Skipper finden! Aber woher nehmen und nicht stehlen?

Kapitel 8

Ohne ein weiteres Wort hakte sich Laura bei Mimi ein und zog sie von den beiden Streithähnen weg. Sollten sich Skipper und Charlotte doch anpampen, bis sie schwarz wurden. Ohne sie. Mimi spannte erst mal umständlich ihr Ungetüm von Schirm auf, was etwas dauerte, dann marschierten sie durch den strömenden Regen los.

Es hätte kein besseres Wetter für Lauras Gemütsverfassung geben können. Als harmonieliebender Mensch genoss sie es, dass sich ihre engsten Freunde so gut verstanden. Manchmal waren sie sogar zu viert unterwegs, gingen irgendwo frühstücken oder chillten auf Skippers Boot: ein eingespieltes Viererteam, so unterschiedlich sie auch sein mochten. Heute war es anders. Heute flogen die Fetzen. Und das konnte Laura nur schwer ertragen, zumal so unmittelbar vor ihrer Abreise.

»Charlotte und Skipper sind ja wie Hund und Katze«, wisperte Mimi, sobald sie außer Hörweite waren. »Vor allem Skipper ist schräg drauf, findest du nicht?«

»Keine Ahnung, was da läuft«, murmelte Laura, wohlwissend, dass das nur die halbe Wahrheit war.

Es gab ja sogar mehrere dunkle Ahnungen, die in einer entlegenen Zone ihres Hirns ein Eigenleben führten. Aber die Skipper-Thematik wurde allmählich zu heiß, um sie weiterhin vor Publikum auszubreiten.

Schweigend wich sie den vielen Pfützen aus, die den Bürgersteig bedeckten. Und auf einmal fiel es ihr wie Schuppen von den Augen: Als Skipper sagte, sie habe Angst vor einer festen Bindung, hatte er auch über sich selbst gesprochen. Ja, Skipper hatte Angst! Vor der Liebe, vor einer Beziehung, vor allem, was er sich insgeheim wünschte. Warum sonst sollte er sich so heftig darüber aufregen, dass Gefühle keine Garantie für lebenslanges Glück waren? Und warum sonst erschöpfte sich sein Liebesleben in One-Night-Stands? Auch die Hochzeitsplanerin hatte er nach einer einzigen heißen Nacht wieder abserviert.

Seine Geschichte mit der großen unerreichbaren Liebe nahm Laura ihm jedenfalls überhaupt nicht ab. So sentimental war Skipper einfach nicht. Es klang eher wie eine Schutzbehauptung. Also brauchte er eine Frau, die seine Ängste zerstreute, etwas Handfestes, einen weiblichen Kumpel sozusagen, der nach und nach seine beste Freundin Laura ersetzen könnte. Womit der Plan »eine Frau für Skipper finden« ganz nach oben auf Lauras Erledigungsliste rückte.

»Wow.« Mimi zeigte auf ein schweres, schwarz glänzendes Motorrad, das am Bordstein parkte. »Ist es das, wofür ich es halte?«

»Jepp, ein Nachbau der alten BMW R 37 von 1925«, nickte Laura, der dieser Themenwechsel hochwillkommen war. »Sechzehn PS, knapp fünfhundert Kubik Hubraum, Spitzengeschwindigkeit hundertfünfzehn Stundenkilometer.«

»Also gewissermaßen ein Vintage-Modell, wenn auch nachgebaut?« Mimis Lippen kräuselten sich zu einem spitzbübischen Lachen. »Ach, klar, Vintage, was sonst, entschuldige bitte die blöde Frage.«

»Wenn du mehr wissen willst, frag den Besitzer, da kommt er nämlich gerade.«

Mit den Augen deutete Laura auf Tom, der in diesem Moment aus seinem Laden trottete. Er schaute lange hoch zum regenverhangenen Himmel, bevor er den Bürgersteig überquerte und sich zu ihnen gesellte. Wie stets, trug er Sweatshirt und Käppi zu seiner ausgebeulten Jeans.

»Mistwetter, was, Ladys? Laut Wetter-App soll es aber heute noch sonnig werden.« Lässig hielt er Mimi die rechte Hand für einen High Five hin. »Interesse an einer Cartier-Uhr? Echt falsch, aber exzellent nachgemacht.«

Mimi musterte seine erhobene Hand.

»N-nein?«

»Macht nichts«, lachte er. »Und, Laura? Bereit für deine große Motorradtour? Du kennst das Schätzchen ja, müsstest es nur noch mal auftanken, das habe ich nicht mehr geschafft.«

»Kein Problem, den Sprit bezahle ich natürlich sowieso selbst.« Geschäftig schnallte sie ihre Hebammentasche hinten aufs Motorrad und zurrte den Gurt fest. »Danke, dass du mir die Maschine leihst. Ich werde sie pfleglich behandeln, versprochen.«

»Weiß ich doch.« Seine Züge wurden butterweich, als er mit einem Finger über den schwarzen Lack strich. »Es gibt Leute, die alles vor die Wand fahren, was Räder hat, und es gibt Laura Gazzetti. So was Schönes ist so gut wie gar nicht mehr auf dem Markt zu haben.«

»Meinst jetzt Laura oder das Motorrad?«, zog Mimi ihn auf.

»Beides natürlich. Lust auf einen Kaffee? Ich habe neue Espressomaschinen reinbekommen.«

»Das wäre großartig.« Fragend schaute Mimi zu Laura. »Was ist mit dir? Zu einem Espresso hast du noch nie Nein gesagt.«

»Danke, sehr lieb, eher nicht.«

»Ich glaub, sie braucht einen Moment«, raunte Tom in Mimis Ohr, aber laut genug, dass Laura es hören konnte. »Komm, wir verkrümeln uns.«

Laura brauchte tatsächlich eine Verschnaufpause. Die emotional aufgeladenen Gespräche der vergangenen halben Stunde hatten ihr ohnehin dünnwandiges Nervenkostüm regelrecht perforiert. Irgendetwas brodelte und gärte da zwischen Charlotte und Skipper. Sonst pflaumten sich die beiden eher sportlich an, wie es eben passierte, wenn eine erklärte Feministin und ein smarter Macho aneinanderrasselten. Heute war es bitterernst gewesen.

Letztlich war Laura froh, dass sie für ein paar Tage Abstand von allem gewinnen konnte. Auch auf das heutige Familienessen verzichtete sie nur zu gern. Was hatte sie schon bei Leuten verloren, die Wetten auf die Haltbarkeit ihrer Beziehungen abschlossen?

Es verstand sich von selbst, dass Big Mama ihre Reise nicht billigte. Sogar einen neuen Heiratskandidaten hatte sie schon in petto, diesmal einen Hirnchirurgen. Der könne dann gleich mal nach dem Rechten schauen, so ihr lustig gemeinter Kommentar. Vielleicht liege es ja an irgendwelchen verknoteten Synapsen, dass Laura ihre Beziehungen in unschöner Regelmäßigkeit in den Sand setze. Big Mama halt. Ohne Worte.

Aus dem Augenwinkel sah Laura, wie Skipper sich näherte, gefolgt von Charlotte, die sogleich von Tom und Mimi abgefangen wurde und mit den beiden im Handyshop verschwand. Was Charlotte mit Skipper besprochen hatte, ließ sich unmöglich erraten. Zumindest wirkte er nicht mehr ganz so verschattet, sondern kriegte sogar ein freundliches Gesicht hin, als er zu ihr trat.

»Hey, wie geht's dir?«

»Was glaubst du denn?« Im Stillen hatte Laura ihm schon verziehen, ließ ihn aber noch ein bisschen zappeln. »War es wirklich nötig, dass du dich so aufführst?«

»Tut mir leid«, sagte er zerknirscht. »Aber beim Thema Beziehung bekommt Charlotte immer gleich erhöhte Geltungstemperatur. Dauernd mischt sie sich in Dinge ein, die sie absolut nichts angehen.«

»Mag schon sein. Doch irgendwie hatte ich mir unseren Abschied etwas anders vorgestellt.«

»Vielleicht so?«

Ohne Vorwarnung legte er seine Hände an ihre Wangen und zog ihren Kopf dicht zu sich heran. Dann küsste er sie. Auf die Nase. Laura hätte schwören können, dass er für den Bruchteil einer Sekunde überlegt hatte, ob er etwas tiefer zielen sollte.

Instinktiv trat sie einen Schritt zurück und wäre fast über einen Betonpoller gestolpert, der unpassenderweise im Weg stand. Herrschaftszeiten, was war bloß in Skipper gefahren? Hatte er eine Midlife-Crisis? Oder komplett den Verstand verloren? Wenn es noch eines Beweises bedurft hatte, dass diese Freundschaft langsam zu eng wurde, hier war er.

»Tja, also, finde ich super, echt jetzt«, plapperte sie gezwungen munter drauflos. »Alles tutti, Skipper, dann wäre das auch erledigt, und ich kann mich langsam auf die Socken machen. Vergiss bitte nicht, dass die alte Frau Minnemann immer ein paar Rosen umsonst bekommt. Und dienstags holt jemand vom Pflegeheim einen großen Gratisstrauß für die Eingangshalle ab, da kannst du einfach etwas Schönes zusammenstellen.«

»Mach ich.« Etwas verlegen nahm er seine durchnässte Wollmütze ab und wrang sie aus. »Also, das gerade – nicht, dass du das in den falschen Hals bekommen hast, ich wollte nur …«

»Keine Sorge, nichts passiert«, fiel Laura ihm ins Wort, wenngleich eindeutig zu viel passiert war, um es einfach zu ignorieren. »Alles fein!«

In diesem Augenblick durchbrach ein Sonnenstrahl die bleigrauen Wolken. Mit einer Hand beschattete sie ihre Augen, so geblendet war sie von der gleißenden Helligkeit, die sich über die Straße ergoss und den nassen Bürgersteig in flüssiges Silber verwandelte.

»Seht doch, der Himmel klart auf«, rief Mimi, die mit Charlotte und Tom aus dem Handyshop kam. »Das ist ein Zeichen!«

»Wofür?«, fragte Skipper tonlos.

»Na, dass Laura kosmischen Rückenwind hat! Wahrlich nicht das schlechteste Omen für eine Frau, die mit den dunklen Wolken ihrer Vergangenheit abschließen will.«

»Etwas kosmische Unterstützung könnte ich tatsächlich gebrauchen«, murmelte Laura, ohne Skipper anzusehen, der wie bestellt und nicht abgeholt neben ihr stand. »Heute ist ja Max dran. Unsere Trennung war grauenvoll. Sein Laptop und meine schönste Jugendstilvase sind dabei zu Bruch gegangen.«

»Tja, auch Trennungen wollen gelernt sein«, seufzte Mimi. »Ich musste zweimal da durch, fliegende Tassen und Gebrüll inbegriffen. Erst beim dritten Mal hatte ich den Bogen raus. Da habe ich sogar eine Trennungsparty geschmissen, und am Ende lagen wir uns alle schluchzend in den Armen.«

»Ich erinnere mich«, sagte Charlotte mit einem schmalen Lächeln. »Deine Trennungsparty war schöner als meine Hochzeit.«

Tom, der bislang geschwiegen hatte, fühlte sich nun ebenfalls bemüßigt, einen Kommentar zu dieser Diskussion beizusteuern.

»Man sollte immer nur per WhatsApp Schluss machen, dann geht's ohne Getöse ab«, fachsimpelte er drauflos. »Beim letzten Mal habe ich einfach geschrieben: *Ich steh auf dich, Schnucki, echt jetzt, aber mein Lümmel will nicht immer so, wie ich will.* Darauf kam keine Antwort mehr, womit meine Freundin stressfrei geext war.«

»Gentlemanlike geht anders«, grollte Charlotte. »Du hörst dich an, als wärst du bei Skipper in die Lehre gegangen.«

»Hallo?« Laura fasste sich an den Kopf, weil sie das Gefühl hatte, er könnte jeden Moment runterfallen, wenn sich ihre

Freunde schon wieder kabbelten. »Könnten wir uns jetzt alle bitte mal lieb haben, bevor ich losfahre?«

»Natürlich!«, rief Mimi. »Für dich immer, Süße!«

»Schließlich steht dir eine mehrtägige Konfrontationstherapie bevor.« Charlotte schlug den Kragen ihres Trenchcoats hoch und schaute auf ihr Handy. »Ich muss auch gleich los, hab noch eine Theater-AG in der Schule.«

»Aber vergiss nicht, Laura«, fügte Mimi hinzu, »die wichtigste Beziehung, die du je haben wirst, ist die Beziehung mit dir selbst.«

Schöne Worte. Nur hätte Laura momentan gar nicht sagen können, welchen Beziehungsstatus sie mit sich selbst hatte. Zurzeit war sie nicht gerade ihre eigene beste Freundin, und die bevorstehende Reise brachte ihr Selbstwertgefühl zusätzlich ins Schlingern. Die Exfreunde würden nicht gerade Erfreuliches von sich geben – dennoch musste sie wohl ihre dunklen Seiten kennenlernen, wenn sie an sich arbeiten wollte. Und das wollte sie unbedingt. Auf den Richtigen zu hoffen, reichte nicht mehr. Fracksausen hatte sie trotzdem.

Es war mal wieder Skipper, der ihre Nervosität erahnte und ihr – mit gebührendem körperlichem Abstand – einen Arm um die Schultern legte.

»Such nicht nur nach Gründen, warum es nicht funktioniert hat«, sprach er ihr leise Mut zu. »Finde lieber heraus, wie es künftig besser funktionieren könnte.«

»Ich hätte auch noch einen superheißen Beziehungstipp«, sagte Tom todernst. »Mich nervt, wenn sich eine Frau vor dem Badezimmerspiegel schminkt, während ich auf der Toilette sitze. Wie soll ich da gentlemanlike meine Stoffwechselprodukte loswerden?«

Damit löste er allgemeine Heiterkeit aus, nur Laura hatte langsam genug von solchen sinnbefreiten Tipps. Wie nach einem rettenden Strohhalm griff sie zu dem Helm, der auf dem Motorrad lag, setzte ihn auf und klappte mit einem wachsamen Seitenblick auf Skipper das Visier herunter. Man konnte nie wissen.

»Danke, ihr seid die besten Freunde der Welt«, beteuerte sie. »Ich werde euch vermissen.«

»Hals- und Beinbruch, Süße.« Sichtlich bewegt tätschelte Charlotte ihren Rücken. »Schreib uns, ja? Du musst uns unbedingt auf dem Laufenden halten. Falls du weitere Tipps brauchst, wende dich vertrauensvoll an uns.«

»Und lass dich bloß nicht von fremden Männern ansprechen«, frotzelte Skipper, der wieder wie der Alte wirkte.

Lauras Magen hob sich leicht, als sie auf das Motorrad stieg und den Motor anließ. Jetzt gab es kein Zurück mehr. Die Routen waren geplant, die Übernachtungen gebucht, fünf Exfreunde erwarteten sie. Langsam lenkte sie das Motorrad auf die Straße, dann winkte sie noch einmal.

»Ciao, ciao, ihr Lieben!«

Eine Woche Freiheit, dachte sie mit plötzlich hochschäumender Euphorie, eine ganze Woche lang keine frühmorgendlichen Fahrten zum Blumengroßmarkt, keine anspruchsvollen Kunden, keine Hochzeiten, keine Beerdigungen. Jetzt bin ich dran! Und vielleicht läuft mir ja unterwegs die Richtige für Skipper über den Weg? Wäre doch genial!

Entschlossen gab sie Gas und brauste los, ohne sich noch einmal umzusehen.

Kapitel 9

Die Sonne hielt, was Toms Wetter-App versprochen hatte: Fast unwirklich hell strahlte sie vom Himmel und ließ die Farben der Landschaft ringsum aufleuchten wie frisch lackiert. Wenn man wie Laura das Grau in Grau der Stadt gewohnt war, ein wahres Fest für die Augen. Maisgelbe Getreidefelder, flaschengrüne Wäldchen und von feuerrotem Mohn gesprenkelte Wiesen mit etwas bedeppert dreinschauenden Kühen wechselten einander ab, dazwischen lagen putzige Dörfer wie aus dem Bilderbuch.

Laura fuhr nur auf kleinen Landstraßen, weil sie Autobahnen zu stressig und auch zu eintönig fand. Umso mehr genoss sie die Tour, wenngleich sie gehöriges Lampenfieber bekam, sobald sie an den Sinn dieser Reise dachte. Im Grunde musste sie ihre Beziehungsgeschichte neu schreiben. Und je näher das erste Kapitel rückte, desto mulmiger wurde ihr.

Im Fahren schaute sie zur Uhr. Perfektes Timing, sie hatte es so gut wie geschafft. Voller Dankbarkeit dachte sie an Charlotte, die alle Routen minutiös durchgeplant und auch die Unterkünfte gebucht hatte. Niemand ging so strukturiert vor wie Charlotte. Was sie organisierte, klappte wie am Schnürchen. Schon kam der kleine Landgasthof »Zur Linde« in Sicht, Lauras erste Station. Er lag etwas entfernt von der Stadt, in der Max wohnte, war jedoch wesentlich kostengünstiger als die dortigen Hotels, wie Charlotte betont hatte.

Laura bremste vorsichtig ab und hielt an. Mit den grün gestrichenen Fensterläden und den Blumenkästen voller knallroter Geranien wirkte die Familienpension überaus einladend. Davor standen solide gezimmerte Tische und Bänke, an denen sich einige betagte Wanderer in grellbunter Funktionskleidung ihr Bier schmecken ließen.

Mit steifen Gliedern stieg Laura vom Motorrad und nahm den Helm ab. Jetzt erst merkte sie, dass sie völlig verspannt war. Ihr Nacken schmerzte, ihre Beine waren wie abgestorben. Aber die erste Etappe lag hinter ihr, nur das zählte.

Leise stöhnend dehnte sie sich, dann setzte sie sich an einen freien Tisch und zog ihren Notizblock hervor. Für die bevorstehenden Treffen brauchte sie Fingerspitzengefühl, Topsensibilität und gewissenhafte Vorbereitung. Deshalb hatte sie Listen mit vier verschiedenen Kategorien angelegt: der größte Streitpunkt, die besten Momente, die schlimmste Auseinandersetzung, der letzte Satz.

Stumm rekapitulierte sie, was ihr zu Max eingefallen war.

Der größte Streitpunkt war seine Manie gewesen, immer und überall online zu sein. Ob beim Essen, im Badezimmer oder im Bett – ohne Handy und Laptop ging gar nichts. Die besten Momente waren deshalb zwei Urlaubstage auf einer winzigen griechischen Insel ohne Internetzugang gewesen. Nach anfänglichen Entzugserscheinungen hatte sich Max damit abgefunden – für schlappe zwei Tage, in denen sie sich rund um die Uhr offline geliebt hatten.

Die schlimmste Auseinandersetzung war entbrannt, als er bei Charlottes kirchlicher Trauung *World of Warcraft* gespielt hatte. Mit Ton. Laura war ausgeflippt. Schon auf der Hochzeitsfeier hatte sie ihm gehörig die Meinung gegeigt, daheim war dann ein furchtbarer Streit entbrannt. Noch in derselben Nacht hatte sie seinen Laptop in die randvolle Badewanne gepfeffert, die größte Sünde in seinem Universum. Ein ultimativer Trennungsgrund.

Und sein letzter Satz? Eine dürre WhatsApp: *Ruf mich nie wieder an.* Nett.

Seitdem hatte sie ihn nur ein paarmal auf Instagram gestalkt. Viel war nicht dabei herausgekommen. Meist postete er Screenshots von irgendwelchen Computerspielen, und es gab nur ein einziges Foto, auf dem er als verschwommene Silhouette vor einem Laptop zu sehen war. Immerhin hatte sein Account Laura dazu inspiriert, ihm ein Vintage-Computerspiel mitzubringen, das aus der Zeit ihrer Beziehung datierte – ein Alibi-Mitbringsel, um ihre Story glaubhaft zu machen.

Tom hatte das Spiel für sie besorgt. Sinnigerweise hieß es *Alone in the dark*.

»Was darf's denn sein?«, fragte eine junge Kellnerin in Jeans und T-Shirt, die mit einem Tablet an Lauras Tisch trat.

»Eine Cola, bitte. Haben Sie auch Brezeln?«

»Ja, freilich.« Interessiert schaute die junge Frau auf Lauras Notizblock. »So was Analoges habe ich ja lange nicht mehr gesehen. Für die Bestellungen benutze ich das Tablet hier, unsere meisten Gäste hängen nur am Handy.«

Neunzig Prozent der Menschheit hängt am Handy, dachte Laura. Und bei geschätzten zehn Prozent ist es quasi festgewachsen, so dass es wahrscheinlich nur noch operativ entfernt werden kann. Siehe Max.

»Ich bin noch Old School«, lächelte sie.

»Machen Sie hier Urlaub?«, fragte die Kellnerin weiter.

Eigentlich mochte es Laura nicht, von wildfremden Menschen ausgefragt zu werden. Hier lag der Fall anders. Etwas Gewitztes, Übermütiges lag in der Miene der jungen Frau, die entfernt den Koboldgesichtern der Dracula-Simia-Orchideen ähnelte. Auch die klappernden bunten Creolen, die sie zu ihrem exakt geschnittenen Short Bob in knalligem Rosablond trug, wirkten irgendwie erfrischend.

»Ich, nein, besuche einen – Exfreund.«

»Einen Ex, aha.« Die Augen der Kellnerin wanderten zu Lauras rechter Hand. »Was sagt denn Ihr Mann dazu?«

»Mein …«

Laura folgte ihrem Blick. Ach, so. Am rechten Ringfinger blinkte und blitzte ein Ehering. Tom hatte ihn ebenfalls besorgt und ihr feierlich feixend an den Finger gesteckt. Der Ring war reiner Schund, würde jedoch seinen Zweck erfüllen. Auf keinen Fall wollte Laura als liebeshungriger Single dastehen, wenn sie ihre Exfreunde besuchte. Regel Nummer eins: keine Annäherung zulassen.

Skipper hatte sie darin bestärkt. »Wer eine Frau wie dich verlässt, der trennt sich nicht, der wechselt nur die Adresse«, war sein Kommentar gewesen, »daher solltest du eventuellen Missverständnissen vorbeugen.«

»Also, mein Mann hat nichts dagegen«, erklärte Laura und zuckte ein bisschen zusammen, weil sich dieses *mein Mann* aus ihrem Mund total schräg anhörte. »Er ist sehr, sehr tolerant.«

»Glück gehabt.« Die Kellnerin grinste fröhlich. »Meine Kerle waren immer zu besitzergreifend, deshalb bin ich Single. Also – nochmals Glückwunsch!«

Sie hob einen Daumen, bevor sie mit tänzerischer Leichtigkeit zum Nachbartisch weiterging. Währenddessen holte Laura nun doch ihr Handy hervor. Unzählige Nachrichten waren eingegangen, und eine unbekannte Nummer ließ ihr Herz höherschlagen: Das musste Daniel sein. Daniel! Mit bebenden Fingern tippte sie die Nachricht an.

Liebe Laura, es ist merkwürdig, einer Frau zu schreiben, die ich nur von einem Foto kenne – und doch bereits ein bisschen zu kennen meine, weil ich in den letzten Tagen viel an Dich gedacht habe. Darf ich sagen, dass ich ziemlich aufgeregt bin? Jede

Annäherung ist eine Reise, und ich freue mich darauf, ein Stück des Weges gemeinsam mit Dir zu gehen. Eines gleich vorweg: Falls es nur beim elektronischen Austausch bleibt, trage ich es Dir nicht nach. Sei einfach Du und lass mich ein wenig an Deinem Laura-Sein teilhaben. Es grüßt von fern Daniel

Laura schloss die Augen. Dann las sie die Nachricht noch einmal. Sie wollte jede Formulierung genießen, jeden der sacht schwingenden Zwischentöne. So ungeheuer zartfühlend hatte ihr noch nie jemand geschrieben.

Während sie ein drittes Mal Wort für Wort, Satz für Satz auskostete, spürte sie, wie etwas in ihr aufblühte, ein süßes verworrenes Gefühl, das sie ganz benommen machte. Jetzt brannte sie darauf, Daniel zu antworten. Nur was genau?

Lieber Daniel. So weit, so einfallslos. Und nun? Ein braves *Wie geht es Dir?*, kam nicht infrage. *Danke für Deine Nachricht*, genauso wenig. Mit konzentriert gespitzten Lippen löschte Laura alles wieder und begann noch mal von vorn.

Lieber ferner Daniel, auch für mich ist es merkwürdig, nur ein Foto zu haben, an das ich meine Worte richte. Das heißt, nein, ich habe doch schon so viel mehr – die Gedanken, die Du mir schreibst. Ja, lass uns ein Stück des Wegs teilen. Vielleicht gehen wir ja nicht nebeneinander her, sondern aufeinander zu? Lass es uns herausfinden. Auf bald, Laura

Zweimal las sie den Text durch, bevor sie auf *Senden* drückte. Es war gewissermaßen ein heiliger Moment – die erste Kontaktaufnahme mit einem Mann, der einstweilen nur ein verlockendes Phantasiegebilde war, zusammengesetzt aus einem Foto und den Zwischentönen seiner Sätze.

Nachdem Laura einmal tief durchgeatmet hatte, las sie die anderen Nachrichten.

Viel Glück, Süße! Luna geht's prima. Dicker Kuss,
Deine Mimi

Halte Dich an den Plan: nur zielführende
Gespräche! All the best, C

Könnte sein, dass die Maschine einen Ölwechsel
braucht. Du auch? Haha. Tom

Alles okay so weit? Mach bloß keinen Scheiß 😊
Dein alter Freund Skipper

In Gedanken bin ich bei Dir, Carissima. Mille baci,
Eddy

Wie oft muss ich Fritzchen eigentlich füttern? C

Sorry. Das mit dem Scheiß war natürlich nicht so
gemeint. Mast- und Schotbruch, Sk

Stell Dir vor, bei Baby Marvin hat sich eben der
erste Zahn gezeigt!!! Mimi

Was ziehst Du an? C

Meine kleine Principessa, Du hast uns heute beim Familienessen sehr gefehlt. Papa macht sich Sorgen, und ich erst! Bist Du auch warm genug angezogen? Auf so einem Motorrad verkühlt man sich leicht die Nieren. Tanti auguri und komm schnell zurück, Deine Mama

Ist es normal, wenn Fritzchen mit seinem Futter nur spielt? C

Sämtliche Messages beantwortete Laura mit einem lapidaren *Vielen lieben Dank, mir geht's gut, demnächst mehr, alles Liebe.* Nur was Fritzchen und Luna betraf, wurde sie etwas ausführlicher.

Liebe Mimi, wie schön, dass sich Luna bei euch wohlfühlt. Bitte denk dran, dass Du das Katzennetz gut am Balkon befestigst. Und lass die Badezimmertür offen, damit Luna jederzeit aufs Katzenklo kann. Bitte für genügend Streicheleinheiten sorgen, sonst zerkratzt Luna Dir die Auslegeware (und wird melancholisch). LG!

Laura war selber melancholisch zumute. Zum ersten Mal würde sie länger als ein paar Stunden von ihrem Kätzchen getrennt sein, und Luna fehlte ihr jetzt schon. Tapfer schrieb sie weiter.

Hallo Charlotte, keine Sorge, Fritzchen holt sich das Futter, das er braucht. Ganz wichtig ist es, die Reste mit einem Kescher (Teesieb oder Kaffeefilter aus Papier geht auch) zu entfernen, sonst fängt das Wasser an zu gammeln. LG L

Mehr Nachrichten brachte sie nicht zustande nach der aufregenden Kontaktaufnahme mit Daniel. Wann er wohl antworten würde? Sofort? Oder ließ er es ruhig angehen?

Als die Kellnerin mit einer Cola und einer Butterbrezel zurückkehrte, war Laura ganz in den Anblick ihres rechten Ringfingers versunken. Vielleicht war ja Daniel derjenige, der ihr eines Tages einen echten Ring anstecken würde. Oder würde es wieder nach dem Schema ablaufen: Ich kam, ich sah, ich vergurkte es?

Natürlich war es noch viel zu früh für solche Fragen. Außerdem musste sie vorher jenes Blatt auf ihrem Notizblock füllen, das einstweilen nur eine Überschrift trug: »Eigenschaften und Verhaltensweisen, die einer harmonischen Beziehung mit mir im Wege stehen.« Im Stillen hatte sie es »Die Liste der Wahrheit« getauft. Es würde unangenehm, wenn nicht schmerzhaft sein, all die Dinge zu erfahren, die Männer an ihr nicht ausstehen konnten. Die ultimativen Beziehungskiller made by Laura Gazzetti. Schon jetzt graute ihr davor.

»So, bitte sehr, einmal Cola, einmal Brezel«, wurde sie von der Kellnerin in die Gegenwart zurückgeholt. »Guten Appetit. Falls Sie sich Mut antrinken müssen, hätte ich auch noch einen Obstler da, knallhart auf der Zunge, frech im Abgang.«

»Nein, danke.« Laura biss ein Stück von der Brezel ab. »Den Schnaps brauche ich wahrscheinlich hinterher.«

Eine Stunde später verließ sie den Landgasthof, frisch geduscht, dezent geschminkt, schlotternd vor Aufregung. Um den Ball flach zu halten – schließlich war Max nicht gerade ein Ausbund an Eleganz, da er speckige Jeans und verwaschene Motto-T-Shirts bevorzugte –, hatte sie sich für das graue Sweatshirt und die graue Jeans entschieden. Dazu trug sie weiße Sneakers, die sie noch schnell mit Zahnpasta sauber gerubbelt hatte.

Es muss immer erst schlimmer werden, damit es besser wird, hatte Eddy gesagt. Wie schlimm würde es mit Max werden?

Vor dreizehn Jahren hatte sie ihn zuletzt gesehen, eine halbe Ewigkeit, knapp ein Drittel ihres Lebens. Was würde er sagen? »Du hast dich überhaupt nicht verändert«? Oder: »Holy Shit, bist du aber alt geworden«? Und würde sie irgendetwas aus ihm herausbekommen, was sie weiterbrachte?

Bevor sie aufs Motorrad stieg, schaute sie noch einmal aufs Handy. Daniel hatte ihr schon zurückgeschrieben!

> Liebe Laura, Du sagst: Vielleicht gehen wir ja nicht nebeneinander her, sondern aufeinander zu … Das gefällt mir, es gefällt mir sehr! Deshalb mache ich mal den Anfang. Wie soll ich mich beschreiben? Wie möchtest Du Dich beschreiben? Vorschlag: Wir gestehen uns als Erstes, was wir so richtig peinlich an uns finden 😊 Oder ist das zu persönlich?

Leise kicherte sie in sich hinein. Daniel war cool. Sonst neigten ja alle dazu, am Anfang ihre besten Seiten herauszustreichen – aber warum sollte es nicht mal umgekehrt sein?

> Lieber Daniel, das ist eine hervorragende Idee! Also: Ich mogele bei meinem Gewicht *schäm* Wenn mich jemand fragt, welche Kleidergröße ich habe, sage ich 38, aber in Wahrheit brauche ich eine 40 und in der Weihnachtszeit – Marzipanalarm! – auch schon mal eine 42. Schlimm? 😊

Gespannt wartete Laura auf seine Antwort. Sie kam binnen Sekunden.

Herrlich. Du glaubst gar nicht, wie toll ich Deine Ehrlichkeit finde. Okay, jetzt bin ich am Zug *räusper* Ich höre manchmal heimlich – Schnulzenalarm! – Helene Fischer. Schlimm?

O Gott, ja, das ist schlimm. Schön schlimm! 😊

Dann lass uns zusammen schön schlimm sein, D

Gutes Konzept. Du schön, ich schlimm, wie wäre das? Hab jetzt einen Termin und melde mich später, L

Kann's kaum erwarten. 😊 D

Dito. 😊 L

Ach, was ich noch vergessen habe: Im Winter – aber nur im Winter! – schlafe ich manchmal mit Socken.

Hahaha. Solange es keine Zipfelmütze ist … Mir fällt übrigens auch noch was ein: Ich poste schon mal Fotos, auf denen ich gut getroffen bin, auch wenn alle anderen Personen richtig schaurig aussehen *räusper* schäm*

Kann mir eigentlich nicht vorstellen, dass DU mal schaurig auf einem Foto aussiehst, liebe Laura

Wart's ab 😊

Muss ich wohl, sonst kommst Du zu spät zu Deinem Termin

Stimmt. Ciao, lieber Daniel

Ciao, ciao, liebe Laura. PS Macht Spaß, sich zusammen mit Dir zu blamieren 😊

Findet Deine äußerst blamable Laura ebenfalls

Laura setzte den Helm auf. Ihr Rücken kribbelte, und ihre Hände waren feucht, während ihr Herz herumsprang wie eine Vierjährige auf einer Hüpfburg. So viel Witz, so viel Leichtigkeit hatte sie gar nicht bei Daniel vermutet. Was auch immer dabei herauskommen würde, sie mochte ihn jetzt schon.

Kapitel 10

Der Weg, den Laura sich mithilfe von Google Maps eingeprägt hatte, führte durch begrünte Vorstadtsiedlungen und gesichtslose Gewerbegebiete, bevor sie in den trubeligen Feierabendverkehr einer mittleren Großstadt eintauchte. Inzwischen hatte die Dämmerung eingesetzt. Ein paarmal verfuhr sie sich, bis sie endlich die richtige Adresse gefunden hatte.

Aber wie sollte sie sich auch auf Straßenschilder konzentrieren, wenn sie viel lieber weiter mit Daniel geschrieben hätte? Der kleine Schlagabtausch hatte sie in eine fast euphorische Stimmung versetzt. Doch nun wartete Max auf sie.

Unbehaglich schaute Laura hoch zu den erleuchteten Fenstern eines heruntergekommenen Industriebaus, und ihre Zweifel vermehrten sich wie Fruchtfliegen im Obstkorb. Hier wohnte Max? Hinter dieser abgeranzten Fassade? Andererseits passte es zu ihm. Max stand auf den *edgy style,* was so viel wie kantig bedeutete: radikaler Individualismus, *used look*, bloß nichts Stromlinienförmiges.

Also los. Laura parkte das Motorrad neben einer Straßenlaterne, klemmte ihren Helm unter den Arm und inspizierte das Klingelbrett. Ganz oben standen nur zwei Vornamen auf dem Schildchen – *Max & Cleo.*

Sie rieb sich die Augen. Moment mal, er lebte mit einer Frau zusammen? Max, der alte Nerd, in trauter Zweisamkeit? Das gab ihr einen Stich. Wer bitte schön war die Zauberfrau, die es schaffte, nicht nur mit seinen Macken zu leben, sondern sie auch noch zu lieben und dafür von ihm zurückgeliebt zu werden? Von dieser Frau konnte sie bestimmt noch was lernen.

Gefühlte drei Minuten vergingen zwischen Lauras mehrmaligem Klingeln und dem Geräusch des Türsummers. Ihre Nerven waren mittlerweile zum Zerreißen gespannt. Nachdem sie sich zur Beruhigung ihren letzten Rest Lakritze in den Mund gestopft hatte, drückte sie mit eiskalten Händen die Haustür auf und stieg die drei Treppen zum obersten Stockwerk hoch.

Jetzt half keine noch so gute Vorbereitung mehr. Gleich würde Max vor ihr stehen. Lebensecht und in Farbe.

Oben angekommen, klopfte sie an eine Tür aus eisengrauem Metall – so was wie eine Klingel gab es hier nicht. Sekunden verstrichen, bis die Tür einen Spalt weit geöffnet wurde und eine junge Frau hindurchlinste. Aber was für eine. Violette Haarsträhnen fielen in ein Gesicht, das von Piercings und Tattoos aller Art entstellt wurde. Am gruseligsten waren die Lippenpiercings, vage erinnerten sie an Hannibal Lecters Maske aus *Das Schweigen der Lämmer.* Dazu trug das extravagante Geschöpf einen kurzen schwarzen Lederrock, ein durchlöchertes schwarzes T-Shirt, zerrissene Netzstrümpfe und schwarze Springerstiefel.

Mehr *edgy* geht wirklich nicht, dachte Laura halb eingeschüchtert, halb belustigt. Ist es das, was Max immer wollte? War ich ihm zu normal? Zu spießig? Die obligatorische Frage: Was hat diese Frau, was ich nicht habe?, ließ sich jedenfalls ganz einfach beantworten: einen Riesenknall. Oder zumindest eine höchst eigenartige Vorstellung von Schönheit.

»Hallo.« Sie räusperte sich, weil ihre Stimme heiser klang. »Du bist bestimmt Cleo. Wohnt Max Baumann hier?«

Die Miene der jungen Frau blieb völlig ausdruckslos, abgesehen davon, dass sie das Kaugummi in ihrem Mund von der einen Seite zur anderen schob.

»Wer will das wissen?«

»Laura. Laura Gazzetti. Ich war … ich bin eine Freundin, also, von früher, ganz früher«, druckste Laura herum. »Max ist im Bilde, wir hatten geschrieben. Würden Sie ihm bitte Bescheid sagen?«

Völlig unbeeindruckt fabrizierte ihr seltsames Gegenüber eine große rosa Kaugummiblase und ließ sie knallend zerplatzen.

»Hör zu, Laura Gazzetti. Ich kann dir nichts versprechen. Sieht allerdings so aus, als hätte Max keinen Bock auf Besuch.«

Wie bitte? Laura war ehrlich empört. So eiskalt, wie diese überdekorierte Spinatwachtel namens Cleo sie abtropfen ließ, hätte Skipper von übelstem Bitch Style gesprochen.

»Es war aber abgemacht!«, entgegnete sie aufgebracht. »Ich bin dreihundert Kilometer gefahren, um Max zu sehen! Das heißt, ich bin nur rein zufällig in der Gegend«, ruderte sie schnell zurück. »Trotzdem. Max wird ja wohl eine halbe Stunde für mich erübrigen können. Ich kenne sonst auch niemanden in der Stadt.«

»Sagen wir's mal so«, erwiderte das Wesen und rümpfte die gepiercte Nase. »Das könnte ein ziemlich einsamer Abend für dich werden.«

Laura verstand die Welt nicht mehr. Nicht im Traum hätte sie gedacht, dass Max sie derart schnöde abblitzen ließ. Woher der Sinneswandel? Warum hatte er dem Treffen erst zugestimmt und es sich jetzt anders überlegt? Das war nicht fair.

Enttäuscht ließ sie den Kopf hängen. Sollte sie unverrichteter Dinge gehen? Auf einmal fielen ihr die vielen wunderbaren Menschen ein, die ihr von ferne die Daumen drückten. Mimi und Charlotte, Skipper, Eddy, Tom, alle warteten auf Nachrichten. Auch ihre Eltern fieberten mit. Was sollte sie ihnen allen schreiben? *Satz mit X, war wohl nix?*

Ihr wurde ganz schlecht bei dem Gedanken, ihre Mission könnte gleich beim ersten Treffen scheitern. Aber so leicht durfte sie sich nicht abwimmeln lassen.

»Bevor ich gehe – würdest du Max bitte daran erinnern, dass ich einen persönlichen Gegenstand für ihn dabeihabe? Etwas, das ich ihm ebenso persönlich übergeben möchte?«

»Soll das ein Witz sein?«, kicherte Cleo. »Wenn du Max wirklich gut kennen würdest, wüsstest du, dass er nichts, aber auch gar nichts besitzt, was die Bezeichnung *persönlicher Gegenstand* verdient.«

So kamen sie nicht weiter. Oder war diese Cleo etwa eifersüchtig? Womöglich fürchtet sie, eine Konkurrentin aus der Vergangenheit könnte ihr Beziehungsglück gefährden. Also war es den Versuch wert, ein Gespräch von Frau zu Frau zu führen.

»Bitte hör mir jetzt mal zu«, sagte Laura beschwörend. »Falls du denkst, ich will alte Ansprüche auf Max anmelden, täuschst du dich. Ich bin verheiratet«, demonstrativ hielt sie die rechte Hand mit dem unechten Ehering hoch, »doch derzeit läuft es etwas holperig. Nenn es Beziehungsarbeit, nenn es Recherche, jedenfalls möchte ich herausfinden, ob ich eventuell gewisse negative Verhaltensmuster habe, die ich ändern sollte. Ich möchte meine Ehe retten, verstehst du?«

Das mit der Ehe war zwar geschwindelt, aber im Großen und Ganzen kam diese Version der Wahrheit recht nahe. Gespannt wartete Laura auf eine Antwort. Und siehe da, plötzlich wirkte Cleo wie ausgewechselt. Sie beugte sich etwas vor und dämpfte ihre Stimme zu einem konspirativen Flüstern.

»Du willst deine Ehe retten?«

Mit all ihrer Überzeugungskraft legte Laura eine Hand auf ihre Herzgegend.

»Ganz genau. Deshalb besuche ich meine sämtlichen Exfreunde und frage sie, was danebengegangen ist.«

»Vielleicht kannst du ja auch was für Max und mich tun«, flüsterte Cleo. »Seit Monaten red ich mir ’nen Fussel, dass er sich mehr öffnen soll. Max ist verschlossen wie ein Hochsicherheitssafe, das weißt du sicher selber, doch wenn ihn jemand knacken kann, dann du. Immerhin bist du seine wichtigste Ex. Die Ex, die ihn traumatisiert hat.«

Laura schüttelte den Kopf. So also redete er sich ihr Beziehungsdesaster schön? Wenngleich es interessant war zu erfahren, dass Max sie als seine wichtigste Ex bezeichnete – traumatisiert hatte sie ihn ganz gewiss nicht.

»Das ist doch Kokolores. Max war immer schon speziell.«

Nachdenklich zog Cleo mit einem Finger an ihren Lippenpiercings, so dass eine Reihe kleiner weißer Zähne zum Vorschein kam. In den linken unteren Eckzahn war ein winziger Schmuckstein eingelassen.

»Aber vielleicht kann er durch dich sein Trauma auflösen. Gut für mich. Wir haben … Probleme.«

»Wer hätte die nicht mit Max«, seufzte Laura. »Dann fragst du ihn?«

Cleos Piercings klimperten, als sie schicksalsergeben nickte.

»Ich mach's.«

Zack, und zu war die Tür. Laura wurde einfach im Treppenhaus stehengelassen. So blieb ihr nichts anderes übrig, als Löcher in die Luft zu starren und zu rätseln, was sich wohl drinnen in der Wohnung tat. Sie horchte gespannt. Schritte näherten sich, im nächsten Moment wurde die Tür aufgerissen, und Max erschien auf der Schwelle.

Eine neue Version von Max. Eine ganz andere Version. Sprachlos musterte Laura den schlanken und erstaunlich attraktiven Mann, der seinerseits sie musterte.

»Hallo?«

»Hi, ich bin's«, nuschelte sie verwirrt.

»Das sehe ich.«

Stille. Laura musste sich erst mal sammeln. Sie hatte ernsthafte Schwierigkeiten, den alten Max auf die aktuelle Version durchzublenden. Größer war er natürlich nicht geworden, wie auch, doch sein pausbäckiges Milchbubigesicht von einst hatte männliche Züge angenommen, und das verwuschelte kinnlange Haar war einer akkurat geschnittenen, modisch kurzen Frisur gewichen.

Auch sonst legte er viel mehr Wert auf sein Äußeres als früher. Seine schwarze Jeans sah funkelnagelneu aus, statt ausgelatschter Sneakers trug er elegante dunkelbraune Wildlederslippers, und an seinem Handgelenk baumelte eine chromblitzende Uhr, die garantiert nicht aus Läden à la Toms Handyshop stammte. Nur die schwarze Nerdbrille und seine Vorliebe für Motto-T-Shirts hatten es in die Gegenwart geschafft. Leicht erheitert entzifferte Laura den giftgrünen Aufdruck *Wish you were beer* auf seinem schwarzen Shirt.

»Tja«, sie schluckte, »ich hoffe, ich bin eine positive Überraschung, kein Schock.«

Aufmerksam musterte er sie von oben bis unten.

»Beides vermutlich. Und? Was führt dich hierher? Ein Job? Familienangelegenheiten?«

»Dies und das«, versuchte sie es auf die lockere Art.

»Aha.« In seinen Augen blitzte auf einmal der Schalk. »Oder hattest du Sehnsucht nach mir?«

Die Frage kam so unvermutet, dass Laura nach Luft schnappte.

»Wie – wie kommst du denn darauf?«

Unter halb geschlossenen Lidern sah er sie an, und das schalkhafte Blitzen seiner Augen verstärkte sich.

»Na ja, war schon irgendwie genial mit uns, damals. Wer könnte eine Frau wie dich vergessen? Ganz offensichtlich hast du mich auch nicht vergessen.«

Eijeijei. Laura wurde etwas schwummerig bei dem Gedanken, dass Max allen Ernstes glaubte, sie wolle längst erloschene Gefühle aufwärmen. Zum Glück war Cleo in der Wohnung verschwunden, so dass sie es nicht gehört hatte.

»Eigentlich bin ich nur hier, weil ich was von dir gefunden habe«, behauptete Laura. »Das Spiel, warte, hab's gleich.«

Nach einigem Suchen förderte sie aus ihrem Schulterbeutel eine flache Schachtel zutage. Auf der Vorderseite war ein verwegener Typ in Lederjacke abgebildet, der eine Riesenknarre im Arm hielt und grimmig in die Ferne schaute. Entfernt ähnelte er Max. Dem heutigen Max.

»Alone in the dark?« Er starrte auf die Schachtel. »Verstehe ich nicht.«

»Das hatte ich dir doch geschrieben. Dass ich ausgemistet und dabei dein Spiel gefunden habe.«

»Hübsche Story«, erwiderte er mit einem deutlich ironischen Timbre und zog sein Handy aus der Hosentasche. »Leider hast du einen schlechten Moment erwischt, ich checke gerade die Aktienkurse. Und mal so nebenbei: Alone in the dark habe in meinem ganzen Leben noch nicht gespielt.«

Laura zerbröselte innerlich. Sie musste gar nicht erst weiter nachfragen, um zu wissen, dass Max ihren kleinen Trick durchschaut hatte.

»Ich weiß, was du denkst«, sagte sie leise.

»Nein, sicher nicht.«

Und nun? Wie erreichte man einen Typen vom anderen Stern? Am besten, indem man seine Sprache verwendet, überlegte Laura. Max lebte im Universum der Bits und Bytes, so lag es nahe, darauf einzugehen.

»Mein Betriebssystem braucht dringend ein Update«, zitierte sie Eddy aus dem Gedächtnis. »Ich meine, wenn wir ein bisschen darüber reden, wie das damals mit uns war und woran es gehapert hat, könntest du vielleicht meine emotionale Software aktualisieren.«

»Du willst – reden? Jetzt? Hier?« Eine gewisse Irritation flackerte in den schwarz bebrillten Augen auf. »War das etwa ein Teil deines Plans?«

»Nicht ein Teil. Das *ist* der Plan.«

So, jetzt war es heraus. Max sah alles andere als begeistert aus, doch ihre Freimütigkeit wirkte offenbar entwaffnend. Nach und nach entspannte sich seine Miene, auch wenn er unablässig auf sein Handy schielte.

»Okay. Wir können telefonieren.«

»Wieso, ich bin doch hier«, entfuhr es Laura verblüfft.

»Das ist mir zu real.«

Donnerwetter, auf so was konnte auch nur ein waschechter Nerd kommen.

»Dann telefonieren wir eben jetzt.« Trotzig schob sie die Unterlippe vor. »Sofort. Ich setze mich hier auf die Treppe und rufe dich an. Aber wehe, du gehst nicht ran.«

Seine Finger spielten mit dem Handy.

»Hat das nicht Zeit? Rom wurde auch nicht an einem Tag zerstört.«

Typisch Max. Echt zum Liebhaben mit seiner optimistischen Art.

»Erbaut«, verbesserte sie ihn. »Es heißt *erbaut*, nicht zerstört.«

Seine Reaktion bestand darin, äußerst mokant einen Mundwinkel hochzuziehen.

»Siehst du, das mit uns konnte schon deshalb nicht funktionieren, weil wir einen sehr unterschiedlichen Sinn für Humor haben.«

Das saß. Er musste sie für eine komplette Pfeife halten, weil sie den Witz nicht verstanden hatte. Dabei hätte sich Laura eigentlich freuen sollen, weil sie das erste Stichwort für ihre Liste »Eigenschaften und Verhaltensweisen, die einer harmonischen Beziehung mit mir im Wege stehen« eingesackt hatte. Offenbar war Humor ein entscheidender Faktor – womit Daniel sofort eine Stufe höher auf ihrem imaginären Liebestreppchen rückte.

»Aber sonst bist du schon in Ordnung, ehrlich«, fügte Max versöhnlich hinzu. »Entschuldige, ich muss jetzt wirklich kurz nach meinen Aktienpaketen schauen.«

Ohne sie weiter zu beachten, tippte er in irrwitziger Geschwindigkeit auf sein Handy ein. Das weckte unliebsame Erinnerungen in Laura. Auch damals war er in den unmöglichsten Momenten in seine digitale Welt ausgebüxt, und nicht nur bei Charlottes Hochzeit. Auch mitten in einem Gespräch. Oder unter der Dusche. Im Restaurant. Beim Kuscheln.

»Ich hätte es wissen müssen«, sagte sie mehr zu sich selbst als zu Max. »Handys werden smarter, Computer intelligenter, Nerds werden einfach nur nerdiger.«

Sein Kopf ruckte hoch, als hätte er vergessen, dass sie immer noch vor ihm stand.

»Sorry … wobei ich damals den Eindruck hatte, dass dir das Nerdige ganz gut gefiel.« Schuldbewusst steckte er das Handy ein, und dann, völlig übergangslos, knipste er seinen Charme an. »Du gefällst mir jedenfalls immer noch, eigentlich sogar besser als früher. Das Reife, Frauliche steht dir ausgezeichnet.«

Wie war das? Die unvermuteten Komplimente freuten und verwirrten Laura gleichermaßen.

»Wie soll ich das verstehen? Reden wir jetzt oder nicht?«

»Darf ich mal was vorschlagen, ihr beiden Turteltauben?«, fragte Cleo, die wieder an der Tür erschien. »Ich könnte einen

Gute-Laune-Tee kredenzen, und dann unterhaltet ihr euch offline, als wärt ihr, na ja, nicht irgendwelche abgefahrenen hochkomplizierten Freaks, sondern ganz normal.«

»Ich *bin* kein Freak!«, riefen Laura und Max wie aus einem Mund.

Einen zitternden Wimpernschlag lang starrten sie einander an. Dann prusteten sie synchron los.

Es war, als sei ein Bann gebrochen. Laura lachte Tränen, während ihr aufging, dass nichts so verbindend wirkte wie gemeinsames Lachen. Womöglich schweißte es zwei Menschen sogar noch inniger zusammen als Sex. Nein, nicht womöglich. Ganz bestimmt. In ihren frühen wilden Jahren war es ein-, zweimal vorgekommen, dass sie einen Mann nach der ersten Nacht nicht mehr angerufen hatte. Aber wenn man einen ganzen Abend mit einem Mann lachen konnte, wollte man ihn wiedersehen. Unbedingt.

Im Übrigen war es ihr auch mit Max so ergangen. Ganz so verschieden war ihr Humor dann wohl doch nicht.

»Los jetzt, setzt euch zusammen und redet«, insistierte Cleo. »Ich stelle deinen Handywecker, Max. Zwanzig Minuten offline, schaffst du das?«

»Zwanzig Minuten?« Sein Heiterkeitsausbruch verebbte. »Wo denkst du hin? Ich muss die Aktienkurse im Auge behalten.«

»Ein gewiefter Zocker wie du kann doch auch mal offline sein«, schmeichelte sie ihm.

»Es wird nicht lange dauern«, versicherte Laura. »Ich habe mich gut vorbereitet und werde dir nur ein paar gezielte Fragen stellen.«

Max ruckelte ein bisschen an seiner Brille herum, dann warf er einen zweifelnden Blick auf sein Handy.

»Okay. Zwanzig Minuten. Aber kein emotionales Geschwurbel und keine Betroffenheitssülze, bitte.«

Ja, das war Max Baumann, wie er leibte und lebte: Immer schön alles auf Abstand halten, was irgendwie mit Gefühlen zu tun hatte.

Dennoch gab es da diesen Schalk in seinen Augen, der seine Worte Lügen strafte und Laura ganz schön durcheinanderbrachte. Keiner hatte sie davor gewarnt, dass die alte Vertrautheit wieder aufleben könnte, wenn man nach langer Zeit den Ex wiedersah. Im Übrigen hatte sie auch keiner davor gewarnt, dass es die Wiederbegegnung mit ihrem alten Ich bedeutete – in diesem Falle mit der fünfundzwanzigjährigen Laura, die sich damals in einen unnahbaren Mann verliebt hatte.

»Max?«

»Moment, ich muss nur noch kurz …«

Er brachte den Satz nicht mal zu Ende, weil er schon wieder mit dem Handy beschäftigt war, abgetaucht in eine andere Welt.

Und auf einmal, fast schockhaft, verstand Laura, was sie damals an Max fasziniert hatte: die Aura eines unergründlichen Mannes, bei dem man nie wusste, woran man war. Zwar hatten sie eine Wohnung geteilt, aber die Signale waren immer widersprüchlich geblieben. Mal wirkte Max zugewandt, dann wieder entzog er sich. Er nannte es Freiheitsbedürfnis, Laura Unzuverlässigkeit. Doch gerade das hatte Max so reizvoll, ja begehrenswert für sie gemacht, und auch jetzt spürte sie wieder diesen seltsamen Sog.

Immer schön cool bleiben, sagte sie sich. Du bist hier, um Probleme zu lösen, nicht, um dir ein neues anzuschaffen. Man lacht nicht zweimal über denselben Witz, und man geht auch nicht zweimal demselben Mann auf den Leim. Also, was hast du schon zu befürchten?

Eine ganze Menge, wisperte es in ihr.

Kapitel 11

Gleich hinter der schweren Eisentür begann das Max-Universum: ein großes Loft mit unverputzten Klinkerwänden, sparsam möbliert und unterkühlt wie eine Büroetage. Keine Blumen, keine Pflanzen, keine Bücherregale, keine Bilder. Nur zwei spartanisch aussehende steingraue Couchen, ein Stehpult mit zwei Laptops, weiter hinten ein schwarzer Futon, über dem der zitronengelbe Neonschriftzug *Realität ist was für Phantasielose* prangte.

Das war's. Nicht gerade ein Traumambiente für Laura, die Deko mit Retro-Charme wie Luft zum Atmen brauchte. Aber die Geschmäcker waren halt verschieden. Was sollte sie schon von einem Mann erwarten, der ihr damals Blumen von der Tanke gekauft hatte?

Immerhin konnte sie jetzt nachvollziehen, wie sehr Max unter ihrer Wohnung gelitten haben musste. Prompt bewegte sie die Frage, ob das ein Ausschlusskriterium bei ihren künftigen Beziehungen sein könnte. Was, wenn sie sich beispielsweise in Daniel verliebte, und er genauso puristisch drauf war wie Max? Würde sie ihm zuliebe auf ihren geliebten Trödel verzichten, auf all die wunderschönen Fundstücke, die ihre Wohnung erst zu einem echten Zuhause machten?

Ich werde eine weitere Liste anlegen, nahm sie sich vor: Absolute No-Gos versus Kompromisse, die ich eventuell eingehen würde.

»Sekunde.« Max widmete sich kurz den beiden Laptops, dann drehte er sich zu ihr um und verschränkte die Arme vor seinem schwarzen T-Shirt. »Respekt. Anscheinend kriegst du immer alles, was du willst.«

»Wieso?«

»Na, eigentlich wollte ich nur mit dir telefonieren, jetzt bist du hier. Und wie man sieht«, er zeigte auf ihren Ehering, »hast du auch einen Mann bekommen.«

»Ja, stimmt«, flunkerte Laura, »einen Gatten gibt es auch.«

»Setz dich doch«, sagte er und deutete auf eine der grauen Couchen. »Musik?«

Etwas erschöpft sank sie auf das bretthart graue Gebilde, das in seiner Welt eine Couch war.

»Kommt drauf an. Was hörst du denn so?«

»Zurzeit Ghost Crunch Eternity Metal«, antwortete Cleo, die sich auf die Lehne der gegenüberliegenden Couch gefläzt hatte und ein netzstrumpfbewehrtes Bein über das andere schlug.

Aha. Laura hatte nicht die geringste Ahnung, was dieses Ghost-Crunch-Dings sein sollte, hob jedoch einen Daumen, um nicht so furchtbar uncool rüberzukommen. Zwei Klicks auf Max' Handy genügten, und ein ohrenbetäubender rhythmischer Lärm erfüllte den Raum. Laura fühlte sich wie bei einer Gallensteinzertrümmerung. Womit die Liste *Absolute No-Gos versus Kompromisse, die ich eventuell eingehen würde* einen neuen Stichpunkt bekam: Niemals würde sie einen Mann akzeptieren, der so einen unfassbaren Krach hörte und die gemeinsame Wohnung damit volldröhnte.

»Lieber doch keine Musik!«, schrie sie gegen den Lärm an. »Wir wollten doch reden!«

Max lachte verschmitzt. Ein weiterer Klick, und die Musik brach ab.

»War nur Spaß. Ich weiß doch, worauf du stehst.«

Die samtweiche Stimme von Michael Bublé sickerte auf einmal aus den unsichtbaren Boxen, und Laura spürte, wie eine Gänsehaut ihren Rücken hinunterrieselte. Es war ihr Lied: »I love you just the way you are – ich liebe dich genau so, wie du bist.« Das heißt, damals war es ihr Lied gewesen. Ob Max das noch wusste? Natürlich wusste er es. Sie sah es an der Art, wie er sie anschaute, mit der unausgesprochenen Frage: Na, weckt das Erinnerungen?

O ja, eine ganz bestimmte. Laura sah sich mit ihm in der Badewanne liegen, unzählige Teelichter und Duftkerzen warfen ihr flackerndes Licht auf die Kacheln, Michael Bublé sang, und das Wasser schwappte gluckernd über den Rand, so stürmisch liebten sie sich, und dann, dann, dann hatte Max die drei magischen Worte gesagt.

»So, nun gib mir mal deine kleinen Biester«, hörte sie Cleos Stimme. »Sonst wird das ja nie was mit eurem Gespräch.«

Womit Laura unsanft wieder in der Gegenwart landete. Mit kaum kaschiertem Widerwillen zog Max nicht weniger als drei Handys aus den Hosentaschen und übergab sie seiner Freundin, die die Geräte mit einem kleinen Zwinkern einkassierte.

»Manchmal hat Max auch vier dabei«, giggelte sie. »Die Strahlenbelastung ist ihm schnurz. Ich sag immer, wenn er sich weiter so viele Handys in die Hose steckt, kann er sich bald die Sterilisierung sparen.«

»Geschenkt, Kinder sind nicht so mein Zirkus«, winkte er ab.

Ein starker Spruch, der Laura jedoch nicht sonderlich überraschte. Max und Kinder, das passte in etwa so gut zusammen wie Terminator und Teletubbies. Deshalb konnte man eher froh sein, dass er die Vaterrolle kategorisch ablehnte, aus Rücksicht auf die Gefühle seiner ungeborenen Kinder sozusagen.

Während Cleo zur Küchenzeile an der Stirnwand des Raums ging, wo sie sich am Kühlschrank zu schaffen machte, setzte sich Max ihr gegenüber auf die Couch.

»Schieß los, was willst du wissen?«

Hm. Es bereitete Laura immer noch einige Schwierigkeiten, den Max von damals in ihm zu sehen. Letztlich saß ein fremder Mann vor ihr, ein sehr fremder, aber irgendwie auch sehr vertrauter Mann, und dieser Widerspruch verwirrte sie.

»Mich interessiert, na ja, welche Dinge dich damals an mir gestört haben«, antwortete sie stockend. »Wir haben uns nie richtig ausgesprochen. Deshalb möchte ich, dass du nachholst, was du damals versäumt hast: mir zu sagen, was dich an unserer Beziehung gestört hat.«

»Dann willst du Zugang zu einem verschlüsselten Netzwerk.« Er schaute hoch zur Decke, bevor sein Blick zu ihr zurückkehrte. »Was soll ich sagen – mein Beziehungsleben ist passwortgeschützt.«

Gleich darauf entdeckte Laura etwas Merkwürdiges: Seine Mundwinkel bewegten sich nicht, aber seine Augen lächelten. Das machte etwas mit ihr, was ihr einen gehörigen Schreck einjagte: Sie fing an, ihn fast wieder zu mögen. Max. Mögen! Schon beim gemeinsamen Lachen hatte es angefangen. Sie spürte es. Und sie spürte, dass er es spürte.

Weiter im Text, ermahnte sie sich. Bist du hier, um was zu lernen oder um zu flirten? Flirten, was sonst, kicherte eine kleine freche Stimme in ihrem Inneren. Nein, ich bin absolut nicht zum Spaß hier, hielt Laura dagegen.

»Wenn ich es recht verstehe, betrachtest du also dein Herz als Festplatte«, fuhr sie fort.

»Exakt.«

»Und wie soll ich dein Passwort knacken? Dafür fehlen mir dreizehn Jahre.«

»Stell einfach deine Fragen«, erwiderte er knapp.

Das Lächeln in seinen Augen intensivierte sich jedoch, bohrte sich mitten in ihre verwaiste Seele und fand zielgenau den Schalter für das Kopfkino weiterer romantischer Erinnerungen. Wie sie sich frühmorgens auf dem zerschlissenen Sofa eines Coffeeshops kennengelernt hatten, beide noch etwas tranig, beide mit einem doppelten Espresso in der Hand, und Max etwas wie »Koffein ist mein ultimativer Life Hack« genuschelt hatte. Wie sie sich dann in einer Bar nähergekommen waren, trotz des Laptops, den Max auch abends mit sich schleppte. Und dann die erste Nacht …

Nein, nein, nein, so ging das nicht. Mühsam beherrscht holte Laura ihren Notizblock hervor, riss eine Seite raus und wedelte damit herum.

»Ich führe eine Liste und notiere mir alles auf diesem Zettel, siehst du? Also, was spricht gegen eine Beziehung mit mir?«

»Dafür reicht der Zettel nicht«, kam es wie aus der Pistole geschossen zurück.

»Max …«

»Laura.« Lässig legte er seine Arme auf die Couchlehne. Und das verflixte Augenlächeln hatte er mindestens so gekonnt drauf wie Skipper. »Wie nennst du überhaupt deine Liste?«

»Eigenschaften und Verhaltensweisen, die einer harmonischen Beziehung mit mir im Wege stehen«, trug sie gewichtig vor.

»Nenn es doch K. o.-Liste, das spart Zeit.« Er schaute zur Seite. »Ach, der Tee, danke.«

Mit großen Schritten stiefelte Cleo heran, die zwei randgefüllte schwarze Becher in den Händen hielt. Einen reichte sie Max, den anderen Laura.

»Für eure gute Laune«, griente sie so vergnügt, dass die Piercings an ihren Lippen leise klimperten.

Komisch, der Becher fühlte sich eiskalt an. Laura schnupperte an der Flüssigkeit, die seltsam süßlich roch.

»Das ist gar kein Tee, oder?«

»Nee, Red Bull mit Guarana und Minze, Spezialrezept des Hauses«, sagte Cleo und zupfte an ihrem schwarzen Lederrock. »Kann ich sonst noch was für dich tun, Max?«

»Nein, das wäre alles. Du kannst dann gehen.«

Laura fiel die Kinnlade runter. Wie redete er denn mit ihr? Was für ein Pascha! Sie wartete, bis Cleo sich zurückgezogen hatte, dann lederte sie los.

»Sag mal, geht's noch? Du behandelst sie wie deine persönliche Sklavin! Schon mal was von Gleichberechtigung gehört?«

»Gelegentlich«, sagte er gefasst. »Vielleicht sollte ich an dieser Stelle erwähnen, dass ich mittlerweile ein sehr erfolgreicher Spieleentwickler bin und ein großes Software-Unternehmen führe. Cleo ist meine Assistentin. Sie koordiniert meine Termine und kümmert sich darum, dass hier alles reibungslos läuft.«

Lauras Kinnlade fiel noch ein bisschen weiter runter. Nie hätte sie gedacht, Max könnte auf seiner nerdigen Macke ein Geschäftsmodell aufbauen. Dass er ein eigenes Unternehmen und sogar eine persönliche Assistentin hatte, war eine Neuigkeit, die sie erst mal verkraften musste. Nachdem sie die Red-Bull-Guarana-Minz-Kreation probiert hatte, die so eigenartig schmeckte, wie sie sich anhörte, setzte sie sich ganz gerade hin.

»Dann ist Cleo also gar nicht deine Freundin? Und warum stehen eure beiden Namen unten an der Klingel?«

»Reine Vorsichtsmaßnahme zur Abschreckung der Groupies.« Seelenruhig nahm auch Max einen Schluck von dem Gebräu. »Tut mir leid, wenn das etwas angeberisch klingt, aber in der Spieleszene ist ein richtiger Hype um mich entstanden. Das liegt an den Messen, bei denen ich mit meiner Firma präsent sein muss. Da springen all diese verrückten Cosplay-Mädchen durch die Gänge und wollen mich daten.«

Jetzt kam Laura nicht mehr mit.

»Die – was?«

»Cosplay ist ein Verkleidungstrend, der seinen Ursprung in der japanischen Jugendkultur hat«, erläuterte er den Begriff. »Die Fans ziehen sich an wie ihre Helden aus den Spielen, das ist das neue heiße Ding.«

Wieder was gelernt. Überhaupt hatte Laura schon eine Menge gelernt, obwohl es noch gar nicht zu einem nennenswerten Gespräch gekommen war. Die Sache mit den Ausschlusskriterien zum Beispiel war eine sinnvolle Ergänzung ihrer Listen. Und dass sie sich nie wieder in einen unnahbaren Mann wie Max verlieben wollte.

»Gut.« Sie zückte ihren Stift. »Noch mal von vorn. Was hat dich damals an mir gestört?«

Nachdem Max seine Brille abgenommen und neben sich auf die Couch gelegt hatte, sah er sie eindringlich an.

»Du bist klasse, Laura, tüchtig, liebenswert. Aber in einer Beziehung stolperst du über deine Gefühle wie der Dinner-for-one-Butler über den Tigerkopf. Dann steigerst du dich in deine sentimentalen Vorstellungen rein und verlangst gute Feen und Einhörner, wo es nüchtern betrachtet nur um das effiziente Zusammenleben zweier Menschen geht. Verzeih meine Offenheit, aber manchmal warst du damals fast schon hysterisch.«

Ach, du grüne Neune. Bei jedem Wort war Laura etwas kleiner geworden. So also sah er sie? Als hysterisches Einhorn, das über Tigerköpfe stolperte? Andererseits war Max ein Funktionsfetischist, für den Gefühle wohl eher Komplikationen bedeuteten.

»Du wolltest die Wahrheit«, sagte er und zuckte mit den Schultern. »Ich könnte natürlich auch einen soften Filter drüberlegen – emotional statt hysterisch, romantisch statt sentimental. Aber dann würde ich lügen, und dafür finde ich dich viel zu, na ja, anziehend. Geradezu sexy anziehend.«

Nun hatte er Laura völlig aus dem Konzept gebracht. Erst eiskalt, dann wieder heiß, was für ein Wechselbad. Widersprüchliche Signale schienen immer noch seine Spezialität zu sein.

»Du, ähm, findest mich anziehend?«

»Würdest du sonst auf meiner Couch sitzen?« Ein kleines Schmunzeln umspielte seine Mundwinkel. »Ich verliere wahrscheinlich gerade viel Geld, weil ich offline bin. Aber als ich dich sah … du hast mich geflasht.«

Damit brachte er in seiner tiefgekühlten Art auf den Punkt, was Laura gleichermaßen erregte wie ärgerte: Sie hatte den verpeilten, etwas unscheinbaren alten Max erwartet, der ihr nicht mehr gefährlich werden konnte. Ja, Pustekuchen. Es knisterte gewaltig zwischen ihnen.

»Weißt du noch, wie happy wir in deiner verkramten kleinen Bude waren?«, fragte er versonnen. »Vor unserem ersten Mal hast du die Bettdecke mit Rosenblättern bestreut, am nächsten Morgen hast du mir als Frühstück diese superleckeren italienischen Pfannkuchen mit Schinken ans Bett gebracht. Und in den Sommernächten sind wir mit einer Flasche Wein aufs Dach geklettert, um die Sterne zu sehen. Hey, einmal sind wir sogar nachts ins Schwimmbad eingebrochen und haben nackt gebadet. Na ja, nicht nur gebadet.«

Selbstverständlich hatte Laura nichts davon vergessen. Jede einzelne Szene stand ihr wieder überdeutlich vor Augen. Seine Worte weckten eine unbestimmte Sehnsucht nach dem jugendlichen Übermut der frühen Jahre, als die Welt noch eine große Wundertüte gewesen war, voller Abenteuer, voller unentdeckter Genüsse. Und sie hatten damals so einige Genüsse gemeinsam entdeckt, nicht zuletzt die sinnlichen.

Max schien dasselbe zu denken. Sein entrückter Blick streifte erst sie, dann den Futon. Nicht gut. Gar nicht gut. Laura wusste, was das wissende Lächeln seiner Augen bedeutete, der zur Seite geneigte Kopf, der leicht verschleierte Blick. Und ob sie nun wollte oder nicht, ihr Körper reagierte darauf.

Zitternd stellte sie die Tasse auf den Boden, weil sie sonst die Hälfte verschüttet hätte. Sex mit dem Ex kam überhaupt nicht infrage. Es war unsinnig, es war unmoralisch, es war das, was Skipper ihr empfohlen hatte: eine Bettgeschichte ohne Liebe. Also genau das, was sie definitiv nicht wollte. Auch die Phase der unerreichbaren Männer war unwiderruflich abgeschlossen. Max mochte alte Reflexe in ihr wachrufen, mittlerweile war sie dagegen gefeit.

»Die zwanzig Minuten sind um«, stieß sie hervor und schoss von der Couch hoch. »Danke für deine Zeit, danke für den Drink, mein Mann holt mich gleich ab.«

»Warte mal bitte, Laura.« Das erotische Funkeln in seinen Augen erlosch und wich einem nüchternen, wenn auch durchaus wohlwollenden Ausdruck. »Mir ist da gerade noch was eingefallen.«

Mit einer einladenden Geste bedeutete er ihr, wieder Platz zu nehmen, was sie nach kurzem Zögern auch tat.

»Was gibt es denn noch?«

Es schien ein längerer Vortrag zu werden, denn er streifte die Wildleder-Slipper von den Füßen und streckte sich der Länge nach auf der Couch aus.

»Ich würde sagen, Beziehungen sind wie Videospiele.«

»Videospiele?«, wiederholte Laura ungläubig.

»Irgendwie schon. Du musst dich halt anstrengen, wenn du den nächsten Level erreichen willst.«

»Verstehe ich nicht.«

»Der Anfang ist immer leicht«, erklärte Max, jetzt die Ruhe in Person. »Mal ehrlich, verlieben kann sich nun wirklich jeder Dussel. Das ist der erste Level. Dann kommt der zweite, man lernt sich näher kennen, auch die negativen Seiten, und akzeptiert sie. Dritter Level: Man kommt zu dem Schluss, dass es nicht den sozialen Tod bedeutet, wenn man seinen Partner Familie und Freunden vorstellt, und tritt ab jetzt offiziell als Paar auf. Vierter Level: Man zieht zusammen, ganz großes Ding.«

»So weit haben wir es immerhin geschafft«, warf Laura ein.

»Stimmt. Den fünften Level allerdings nicht: Man gelobt sich ewige Treue, heiratet vielleicht sogar. Dann kommen die nächsten Level: Kinder, Umzüge, Krisen, Verluste, Erfolge, die entweder irgendwo hinführen oder das Ende bedeuten. Doch vor jedem nächsten Level muss man genügend Punkte sammeln.«

Lauras Hirn arbeitete auf Hochtouren. So bizarr der Vergleich auch schien – je länger sie Max zuhörte, desto einleuchtender fand sie seine Theorie. Es stimmte ja, eine Beziehung fiel nicht vom Himmel. Es gab immer den nächsten Schritt, und dafür musste man offenbar etwas tun. Vielleicht auch etwas opfern. Dazu war sie bislang nicht bereit gewesen. Nicht genug. Bei Max hatte sie das Nerdige gestört, bei Sebastian das ausgeprägte Sozialleben mit seinen Kumpels, und so weiter und so fort.

»Die Goldene Hochzeit ist dann ungefähr Level Nummer tausend, oder?«, scherzte sie, um ihre Beklommenheit zu überspielen.

»Kommt in etwa hin.« Max wackelte ein bisschen mit seinen schwarz bestrumpften Zehen. »Falls es dich tröstet: Nachdem es mit uns beiden aus war, bin ich nie mehr über den zweiten Level hinausgekommen. Aber ich arbeite dran.«

Wow. So viel Bereitschaft zur Selbstreflexion hätte Laura ihm gar nicht zugetraut. Ganz nebenbei verstand sie jetzt auch, warum Cleo von einem Trauma gesprochen hatte.

»Das war wirklich sehr erhellend.« Sie nippte an dem Getränk, das Max als Gute-Laune-Tee bezeichnete. »Nur noch eine Frage: *Wie* arbeitest du daran?«

»Mit meinem Therapeuten natürlich«, erwiderte er so selbstverständlich, als rede er von seinem Friseur. »Demnach bin ich ein passiver Beziehungsverweigerer: mal da, mal weg, aber nie richtig anwesend.«

Besser hätte Laura es nicht beschreiben können. Nur vordergründig waren es die Handys oder Laptops gewesen, die sie gestört hatten. In Wahrheit war es Max' Art gewesen, sich dauernd zu entziehen.

»Dann lag unsere Trennung also nur an dir, nicht an mir«, stellte sie mit einiger Erleichterung fest.

Er lachte trocken auf, dann bedachte er sie mit einem amüsierten Hast-du-denn-gar-nichts-kapiert-Blick.

»Zu einer negativen Dynamik gehören immer zwei, liebe Laura. Hast du dich denn nie gefragt, warum du auf einen Mann abfahren konntest, der dir die gewünschte Nähe verweigert?«

Laura spürte ein Ziehen im Bauch. Worauf sollte das denn jetzt hinauslaufen? Darauf, dass der Schwarze Peter doch wieder bei ihr landete? Nee, nee, so nicht, lieber Max.

»Fragen kann man viel«, sagte sie mit einer wegwerfenden Handbewegung. »Zum Beispiel, ob der Meeresspiegel kaputtgeht, wenn man in See sticht.«

»Aber du wolltest doch Antworten, oder?« Max faltete die Hände hinter dem Kopf und schaute sie so mitfühlend an wie ein Arzt, der seiner Patientin eine schlechte Nachricht überbringen musste. »Eine Frau, die auf unerreichbare Männer steht, hat ebenfalls ein Vermeidungsmuster.«

»Du liebe Güte, wieso das denn?«

»Instinktiv sucht sie sich einen Kerl, mit dem es nie zu eng werden kann. Voilà, auch so kann man eine Beziehung torpedieren.«

Das war ein dicker Hund. Laura wusste gar nicht, wo sie anfangen sollte – bei ihrer Sehnsucht nach dem Mann fürs Leben beispielsweise oder ihrer Fähigkeit zur absoluten Hingabe.

»Habe ich dich richtig verstanden? Ich will das, was ich nicht haben kann, weil ich froh bin, dass ich es dann nicht bekomme? Das ist doch Quatsch mit Soße.«

»So lautet die Analyse meines Therapeuten.«

Allmählich wurde es Laura zu bunt. Energisch schüttelte sie den Kopf.

»Bestimmt hast du einen obergenialen Psychoklempner, aber über mich sollte er sich kein Urteil erlauben. Der kennt mich doch gar nicht!«

»Muss er auch gar nicht«, entgegnete Max mit einem feinen Lächeln. »*Ich* kenne dich, das dürfte reichen. Denkst du im Ernst, ich hätte das mit uns einfach so ad acta gelegt? Du bist eine Frau voller Widersprüche – willst alles und hast insgeheim Angst vor diesem Alles.«

Wie ein begossener Pudel saß Laura da. Ihr erster Impuls bestand darin, seine Diagnose als den gekränkten Stolz eines zurückgewiesenen Mannes abzutun. Auf den zweiten Blick wurde sie allerdings schwankend. Eines stimmte immerhin: Sie sehnte sich nach Nähe, nach der absoluten Verschmelzung, doch nach einer gewissen Zeit war stets sie diejenige, die Schluss machte. Aus den unterschiedlichsten Gründen – weil sie sich emotional untersommert fühlte, weil die Auffassungen von Beziehung, Ehe, Familiengründung, Freizeitgestaltung, Ordnungsliebe, Essgewohnheiten kilometerweit auseinanderklafften. Irgendwas war ja immer.

»Du fragtest nach deinem Fehlercode«, fügte Max hinzu. »Hier ist er: Du hast ein Nähe-Distanz-Problem.«

Vollkommen perplex musterte Laura sein ebenmäßiges männliches Gesicht.

»Bitte – was?«

»Dasselbe Problem habe ich auch«, lächelte er provozierend entspannt. »Aber ich stehe dazu, dass ich ein komplett gestörter Emotionsidiot bin. Du hingegen behauptest, der geborene Paarmensch zu sein, rennst aber einfach weg, wenn es unrund läuft. Ist natürlich lange her mit uns beiden, doch auch jetzt warst du wieder drauf und dran wegzurennen. Vielleicht solltest du mal darüber nachdenken, ob du eine echte Beziehung überhaupt aushältst.«

Bis jetzt war Laura in Abwehrstellung gewesen, doch ihr Widerstand schmolz. Wenn das stimmte, und es klang dummerweise plausibel, bescherte Max ihr gerade ein Aha-Erlebnis. Schon Skippers Andeutungen waren in diese Richtung gegangen. Und hatte Mimi nicht gesagt, dass sie entweder einem Mann hinterher- oder vor ihm wegrannte?

»Hey, nun guck mal nicht so grumpy cat«, sagte Max begütigend. »Ist doch kein Weltuntergang.«

»Nur die totale Bankrotterklärung meiner Beziehungsfähigkeit.«

Laura griff wieder zur Tasse, weil sie das Bedürfnis hatte, sich an irgendetwas festzuhalten. Zu ihrer größten Verwunderung fühlte sie plötzlich einen Anflug von Bedauern, dass sie damals einen unreifen Youngster hatte gehen lassen, bevor er sich zu einem Mann entwickeln konnte. Auf seine etwas schräge Art hatte Max mehr Durchblick in Liebesdingen als mancher Psychologe. Vielleicht hätte sie ihm damals eine zweite Chance geben sollen.

»Auf welchem Level bist du eigentlich gerade?«, überrumpelte er sie mit einer Frage, die sie tief erröten ließ.

Oje, Daniel! Kurz vor Level eins, Dusselstadium, hätte sie fast geantwortet, konnte sich aber noch rechtzeitig bremsen.

»Mein Mann und ich, na ja, wir sind so bei fünfhundert«, schwindelte sie.

»Und jetzt geht's nicht weiter?«, hakte Max nach. »Oder warum braucht dein emotionales Betriebssystem ein *Update*?«

Lügen hatten kurze Beine, und für Laura war jetzt der Moment gekommen, in dem sie nicht mehr vom Fleck kam.

»Reine Vorsichtsmaßnahme, um etwaige Krisen zu meistern«, zog sie sich aus der Affäre und trank das Gute-Laune-Gebräu aus. »Danke, dass du so offen gesprochen hast. Ich geh dann mal.«

»Halt, eins noch.« Max rutschte ganz nach vorn auf die Kante der Couch und setzte seine Brille wieder auf, als wolle er sich nicht die winzigste Reaktion auf seine nächste Frage entgehen lassen. »Wen hast du eigentlich geheiratet? Jemanden, den ich kenne? Skipper vielleicht?«

Skipper? Laura rang nach Luft. Wie kam Max denn jetzt ausgerechnet auf Skipper?

»Natürlich nicht«, antwortete sie mit belegter Stimme. »Skipper läuft außer Konkurrenz.«

»Da hatte ich aber einen ganz anderen Eindruck. Ihr wart schon damals unzertrennlich, und ich dachte immer …«

Lauras Herz klopfte auf einmal so hart gegen ihren Brustkorb, dass es sich wie ein Trommelfeuer anfühlte.

»Was dachtest du?«

»Dass ich sozusagen der Ersatzmann bin, nicht die erste Wahl.«

Ach, du Elend. Ihr wurde heiß. Mit einer Hand zerrte sie am Kragen ihres Sweatshirts.

»Das ist doch kompletter Unsinn.«

»Ich meine, verglichen mit dem überaus attraktiven Skipper war ich damals ein suboptimaler Specklurch«, lachte Max und lehnte sich wieder zurück. »Doch das ist nicht alles. Ihr habt so einen besonderen Flow …«

»Ja, und? Skipper ist mein bester Freund seit Urzeiten«, bot Laura ihm Paroli. »Er ist so was wie ein Bruder für mich. Außerdem weiß jeder, dass er sich nicht für eine feste Beziehung eignet.«

»Vielleicht macht ihn das ja umso begehrenswerter für dich?«

Gar nicht erst drüber nachdenken, Laura. Zwar passt Skipper erschreckend gut in das Schema *unerreichbarer Mann*, aber du hast ihn erfolgreich gefriendzoned. Außerdem bist du gerade im Begriff, mit Daniel einen wirklich tollen Mann kennenzulernen, frei nach der Devise: Bei Risiken und Nebenwirkungen verlieben Sie sich in Ihren Arzt oder Apotheker.

»Tja, war schön, in Erinnerungen zu schwelgen«, ging sie über Max' heikle Frage hinweg und stand ruckartig auf. »Alles Gute, und viele Grüße an Cleo. Ich glaube, sie ist in dich verliebt.«

Kapitel 12

Sehr, sehr nachdenklich stieg Laura aufs Motorrad und fuhr langsam davon, während alle möglichen Wörter kunterbunt durch ihren Kopf gondelten. Einhörner. Nähe-Distanz-Problem. Nächster Level. Beziehungsvermeidung. Skipper.

Noch nie hatte sie so offen und ehrlich mit jemandem über das Thema Beziehung gesprochen. Nicht einmal mit Mimi oder Charlotte. Nicht mal mit Skipper. Eine Riesenbaustelle tat sich vor ihr auf. Mehrere. Wo anfangen? Mit ihrer uneingestandenen Angst vor einer engen Bindung? Mit Daniel und der Frage, was sie tun musste, um Level tausend zu erreichen? Oder mit – Skipper?

Sie kapitulierte. Es war einfach zu viel auf einmal. Am meisten erstaunte sie immer noch der Scharfsinn von Max. Offenbar durfte man nicht unterschätzen, wie stark sich Menschen verändern konnten. Gewisse Eigenschaften waren gleich geblieben, etwa seine extrem rationale Art, doch alles in allem hatte er eine beeindruckende Entwicklung hingelegt.

Habe ich mich eigentlich auch weiterentwickelt?, überlegte sie, und wenn ja, zum Positiven?

Doch, doch, beruhigte sie sich. Als ich noch mit Max zusammen war – okay, *zusammen* ist bei einem wie ihm ein dehnbarer Begriff –, jobbte ich noch in Bahnhofsblumenläden, wo ich im Akkord irgendwelche struppigen Sträuße zusammenschustern musste. Jetzt habe ich meine eigene, sehr persönlich geführte Floristeria, richtig gute Freunde und mehr Selbstbewusstsein als die fünfundzwanzigjährige Laura.

Mit diesen Gedanken ließ sie die Lichter der Stadt hinter sich und tuckerte durch die nächtlich dunkle Landschaft. Ja, ich bin jetzt eine gestandene Frau, dachte sie. Wobei, wenn sie ehrlich war, kam ihr Selbstbewusstsein regelmäßig ins Schlingern: immer dann, wenn sie mit ihrem Singleleben haderte.

So wie jetzt. Inzwischen hatte sie den Gasthof »Zur Linde« erreicht und Lust auf ein deftiges Abendessen, doch schon als sie die Tür zur Schankstube öffnete, überkam sie ein dummes Gefühl. Instinktiv zog sie die Schultern hoch. Auch im einundzwanzigsten Jahrhundert konnte man sich ungeteilter Aufmerksamkeit sicher sein, wenn man als Frau abends ganz allein ein Lokal betrat. Manche Gäste musterten sie bedauernd, andere starrten sie ungeniert an.

Laura hätte auf dem Absatz kehrtgemacht, wenn nicht die junge Kellnerin gewesen wäre, die ihr fröhlich zuwinkte.

»Hi, wie war's mit dem Ex? Ich bin übrigens Karoline, Sie können aber auch Karo sagen«, sagte sie im Vorübergehen und verteilte mehrere mit Roastbeef und Bratkartoffeln beladene Teller an den Tischen, bevor sie zu Laura zurückkehrte. »Lieber ein Platz hinten in der Ecke oder hier vorn am Tresen?«

Zaudernd betrachtete Laura die holzgetäfelte Schankstube. Rot karierte Tischdecken, schmiedeeiserne Lampen und imposante Hirschgeweihe an den Wänden verliehen dem Raum einen gemütlich-rustikalen Touch, vor dem langen Tresen aus hellem Holz standen ledergepolsterte Barhocker. Alles in allem ein einladendes Lokal. Die Gäste schienen jedoch nur aus Paaren zu bestehen, und sie fühlte sich hier wie ein Zaungast auf einer Party, zu der sie nicht eingeladen war.

Es war so himmelschreiend ungerecht. Selbst auf die Arche Noah hatten es nur Paare geschafft! Oder wäre Noah etwa bereit gewesen, eine einzelne Giraffendame und ein alleinstehendes Koalaweibchen mitzunehmen? Eben.

Ab in die Ecke!, war deshalb ihr erster Impuls. Nee, nee, dachte sie gleich darauf, warum sollst du dich verstecken, nur weil du nicht im Doppelpack unterwegs bist? Schluss mit dem Single Shaming! Zeig's ihnen!

»Gern am Tresen«, verkündete sie, glitt auf einen der hohen Barhocker und zog ihre Motorradjacke aus. »Danke, dass Sie so nett sind.«

»Ich?« Die Kellnerin lachte kehlig. »*Sie* sind nett. Mich nennt man hier ein vorlautes Gör, weil ich sehr direkt bin. Ich rede halt, wie mir der Schnabel gewachsen ist.«

»Daran ist doch absolut nichts Falsches.«

»Finden Sie?« Mit einem dumpfen Stöhnen begann die junge Frau, den Tresen abzuwischen, auf dem Bierdeckelstapel, verblichene Plastikblumensträuße und kleine Gläser mit Zahnstochern ein weitgehend geschmacksfreies Dasein fristeten. »Sie kommen aus der Stadt, richtig?«

Woran hatte sie das denn erkannt?

»Ja«, bestätigte Laura verwundert. »Wieso?«

»Auf dem Land denkt man anders. Ganz anders.« Geschickt betätigte Karoline den Hahn der chromblitzenden Zapfanlage, um mehrere große Bierhumpen gleichzeitig zu füllen. »Vorlaute Mädels sind hier unerwünscht. Bei uns erwartet man, dass Frauen kantenfrei rundgelutscht rüberkommen.«

Laura konnte nicht anders, sie musste lachen. Diese junge Frau war wirklich sehr direkt. Das gefiel ihr, so wie die patente Art, mit der Karoline mehrere Biere gleichzeitig zapfte, sogar jetzt noch auf Zuruf Bestellungen annahm und nebenbei zwei durchgeweichte Servietten in den Müll beförderte. Dazu die originelle Frisur mit dem rosa Schimmer – ja, Karo hatte was.

Das hätte Laura ihr auch gesagt, wenn sie nicht von einem hartnäckigen Vibrieren in ihrer rechten Hosentasche abgelenkt worden wäre. Plötzlich wurde ihr bewusst, dass sie schon seit Stunden nicht mehr auf Nachrichten reagiert hatte. Bestimmt machten sich die Daheimgebliebenen schon Sorgen. Und Daniel?

Hektisch kramte sie das Handy hervor. Wie zu erwarten, poppten jede Menge Messages auf.

Fritzchen frisst! Endlich! C

Papa meint, Du solltest mal dieses Online probieren. Ich halte gar nichts davon, aber hier ist sein Tipp (hoffe, ich habe es richtig geschrieben): Lassdichüberraschen.com. Es umarmt Dich Deine Mama (Papa auch)

Beim Tanken auf die Oktanzahl achten, sonst rattert die Maschine wie ein alter Trecker. LG Tom

Ging's? Oder hat Max immer noch Wirsing im Hirn? Kuss, Deine Mimi

Sag schon, wie war es? Wie war ER? Bitte melde Dich asap. C

Muss ich irgendwen verhauen? Sk

Aus Rücksicht auf Deine sehr besorgte Freundin Charlotte könntest Du Dich ruhig mal melden.

Luna sitzt auf dem Schrank. Wie hole ich sie da wieder runter? Küsse, Mimi

Alles okay so weit, Cara? Ich denk an Dich, Eddy

Ach ja, und bitte schreib mir. Unbedingt! Noch mehr Küsse, Mimi

Was zum Teufel ist Alchemilla? Hier war heute eine Kundin, die danach fragte. Sk

So ging es in einem fort. Laura scrollte weiter runter. Eine weitere Nachricht von Daniel war eingegangen, was flirrende Aufregung in ihr auslöste. Gleich lesen oder aufheben? Sie entschied sich für aufheben, um seine Botschaft ganz in Ruhe oben im Zimmer zu genießen und dann mit ihm zu chatten. Auch die Auswertung des Gesprächs mit Max würde sie in aller Ruhe erledigen.

»Sie sind keine Biertrinkerin, richtig?«, lächelte Karoline, die ungefragt ein Glas Weißwein auf den Tresen stellte und eine Papierserviette dazulegte. »Wie war denn nun Ihr Ex? Eine fröstelnde Enttäuschung? Eine heiße Versuchung? Oder haben Sie etwa friedefreudemäßig beschlossen, Freunde zu bleiben?«

»Danke, in der Tat bin ich eher eine Weinliebhaberin.« Laura nahm erst mal einen Schluck und betupfte sich mit der Serviette die Lippen. »Mit Max, so heißt er, war es sehr, sehr aufschlussreich. Aber Freunde bleiben? Das ist doch, als ob man sagt: Unsere Geranien sind eingegangen, trotzdem können wir sie ja noch ein bisschen gießen.«

»Ganz meine Meinung«, gluckste Karoline.

»Max ist Geschichte«, stellte Laura klar. »Auch wenn er inzwischen ein hochinteressanter Gesprächspartner ist. Jetzt habe ich Riesenhunger. Was können Sie mir denn zu essen empfehlen?«

»Strammen Max?«

Diesmal lachten sie beide. Es war so befreiend. Allmählich fiel die Anspannung von Laura ab.

»Haben Sie eigentlich auch Lakritze? Oder Schokolade?«, fragte sie, nachdem sie sich einen weiteren Schluck Wein genehmigt hatte. »Für später, meine ich. Eine Minibar gibt es ja nicht auf dem Zimmer.«

Karoline legte ihre Stirn in Falten.

»Schokolade ist der unromantischste Bettgefährte überhaupt, gleichbedeutend mit Ich-muss-mir-den-Frust-von-der-Seele-futtern.«

»Und wenn's so wäre?«

»Ich sag dir was – falls ich Du sagen darf.«

Laura war schon wieder zum Lachen zumute. Wahrscheinlich war sie einfach ein bisschen überdreht nach der Begegnung mit Max.

»Kein Problem. Ich heiße Laura, aber du kannst auch Laura zu mir sagen.«

Daraufhin kicherte Karoline so ausgelassen, dass die bunten Kreolen an ihren Ohrläppchen im Takt mitwippten. Gekonnt verzierte sie die Bierhumpen mit weißen Schaumkronen.

»Du brauchst keine Süßigkeiten, Laura, du brauchst einen Ausflug in die Realität. Ich würde mal vermuten, du hast gerade Zoff mit deinem Ehemann, sonst hättest du nicht deinen Ex besucht. Doch glaub mir: Nichts ist für immer in diesem Leben – die Liebe schon gar nicht. Liebe wird überschätzt, finde ich. Also lass die Dinge ganz gelassen auf dich zukommen.«

Damit verschwand sie, um die frisch gezapften Biere zu servieren. Ziemlich verdattert schaute Laura ihr hinterher. Dann schweifte ihr Blick über die indirekt beleuchteten bunten Flaschenregale hinter dem Tresen, ohne wirklich etwas zu sehen. Was Karo da vom Stapel gelassen hatte, erinnerte sie an jemanden. An jemand ganz Speziellen.

Und plötzlich durchzuckte es sie wie ein Stromschlag: Karo war die perfekte Frau für Skipper! Blitzgescheit, kess und ohne falsche Sentimentalitäten unterwegs – genau die Richtige also, um Skipper so glücklich zu machen, dass er nicht mehr im Kopf seiner Freundin Laura herumspuken konnte. Doch wie in aller Welt brachte man ihn mit Karo zusammen?

Ein reich gefüllter Teller landete knallend vor ihr auf dem Tresen.

»Bitte sehr, einmal Roastbeef mit Bratkartoffeln und Remoulade«, sagte Karoline und legte Besteck dazu. »Guten Appetit!«

Laura staunte Bauklötze. Erst hatte Karo beim Wein richtig gelegen, nun auch beim Essen.

»Woher wusstest du …?«

»Ich hab deinen schmachtenden Blick gesehen, als du ins Lokal kamst. Da hast du das Roastbeef schon mit den Augen verschlungen. Warum sollte ich noch auf deine Bestellung warten?«

Alle Achtung, Karo war wirklich plietsch. Während Laura hungrig zu essen begann, gefiel ihr der Gedanke immer besser, sie mit Skipper zu verbandeln. Und zwar so schnell wie möglich. Am besten vorgestern.

»Du siehst aus, als würdest du gerade deine Steuererklärung machen – im Kopf«, grinste Karo, die ein zweites Glas Weißwein auf den Tresen stellte. »Wohl bekomm's.«

Sie wollte schon weitergehen, doch Laura hielt sie zurück.

»Warte mal, Karo. Gefällt dir dein Job?«

»Wow.« Die Augen der jungen Frau weiteten sich verblüfft. »Und da sage noch einer, ich sei direkt – du toppst wirklich alles. Wie kommst du denn jetzt darauf?«

Laura merkte selber, dass die Frage wie aus der Luft gegriffen wirken musste. Der Hintergrund war ja auch das Endprodukt eines recht langwierigen Gedankengangs.

»Ich dachte halt, wenn man dich hier als vorlautes Gör bezeichnet, was ja nicht gerade ein Kompliment ist, wäre vielleicht was Neues angebracht. Ein Job, der besser zu dir passt.«

»Von so was kann ich nur träumen.« Mit einer Hand zwirbelte Karoline ihre rosa geschnittenen Haarsträhnen hoch. »Jobs sind in dieser Gegend sowieso rar gesät, und etwas Passendes, was sollte das schon sein bei einer Rumpelziege wie mir?«

Ja, was wohl? Binnen Sekunden war ein Plan in Laura herangereift, und ihr weiblicher Instinkt sagte ihr, dass sie genau richtiglag.

»Magst du Blumen?«

»Du meinst – so was?« Scherzhaft rupfte Karoline einen der Plastikblumensträuße aus der Vase, presste ihn an ihr Herz und stopfte ihn zurück. »Nein, danke. Sorry, muss weitermachen.«

Während sie zwischen den Tischen der Schankstube verschwand, um Geschirr abzuräumen und weitere Bestellungen aufzunehmen, arbeitete Laura in Gedanken ihren Plan weiter aus. Die Hürden lagen recht hoch. Ein Umzug. Eine neue Wohnung. Eine neue Stadt, in der Karo keine Freunde hatte. Beim Job hingegen war Laura so gut wie sicher, dass Karo ihn ohne Schwierigkeiten ausfüllen würde. Sie war patent und zupackend, außerdem hatte sie eine unkomplizierte Art, mit Menschen umzugehen.

Lauter Pluspunkte. Und hatte Skipper nicht selber gesagt, sie solle sich Hilfe für den Laden holen?

Laura musste ein bisschen schmunzeln, weil sie sich auf einmal so eifrig im Verkuppeln betätigte. Bisher hatte sie das immer abgelehnt. Aber Skipper und Karo waren wie füreinander geschaffen, daran bestand kein Zweifel.

»Wie ist es denn jetzt mit einem Schnaps?«, fragte Karo, als sie nach einer Weile wieder an den Tresen trat und Lauras leeren Teller auf ihr voll beladenes Tablett stellte. »Den Obstler hatte ich dir ja schon heute Nachmittag empfohlen. Ein echter Rachenputzer.«

»Nein, danke, sonst falle ich vom Barhocker.« Laura zögerte, dann sprudelte es aus ihr heraus wie glühende Lava aus einem spontan zu Leben erwachten Vulkan. »Entschuldige, es klingt total verrückt, aber ich habe einen Blumenladen, in dem ich Hilfe brauche, eine Floristeria, sie würde dir sicherlich gefallen, es ist nämlich nicht irgendein Laden, musst du wissen, und auch wenn ein Umzug erforderlich wäre – könntest du dir vorstellen, in einem sehr befriedigenden Job zu arbeiten?«

Mit lautem Scheppern setzte Karo das Tablett auf dem Tresen ab. Ihre Lippen formten ein großes rundes O, ihre Augen wurden groß wie Bierdeckel. Es hatte ihr die Sprache verschlagen, was sicher nicht oft vorkam.

»Du kannst es dir natürlich noch überlegen«, setzte Laura eilig dazu, »aber mach dir keine Sorgen, beim Umzug helfe ich dir, und auch wegen der Freunde, die du zurücklässt, musste du dir keinen Kopf machen. Ich habe jede Menge Freunde daheim, und meine Eltern würden dich sowieso auf der Stelle adoptieren, meine Mutter kocht genial, deshalb könntest du …«

»Halt«, krächzte Karoline. »Stopp.«

Laura schlug sich eine Hand vor den Mund. Oje, da waren wohl die Pferde mit ihr durchgegangen.

»Entschuldige. Ich habe dich völlig überrollt.«

»Nein, nein!« Ein übermütiges Lachen hüpfte auf einmal über Karos Koboldgesicht. »Ich mach's! Heilige Scheiße, ich mach's!«

Jetzt war es Laura, die verdutzt aus der Wäsche guckte.

»Wie? Einfach so?«

»Wie denn sonst?«, lachte Karo.

»Nee, warte, ich wollte dich nicht …«

»Papperlapapp. Auf so was habe ich immer gewartet.« Freudestrahlend zeigte Karo Richtung Decke. »Auf den Engel, der mich hier rausholt.«

Jetzt brauchte Laura wirklich einen zweiten Wein. Sie trank einen kräftigen Zug.

»Ich bin aber nicht gerade ein Engel.«

»Umso besser. Ich wollte auch keinen Flattermann oder so 'nen Prinzen, der mich zu seinem zugigen Gemäuer schleift. Ich wollte eine echte Chance. Ein Blumenladen, sagst du?«

»Floristeria Laura – Blumen sind Schokolade für die Seele«, zitierte Laura ihr Motto.

»Wie weit ist diese, ähm, Floristeria denn weg?«, fragte Karo, deren Unterlippe ein bisschen bebte, so als würde ihr erst jetzt bewusst, worauf sie sich da eventuell einließ.

»Ungefähr dreihundert Kilometer, das schafft man locker an einem Tag. Also, den Umzug.«

»Oha.«

»Bedenken?«

»Es ist nur …«, geräuschvoll sog Karo die Luft durch die Nase ein, »ich habe einen Hund.«

Laura hörte auf zu atmen. Skipper *liebte* Hunde. Mit Katzen konnte er wenig anfangen, weshalb ihm Luna und ihre Vorgängerinnen immer fremd geblieben waren. Aber Hunde waren seine große Leidenschaft. Nur weil Bobo, sein treuer alter Golden Retriever, vor zwei Jahren gestorben war und er ihm immer noch nachtrauerte, hatte er sich noch keinen neuen Vierbeiner angeschafft.

»Okay, verstehe, wenn das nicht geht, schade«, flüsterte Karo geknickt und wuchtete das volle Tablett vom Tresen.

»Nein, ein Hund ist super!«, beteuerte Laura. »Was ist es denn für einer?«

»Ein ziemlich großer – er heißt Kafka und ist, na ja, ein Berner Sennenhund.«

Perfekt! Skipper mochte nämlich ausschließlich große Hunde. Alles, was nur bis zum Knie reichte, rangierte bei ihm unter Staubwedel. Vor ihrem geistigen Auge sah Laura ihn schon ausgedehnte Spaziergänge mit Karo und Kafka unternehmen. Bestand diese Frau denn nur aus Pluspunkten? Wo war der Haken?

»Du bereust es schon, ich sehe das«, sagte Karo leise. »Es war nur eine Laune. Trotzdem danke.«

»Nein!« Laura glitt vom Barhocker, fasste Karoline an den Schultern und schaute sie beschwörend an. »Es ist mir ernst, ehrlich, ich bin nur etwas überrascht von meiner eigenen Spontaneität. Was hältst du davon, wenn wir eine Woche verstreichen lassen, und du überlegst es dir? Ich bin noch ein paar Tage unterwegs. Auf dem Rückweg komme ich wieder hier vorbei, dann teilst du mir deine Entscheidung mit.«

»Ich habe eine bessere Idee«, entgegnete Karo. »Während du unterwegs bist, nehme ich einen freien Tag und schaue mir gleich am Montag deine Floristeria an. So zum Reinschnuppern.«

Alle Achtung, diese junge Frau wusste, wie man etwas Neues anpackte. Mit der überaus praktischen Nebenwirkung, dass sie bei ihrem Schnupperbesuch unweigerlich Skipper in die Arme laufen würde. Ging's noch besser?

»Großartig«, atmete Laura auf, »ich sage im Laden Bescheid. Ich meine – ich kann natürlich für nichts garantieren, aber ich sehe eine mindestens fünfzigprozentige Chance, dass dir der Job gefallen wird.«

Karo lächelte spitzbübisch.

»Fein. Das sind dann schon mal fünfzig Prozent mehr als hier.«

Kapitel 13

Mit der schönen Perspektive, womöglich eine neue Mitarbeiterin *und* die perfekte Frau für Skipper gefunden zu haben, erklomm Laura die knarrende Holztreppe zum ersten Stock des Gasthofs. Ihre innere Stimme hielt sich noch bedeckt und murmelte Unverbindliches wie: Mal schauen, wohin das alles führt, aber ihr Herz war bereits Feuer und Flamme für die Idee, Karo und Skipper aufeinander loszulassen.

Sei realistisch und erwarte Wunder, dachte sie, es muss einfach klappen!

Die Ausgangslage sprach für sich. Im Grunde seines Herzens war Skipper ein einsamer Wolf, der nachts den Mond anheulte. Doch da ihm praktisch die gesamte Damenwelt zu Füßen lag, führte er sein Singleleben munter weiter. Nur eine Frau wie Karo konnte ihn knacken. Kein williges Weibchen, das man anstrengungslos eroberte und dann wieder entsorgte, sondern eine toughe Frau mit Ecken und Kanten, die sich als echte Gefährtin eignete.

Und, nun ja, auch die Worte von Max spielten eine gewisse Rolle bei Lauras Plan. Falls es stimmte, dass irgendwelche vagen Gefühle zwischen Skipper und ihr bestanden, war es überfällig, klare Verhältnisse zu schaffen.

In ihre Überlegungen versunken, holte sie den Zimmerschlüssel heraus und schloss die Tür auf. Der Raum war klein, aber gemütlich eingerichtet, mit hellen Kiefernmöbeln, einem weichen hellblauen Teppich und allerlei folkloristischem Schnickschnack, für den sie immer schon eine Schwäche gehabt hatte: bunte Trachtenpuppen, aus Stroh geflochtene Waldgeister, ein Setzkasten mit bemalten Fingerhüten. Nur den notorischen Plastikblumenstrauß verbannte sie ins Badezimmer, der tat ihren Augen weh.

Auf dem rot-weiß karierten Kopfkissen fand sie einen kleinen Flachmann, dazu einen Zettel: *Gute Nacht, der Schnaps ist gegen böse Exgeister. K.* Wer war hier eigentlich der Engel?

Nachdem Laura in einen flauschigen Jogginganzug aus hellblauem Nickistoff geschlüpft war, setzte sie sich aufs Bett und stopfte sich zwei Kissen in den Rücken. Die Sache mit der Beziehungsvermeidung ließ ihr keine Ruhe. Andererseits wirkte Daniel ausgesprochen nahbar. Vielleicht änderte sich ja gerade ihr Beuteschema?

Unschlüssig strich sie mit den Fingerkuppen über das Handy. Ihr Pflichtbewusstsein sagte ihr, dass sie erst mal ihren Eltern und ihren Freunden schreiben sollte. Das heißt – nein, auf Daniel war sie zu gespannt. Es fühlte sich ein bisschen an wie Weihnachten. Auf einmal war wieder sie das kleine Mädchen, das es nicht abwarten konnte und heimlich in die Weihnachtsstube spähte. Morgen, Kinder, wird's was geben? Nein, jetzt, sofort!

Mit fliegenden Fingern tippte sie seine Nachricht an.

Wo auch immer Du sein magst – Charlotte sprach von einem Urlaub –, meine Reise zu Dir nimmt Fahrt auf. Wie war Dein Termin? Ich hoffe, nicht »schlimm«? Dieses Wort ist ja jetzt für unsere Peinlichkeiten reserviert Wo machst Du denn zurzeit Urlaub? Weit weg oder ganz nah?

Der Termin war okay, und egal, wohin die Reise geht, Du bist immer dabei.

Ist mir ein Vergnügen. Liegst Du irgendwo am Strand? Brauche ich Sonnencreme?

Unbedingt! Du könntest mir dann auch gleich den Rücken eincremen …, tippte Laura als Antwort, löschte den Satz jedoch wieder, weil er ihr dann doch zu frivol vorkam. Wie also weitermachen?

Um das herauszufinden, las sie noch einmal sämtliche Nachrichten von Daniel. Besonders gefiel ihr die Formulierung: *Sei einfach Du und lass mich ein wenig an Deinem Laura-Sein teilhaben.* Ein Satz, in den man sich fallen lassen konnte wie in weit ausgebreitete Arme. Aber war es nicht Zeit für ein bisschen mehr Butter bei die Fische? Damit sie sich richtig kennenlernten und nicht nur poetische Sätze oder Peinlichkeitspointen austauschten?

Für die sachdienlichen Hinweise aus der Begegnung mit Max war es natürlich noch zu früh. Ihre Liste mit den Ausschlusskriterien würde Laura später abarbeiten, wenn sie Daniel etwas besser kannte: Was für einen Einrichtungsstil bevorzugst du? Stehst du etwa auf Dark Metal, wenn du nicht gerade mit Helene rumschnulzt?

Einstweilen beließ sie es bei einer eher neutralen allgemeinen Frage.

Lass mich ein wenig an Deinem Daniel-Sein teilhaben, ja? 😊 Warum bist Du zum Beispiel Tierarzt geworden?

Sie hatte die Nachricht schon verschickt, als sie feststellte, dass die Frage vielleicht doch zu unromantisch klang. Daniel schien sich allerdings nicht daran zu stören, sondern antwortete sofort.

Weißt Du, als kleiner Junge habe ich mal einen kleinen Spatz gefunden, der aus dem Nest gefallen war. Ich nahm ihn mit nach Hause und päppelte ihn auf, bis er fliegen konnte. Das war ein Urerlebnis für mich. Seitdem wusste ich, dass ich Tierarzt werden wollte. Und Du? Magst Du Tiere?

Damit drückte er genau die richtigen Knöpfe bei Laura.

Ich liebe Tiere! Seit Ewigkeiten habe ich Katzen, zurzeit eine wunderschöne extravagante Katzendame namens Luna, außerdem Fritzchen, meinen stoischen Herrn Goldfisch.

Sie überlegte kurz, dann fügte sie wagemutig hinzu:

Wir könnten Dich ja mal zu dritt in Deiner »katzenfreundlichen« Praxis besuchen.

War sie zu weit gegangen? Nein, denn Daniels Antwort kam ohne jede Verzögerung, und nun ging es im Sekundentakt weiter.

In meiner Praxis? Perfektes erstes Date, liebe Laura *lach*

Finde ich auch *räusper*

Und so privat. Stehst Du etwa auf weiße Kittel?

Total.

Ich könnte mir auch mein Stethoskop umhängen, wenn Du möchtest. Wie wäre es, wenn ich Deine Herztöne checke?

Na, da würdest Du aber was zu hören bekommen 😊 Wie wäre es, wenn du erst mal bei Fritzchen anfängst?

Wusstest Du, dass Fische entgegen anderslautenden Gerüchten sehr ausgeprägte Emotionen haben?

Nein!

Interessanterweise ja. Fische spielen miteinander, sie können gut drauf und traurig sein, und wenn ein Männchen ums Weibchen wirbt, wird es richtig phantasievoll. Manche Arten bauen sogar kleine Kunstwerke aus Sand und Steinen, um ein Weibchen zu beeindrucken.

Das war ein Stichwort nach Maß, um sich nun doch etwas weiter vorzuwagen.

Und Du, Daniel? Was machst Du, um ein Weibchen zu beeindrucken?

Diesmal dauerte es ein paar Sekunden länger, bis er antwortete. Laura fürchtete schon, zu offensiv gewesen zu sein. Doch nein, offenbar gefiel ihm ihre freche Frage.

Beeindruckend bin ich nicht, ich versuche es einfach mit meinem Daniel-Sein. 😊 (Hoffe, dass das reicht, andernfalls baue ich Dir gern was Schönes aus Sand und Steinen)

Da bin ich ja mal gespannt.

Oder ich koche was für Dich. Magst Du italienische Küche?

Ich sterbe dafür!

Bitte noch nicht sterben, liebe Laura, vorher möchte ich Dich mit meiner Lasagne beeindrucken. 😊

Vorsicht, meine eigene Lasagne hat einen ziemlich legendären Ruf.

Schlimm legendär?

Ich fürchte, ja.

Apropos, ich muss jetzt etwas essen, bin heute Abend eingeladen und wirke schon etwas verhaltensauffällig, weil ich dauernd am Handy klebe. Schreiben wir später eventuell noch ein bisschen weiter?

Un-be-dingt!

Nachdem Laura die letzte Antwort eingetippt hatte, bettete sie ihren Kopf in die Kissen und gab sich dem eigenartig flaumigen

Gemütszustand hin, der schon fast ein bisschen an Verliebtheit grenzte. Es war lange her, dass sie voller Vorfreude an einen Mann gedacht hatte. Jetzt merkte sie, wie sehr sie dieses Gefühl vermisst hatte. Dieses Kribbeln im Sonnengeflecht. Die vagen Tagträume, dieses »Was wäre wenn …«.

Und die Neugier. Normalerweise war Laura keine sonderlich leidenschaftliche Facebook-Nutzerin, abgesehen von ihren Stalking-Aktionen, was Sebastian betraf, doch nun packte sie das Recherchefieber.

Sie fand ihn auf Anhieb. Der Name Daniel Lombardi kam nicht so häufig vor, und das Profilfoto war dasselbe, das Charlotte ihr geschickt hatte. Sie musste ihm nicht einmal eine Freundschaftsanfrage senden, weil sein Account öffentlich war. Als Erstes schaute sie die Fotos an. Wie seltsam, durch das Schlüsselloch der Social Media in das Leben eines bis dato Fremden zu spähen. Daniel strahlte ihr von einem Tretboot entgegen, an einem Restauranttisch, bei einer Kunstausstellung, beim Kegeln und am Ufer eines Sees.

Manchmal waren andere Leute dabei, offenbar seine Freunde. Zwei Fotos zeigten ihn mit einer dunkelhaarigen Frau, in deren Gesicht Laura eine gewisse Ähnlichkeit mit sich selbst erkannte. Vielleicht eine Verflossene? Zu ihrem Seelenfrieden trug das nicht gerade bei. Das nannte man wohl rückwirkende Eifersucht. War es etwas Festes mit der Unbekannten gewesen? Gab es sie noch in seinem Leben?

Gleich darauf erfasste Laura die Unruhe aller Fast-schon-Verliebten. Obwohl Daniel eine Pause angekündigt hatte, schaute sie alle zwei Sekunden nach, ob er doch schon geschrieben hatte. Die Wartezeit vertrieb sie sich damit, abwechselnd seine Facebook-Fotos zu betrachten und all die anderen Messages zu lesen, die inzwischen schon wieder eingetroffen waren.

Luna ist nun doch vom Schrank runtergekommen. Geht's Dir gut? Große Umarmung, Deine Mimi

Erster Tag geschafft, Laden zu, Umsätze okay. Hoffe, Du bist auch okay. Sk

Mein liebes Kind, die Königskerze wird bald voll erblüht sein. Hoffentlich verpasst Du das nicht, die große Königskerze neben dem Kirschbaum war doch immer Dein Liebling im Garten! Isst Du auch vernünftig, Principessa? In Liebe, Deine Mama (und Papa)

Darf Luna mit ins Bett? Mimi

Shit, ein Samstag ohne Lasagne ist kein richtiger Samstag. Tom

Ist es normal, dass Fritzchen einen so vorwurfsvoll anguckt? Braucht er vielleicht einen Gefährten respektive eine Gefährtin? 😊 Melde Dich doch mal, Kuss, C

War gar nicht so schlecht. Könnte man wiederholen. Max

Laura riss die Augen auf. Max? Wollte eine Wiederholung? Was versprach er sich denn davon? Sogleich schrieb sie ihm zurück.

Hallo Festplatte, hab alles Zweckdienliche runtergeladen, was runterzuladen war. Das volle Programm. Es war außerordentlich interessant. Nochmals besten Dank & liebe Grüße, L

Seine Antwort kam sozusagen postwendend.

Haha, warum so förmlich? Es gab da heute einige Momente – und Du weißt genau, welche Momente ich meine –, in denen Du gar nicht so zugeknöpft warst, wie Du jetzt tust.

Mag sein, lieber Max, doch ich hatte keineswegs das Bedürfnis, Dir irgendwas aufzuknöpfen. Meine Mr.-Unnahbar-Phase ist durch. Die Bad-Boy-Phase auch.

Sicher? Denk dran, die bösen Jungs tun nur das, was sich die Guten nicht trauen (aber insgeheim wollen). M

Dazu fiel Laura nun gar nichts mehr ein. Am besten, sie ließ Max einfach in der Luft hängen und las sich stattdessen weiter durch die Nachrichten.

Hab's gegoogelt: Alchemilla heißt Frauenmantel. Komischen Beruf hast Du. Sk

Denk an Dich. Sk

Hoppsala. So was schrieb Skipper nur sehr, sehr selten. Hatte Max am Ende doch recht, und es war mehr als Freundschaft?

Auf einmal beschlich Laura das Gefühl, dass es bergeweise Ungesagtes zwischen ihnen gab. Zum Beispiel, wie wichtig Skipper ihr war. Wie viel Dankbarkeit sie für diese Freundschaft empfand. Wie sehr sie jetzt diese eingespielte Vertrautheit vermisste, die es nur zwischen langjährigen Weggefährten gab. Und dass sie trotzdem beide loslassen mussten, um glücklich zu werden.

Sie scrollte weiter.

Wie läuft's mit Daniel? Hat er Dir geschrieben? C

Hach, Daniel. Erneut checkte Laura ihren Posteingang. Nichts. Wie schade ... In der Liebe bleibt man eben immer siebzehn, dachte sie, ein albernes Nervenbündel aus Hoffnungen, Erwartungen und hochfliegenden Träumen. Also antwortete sie erst mal Charlotte.

Ja, liebe Charlotte, Daniel hat sich gemeldet, und er scheint wirklich wunderbar zu sein. Ich kann es kaum erwarten, ihm leibhaftig gegenüberzustehen (nachdem ich meine Exlektionen gelernt habe, versteht sich) Max war überraschend aufschlussreich, demnächst mehr. Kuss, L

Auch Mimi musste natürlich informiert werden. Danach schrieb Laura Eddy, Tom und ihren Eltern. Blieb noch Skipper.

Sie zögerte. Kleinigkeiten kamen ihr in den Sinn. Wie er sie einmal mit einer Clownseinlage aufgemuntert hatte, als es ihr richtig schlecht gegangen war. Oder diese Momente, wenn sie sich stumm mit den Augen verständigten und wussten, dass sie dasselbe dachten. Ihre Gedanken konnte Skipper ja ohnehin lesen. Doch es wäre kontraproduktiv gewesen, ihm all das ausgerechnet jetzt zu offenbaren. Sie war im Begriff, sich auf Daniel einzuschwingen, und Skipper musste jetzt sein eigenes Liebesglück finden. Entsprechend hielt sie ihren Ton betont nüchtern und sachlich.

> Hi, alter Freund, danke, dass Du den Laden schmeißt, solange ich weg bin. Inzwischen habe ich über Deinen Rat nachgedacht und womöglich eine Assistentin gefunden, die mir in der Floristeria helfen könnte. Sie heißt Karoline, ist sehr nett und kommt am Montag vorbei, um sich den Laden anzuschauen. Vergrault sie bitte nicht! LG Laura

Nachdem sie die Nachricht gesendet hatte, kaute sie gedankenverloren auf der Innenseite ihrer Wange herum. Skipper war ein unverbesserlicher Trotzkopf und tat vorzugsweise das genaue Gegenteil von dem, was man ihm sagte. Also musste sie nachlegen, um sein Interesse erst recht anzustacheln.

> Nur fürs Protokoll, lieber Skipper: Karoline wird auch nicht angegraben! Keine erotischen Verwicklungen am Arbeitsplatz!

Die Antwort kam umgehend.

> Werte Freundin, schön zu wissen, dass Du so eine hohe Meinung von mir hast. Vergraulen, angraben, echt jetzt? Gruß und Kuss, Sk. Aber, ebenfalls fürs Protokoll: Keuschheitsgürtel stehen mir nicht.

Ein zufriedenes Grinsen stahl sich in Lauras Gesicht. Wie herrlich, dass ihre kleine List so wunderbar funktionierte. Skipper hatte angebissen. Nun blieb abzuwarten, ob er den Köder auch schluckte. Als ihr Handy erneut surrte, vermutete sie schon eine weitere kleine Frechheit von ihm, stattdessen trudelte eine neue Nachricht von Max ein. Max? Was wollte der denn noch?

> Auf Deinem Fake-Ehering stand übrigens »Nonstop Nonsense«. All the best, M

Wie mit kaltem Wasser übergossen starrte Laura auf die Buchstaben, die vor ihren Augen tanzten. Der Fake-Ehering? O nein! Was hatte Ramschkönig Tom ihr denn da bloß angedreht?

Panisch zog sie den Ring vom Finger und inspizierte das Muster darauf. Tatsächlich: In winziger Schrift war *Nonstop Nonsense* in das billige Metall eingraviert. Himmel, Tom! Aber wer konnte auch ahnen, dass Max Augen wie ein Luchs hatte? Gut, bei der Brille …

Die nächste Nachricht von ihm traf ein.

> Danke übrigens für den Tipp mit Cleo. Hatte gar nichts gemerkt, #Emotionsidiot. 😊 Halte Dich auf dem Laufenden. M

Das wiederum nötigte Laura ein Schmunzeln ab. War sie jetzt etwa diejenige, die neuerdings Paare zusammenbrachte? Ob Max und Cleo füreinander geschaffen waren, durfte bezweifelt werden, aber bei Skipper und Karo hatte sie ein sehr gutes Gefühl.

Ihr Handy vibrierte ausdauernd, was einen Anruf bedeutete. Daniel? O Gott, *Daniel?*

Nein, auf dem Display erschien Charlottes Name. Vielleicht wäre Laura gar nicht rangegangen, weil sie inzwischen todmüde war, doch die Tatsache, dass ihre Freundin Daniel kannte, in echt, mit seinem ganzen *Daniel-Sein,* verlieh der Aussicht auf ein Gespräch einen neuen Reiz.

»Hallo, Schatz«, meldete sie sich.

»Laura, na, endlich, ich platze vor Neugier!«, rief Charlotte. »Wie war's mit Max? Und wie steht's mit dir und Daniel?«

Voller Überschwang erzählte Laura erst einmal von den Nachrichten, die sie mit Letzterem getauscht hatte.

»Er ist einfach nur klasse«, schwärmte sie. »Auf welchem Stern hast du ihn eigentlich gefunden?«

»Er ist ein Freund des Hauses, genauer gesagt, ein Kumpel von meinem Mann, der kürzlich hergezogen ist.«

»Sag mal …«, es war Laura etwas unangenehm, ihre Stalking-Aktion zuzugeben, »wer ist die dunkelhaarige Frau auf seinem Facebook-Account?«

Selbst durchs Handy konnte sie spüren, dass Charlotte lächelte.

»Seine Exfrau. Oder dachtest du, in deinem Alter kriegst du ein fabrikneues, originalverpacktes Exemplar Mann?«

»N… nein, natürlich nicht.«

»Glaub mir, gute Gebrauchte sind echt schwer aufzutreiben«, flachste Charlotte. »Apropos, wie war es denn nun mit Max?«

In groben Zügen schilderte Laura, wie das Treffen abgelaufen war, nur das völlig unangebrachte Knistern ließ sie lieber weg. Und seinen Hinweis auf Skipper.

»Stell dir vor«, schloss sie ihren Bericht ab, »seine Theorie lautet, dass ich ein Nähe-Distanz-Problem habe.«

»Was du nicht sagst«, hüstelte Charlotte. Sie hüstelte ziemlich ausgiebig. »Nun, wenn ich ehrlich bin, glimmt vielleicht ein Fünkchen Wahrheit in der Asche.«

»Ach.«

»Mit an Sicherheit grenzender Wahrscheinlichkeit war es richtig, dass du dich damals von ihm getrennt hast«, fügte Charlotte etwas beherzter hinzu. »Andererseits meine ich beobachtet zu haben, dass du mit den Jahren deutlich ungeduldiger geworden bist. Kompromisse sind nicht gerade deine Stärke.«

Laura war wie vor den Kopf geschlagen. Auch Charlotte betrachtete sie also als eine Kreuzung aus kompromisslosem Männerschreck und Braut, die sich nicht traut. Da hatte Laura aber bisher etwas ganz anderes von sich gehalten.

»Was soll ich denn deiner Meinung nach künftig anders machen?«, fragte sie kleinlaut. »Kompromisse ohne Ende sind doch keine Lösung, einfach alles schlucken, egal was. Wo liegt die Schmerzgrenze? Wie viele Abweichungen von meinen Maximalanforderungen sind tragbar?«

Wieder spürte sie Charlottes Lächeln.

»Tja, Süße, selbst als Mathematiklehrerin kann ich da nicht mit präzisen Prozentzahlen dienen. Fakt ist allerdings, dass du das Wegrennen zu deiner persönlichen olympischen Disziplin erkoren hast. Nimm's mir bitte nicht übel – sondern einfach als Denkanstoß.«

Leider fühlte es sich eher nach einem gezielten Magenhaken an. Aufstöhnend krümmte sich Laura auf dem Bett zusammen. Erst Max, jetzt Charlotte. Ihr wurde richtig schlecht bei dem Gedanken, dass tatsächlich sie es sein könnte, die dauernd aus Beziehungen flüchtete.

»Okay, danke, Charlotte, dann, na ja, melde ich mich bei Gelegenheit wieder.«

»Mach das. Und vergiss nicht einzuatmen. Du stöhnst, als wolltest du in die Erotikbranche wechseln.«

»Das nehme ich mal als Kompliment. Ciao.«

»Ciao, ciao. Weiterhin Hals- und Beinbruch, Schatz.«

Nachdem Laura das Gespräch beendet hatte, strich sie sich über die schwergewordenen Lider. Vor lauter Denkanstößen konnte sie kaum noch einen klaren Gedanken fassen, und sie schlief schon fast im Sitzen ein. Zapfenstreich. Es war Zeit, Zähne zu putzen und das Licht zu löschen. Als sie im Badezimmer die Nadeln aus ihrer Aufsteckfrisur zog und das Haar durchbürstete, betrachtete sie ihr Spiegelbild. War ihre Frisur wirklich zu altmodisch? Wollte sie immer noch ihrer Mutter gefallen? Daniel hatte offenbar nichts an ihrem Style auszusetzen. Oder ging er vor wie sie: Erst mal die Gefühle flattern lassen und dann mit der Checkliste rausrücken? Was waren seine No-Gos? Und warum waren Beziehungen heutzutage eigentlich so furchtbar kompliziert geworden?

Bei ihren Eltern war es noch ganz einfach gewesen. Die hatten sich Knall auf Fall ineinander verliebt, wenig später geheiratet und sich dann irgendwie zusammengerauft. Nicht immer konfliktfrei, aber stets mit Happy End – bis heute. Weil sie es wollten. Weil sie an ihre Liebe glaubten. Sie akzeptierten einfach, dass es Unterschiede gab, über Checklisten hätten sie wahrscheinlich gelacht.

Nach einer schnellen Katzenwäsche kuschelte sich Laura unter die Decke und las als Betthupferl nochmals Daniels Nachrichten. Just in diesem Moment meldete er sich.

Wollte Dir nur noch eine gute Nacht wünschen.
Es umarmt Dich mit aller gebührenden Vorsicht –
Daniel

Sie erschauerte. Mmmh, schön, so eine verbale Umarmung.

Danke, fühlt sich sehr angenehm an. Ebenfalls eine gute Nacht wünscht Laura (bin schon im Bett)

Dann angenehme Träume.

Kannst mir ja einen Traum rüberschicken, lieber Daniel, falls Du einen von der angenehmen Sorte übrig hast. 😊

Langsam gewinne ich den Eindruck, dass die Wirklichkeit meine Träume toppen könnte. 😊

Laura wagte kaum zu atmen, weil sie gerade genau dasselbe dachte. Doch sie hütete sich, zu große Erwartungen zu wecken, weshalb sie beschloss, die Unterhaltung ein wenig runterzukühlen.

Apropos Wirklichkeit: Was für Tiere rettest Du denn in der kommenden Woche?

Gleich morgen steht eine Notoperation an.

Morgen? Am Sonntag?

Ja, ein Goldhamster mit akuter Blinddarmentzündung – da muss Dr. Lombardi auch mal sonntags ran.

Du kannst einen Blinddarm operieren???

Sag ich Dir hinterher. 😊

Oje. 😊

Im besten Falle werde ich Dir berichten: OP gelungen, Patient wohlauf, Arzt happy (und nicht nur wegen Floppi – so heißt der Hamster)

Wohlweislich überging Laura die Anspielung, er könnte ihretwegen *happy* sein.

Das nenne ich mal einen originellen Namen. Floppi sollte man sich merken.

Für welchen Anlass bitte, liebe Laura?

Ein Kind mit diesem schönen Namen hat es später sicher ganz leicht auf dem Schulhof.

Ganz meine Meinung. 😊 Passt auch gut zu meinem Nachnamen: Floppi Lombardi, das hat was.

Laura schluckte, weil sie gar nicht anders konnte, als zu überlegen, ob ihr Vorname zu seinem Nachnamen passte. Tja, Laura Lombardi, das war reine Musik. Und schon kam die nächste Nachricht.

Ohne Dir zu nahetreten zu wollen: Könnte es sein, dass Du gerade darüber nachdenkst, ob Dein Vorname zu meinem Nachnamen passt???

Erwischt. Jetzt bloß nicht weiter vorpreschen, ermahnte sie sich, lieber eine Prise Humor drüberstreuen.

Daniel Gazzetti klingt aber auch nicht schlecht.

Für mich klingt das nach einem italienischen Schlagersänger mit pechschwarzem Toupet und rosa Rüschenhemd. Aber es ist ja nie zu spät, den Beruf zu wechseln 😊

Auf rosa Rüschenhemden fahre ich voll ab. Einen Vorschlag fürs Repertoire habe ich auch schon: Atemlos durch die Nacht.

Was sonst? Nur fehlt mir leider die Stimme für so ein anspruchsvolles Lied.

Och, das kommt ganz von selbst, wenn Du das Hemd anziehst. Das »rosane«. Allerdings vermute ich, Deine Patienten würden Dich schwer vermissen.

Unwahrscheinlich, aber möglich. Vielleicht probiere ich es zunächst mit einem rosa Arztkittel und singe meine Patienten in die Narkose.

Genial. Mit diesem Bild vor Augen kann ich beruhigt einschlafen. Dann gute Nacht.

Dir auch. Bis morgen, liebe Laura.

Bis morgen, lieber Daniel. Und, auf die Gefahr hin, mich zu wiederholen: Schlaf gut.

Das kannst Du mir gar nicht oft genug wünschen, schließlich bin ich jetzt hellwach geworden. Aber hey, ich genieße es. (Koma kann jede Oma – sorry, uralter Arztwitz, hoffe, Du bist nicht geschockt) 😊

Nein, Laura kannte den Spruch schon von Skipper, weshalb sie überhaupt nicht schockiert war, im Gegenteil. Sie hatte eine ausgesprochene Schwäche für richtig doofe Witze und war erleichtert, dass man mit Daniel auch mal rumalbern konnte.

Schlaf kann jedes Schaf – sorry, spontane Improvisation 😊 Aber jetzt sollten wir der allgemeinen ärztlichen Empfehlung folgen, uns acht Stunden Bettruhe zu gönnen, oder?

Einverstanden, Frau Doktor. Ciao, bis morgen

Bis morgen, Doktor Doolittle (ich nehme an, Du kennst den Film)

Ja, kenne ich. Also schlaf schön, mein entzückendes Schlafschaf.

In Lauras Inneren glühte es, als sie das Handy auf den Nachttisch legte. Was für ein unglaublicher Mann, der sie abwechselnd zum Lachen und ins Träumen brachte. Es schien immer wahrscheinlicher, dass Daniel das große Los in der Lotterie der Herzen war, und schon allein deshalb durfte nichts schiefgehen mit Skipper und Karo.

Moment mal. Sie richtete sich kerzengerade im Bett auf. Wäre es nicht geradezu fahrlässig, die erste Begegnung der beiden dem Zufall zu überlassen? Sollte sie nicht dabei sein, um dieses schicksalhafte Treffen mit sanftem Nachdruck in die richtigen Bahnen zu lenken?

Ach, Quatsch, du übertreibst, beschwerte sich ihre innere Stimme. Aber dann fiel ihr ein, dass schon so manches Haus abgebrannt war, weil jemand gesagt hatte: Das ist doch nur eine fixe Idee, dass du denkst, du hättest das Bügeleisen angelassen. Man konnte nicht vorsichtig genug sein.

In Windeseile griff sie noch einmal zu ihrem Handy und ging die Reiseroute durch. Ja, wenn sie kräftig auf die Tube drückte, würde sie es gerade so schaffen, am Montag nach Hause zu rasen und als weiblicher Amor ihre schützende Hand über Skipper und Karo zu halten.

Du hast schwer einen an der Waffel, war ihr vorletzter, du bist halt eine richtig gute Freundin für Skipper, ihr letzter Gedanke, bevor sie in einen tiefen bleiernen Schlaf fiel.

Kapitel 14

Karo fehlte beim Frühstück. Suchend sah sich Laura in der Schankstube um, doch alles, was sie zwischen den lautstark lärmenden Gästen entdeckte, war ein griesgrämiger älterer Kellner, der mit einer Thermoskanne herumschlich und die Laune eines Mannes verbreitete, der lieber im Bett geblieben wäre.

Auf dem einzigen Tisch, an dem nur für eine Person gedeckt war, lag ein handgeschriebener Zettel:

Freu mich auf alles, was kommt. Hab heute meinen freien Tag und auch morgen freigenommen, um Deinen Blumenladen zu besichtigen. Schick mir die Adresse. Und Deine Handynummer, für alle Fälle. Liebe Grüße, K (Meine Nummer findest Du auf der Rückseite)

Karo verlor wahrlich keine Zeit. Nun, umso besser, wenn die Dinge schnell in Gang kamen. Es erfüllte Laura mit einem ungeheuren Vergnügen, dass sie Skipper auf seinem Weg ins Glück unterstützen würde. Falls es klappte, musste der einsame Wolf nicht länger planlos durch die Betten steigen, und sie konnte sich voll und ganz auf Daniel einlassen.

Frohgemut gab sie Karos Nummer ins Handy ein und schrieb los.

Super, liebe Karo, es gefällt mir sehr, dass Du die Sache so beherzt angehst. Gute Reise und viel Spaß!

Laura hatte die Worte kaum eingetippt, als eine neue Nachricht ihre Aufmerksamkeit fesselte. Daniel hatte sich gemeldet!

Laura, liebe Laura, ab heute betrachte ich Dich als meine ganz persönliche Wunschfee, denn ich habe so gut geschlafen wie lange nicht. Wie ein Murmeltier – okay, ein Murmeltier mit ziemlich schlimmen peinlichen Angewohnheiten.

Guten Morgen, liebes Murmeltier. Kurze Frage an den Schlagerstar in spe: Welche peinliche Musik gestattest Du Dir denn zum Frühstück? Atemlos mit Helene?

Kurze Antwort: Es geht noch peinlicher – sonnig mit Nana.

Dazu sendete Daniel einen YouTube-Link, Nana Mouskouris *Guten Morgen, Sonnenschein.* Leise glucksend hörte Laura in den Song hinein, dann schickte sie ihm einen Link zum Schmachtfetzen *Du bist mein erster Gedanke, wenn ich am Morgen aufsteh'* von Julio Iglesias. Seine Antwort ließ nicht lange auf sich warten.

Hammer. Stilvoller kann man nicht in den Tag starten. (Wird natürlich sofort ins Gesangsrepertoire von Daniel Gazzetti aufgenommen) Noch kürzere Frage: Tee oder Kaffee?

Ultrakurze Antwort: Kaffee! Bin definitiv koffeinbetrieben, weshalb ich morgens zwei doppelte Espressi brauche. Und Du?

Dasselbe. Bin ja so froh …

Ich auch, lieber Daniel, Teetrinker und Kaffeetrinker leben schließlich in zwei verschiedene Galaxien.

Eins steht fest: Seit ich Dich kenne, bin ich ein begeisterter Space-Kadett. Atemlos, schwerelos und ein bisschen, na ja, galaktisch beschwipst. Von Dir.

Ihr Herz klopfte bis zum Hals. Gab es das? Dass man sich in Worte verliebte? Wann war es passiert? Schon bei der ersten Nachricht? Am gestrigen Abend? Laura wusste es nicht. Nur, dass sie sich selber wie beschwipst fühlte, denn der flapsige Daniel gefiel ihr fast noch besser als der romantische Daniel des Beginns. Und schon tippte sie weiter.

Houston an Space-Kadett: Das geht mir genauso, also das mit dem galaktischen Schwips. Fällt das eigentlich unters Betäubungsmittelgesetz? Bin ich zum Beispiel noch fahrtüchtig?

Space-Kadett an Houston: Davon werde ich mich bei Gelegenheit persönlich überzeugen. Bis dahin pass bitte gut auf Dich auf. Ich muss jetzt den Goldhamster mit der akuten Blinddarmentzündung verarzten. Floppi wartet schon auf dem OP-Tisch. Und Du so?

Operation am offenen Herzen, hätte Laura fast geschrieben, denn heute würde sie Patrick wiedersehen, den nächsten Ex. Stattdessen blieb sie vage mit ihrer Antwort.

Ich so: Hab wieder Termine, nichts Besonderes. Dann viel Glück, eine ruhige Hand bei der OP und beste Genesungswünsche an Deinen goldigen Patienten.

Danke, werde ich ausrichten. Nicht umsonst nennt man mich den Hamsterflüsterer.

Respekt. Aber Frauenflüsterer trifft es auch ganz gut. 😊

Nee … allenfalls Lauraflüsterer. Wäre mir jedenfalls eine Ehre. 😊

Wurde soeben ins Logbuch Deines Raumschiffs eingetragen: Space-Kadett Daniel, seit heute offiziell zertifizierter Lauraflüsterer.

Das erfüllt mich mit unbändigem Stolz. Bis später, liebe Laura

Bis später, lieber Daniel

Laura starrte auf das Handy. Sie hätte ewig so weiterchatten können und freute sich wie eine Schneekönigin, als wider Erwarten doch noch eine Nachricht von ihm kam.

Aber nicht allzu später, wenn ich bitten darf, sonst habe ich ein Lauradefizit.

Das wird Houston zu verhindern wissen. Wer könnte einem zertifizierten Lauraflüsterer schon einen Wunsch abschlagen?

Herzenswunsch …

Das Herz wird später verarztet, Herr Doktor, jetzt ist erst mal der Blinddarm dran. Mache mir langsam Sorgen um Floppi …

Nicht nötig, die Anästhesie ist bereits eingeleitet und wird erst in zwei, drei Minuten ihre volle Wirkung entfalten. Bestimmt träumt Floppi schon von einer besonders goldigen Hamsterdame. Ciao, Wunschfee

Ciao, ciao, Space-Kadett

Erst als Laura das Handy beiseitelegte, merkte sie, dass das Blut in ihren Ohren rauschte und wie Champagner durch ihre Adern wirbelte. Sie fühlte sich tatsächlich wie beim Wiedereintauchen in die Erdumlaufbahn nach einem wilden Ritt durch ferne Galaxien. Wie konnte es sein, dass Daniel neuerdings haargenau den Ton traf, den sie so sehr mochte? Sie chatteten wie Pingpongspieler, schnell, leicht, nahezu traumwandlerisch sicher aufeinander eingespielt. Das hatte sie bisher nur mit Skipper erlebt.

Herrje, Skipper! Warum musste er immer wieder dazwischenfunken? Konzentrier dich auf Daniel, Laura. Er ist der Mann, um den es hier geht!

Sie angelte sich ein Brötchen aus dem Brotkorb und schaute zu den anderen Tischen, an denen trotz der frühen Stunde bereits Berge von Rühreiern, Rostbratwürstchen und Spiegeleiern mit Speck verdrückt wurden. Heute Morgen machte es ihr gar nichts aus, dass nur Paare den Raum bevölkerten. Sie frühstückte zwar mutterseelenallein, doch es gab einen Mann, der ihr einen Glückskick nach dem anderen bescherte.

Theoretisch wusste Laura natürlich, dass man sein Selbstwertgefühl ganz allein aus sich selbst beziehen sollte. Ihr Herz sagte etwas anderes. Jawohl, morste es in einem fröhlich pochenden Rhythmus, im Leben von On&off-Single Laura Gazzetti gibt es wieder einen Herzensmenschen!

Frohgemut schnitt sie das Brötchen auf und gab einen großen Klecks Marmelade in die obere Hälfte. Ist ja auch so ein Paarding, überlegte sie kauend: Wer mag lieber die obere, wer lieber die untere Brötchenhälfte? Im Falle von Daniel wäre sie zu jedem Kompromiss bereit gewesen, obwohl sie die obere Hälfte bevorzugte. Viel wichtiger aber: Schon allein für ihn lohnte sich die schräge Tour zu ihren Exfreunden. Sofern er sich wider Erwarten doch nicht als Traummann entpuppte, konnte sie wenigstens sicher sein, dass es nicht an irgendwelchen toxischen Beziehungsmustern lag, wenn es nicht klappte. Schließlich hatte sie schon einiges über sich gelernt und war fest entschlossen, weiter an sich zu arbeiten.

Jetzt musste eine Zwischenbilanz her. Nach dem ersten etwas schlappen Filterkaffee, den der missmutige Kellner ihr eingeschenkt hatte – Espresso gab es leider keinen –, zog sie ihren Notizblock heraus und legte eine neue Liste an:

Aufgaben für meine Beziehungsarbeit

1. *Nicht immer gleich wegrennen*
2. *Stolpergefahr bei Gefühlen beachten – Hashtag Tigerkopf Hashtag Einhorn*
3. *Balance aus Nähe und Distanz hinkriegen*
4. *Kompromisse einkalkulieren*
5. *Daran denken, dass der nächste Level jeweils mit gewissen Anstrengungen / Opfern verbunden ist*

6. *Liebe entsteht ganz von selbst (Hashtag Dussel), aber eine Beziehung ist das, was du draus machst.*
7. *Eventuelle Ängste herausfinden*

Sie dachte nach. Auch Eddys Hinweise gehörten definitiv mit auf die Liste.

8. *Freiräume umsichtig dimensionieren (vor allem deine eigenen, haha)*
9. *Freunde auch mal an die zweite Stelle setzen (jedenfalls, wenn sich der Partner bedroht fühlt)*
10. *Skipper auf Abstand halten (und alles dafür tun, dass er sich in Karo verliebt)*

Das konnte sich doch schon mal sehen lassen. Laura legte den Block beiseite. Es hieß zwar, Verliebte litten unter Appetitlosigkeit, doch ihr Magen hatte noch lange nicht genug. Knurrend forderte er weit mehr als ein halbes Marmeladenbrötchen.

Nachdem sie sich Käse, Honig und ein Glas Orangensaft vom Buffet geholt hatte, versuchte sie, den Schalter umzulegen und sich auf den heutigen Tag einzustellen.

Diesmal ging es zu einem entlegenen Bauernhof, wo Patrick lebte, Ex Nummer zwei. Seiner buntfarbigen Website konnte man entnehmen, dass es sich um einen Ökohof handelte, auf dem Natur und Mensch zu vollkommener Harmonie gefunden hatten. Ein wahres Bambiland. So behaupte es jedenfalls die Website, auf der man online unter anderem Ziegenkäse von lauter glücklichen Tieren kaufen konnte.

Während Laura die andere Brötchenhälfte mit Käse belegte und Honig darüber träufelte, eine absolute Lieblingskombination in ihrem kulinarischen Frühstücksuniversum, fragte sie sich, was wohl Patrick zu ihrer Liste beitragen könnte.

Sie hatte ihn kennengelernt, als sie vor vielen Jahren durch eine Gärtnerei geschlendert war, um sich Anregungen für ausgefallene Blumensträuße zu holen. Alles stand ihr plötzlich wieder vor Augen – wie sie vor den fedrigen Blüten der Weißen Vogelblume verweilt hatte, einer seltenen japanischen Freilandorchideenart, die tatsächlich wie ein Schwarm anmutig flatternder Vögel aussah.

Vollkommen in den Anblick vertieft, hatte sie zunächst gar nicht bemerkt, dass sich ein großer kräftiger Mann neben sie stellte. Bis er sie ansprach, mit den unvergesslichen Worten: »Finden Sie nicht auch, Blumen sind die Liebeserklärung der Natur an uns Menschen?«

Wie sollte man da nicht hingerissen sein … Schon bevor sie ihn sah, wusste sie, dass es sich um einen Seelenverwandten handeln musste. Nie würde sie den Augenblick vergessen, als sie den Kopf zur Seite drehte. Mildes Sonnenlicht fiel durch die verglaste Decke des Gewächshauses und modellierte eine männliche Gestalt in Jeans und Karohemd, die ihren Atem stocken ließ. Groß, breitschultrig, mit dunkelblonden Locken, markanten Wangenknochen und einem Grübchen im Kinn, war der Mann die preisverdächtige Inkarnation des Cowboys, mit dem man auf der Stelle Pferde stehlen wollte.

Oder ins Heu springen? Laura errötete ein bisschen, als sie daran dachte, was für eine physische Wirkung er damals auf sie ausgeübt hatte: Schweißausbrüche, weiche Knie, prasselnder Puls. Eine ungeheure erotische Magie ging von seinem muskulösen Körper aus. Und ein betörender Duft, der sie völlig um den Verstand brachte – nach frisch bezogenem Bett, Löwenzahnsirup und Testosteron. Ein Tanz der Moleküle. Obwohl sie nie vor dem dritten Date die Hüllen fallen ließ, war sie drauf und dran gewesen, sich diesem bärenstarken Naturburschen gleich in der Gärtnerei hinzugeben.

Inzwischen war es ihr peinlich. So peinlich, dass sie es nicht einmal Daniel gestanden hätte.

Sie atmete tief durch. Wie bedauerlich, dass die elektronische Kommunikation einen entscheidenden Nachteil hatte: Sie erfolgte komplett geruchlos. Da konnte man nur hoffen, dass es beim realen Beschnuppern von Daniel keine Enttäuschungen gab. Wonach er wohl roch? Desinfektionsmittel? Lasagne? Goldhamster?

Ihre Gedanken wanderten zurück ins Gewächshaus. Er heiße Patrick, hatte sich der aufregende Mann vorgestellt. Danach waren sie ohne den üblichen Smalltalk in ein ausgedehntes Gespräch über Blumen versunken, das sich den gesamten Nachmittag lang hinzog.

Patricks große Liebe zu allem, was grünte und blühte, hatte Laura sofort für ihn eingenommen. Stundenlang konnte er über Japanische Goldröschen und wilde Malven fachsimpeln, wusste alles über die Herkunft exotischer Pflanzen und war ein Spezialist für die Geschichte des Riesenbärenklaus. Das ebenso monumentale wie giftige Staudengewächs sei einst von einem Zaren anlässlich des Wiener Kongresses nach Europa gebracht worden und habe sich seitdem rasch ausgebreitet, so seine Expertise.

Er hätte ihr auch erzählen können, dass Stiefmütterchen vom Mars kamen und Außerirdische die Tulpen erfunden hatten. Laura hing an seinen Lippen wie eine Verdurstende an der Wasserflasche und war nur von einem Wunsch beseelt: diese Lippen zu küssen.

Bei einem Espresso in einem benachbarten Café hatte es dann final gefunkt. Manchmal passten die Puzzleteile einfach zusammen. In Patricks wasserhellen Augen loderte das gleiche Begehren, das Laura wie Wachs schmelzen ließ, und in Nullkommanichts erzeugten die ersten Funken einen Flächenbrand. Noch am selben Abend hatten sie der beiderseitigen Anziehungskraft nachgegeben.

Und, tja, Patrick war eine erotische Offenbarung gewesen: ein höchst phantasievoller Lover mit beachtlichem Stehvermögen, der Sätze sagte wie: »Ich weiß, ich bin unersättlich, aber meine sexuelle Energie entströmt einer Zone tiefster, innigster Zärtlichkeit.«

Wie konnte man so einem Mann widerstehen? Zwei Tage lang hatten sie das Bett nur verlassen, um das Bad aufzusuchen. Danach hatte Laura den Muskelkater ihres Lebens gehabt.

Von nun an entwickelte sich alles wie im Zeitraffer. Da sie sowieso wie die Briefmarken aneinanderklebten, waren sie schon nach zwei Wochen zusammengezogen. Nachts schliefen sie in der Löffelchenstellung. Laura liebte es, der kleine Löffel zu sein, Patrick war nur zu gern der große Löffel – selbst in dieser Hinsicht bildeten sie das perfekte Zwei-Teile-Puzzle. Das spiegelte sich auch in ihren Kosenamen wider. Sie hatten einander Cindy und Bert genannt, Pat und Patachon, Mickey und Minnie, Dick und Doof, und sich scheckig darüber gelacht.

Gedankenverloren trank Laura den Orangensaft, dann holte sie ihren Block heraus. Bevor sie noch knietief in Nostalgie watete, sollte sie wohl besser ihre Checkliste durchgehen: der größte Streitpunkt, die besten Momente, die schlimmste Auseinandersetzung, der letzte Satz.

Diesmal war die Beantwortung etwas schwierig. Im Grunde waren sie ja ein perfektes Paar gewesen. Patrick kochte meisterlich, war ein umgänglicher Geselle und ein pflegeleichter Mitbewohner. Der einzige wirkliche Streitpunkt hatte darin bestanden, dass er keine Kinder wollte, während Laura ihn bereits als idealen Vater sah, weil er so fürsorglich war, so liebevoll und geduldig. Doch schon damals war er auf dem Ökotrip gewesen und hatte allen Ernstes gemeint, er müsste erst mal die Welt retten, bevor er Kinder in selbige setzte.

Von den besten Momenten gab es überreichliche Auswahl. Oft waren sie wandern gegangen, luftigen Outdoor-Sex inklusive, und hatten nach seltenen Blumen und Pflanzen gesucht. Zum Beispiel nach dem Bodensee-Vergissmeinnicht, einer wilden Sorte, deren Blüten sich von einem anfänglichen Rosa über Blau bis zu einem zarten Violettton färbten. Oder nach dem rotblühenden Flammen-Adonisröschen, das man mit etwas Glück am Rande von Äckern fand.

Sie hatten große Träume gehabt: eine gemeinsame Gärtnerei, vielleicht auch einen alten Bauernhof, um ihre Leidenschaft zum Beruf zu machen. Warum also hatten sie ihre Träume nicht verwirklicht?

Während Laura darüber nachsann, beobachtete sie eine Wespe, die zwischen den Brötchenkrümeln auf ihrem Teller nach Honigresten fahndete. Nicht mal an einen großen Trennungsstreit konnte sie sich erinnern, geschweige denn an einen letzten Satz. Irgendwie waren sie einander verloren gegangen, obwohl doch die Nähe anfangs so groß gewesen war. Patrick hatte sich mehr und mehr seinen Umweltaktivitäten gewidmet, Laura ihren floralen Ambitionen. Damals hatte sie quasi Tag und Nacht für einen kleinen Blumenladen gearbeitet, in dem ihre Gestecke mit exotischen Blumen reißenden Absatz fanden. Zur Freude des Besitzers, zum Leidwesen von Patrick, der sie lieber als Heimchen am Herd gesehen hätte.

Dann kam das große Schweigen. Es war wie verhext: Über Blumen konnten sie stundenlang reden, doch bei allem, was darüber hinausging, hatte Patrick dichtgemacht. Einfach eine Zeitung aufgeschlagen, den Fernseher angestellt oder das Weite gesucht. Wir haben nie über die wichtigen Sachen gesprochen, dachte

Laura, wir haben nie über uns geredet. Über Gefühle. Und am Ende haben wir gar nicht mehr geredet.

Damals war sie völlig verzweifelt gewesen. Ich reiche ihm nicht, ich bin es nicht wert, solche Sätze hatten sie Tag und Nacht begleitet. Es war derart deprimierend gewesen, dass sie irgendwann die Flucht nach vorn angetreten und Schluss gemacht hatte. Patricks Reaktion war eine einzige Bestätigung dieser Entscheidung gewesen: Ohne großes Aufheben, ohne jeden Streit hatte er seine Sachen gepackt und war gegangen, wie ein Cowboy, der wortlos sein Pferd sattelt und weiterzieht.

Was wohl Max dazu sagen würde? Dass sie über ihre Gefühle gestolpert war? Oder dass Patrick zu ihrem Vermeidungsmuster gehörte? Laura war schon drauf und dran, Max anzurufen, als ihr Handy surrte. Charlotte.

Guten Morgen, Schatz, leider hat die kleine Pension abgesagt, die ich für Dich gebucht hatte – Wasserrohrbruch. Aber Patrick ist einverstanden, dass Du bei ihm übernachtest. Genug Platz sollte es geben auf seinem Anwesen. Toi toi toi, C

O nee. Das warf Lauras Zeitplan gehörig durcheinander. Sie wollte doch dabei sein, wenn Skipper und Karo aufeinandertrafen! Die Pension lag auf dem Rückweg, und auf eine Übernachtung bei Patrick war Laura nun wirklich nicht scharf.

Gibt es keine andere Lösung?

Erst danach fragte sie sich, wie Charlotte Patrick überhaupt kontaktieren konnte. Woher hatte sie seine Nummer? Noch von damals? Und schon trudelte Charlottes Antwort ein.

Das ist alternativlos, der gute Patti wohnt so JWD, da gibt es keine anderen Hotels. Du schaffst das schon, findet Deine Freundin C

Na, großartig. Mit dem Ex gefangen auf einem einsamen Bauernhof, das war der Stoff für Horrorgeschichten, aber doch keine Option fürs wahre Leben. Und das hatte nichts mit einem etwaigen Nähe-Distanz-Problem zu tun.

Lauras verrutschte Laune hob sich augenblicklich, als sie sah, dass Daniel sich wieder gemeldet hatte.

Du warst mein erster Gedanke, als ich am Morgen aufstand – danke für die Inspiration 😊 Der Blinddarm ist raus, Floppi wohlauf, der Herr Doktor etwas erschöpft, aber bestens drauf. Und Du?

Kleinere Gemütsverschattungen, liegt aber nicht an Dir

Das passte vielleicht nicht ganz in einen flirtigen Chat, doch warum sollte sie sich verstellen? Ein bisschen Realität konnte nicht schaden, und drüber reden war allemal besser, als die dauergutgelaunte Chatmaus zu spielen. Irgendwie war es auch ein Test, wie Daniel mit einer nicht so lustigen Nachricht umgehen würde, das wurde Laura klar, als sie auf seine Antwort wartete. Und die kam schneller als gedacht.

Tut mir leid. Ja, manchmal gibt es Tage, die sind total am Müll. Kann Doktor Doolittle irgendwie helfen?

Sie atmete auf. Also war er nicht genervt, sondern besorgt. Test bestanden.

Helfen? Mit Skalpell und Tupfer? Eher nicht, doch ganz bestimmt mit Deinem Daniel-Sein …

Stets zu Diensten, Mylady, danke für den Ritterschlag. (Ein Orden mehr für Space-Kadett Daniel)

Laura schluckte. *Stets zu Diensten, Mylady,* das war eine typische Skipper-Floskel. Aber natürlich hatte er sie nicht gepachtet. Schnell wieder vergessen, Skipper hatte hier nichts zu suchen. Sie starrte auf das Display, auf dem eine weitere Nachricht erschien.

Vielleicht kann ich Dich ja damit aufheitern, liebe Laura, was mir neulich ein Hundeherrchen gestanden hat: dass er seinem Dackel immer die leckeren Leberwurstkekse wegfuttert.

Kreisch! Echt?

Mensch und Tier gehen zuweilen äußerst innige Beziehungen ein, das weißt Du sicher selber. Doch ich vermute mal, bei Katzen besteht ein geringeres Risiko, vom Fresschen zu naschen, oder? 😊

Brrrr. Lunas Leber in Aspik würde ich niemals anrühren, und auch bei Fritzchens Trockenfutter komme ich wohl kaum in Versuchung.

Wäre ja mal gespannt, ob Du mich mit Deiner legendären Lasagne in Versuchung führen kannst. Wann bist Du eigentlich zurück von Deiner Reise?

Laura hielt den Atem an. Freude und Schreck hielten sich in etwa die Waage, denn das war etwas mehr Realität, als sie erwartet hatte. Was der Herr Doktor da von sich gab, bedeutete einen Hausbesuch!

Als hätte Daniel ihre gemischten Gefühle erspürt, relativierte er seinen Vorschlag eine Minute später.

Entschuldige, ich wollte nicht voreilig oder ungeduldig sein. Vielmehr möchte ich unser Kennenlernen ganz langsam genießen … sozusagen mit dem kleinen Löffel, so wie ein Kind seinen Nachtisch genießt. Wir haben jede Menge Zeit, Laura. Ich warte schon ein Leben lang auf eine Frau, die mein Herz zum Tanzen bringt (was Dir übrigens unwahrscheinlich gut gelingt), und ich mag es sehr, dass unsere ersten Tanzschritte von ferne erfolgen.

Donnerwetter. Er hatte genau die richtigen Worte gefunden, um ihrer Befürchtung, es könnte alles zu schnell gehen, den Wind aus den Segeln zu nehmen.

Der Wartesaal des Herzens ist mir wohlbekannt, lieber Daniel. Es gelingt Dir übrigens unwahrscheinlich gut, auch mein Herz zum Tanzen zu bringen. Meiner Erfahrung nach denkt man zu viel und tanzt zu wenig.

Absolut meine Meinung. Was hältst Du von Fern-Tango? Ich könnte mir eine Rose zwischen die Zähne klemmen, wenn Du willst. Irgendwelche Empfehlungen? (Du bist ja vom Fach)

Die Bourbonrose Variegata di Bologna könnte Dir stehen, sehr üppig, sehr sinnlich, weiß-rosa gesprenkelt. Wegen der Verletzungsgefahr (Lippen!) würde ich Dir allerdings die komplett dornenfreie rote Rose Souvenir de Docteur Jamain empfehlen. (die heißt wirklich so)

Ich bin beeindruckt. Nicht nur von Deiner Rosen-Kompetenz, sondern auch, weil Du Dir Sorgen um meine Lippen machst. 😊 Dafür bekommst Du einen komplett dornenfreien Fern-Kuss, liebe Laura

Huch. Einen Kuss? Aber warum eigentlich nicht? Also wagte sie sich ebenfalls etwas weiter vor.

Einen dornenfreien Fernkuss erwidere ich natürlich gern

Was für ein Glückstag

Meiner jetzt auch wieder

Freut mich, dass die Herz-OP bei Patientin Laura gelungen ist. Alles Liebe und vielleicht bis später …

… nein, ganz bestimmt bis später

Du bist unglaublich, Liebes, das muss ich Dir noch sagen, bevor ich nach Floppi sehe. Ciao, meine Glücks-Laura

Sie musste sich schwer zusammenzureißen, um nicht lauthals loszujubeln. *Liebes*, hatte er geschrieben! *Glücks-Laura!*

Und schon wieder vorbei. Schade. Es war so schön, in dieser rosaroten Buchstabensuppe zu paddeln …

An Essen war gar nicht mehr zu denken. Laura stürzte nur noch den Kaffee hinunter, den der Kellner ihr nachgeschenkt hatte, dann beglich sie die Rechnung und trat nach draußen ins Freie. Wie schön die Welt doch war! Der Himmel strahlte blauer, die Vögel sangen melodischer, die roten Geranien blühten noch etwas leuchtender als gestern. Oder tappte sie gerade in eine klebrige Kitschfalle? Ach was, beruhigte sie sich, wenn man so gut wie verliebt ist, muss alles erlaubt sein. Sogar die kitschigsten Gefühle.

Beglückt und beschwingt schnallte sie ihre Hebammentasche auf dem Motorrad fest, setzte den Helm auf und startete den Motor. Ein letzter Blick zum Gasthof mit den leuchtend roten Geranien, dann fädelte sie sich in den morgendlichen Verkehr der Landstraße ein.

Daniel hatte es doch tatsächlich geschafft, ihre gute Laune zurückzuzaubern. Er war wirklich *unglaublich*.

Kapitel 15

JWD – janz weit draußen, so hatte Charlotte die Lage von Patricks Bauernhof geschildert. Nette Untertreibung. Seit Stunden tuckerte Laura durch eine Gegend, die hauptsächlich aus, na ja, sehr viel Gegend bestand. Außer Wiesen und Feldern gab es kaum etwas zu sehen, nicht einmal Dörfer, nur ab und an ein einzelnes Gehöft, das sich in eine Senke oder neben einen kleinen Teich duckte.

Landschaftlich wirkte das Ganze natürlich ausgesprochen idyllisch. Auch die Tierwelt war zahlreich vertreten. Laura beobachtete Reiher, die hoch am Himmel ihre eleganten Bahnen zogen, mehrfach auch seelenruhig äsende Rehe, die nur kurz die Köpfe hoben, wenn sie knatternd vorbeifuhr. Offensichtlich lebte Patrick so, wie er es sich einst erträumt hatte: inmitten der Natur, weit weg von der Zivilisation.

Aber was machte er, wenn er eine akute Blinddarmentzündung bekam? Den Tierarzt rufen?

Kurz vor ihrem Ziel fand Laura immerhin eine Tankstelle, wo sie Sprit nachfüllte und sich mit zwei Tüten Lakritze eindeckte. Vorsichtshalber kaufte sie auch eine Flasche Weißwein. Es würde ein langer Abend werden, länger als beabsichtigt, und ein bisschen gruselte sie sich davor. Im Grunde wollte sie ja nur ein kurzes Gespräch mit Patrick führen, nun war sie durch den vermaledeiten Wasserrohrbruch zum Bleiben verdammt. Da konnte ein Schluck Wein vielleicht helfen.

Was man nicht alles tat, wenn man ernsthaft an sich arbeiten wollte …

Große Dinge entstehen, wenn man viele kleine Dinge aufeinanderstapelt, hatte Laura mal gelesen, weshalb sie Patrick als einen weiteren kleinen Baustein für etwas ganz, ganz Großes betrachtete: ihr beziehungstaugliches zukünftiges Ich. Um sich zusätzlich zu motivieren, schickte sie noch schnell eine Nachricht an Daniel.

Hi Doktor Doolittle, immer noch im Dienst?

Schön, dass Du Dich meldest, liebe Laura. Bin jetzt zu Hause und lese ein bisschen – lach nicht! – über die Liebe.

Etwa einen Ratgeber? (seufz)

Eher was Philosophisches (ächz)

Klingt kompliziert (stöhn)

Ist aber interessant (räusper). Wusstest Du, Laura, dass ein griechischer Philosoph behauptete, in grauer Vorzeit hätte es Kugelmenschen gegeben, die dann irgendwann zerteilt wurden?

Ach, nee. Wer macht denn so was? 😊

Die listigen griechischen Götter. Hatten ja sonst nichts zu tun, außer die Erdlinge zu ärgern. Deshalb teilten sie die Kugelmenschen in zwei Hälften.

Lass mich raten – Männlein und Weiblein?

Genau, und seitdem suchen wir Menschen nach unserer verloren gegangenen zweiten Hälfte.

Nach der besseren Hälfte, wolltest Du wohl sagen, lieber Daniel 😊

Genau. (lach) Nach dem Pendant, das uns vervollständigt.

Komisch, jetzt fühle ich mich nur halb (schluchz)

Geht mir genauso, und zwar wegen Dir, EHRLICH. Was machst Du gerade, Laura?

Das EHRLICH – in Großbuchstaben – flutete ihr Herz mit zärtlichen Gefühlen. Wie darauf reagieren? Ihm offen sagen, dass sie ihn auch schon als ihre Ergänzung empfand? Nicht jetzt, warnte ihre innere Stimme. Herzensergießungen formuliert man nicht zwischen Tür und Angel beziehungsweise an einer JWD-Tanke mit einem Motorradhelm auf dem Kopf und Lakritze zwischen den Zähnen. Deshalb beantwortete sie nur Daniels letzte Frage.

Fahre mal wieder zu einem Termin. Kann länger dauern, aber danach bin ich Feuer und Flamme für die Fortsetzung Deiner Geschichte über die Kugelmenschen.

Bin jetzt schon entflammt. An wem das bloß liegt? Dann das Allerbeste für Deinen Termin. Freu mich auf das Danach.

Eine Nachricht von Skipper grätschte auf einmal dazwischen.

Hey, Süße, fährst Du heute zu Patrick? Lass Dich bloß nicht von ihm anmachen, schließlich bist Du damals bei ihm abgegangen wie Schmidts Kätzchen. 😊 Schönen Sonntag, Sk

Also, nee. Das passte ja nun gar nicht. Gleich wieder wegklicken. Sie wollte doch mit Daniel schreiben, nicht mit Skipper.

Ich freue mich auch sehr auf Dich. Bin fast schon ein bisschen süchtig ... Wer weiß, vielleicht wird die Kugelgeschichte unsere Geschichte? Und dann hängen wir Weihnachten als schönste Kugel am Baum?

Hast Du was genommen? Was für eine Kugel? Was für ein Baum? Fragt sich Dein besorgter alter Freund Skipper

Ach, du Schande, ein klassischer Handyunfall. Wie konnte man nur so dämlich sein? Hektisch tippte Laura auf das Display ein und kopierte den Text, der versehentlich an Skipper gegangen war, in den Chat mit Daniel. Danach antwortete sie Skipper.

Sorry, Irrläufer. Ebenfalls einen schönen Sonntag, Laura.

Hab mich noch nie so sehr auf Weihnachten gefreut, Daniel.

Dich kann man echt nicht allein lassen, Sk

Langsam verlor Laura den Überblick. Um weitere Kommunikationsunfälle zu vermeiden, steckte sie das Handy ein und startete den Motor. Nach ihren Berechnungen brauchte sie jetzt noch eine knappe Viertelstunde bis zu Patrick, was bedeutete, dass sie wie geplant kurz nach Mittag bei ihm eintreffen würde.

Recht flott brachte sie die letzten Kilometer hinter sich. Die Straßen wurden zwar immer schmaler und holperiger, aber es waren kaum Autos unterwegs, so dass sie gut vorwärtskam. Als der mit Schlaglöchern übersäte Asphalt in einen sandigen Feldweg überging, fragte sie sich jedoch, ob das noch mit rechten Dingen zugehen konnte. Hatte sie sich etwa verfahren?

Vorsichtshalber hielt sie an und zückte ihr Handy, um Google Maps zu konsultieren. Kein Netz. Na, toll. Wie in aller Welt sollte sie jetzt Patricks Bauernhof finden? Wesentlich dramatischer aber: Wie sollte sie Daniel schreiben, der spätestens heute Abend auf eine Nachricht von ihr wartete?

Ein röhrendes Geräusch ließ sie aufhorchen. Mit viel Getöse und in eine riesige Staubwolke gehüllt näherte sich ein Ungetüm von Trecker. Der Traktorfahrer, ein Hüne in einem blau-rot karierten Hemd, hupte so ausdauernd wie ein kleiner Junge, der sein neues Spielzeug ausprobierte. Mit der rechten Hand beschattete Laura ihre Augen. Sollte das etwa …?

Ja, er war es. Patrick. Ein flatteriges Gefühl breitete sich in ihrem Magen aus. Wie lange hatte sie ihn nicht mehr gesehen? Knapp zehn Jahre?

Nachdem er sein monströses Gefährt angehalten hatte, sprang er vom Führerhaus auf den Feldweg und lief mit ausgebreiteten Armen auf sie zu.

»Hey, Kleines, da bist du ja!«

Hm, ja, da war sie. Etwas wackelig stieg Laura vom Motorrad, um ihm entgegenzugehen.

»Hallo, was für eine unerwartete Überraschung«, zirpte sie.

»Überraschungen kommen eigentlich immer unerwartet, oder?«

Ohne jede Scheu nahm Patrick sie sogleich in die Arme. Mit eingezogenem Bauch ließ sie sich von seinen gewaltigen Pranken drücken und inhalierte verstohlen seinen Duft, der immer noch der gleiche war wie früher. Dann trat sie einen Schritt zurück, um ihren Helm abzusetzen und den Mann zu betrachten, der in Gummistiefeln und einer weiten blauen Latzhose vor ihr stand.

Sein Gesicht hatte sich kaum verändert. Der frische sonnengebräunte Teint strahlte Urgesundheit aus, seine wasserhellen Augen leuchteten unternehmungslustig, und trotz der kleinen Fältchen um Mund und Augen wirkte er vollkommen alterslos. Auch die dunkelblonden Locken waren gleichgeblieben. Anmutig ringelten sie sich fast bis auf seine enorm breiten Schultern.

Und auf einmal begriff Laura, was sie damals so sehr an diesem Baum von Mann fasziniert hatte: Er war der klassische Beschützertyp. Groß, stark, breitschultrig, verkörperte Patrick das Urbild jener männlichen Spezies, die eine Frau gegen Bären und Wölfe verteidigen konnte. Ja, genauso war es. Instinktiv hatte sie Schutz bei ihm gesucht. Aber sie war nicht mehr das kleine Mädchen von damals, das einen Beschützer brauchte. Sie war eine reife Frau, die nach der anderen Hälfte der Kugel Ausschau hielt, auch wenn sich das etwas plemplem anhörte.

»So schweigsam? Stimmt was nicht?«, fragte Patrick irritiert.

»Nein, alles in Ordnung, hey, danke, dass du mir, ähm, entgegengefahren bist«, stammelte sie verlegen, bekam aber ein kleines Lächeln hin. »Ich dachte schon, ich wäre hier falsch.«

»Nein, nein, goldrichtig«, versicherte Patrick lachend. »Es ist nur noch ein halber Kilometer bis zu meinem Hof.«

»Okay.« Sie zeigte auf das Motorrad am Wegrand »Dann folge ich dir unauffällig.«

»Kannst du gerne tun«, sagte er mit einem gutmütigen Zwinkern, »vorher müsste ich nur noch meine Jüngste von einem Geburtstagsfrühstück abholen.«

Wie war das? Laura meinte, die roten Rücklichter eines Zuges zu sehen, der sich in rasender Geschwindigkeit entfernte. Ihr Atem ging stoßweise, eine eiserne Faust presste ihren Brustkorb zusammen.

»Du hast – Kinder?«

»Du etwa nicht?« Unauffällig linste er zu ihrer rechten Hand, an der Toms Fake-Ring im Sonnenlicht schimmerte. »Charlotte sagte, du wärst verheiratet, und zu einer echten Familie gehören doch Kinder, oder?«

Ein sehr, sehr heikles Thema. Ein wunder Punkt, besser gesagt. In letzter Zeit hatte Laura mehrere Studien im Netz konsultiert, die sich mit der rapide abnehmenden Fruchtbarkeitsrate von Frauen in den späten Dreißigern beschäftigten.

»Ich, das heißt, *mein Mann* und ich arbeiten dran«, schwindelte sie drauflos.

»Dann viel Glück dabei.«

Nervös spielte Laura mit dem Verschluss des Helms. So ganz hatte sie sich noch nicht von dem Schock erholt, dass Patrick entgegen seiner früheren Überzeugung doch noch Vater geworden war. Was, wenn sie mit ihm zusammengeblieben wäre? Hätte sie womöglich seine Kinder zur Welt gebracht?

Selten wurde einem so gnadenlos bewusst, dass man die Uhr nicht zurückdrehen konnte.

Du hast viel Zeit verloren, dachte sie. Also nutze das winzige Zeitfenster, das dir noch bleibt, um nicht nur einen Vater für deine ungeborenen Kinder zu finden, sondern erst mal Voraussetzungen für eine intakte Beziehung zu schaffen.

Am liebsten hätte sie Patrick sofort ausgequetscht: Was lief schief bei uns? Was könnte ich besser machen? Worin besteht das Geheimnis deiner Ehe? Ich brauche dringend einen Crashkurs in Sachen Beziehung, damit ich es bloß nicht mit Daniel vergeige! Sag mir alles!

»Siehst ein bisschen müde aus«, stellte Patrick fest, der die Hände in den Taschen seiner blauen Latzhose vergraben hatte und sie eingehend musterte. »Sollen wir besser gleich zum Hof fahren?«

»Was ist mit deiner Tochter?«

»Kein Problem. Wenn ich sie nicht bis vierzehn Uhr abgeholt habe, macht sie sich mit den Nachbarskindern auf den Weg nach Hause. Das letzte Stück schafft sie dann auch allein.«

Zweifelnd blinzelte Laura ihn an.

»Ist das nicht zu gefährlich für ein kleines Kind?«

»Iwo, hier passiert nichts.« Sein Blick glitt über die Wiesen und Felder ringsum, über die eine lauwarme Sommerbrise strich. »In diese Pampa verirrt sich keiner, der nicht hierhergehört. Außerdem geben wir Anne-Sophie immer unser reichweitenstarkes Satelliten-Handy mit, wenn sie allein unterwegs ist. Damit kann sie uns jederzeit anrufen.«

»Aha.«

Notiz an mich selbst: Es gibt doch eine Möglichkeit, Daniel zu kontaktieren. Yipppieh!

Laura wollte schon aufs Motorrad steigen, als Patrick plötzlich ihre Wange streichelte. Eine unerwartet intime Berührung, die sie erschrocken zusammenfahren ließ.

»Hey, Kleines«, raunte er und presste sie sanft an sich, »freu mich so, dich zu sehen.«

Alter Schwede! Laura erstarrte, denn auch Patricks – nun, Tom hätte *Lümmel* gesagt – freute sich spürbar über dieses Wiedersehen. Wie eine Flutwelle schoss ihr das Blut in die Wangen. Die

Wünsche eines Mannes sind unten tastbar, hieß es, doch in diesem Falle war das alles andere als angemessen. Regel Nummer eins – keine Annäherung zulassen, hatte Skipper gesagt, und damit hatte er so was von recht!

Geschickt entwand sie sich halb der drangvollen Umarmung, während sie verzweifelt überlegte, wie sie das spürbare Erwachen des *Lümmels* taktvoll wegplaudern könnte.

»Schöne Gegend hier«, war alles, was ihr einfiel.

Es gab geistreichere Bemerkungen, doch ihre Worte erfüllten den beabsichtigten Zweck.

»Tja.« Mit sichtlichem Bedauern ließ Patrick sie los. »In dieser Gegend gibt es übrigens Wahnsinnspflanzen. Weißt du noch, wie wir immer gewandert sind und nach seltenen Blumen gesucht haben? Komm mal mit.«

Damit drehte er sich um und stiefelte zu einem abgemähten Feld, das von einem breiten Graben begrenzt wurde. Schon von Weitem sah Laura, dass es darin üppig grünte und blühte. Was sollte das werden? Eine Neuauflage ihrer Outdoorsex-Experimente?

»Schau doch!«, rief Patrick. »Eine Pfirsichblättrige Glockenblume in Lila, dazu Römische Kamille und Echtes Johanniskraut! Sogar ein Flammen-Adonisröschen ist dabei!«

Damit hatte er sie. Solchen Blumen konnte sie nicht widerstehen.

Laura ging zu ihm und kniete sich neben den Graben, in dem sie auch weißes Scharbockskraut und die zerzaust aussehenden rosa Dolden des sogenannten Gewöhnlichen Wasserdosts entdeckte. Sie war regelrecht ergriffen von dieser Pracht. Unzählige Bienen und Hummeln umschwirrten die Blüten, ein würzig-süßlicher Duft stieg ihr in die Nase. Es war wie eine Reise in die Vergangenheit. Stundenlang, tagelang hatten sie sich damals auf ihren Wanderungen an solchen Blumen begeistern können.

»Die hiesigen Bauern setzen auf ökologisch verträgliche Landwirtschaft«, erklärte Patrick. »Deshalb findet man noch so viele seltene Wildpflanzen.«

»Wunderschön«, hauchte Laura, während sie sich aufrappelte und ein paar Erdklumpen von ihrer schwarzledernen Motorradhose klaubte. »Könnten wir dann langsam los? Ich müsste mal, du weißt schon, also, ein Örtchen aufsuchen.«

»Eine Schülerblase hattest du damals schon«, erwiderte er grinsend. »Fahr einfach vor, mit dem Motorrad bist du schneller als ich. Bettina ist irgendwo im Garten, aber die Türen stehen alle offen. Das gewisse Örtchen findest du hinter dem Haupteingang links.«

»Du lässt eure Türen offen stehen?«

»Na klar. Wie gesagt kommt niemand vorbei, der nicht hierhergehört.«

»Und Bettina ist – deine Frau?«

»Yepp.« Ein stolzer Ausdruck trat in Patricks Augen. »Meine Frau, meine Gefährtin und die Mutter unserer drei Kinder.«

»Drei!«, echote Laura fassungslos.

»Weihnachten werden es vier.«

Das haute sie vollends um. Wieso hatte sie diesen Zug verpasst?

»Aber, aber«, platzte es aus ihr heraus, »als wir zusammen waren, wolltest du keine Kinder!«

Sein Lächeln verblasste.

»Damit hast du die Erklärung.«

»Wie jetzt?«

»Als *wir* zusammen waren«, sagte er. »Als ich mit *dir* zusammen war. Du warst so jung, so ehrgeizig, du wolltest was aus dir machen und warst nur mit deinen Blumengestecken beschäftigt. Als Mutter konnte ich mir dich nie vorstellen.«

Boing. In Lauras Kopf dröhnte es, als hätte jemand direkt neben ihr auf einen großen Gong eingedroschen. Wie benommen starrte sie Patrick an, der mit seinen Gummistiefeln unsichtbare Steinchen hin und her schob.

»Damit kommst du jetzt an? Nach all den Jahren?«

»Das sollte keine Beleidigung sein«, milderte er seine Worte ab. »Inzwischen hast du bestimmt deine Mitte gefunden und wirst eine wunderbare Mama abgeben.«

Von wegen. Ein ganz neuer Punkt musste auf die Liste: Wie steht's mit Laura Gazzettis Mutterqualitäten? Und wo war noch mal die Mitte?

»Dann los«, kommandierte Patrick, der offenbar schon bereute, so freimütig gesprochen zu haben. »Wir sehen uns gleich. Keine Angst vor Harro, unserem Schäferhund. Er spielt sich zwar mächtig auf, ist aber weitgehend harmlos.«

Der will doch nur spielen? Laura fürchtete sich vor großen Hunden – ein Grund mehr, warum sie nicht zu Patrick und auch nicht zu Skipper passte. So wie Teetrinker und Kaffeetrinker lebten Katzenmenschen und Hundemenschen ebenfalls in verschiedenen Universen.

Ihre Blase fand Angst vor Hunden allerdings ziemlich nebensächlich und drängelte zum schleunigen Aufbruch. Während sie losfuhr, ratterte es unaufhörlich in ihrem Kopf. Vier Kinder! Sie fasste es einfach nicht. Obwohl sie wahrlich keine Anrechte mehr auf Patrick hatte, fühlte sie sich von ihm hintergangen. Damals hatte er ihr Kinder ausgeredet, nun setzte er eines nach dem anderen in die Welt. Wie ungerecht war das denn?

Sie konzentrierte sich wieder aufs Fahren. Über den sandigen Feldweg zu fahren, erwies sich als echte Herausforderung. Mehrmals blieb Laura stecken, immer wieder brach das Vorderrad zur Seite aus. Als sie mit Mühe und Not den Bauernhof erreicht hatte, war sie völlig durchgeschwitzt und wollte nur noch duschen. Ob es jedoch eine Dusche gab, durfte bezweifelt werden. Der verwitterte Fachwerkbau mit dem tiefgezogenen Schindeldach ging eher in Richtung Retro und wirkte zwar herrlich verwunschen, aber nicht gerade so, als ob er die Segnungen des modernen Sanitärwesens enthielt.

Verwundert setzte Laura ihren Helm ab. Wo war sie bloß gelandet? Die Szenerie wirkte wie aus einem früheren Jahrhundert, etwas altertümlich, aber wunderschön. Ein bunt blühender Bauerngarten umgab das Haus, neben dem Eingang plätscherte ein Brunnen aus grauen Feldsteinen, hoch oben auf dem gemauerten Schornstein nisteten Störche.

»Hallo!« Mit langen Schritten näherte sich eine Frau in Jeans und rosa T-Shirt, die einen bellenden Schäferhund am Halsband festhielt. »Du musst Laura sein, herzlich willkommen!«

Einen größeren Kontrast zwischen diesem überaus warmen Empfang und Cleos schnippischer Begrüßung hätte es kaum geben können. Erleichtert streckte Laura ihre rechte Hand aus, die sogleich herzhaft durchgeschüttelt wurde.

Bettina schien entspannt mit der Tatsache umzugehen, dass eine Exfreundin ihres Gatten auftauchte. Sie legte den bellenden Hund an die Leine, dann stemmte sie ihre Hände in die Hüften, was Lauras Blick auf die tief gebräunten und bemerkenswert muskulösen Unterarme lenkte. Patricks Frau wirkte äußerst durchtrainiert, fast ein wenig maskulin mit der dunklen Kurzhaarfrisur und den herben Gesichtszügen. Vom Schwangerschaftsbauch sah man noch nichts.

»Hast du Hunger?«, fragte sie. »Es ist noch Möhrensuppe vom Mittagessen übrig, du kannst aber auch zuckerfreien Käsekuchen haben, gerade frisch gebacken.«

»Vielen Dank.« Laura spürte jedes Schweißtröpfchen einzeln auf ihrer Stirn, als sie sich aus ihrer ledernen Motorradmontur pellte, unter der sie Leggins und ein T-Shirt trug. »Dürfte ich vielleicht erst mal duschen und mich umziehen?«

»Natürlich. Und? Was hast du Schönes vor? Ferien auf dem Bauernhof? Das Wetter ist ja herrlich, auch wenn es momentan nach einem Sommergewitter aussieht.« Bettinas Augen verengten sich leicht. »Warum ist dein Mann eigentlich nicht mitgekommen? So ein Besuch von der Exfreundin ist ja etwas schräg.«

Der abrupte Stimmungswechsel traf Laura völlig unvorbereitet. Auf einmal fühlte sie sich wie bei einem Bewerbungsgespräch: Was erzählte man, was besser nicht?

»Ich bin nur zufällig in der Gegend«, sagte sie ihr Flunkersprüchlein auf. »Und weil ich beim Ausmisten …«, das Gelächter von Charlotte und Mimi ertönte in ihren Ohren, »… etwas von Patrick gefunden habe, dachte ich, dass ich einfach mal vorbeischaue.«

»Verstehe.«

Nein, Bettina verstand gar nichts, das sah man ihren skeptisch zugekniffenen Augen an. Deshalb holte Laura etwas weiter aus.

»Eigentlich wollte ich nur eine kurze Stippvisite einlegen, doch in der Pension, die meine Freundin Charlotte für mich gebucht hatte, gab es leider einen Wasserrohrbruch.«

»Wäre mir neu«, erwiderte Bettina mit gekrauster Stirn. »Charlotte hat doch schon vor einer Woche angekündigt, dass du hier übernachtest. Sie schläft ja auch bei uns.«

Laura meinte, sich verhört zu haben.

»Charlotte?«

»Sie wird heute Abend eintreffen. Wusstest du das nicht?«

Kapitel 16

Rätsel des Lebens, Abteilung Freundinnen: Warum zur Hölle wollte Charlotte hierherkommen, ans Ende der Welt, und was sollte die behämmerte Geschichte mit dem Wasserrohrbruch? Wollte man sie jetzt etwa zu dritt bearbeiten? Aber wozu? Patrick schien ja nicht einmal zu ahnen, dass er Teil eines Beziehungscoachings war, sonst hätte dieser Schlawiner sie wohl kaum seinen Lümmel spüren lassen.

Das Röhren des Treckers beendete Lauras Überlegungen. Mit einer sauberen Kurve bog der Herr des Hauses auf den ungepflasterten Hof, ließ den Motor noch einmal kräftig aufheulen und hielt dann direkt neben ihr an. Ein filmreifer Auftritt. Behände kletterte Patrick aus dem Führerhaus und klopfte ihr ein bisschen zu jovial auf die Schulter.

»Na, habt ihr beiden Hübschen euch schon angefreundet? Immerhin habt ihr ja eine Gemeinsamkeit: mich.«

Hmmm. Sehr subtil.

»Ich wollte gerade Kaffee kochen«, sagte Bettina mit einem sparsamen Lächeln. »Wir essen dann drinnen. Der Himmel ist schon ganz dunkel, das Gewitter wird gleich losgehen.«

In diesem Moment sauste ein blond gelocktes kleines Mädchen in Blümchenkleid und Sandalen auf sie zu.

»Mama, Mama, ich bin ganz allein nach Hause gelaufen, und ich habe Lakritze gefunden!«

»Zeig mal her.« Bettina beugte sich zu dem Mädchen herab und zog eine knisternde Zellophantüte aus der kleinen Faust. »So was essen wir nicht, Anne-Sophie.«

Laura räusperte sich.

»Das ist meine Tüte. Die muss mir auf dem Weg hierher aus der Tasche gefallen sein.«

Bettina wechselte einen indignierten Blick mit ihrem Mann.

»Sie isst *Zucker*?«

Genauso gut hätte sie fragen können: Ist sie *heroinsüchtig?* Augenblicklich nahm sich Laura vor, Daniel nach seinen Ernährungsprinzipien zu fragen. Immerhin war er Arzt. Und ein Mann, der ihr die geliebten Süßigkeiten madig machte, würde gewisse Probleme aufwerfen, die von vornherein geklärt werden mussten.

Patrick zuckte nur die Achseln, doch damit gab sich Bettina keineswegs zufrieden. In ihren Zügen malte sich das Unverständnis der Wissenden für die Ahnungslosen, als sie Laura anschaute.

»Wusstest du nicht, dass eine Tüte Lakritz so gefährlich ist wie ein kleines Steak?«

Es folgte ein kurzes Briefing durch Patrick, warum seine Familie schon seit Jahren kein Fleisch mehr aß. Sie seien Laktovegetarier, die nur Eier und Ziegenmilch aus eigener Erzeugung und Gemüse aus dem eigenen Garten akzeptierten. Da wisse man, dass keine Chemie im Spiel sei, und Süßes wie Lakritze sei sowieso des Teufels.

»Ich mag das Zeug halt«, verteidigte sich Laura, die nichts gegen Vegetarier, Laktovegetarier, Veganer oder Pescetarier hatte, dieses Tribunal aber reichlich daneben fand. »Schon gewusst? Lakritz macht gute Gefühle und einen schlanken Fuß.«

»Oh, gibst du mir dann bitte was ab, für meinen Teddybär?«, fragte Anne-Sophie mit einem niedlichen Augenaufschlag.

Was für ein süßes Mädchen! Genau so eins wollte Laura auch: süß, aber keineswegs auf den Kopf gefallen.

»Kein Zucker, auch nicht für Teddys«, entschied Patrick, woraufhin Anne-Sophie bitterlich zu weinen anfing.

»Immer wenn ein Kind Tränen vergießt, entsteht ein Regenbogen über der Seele«, säuselte Bettina. »Lasst uns reingehen, das Gewitter geht gleich los, und Noah und Emilia warten schon auf uns.«

Friede, Freude, Käsekuchen, dachte Laura. Nie im Leben halte ich das bis morgen früh durch.

Mit einem unguten Gefühl schulterte sie ihre Hebammentasche. Dann ging es im Gänsemarsch ins Haus, wo sie erst mal das stille Örtchen aufsuchte. Ihre Blase dankte es ihr mit einer sturzbachartigen Entleerung. Danach fühlte sich Laura ungefähr fünf Liter leichter. Es gab sogar fließendes Wasser. Und natürlich ein rot umrandetes Stehpinkler-Verbotsschild auf der Innenseite des Klodeckels. Hier wurde konsequent erzogen, keine Frage, aber wo blieb da der Spaß?

Jemand pochte an die Tür.

»Kaffee ist fertig!«, erklang Bettinas freundlich schneidende Stimme. »Duschen kannst du auch noch später.«

Das sah Laura etwas anders. Doch wenn man zu Besuch war, musste man sich wohl den häuslichen Gepflogenheiten anpassen.

»Komme sofort!«

Nachdem sie sich die Hände mit einer glitschigen Seife gewaschen hatte, die ein bisschen nach Hustensaft roch, rubbelte sie sich mit dem angefeuchteten Handtuch ab. Das musste fürs Erste reichen. Danach zog sie ihr weißes Kleid mit dem Klatschmohnmuster an, dazu weiße Sneakers. Ein angemessenes Outfit für eine Landpartie, fand Laura. Oder too much für den Feuer speienden Hausdrachen?

Jetzt sei mal nicht so negativ, rügte sie ihr Spiegelbild, während sie das Handtuch ordentlich zusammenfaltete und auf den Waschbeckenrand legte. Bettina ist nicht gerade ein Charmebolzen, und ihre Zuckerphobie nervt gewaltig, aber sie und Patrick wollen nur alles richtig machen. Du hingegen kannst dir gar kein Urteil erlauben, weil du nämlich gar keine Kinder hast, haha.

Sie trat auf den Flur. Der natursteingeflieste Boden bot die umfangreichste Sammlung derber Schuhe, Stiefel und Sandalen, die Laura jemals gesehen hatte. Von dort aus orientierte sie sich nach Gehör – so wie daheim bei ihren Eltern, bei denen man auch immer nur dem Stimmengewirr folgen musste, um zu wissen, wo die Musik spielte.

Ihre zwischenzeitlich dramatisch abgesackte Laune stieg um einige Grade an, als sie die schwere Eichentür zur Küche aufschob. Selten hatte sie so schöne Bauernmöbel gesehen wie den mit Blumenmotiven bemalten Küchenschrank und den ausladenden Tisch, dessen fein gedrechselte Beine auf ein Original aus dem neunzehnten Jahrhundert hindeuteten. Auch der Dekofaktor war angenehm hoch. Eine schmiedeeiserne Petroleumlampe baumelte von der Decke, an den Wänden hingen schnörkelig gerahmte Landschaftsbilder in Öl. Neben einer antiken Standuhr mit Messingpendel gruppierten sich silbern gerahmte Familienfotos und kleine Porzellanvasen mit Margeriten und rotem Mohn auf einer bauchigen Holzkommode.

»Immer nur hereinspaziert«, sagte Patrick launig. »Wir haben extra auf dich gewartet.«

Am gedeckten Tisch saß bereits die gesamte Familie, vervollständigt durch zwei ältere Kinder, einen Jungen und ein Mädchen, die wie Anne-Sophie blonde Locken hatten. Es war eine Idylle wie aus dem Bilderbuch. Auf der gehäkelten weißen Tischdecke stand ein Porzellanservice mit weiß-gelbem Blütenmuster, zwei gelbe Kerzen sorgten für eine romantische Note, in der Mitte prangte ein großer Käsekuchen mit Puderzuckerkruste, die selbstverständlich zuckerfrei war und aussah, als hätte eine Elfe noch ganz schnell eine Handvoll Feenstaub über das Backwerk gepustet.

So viel Idylle konnte einen ganz schön fertigmachen, wenn man Ende dreißig war und weder Mann noch Kinder hatte.

»Setz dich doch«, sagte Bettina. »Kaffee oder Tee?«

»Könnte ich eventuell einen Espresso bekommen?«, erkundigte sich Laura höflich.

»Wir sind hier ganz unter uns, nicht in irgendeinem schicken Coffeeshop.« Patricks Frau lächelte mit messerscharf kalkulierter Freundlichkeit. »Deshalb trinken wir guten alten Bohnenkaffee und kippen auch kein Vanillearoma in unsere Getränke.«

Na, dann gute Nacht, Marie. Schon am Morgen hatte Laura auf ihren geliebten Espresso verzichten müssen, nun war sie Teil einer bizarren Schicksalsgemeinschaft, in der Lakritze und Espresso sogar auf dem Index standen. Was verweigerte man ihr als Nächstes? Die Luft zum Atmen?

Aber hey, Bettinas Haus, Bettinas Regeln. Nur der idyllische Eindruck, der war dahin.

Schweigend nahm Laura auf einem der mit mattgrünem Cord bezogenen Küchenstühle Platz und wurde Zeuge, wie die gut geölte Maschinerie des Familienlebens angeworfen wurde. Patrick füllte die Tassen der Erwachsenen mit Kaffee, die Kinder schenkten Wasser in die Gläser und reichten ein Kännchen mit Milch herum, Bettina verteilte die Kuchenstücke mit der Miene eines Oberfeldwebels: streng, aber gerecht.

Begleitet wurde die Zeremonie von artiger Konversation, bei der niemand zu laut oder zu leise sprach und jeder restlos zufrieden wirkte. Alles in allem konnte man von perfekten Umgangsformen und einer tadellosen Tischkultur sprechen, wie Laura feststellte.

Was, verdammt, störte sie eigentlich so sehr daran?

Die Antwort wirkte beunruhigend. Es war die Normalität, die ihr so ungeheuer auf den Zeiger ging. Eine Sonntagnachmittags-

Normalität, wie sie gerade in Millionen Haushalten stattfand und von der sie sich ausgeschlossen fühlte. Patrick hatte mindestens Level hundert erreicht, wahrscheinlich sogar weit mehr, sie noch nicht mal eine anständige Eins. Weil sie regelmäßig ihre Beziehungen versemmelte. Weil sie keine Familie auf die Reihe kriegte. Weil Laura Gazzetti nur Murks fabrizierte.

Passend zu ihrem desolaten Gemütszustand brach draußen das angekündigte Gewitter los. Blitze zuckten über die Küchenwände, gefolgt von grollendem Donner und sturzbachartigem Regen, der hart gegen die Fensterscheiben prasselte.

»Magst du keinen Käsekuchen?«, fragte Patrick.

Ach so. Laura griff zur Kuchengabel neben ihrem Teller und begann hastig zu essen.

»Köfftlich, ganz köfftlich«, nickte sie beflissen.

»Man spricht nicht mit vollem Mund«, piepste Anne-Sophie.

»Wenn eff fmeckt, darf man daff«, entgegnete Laura und lud noch mal nach.

Die älteren Kinder feixten, Bettina machte ein Gesicht, als hätte es ihr die Petersilie verhagelt.

»Es gibt Menschen, die keine Regeln akzeptieren, Anne-Sophie«, belehrte sie ihre Tochter und Laura gleich mit. »Die haben es dann später sehr schwer im Leben.«

Herzlichen Dank aber auch. Lauras inneres Antennensystem ging auf Alarmstufe eins. Diese Frau wollte ihr partout eins auswischen, die ganze Zeit schon. Es gab zwar keinerlei Anzeichen, dass sie eifersüchtig war, doch mit ihrer pampigen Art ließ sie keinen Zweifel daran, dass sie ihren Gast als Eindringling, wenn nicht als schädlichen Einfluss betrachtete.

»Jeder hat halt so seine Weise«, sagte Patrick abgeklärt. »Erzähl doch mal, Laura, wie ist es dir ergangen?«

Unter den prüfenden Blicken von Bettina berichtete Laura

von ihrer Floristeria und pinselte ihr Leben in den schönsten Farben aus. Die emotionalen Bruchlandungen ließ sie weg. Natürlich.

»Und was macht dein Mann?«, fragte Patricks Frau zuckersüß.

»Er macht in Bitcoin«, antwortete sie, ohne lange nachzudenken. Zu spät fiel ihr ein, dass sie auch Tierarzt hätte sagen können. Nein, *müssen*. Verflixt. Daniel war ihr Herzensmensch, nicht Skipper. Ging's noch?

»Kryptowährungen, aha.« Bettina verzog den Mund. »Bringt das denn was?«

»Ist ein einträgliches Geschäft«, setzte Laura hinzu, während sie sich schwarzärgerte, dass Skipper wie ein Widerhaken in ihrem Kopf steckte.

Patrick beugte sich etwas zu ihr vor.

»Dann hast du also doch noch unseren Computerhelden geheiratet?«

»Max? Nein, wir waren einfach zu verschieden.«

»Den meine ich doch gar nicht.« Aufgeregt schnippte Patrick einen Kuchenkrümel vom Tischtuch. »Ich meine Skipper! Hätte ja eigentlich drauf wetten können, dass er am Ende doch noch das Rennen macht.«

Laura fühlte sich, als sei sie gerade mit vollem Karacho gegen einen Betonpfeiler gerauscht.

»Wie-wieso das denn?«

Mit einem schlauen Grinsen lehnte sich Patrick auf seinem Stuhl zurück und hakte beide Daumen in die Träger seiner blauen Latzhose.

»Das fragst du noch? Damals war er mein einziger ernst zu nehmender Konkurrent. Dauernd ist er um dich rumscharwenzelt, aber gegen mich kam er natürlich nicht an. Bis wir …«

Er verstummte, weil seine Frau ein warnendes Nicht-vor-den-

Kindern-Gesicht aufsetzte und demonstrativ mit dem Kaffeelöffel gegen ihre Tasse klapperte.

»Du liegst völlig falsch«, erklärte Laura mit fester Stimme. »Skipper ist immer noch ein sehr guter Freund, geheiratet habe ich allerdings einen anderen Mann. Er heißt Daniel. Nebenbei ist er übrigens Tierarzt. Das heißt, er schult gerade um. Aber eigentlich ist er es schon. Also, Tierarzt, meine ich. Irgendwie.«

Oje. Jetzt hatte sie sich total verheddert.

»Ich will auch Tierärztin werden!«, juchzte Anne-Sophie.

Das war die Rettung. Aufatmend wandte sich Laura an das Mädchen.

»Dann wird dich interessieren, dass Daniel heute einen Goldhamster namens Floppi operiert hat. Am Blinddarm.«

»Ohne Approbation?« Bettina runzelte die Augenbrauen. »So geht das aber nicht.«

Alarmstufe zwei. Mit doppeltem Sirenenton.

»Schade, dass du deinen Daniel nicht mitgebracht hast«, lenkte Patrick das Gespräch in eine unverfänglichere Richtung. »Hätte ja mal gern den Mann kennengelernt, der es mit dir … also, der dich …«

Ach, herrje, nun hatte er sich ebenfalls verheddert. Dennoch konnte Laura seine Halbsätze ohne Schwierigkeiten vervollständigen. Der Mann, *der es mit dir aushält*. Der Mann, *der dich und deine Macken erträgt*. Na, wunderbar, das ging ja flott. Sie waren schon mitten im Thema, dessentwegen sie diese Reise auf sich genommen hatte.

»Kinder, geht spielen!«, rief Bettina schrill.

»Ich will aber bei der fremden Frau bleiben«, maulte Anne-Sophie und kletterte auf Lauras Schoß. »Kennst du Floppi? Ist er lieb?«

»Sehr lieb, richtig goldig«, versicherte Laura.

»Ich könnte dir den Garten zeigen«, schlug Patrick vor, der sichtlich kein Interesse an einer Fortsetzung des Gesprächs im Schoße der Familie hatte. »Wir haben tolle Stauden.«

»Klingt verlockend.« Laura drückte die kleine Anne-Sophie an sich. »Ist es in Ordnung, wenn wir rausgehen?«

»Aber nur, wenn ich mitkommen darf.«

»Wenn sich Erwachsene unterhalten wollen, müssen Kinder auch mal zurückstehen«, intervenierte Bettina.

Jawoll, Frau Oberfeldwebel, lag es Laura auf der Zunge, beherrschte sich aber. Sie wollte absolut keinen Unfrieden stiften, nur in Ruhe mit Patrick reden.

Alle drei Kinder zogen widerspruchslos ab, ganz so, wie man es von wohlerzogenem Nachwuchs erwarten konnte. Laura rang mit sich. Es gab noch etwas, was sie auf dem Herzen hatte und das keinen Aufschub duldete.

»Dürfte ich später vielleicht mal Anne-Sophies superreichweitenstarkes Satellitenhandy benutzen? Wir sind hier ja mitten im Funkloch, und …«

»Es gibt WLAN und auch einen Laptop, falls du zoomen willst«, schnitt Bettina ihr das Wort ab. »Oder denkst du, du bist bei primitiven Hinterwäldlern gelandet?«

Alarmstufe drei. Mit Sternchen.

Laura presste ihre Lippen aufeinander. Hättest du doch bloß die Klappe gehalten, meckerte ihre innere Stimme. Los doch, schieb sofort ein Kompliment hinterher, damit sich Bettina besser fühlt und der Haussegen wieder gerade hängt.

»Der Käsekuchen war übrigens vorzüglich, und eure Küche ist ein Traum. Diese herrlichen alten Möbel!«

»Die hat Patrick ausgesucht«, kam es säuerlich zurück. »Als ich einzog, war das Haus fertig eingerichtet.«

Alarmstufe Rot. Nächster Versuch.

»Aber den köstlichen Käsekuchen, den gab es damals noch nicht, oder?«, probierte Laura aufs Neue, das Eis zu brechen. »Du musst mir unbedingt das Rezept geben.«

»Frag meinen Mann, der hat ihn gebacken.«

Es half alles nichts. Sie und Bettina wurden definitiv keine Freundinnen mehr, nicht in diesem Leben.

»Wir haben zu einer guten Arbeitsteilung gefunden«, schaltete sich Patrick versöhnlich ein. »Bettina kümmert sich um das Haus und den Garten, mein Job sind die Feldarbeit, die Versorgung der Tiere und das Kochen. Die Kinder erziehen wir gemeinsam.«

»Weißt du, Laura, die meisten Männer wählen ihr Handy sorgfältiger aus als ihre Frau«, merkte Bettina an. »In unserem Fall war es anders. Patrick hat sich seine Ehefrau nicht nach den hübschen Augen ausgesucht, sondern nach der Alltagstauglichkeit. Verlieben ist für die Tonne. Es muss auf Dauer funktionieren.«

Das mit den hübschen Augen war selbstverständlich auf Laura gemünzt, die diese kleine Spitze sehr wohl registrierte, aber souverän überging. Schließlich hatte sie soeben eine neue Anregung für ihre Liste bekommen.

Alltagstauglichkeit war ein unromantisches Stichwort, doch ein bedenkenswertes. Welches Paar besprach schon frühzeitig so etwas wie eine Aufteilung der Pflichten? Das dicke Ende kam dann garantiert nach, in Form von Streitigkeiten, wer welche Aufgaben übernahm. Das hatte Laura zur Genüge erlebt, wenn sich die Schmetterlinge im Bauch abmeldeten und nur das Schild *Unbekannt verzogen* hinterließen.

Also musste sie bei Gelegenheit herausfinden, was Daniel vom Thema Arbeitsteilung hielt. Er ging in seinem Beruf als Tierarzt auf, sie in ihrer Arbeit für die Floristeria. Als voll berufstätiges Paar brauchten sie eine faire Regelung der Zuständigkeiten.

»Bitte sehr, ich hab da was für dich«, hörte sie Patricks gutmütige Stimme. Mit einem kleinen Plopp stellte er ein Paar blauer Gummistiefel vor ihre Füße. »In deinen Sneakers kommst du nicht weit nach dem Wolkenbruch.«

Laura erhob sich. Sie war so erledigt, dass sie im Stehen hätte einschlafen können.

»Wie nett«, bedankte sie sich, ein Gähnen unterdrückend.

»Charlotte wird heute Abend kommen«, sagte Patrick. »Und das ist auch gut so, wir müssen dir nämlich was beichten. Es hat mit dem zu tun, was damals zwischen uns gelaufen ist.«

Auf einen Schlag war Laura wieder hellwach. Selbst fünf doppelte Espressi hätten keine durchschlagendere Wirkung haben können. Es gab etwas zu beichten? Was denn, um Himmels willen?

Kapitel 17

Das Gewitter war weitergezogen, doch das schöne Wetter hatte sich gleich mit verdrückt. Dicke graue Wolken hingen am Himmel, die der aufgefrischte Wind wie eine gigantische Elefantenherde vor sich hertrieb. Der Boden war klatschnass, die Luft empfindlich kalt geworden. Das spürte Laura, als sie in den Garten schlich, auf der Suche nach einem ungestörten Plätzchen, wo sie Daniel schreiben könnte.

Sie brauchte Abstand. Und Zuspruch, bevor Patrick mit seinen Enthüllungen um die Ecke kam. Deshalb hatte sie sich nur schnell ins WLAN eingeloggt, war in die Gummistiefel geschlüpft und dann ohne Jacke hinausgelaufen. In der Küche hätte sie keinen einzigen Buchstaben zuwege gebracht. Nicht unter Bettinas argwöhnischen Augen.

Wie stets auf dieser Reise stapelten sich schon wieder jede Menge Nachrichten auf dem Handydisplay. Laura ignorierte sie vorerst. Jetzt war Daniel an der Reihe, ihr einziger Lichtblick an diesem Tag.

Lieber Daniel, wollte mich nur mal zwischendurch melden und nach Deinem werten Befinden fragen.

Das Schicksal meinte es gut mit ihr. Er antwortete prompt, so als hätte er bereits auf ein Lebenszeichen von ihr gewartet.

Danke, liebe Laura, alles prima. Warum so förmlich? Stimmt was nicht?

Er hatte recht, ihre Formulierung hatte distanziert geklungen, und sie liebte ihn für die Feinfühligkeit, mit der ihre Nachrichten las.

Doch, doch, lieber Daniel, alles okay, ist nur ein ziemlich anstrengender Tag heute.

Wie kann ich Dich unterstützen?

Ach, es tut schon gut, einfach mit Dir zu schreiben … Was machst Du gerade?

Sauber. Kein Witz! Daniel Lombardi ist ein waschechter Putzteufel. 😊

Oha. 😊

Halb so schlimm. Musste es halt lernen nach meiner Scheidung (erzählte ich schon, dass ich verheiratet war? Ich glaube nicht). Also, nach meiner Scheidung habe ich mich in einer Drogerie mit allem möglichen Lappen und Flaschen eingedeckt, außerdem einen Staubsauger gekauft und dann losgelegt. Avanti dilettanti! Am Anfang war es die (nicht so) reine Katastrophe, mittlerweile habe ich's ganz gut drauf.

Respekt. Selbst ist der Mann?

Jedenfalls gehöre ich nicht zu den Männern, die erwarten, dass eine Frau für sie putzt.

Aha. Das waren doch schon mal formidable Voraussetzungen für etwaige spätere Verhandlungen über die Alltagspflichten.

Und kochen kannst Du auch noch. Wahnsinn. Da könnte man ja glatt von einem Traummann sprechen!

So wie ich Dich wahrnehme, würde Dir ein kochender und putzender Mann nicht genügen. 😊

Soso. Nur, damit Du's weißt, lieber Daniel: Meine Ansprüche sind gar nicht soooo hoch.

Nur damit DU's weißt, liebe Laura: Das glaubt Dir kein Mensch.

Wieso? Könnten Sie das ein wenig spezifizieren, Herr Doktor?

Du bist was ganz Besonderes, da darf man hohe Ansprüche stellen. Ich mag Deine emotionale Art, Deinen Humor, Deine Schlagfertigkeit. Und Du bist voller Überraschungen.

Hoffentlich keine bösen.

Wie kommst Du denn darauf?

Ja, wie eigentlich? Laura überlegte. Vielleicht lag es daran, dass Patricks Familienleben sie so eigentümlich berührt hatte. Abgesehen von Bettinas kleinen Zickereien schien er ein sehr zufriedenes Leben zu führen, mit Kind, Kegel und viel frischer Luft. Umso mehr hatte sie sich als Verliererin empfunden, der so ein Familienleben bislang verwehrt geblieben war.

Tief atmete sie den feuchten erdigen Geruch des aufgeweichten Rasens in sich hinein. Und dann gestand sie Daniel das Mutigste, was sie jemals einem Mann offenbart hatte.

> Kennst Du das Gefühl, dass Du womöglich nicht gut genug bist für das, was Du Dir am meisten wünschst?

Eine Pause trat ein, in der nur das Wort *schreibt …* unter seinem Namen zu sehen war. Daniel schrieb ziemlich lange. O Gott. Laura sank das Herz in die Hose. Bekanntlich mochten Männer keine »hysterischen« Frauen – danke, Max –, sondern bevorzugten fröhlich pfeifende Sexbomben mit kulinarischer Ausnahmebegabung und ohne Emotionsgedöns. Vielleicht war das aber auch ein antiquiertes Klischee, und Daniel gehörte zu den »neuen Männern«, die Charlotte so vollmundig erwähnt hatte.

Laura schaute aufs Display. Wie lange dauerte das denn noch? Tippte er eine zweite Doktorarbeit in sein Handy?

Fröstelnd betrachtete sie die weitläufigen Blumenbeete, die sich hinter dem Haus erstreckten. Patrick hatte nicht zu viel versprochen – der umsichtig angelegte Staudengarten war wirklich sehenswert. Die Kunst bestand darin, verschiedene Pflanzen so zu kombinieren, dass ihre Blühphasen wie am Schnürchen aufeinanderfolgten. Zurzeit blühten Pechnelke, Sonnenbraut und Ehrenpreis, ein Dreiklang aus sattem Pink, Orange-Rot und Blau-Violett.

Herrschaftszeiten, langsam konnte sich Daniel wirklich melden.

Sie taumelte schon am Rande eines mittleren Nervenzusammenbruchs, als auf dem Display eine ellenlange Nachricht erschien. Von Daniel.

Liebe Laura, eine Frau, die so freimütig ihr Innerstes preisgibt, auch ihre Selbstzweifel, muss man einfach ins Herz schließen. JAAA, ich kenne das Gefühl, von dem Du sprichst, Liebes. Dieses Gefühl der Verunsicherung, ob man überhaupt genug zu bieten hat für den Menschen, den man sich in seinen kühnsten Träumen wünscht. Danke, dass Du das mit mir geteilt hast. Und noch etwas. Ich habe nicht viel Erfahrung mit Chats, bin aber völlig überwältigt, wie wir miteinander umgehen. Hätten wir ein, zwei reale Dates gehabt, zum Beispiel in einem Restaurant, wären wir über den üblichen Smalltalk wahrscheinlich gar nicht hinausgekommen. So nach dem Motto: Welche Hobbys hast Du? (Meine sind neben Kochen übrigens Videospiele, Konzerte, Kunstausstellungen, Wandern, Segeln). Oder: Wohin fährst Du in Urlaub? (alles mit Meer, am liebsten Italien). Es ist ein unfassbares Glück, dass wir uns vorerst aufs Schreiben beschränken. Diese Art der Kommunikation macht es so viel leichter, den Kern eines Menschen kennenzulernen, nicht nur die Hülle (wobei die Hülle bei Dir äußerst ansprechend ist). Nochmals danke und eine große Umarmung.

Mit sofortiger Wirkung verlor Laura die Fassung. Sie konnte kaum glauben, was sie da las, zumal sie schon befürchtet hatte, Daniel mit Emotionsgedöns belästigt zu haben. Und nun das. Eine Nachricht, so echt, so empathisch, so aufrichtig, dass ihr Tränen der Erleichterung über die Wangen liefen. Nach Bettinas dämlicher Theorie hätten sich mindestens drei Millionen Regenbögen über ihr bilden müssen – weil sie so überglücklich war wie ein kleines Kind, dem man zu Weihnachten den sehnlichsten Wunsch erfüllt hatte.

»Hier bist du also!« In grauen Gummistiefeln und einer flaschengrünen gewachsten Jacke stapfte Patrick über den Rasen. »Frierst du denn gar nicht?«

Ob sie fror, oder ob ihr heiß war – wie sollte sie das wissen? Laura befand sich in einem emotionalen Ausnahmezustand, der alles andere völlig nebensächlich erscheinen ließ. Nahezu körperlos schwebte sie im Garten.

Glück, Glück, überschäumendes Glück, später mehr, schrieb sie an Daniel und steckte das Handy ein.

Mittlerweile hatte Patrick sie fast erreicht und zog im Gehen seine Jacke aus.

»Du zitterst ja, du brauchst was Warmes.«

»Nee, lass mal.« Mit dem Handrücken wischte sie sich die Tränen aus dem Gesicht. »Alles fein.«

»Quatsch, so ist es besser«, entgegnete er und hängte ihr die Jacke um die Schultern. »Bereit für einen Spaziergang? Oder musst du noch weitere Nachrichten schreiben?«

»Ich bin auf Liebesdiät, da verliert man zwei Tage pro Woche, weil man dauernd am Handy hängt.«

»Wie schön, dass du so eine glückliche Ehe führst.« Patrick sah an ihr vorbei zu den Blumenbeeten. »Und? Wie gefällt dir unser kleines Paradies?«

Geistesabwesend folgte Laura seinem Blick. Bislang war sie eine echte Pechnelke gewesen. Mit einem Mann wie Daniel konnte sie vielleicht doch noch zur Sonnenbraut werden.

»Es ist wunderschön, Patrick. Beeindruckend. Bettina scheint einen grünen Daumen zu haben.«

»Tut mir leid, dass sie zurzeit etwas reizbar ist«, entschuldigte er sich. »Das sind die Schwangerschaftshormone.«

Nicht nur, fand Laura, beschloss aber, Bettinas Verhalten nicht weiter zu erörtern. Ein bisschen tat Patrick ihr sogar leid. Wenn der Spruch *happy wife, happy life* stimmte, hatte er momentan nicht viel zu lachen.

»Lass uns ein Stück gehen, ja? Monsignora Laura kann es kaum erwarten, dir die Beichte abzunehmen. Aber ob ich dir die Absolution erteile, hängt von deinen Sünden ab. Also. Was habt ihr angestellt, Charlotte und du?«

Auf eine Antwort wartete sie vergebens. Wortlos setzte sich Patrick in Bewegung, und zwar so zackig, dass Laura Mühe hatte, ihn einzuholen.

»Sieh mal, da vorn ist unser biologisch gedüngter Gemüsegarten«, erklärte er im Tonfall eines Fremdenführers. »Wir sind Selbstversorger – Kartoffeln, Erbsen, Bohnen, Radieschen, Weißkohl …«

»Sorry, interessiert mich nicht die Bohne«, kürzte Laura seine Aufzählung ab, bevor er noch sämtliche Gemüsesorten der nördlichen Hemisphäre herunterbetete. »Raus mit der Sprache: Welche Rolle spielt Charlotte bei unserer Geschichte?«

Sein Gesichtsausdruck erinnerte plötzlich an einen kleinen Jungen, der beim Fußballspielen ein Fenster zerschossen hatte. Überhaupt sah Patrick auf einmal ziemlich zerschossen aus.

»Alles fing damit an, dass ich Charlotte bei einem Kochkurs kennenlernte«, erzählte er sichtlich befangen.

Hm. Das müsste dann ja schon vor unserer Zeit gewesen sein, folgerte Laura. Damals, als wir zusammen waren, hat er doch nie von einem Kochkurs gesprochen.

»Das heißt, du kanntest Charlotte schon, bevor wir uns in der Gärtnerei begegneten?«, vergewisserte sie sich.

»Ja.«

»Und warum habt ihr dann so getan wie Fremde, als wir Charlotte das erste Mal zu uns nach Hause eingeladen haben?«

Stille. Nur die Sohlen ihrer Gummistiefel quietschten im nassen Gras, während sie nebeneinanderher gingen.

»Es sollte halt alles unterm Radar bleiben«, antwortete Patrick nach einer Weile.

»Was denn?«

Daraufhin atmete er so geräuschvoll ein, als wollte er einen Luftballon aufblasen.

»Charlotte hat mich quasi auf dich angesetzt. Es gebe da eine Freundin, die wegen einer Trennung gerade ziemlich down sei, erzählte sie mir beim Kochkurs, und bestimmt würde es irre mit uns abgehen.«

Heiliger Bimbam, es war ein abgekartetes Spiel gewesen? So viel zum Thema *Legenden der Leidenschaft*. Keine schöne Entdeckung für Laura, die bisher von Liebe auf den ersten Blick ausgegangen war, nicht von systematischem Verkuppeln. Gut, auch sie betätigte sich momentan in diesem Business, weil sie ein Treffen von Skipper und Karo arrangierte hatte. Die beiden ahnten allerdings nichts vom tieferen Sinn dieser Begegnung, was einen wichtigen Unterschied machte.

»Danke, dass ich jetzt um eine Illusion ärmer bin«, murmelte sie. »Aber warum die Heimlichtuerei?«

Patrick bückte sich umständlich und riss ein paar Radieschen aus der Erde, die er sich in die rechte Tasche seiner Latzhose stopfte.

»Charlotte hatte Angst, dass du allzu sehr, na ja, auf Skipper fixiert sein könntest. Nach der Trennung von Max hat er dich offenbar ausgiebig getröstet, und selbst ein Jahr später warst du immer noch nicht bereit für einen neuen Mann. Deshalb meinte sie, es wäre besser, wenn ich ohne Vorankündigung in dein Leben reinschneie und dich mit einer heißen Affäre auf andere Gedanken bringe.«

Laura blieb wie angewurzelt stehen. Bitte waaaas? Eine *heiße Affäre?* Es war, als hätte man ihr gerade die Nerven weghobelt und bei der Gelegenheit auch gleich das Hirn frittiert.

»Es sollte nur eine Affäre sein, um Skipper zu neutralisieren? Und zwar auf Teufel komm raus? Ohne Rücksicht darauf, ob du überhaupt emotional bei der Sache bist und ich eventuell verletzt werde?«

»So wie du es formulierst, klingt das in der Tat etwas krass«, druckste Patrick herum.

»Verdammte Axt, wie schuftig ist das denn?«, explodierte Laura. »Du bist mir ja ein ganz, ganz exquisiter Charakter! Lauerst mir in der Gärtnerei auf, quatschst mich a presto ins Bett und spielst mir die große Liebe vor?«

Betreten starrte er auf seine Gummistiefel.

»Vorgespielt ist vielleicht nicht ganz das richtige Wort.«

»Was dann? Gigolo? Sexdienstleister? Stecher on demand?«

»Bitte«, quiekte er flehend. »Ich mochte dich, ehrlich. Und ich fand dich rasend erotisch. Charlotte hat es doch nur gut gemeint.«

Gut gemeint, auch das noch. Laura konnte nicht mehr. Mit der flachen Hand hämmerte sie sich gegen die Stirn.

»Und jetzt soll mir ein Stein vom Herzen fallen, weil ich nach all den Jahren endlich weiß, warum eine lebenslange Beziehung für dich nie zur Debatte stand und du auch keine Kinder von mir wolltest?«

Er hob den Kopf, den er schamhaft gesenkt hatte, und formte zwei Finger seiner rechten Hand zum Schwur.

»Wir *hatten* eine feste Beziehung.«

»Behauptet der Stecher vom Dienst«, ergänzte sie sarkastisch. »Sagst du das, damit es aussieht, als ob du doch noch der Gute bist?«

»Ein Bösewicht bin ich jedenfalls nicht«, murrte er eingeschnappt. »Herrgott, damals war ich jung und unbedarft. Ich fand dich heiß, was war denn schon dabei …«

»Kann ich dir gern mitteilen«, erwiderte Laura, die plötzlich eine nahezu unheimliche Ruhe in sich spürte. »Damit gehörst du nämlich ganz offiziell zu den Totengräbern meiner Zuversicht, eine beziehungsfähige Frau zu sein.«

Wie zu Eis erstarrt sah Patrick sie an, nur in seinen wasserhellen Augen flackerte pure Panik.

»Ich?«

Auch Laura rupfte jetzt ein paar Radieschen aus, die sie jedoch nicht einsteckte, sondern im hohen Bogen auf ein Kohlkopfbeet beförderte.

»Siehst du das? So habe ich mich gefühlt, als es mit uns zu Ende ging. Weggeschmissen. Was denkst du denn, was es mit einer Frau macht, wenn sie glaubt, dass es bei dem Mann, den sie liebt, nicht für immer reicht?«

Eine Weile sagte Patrick nichts. Dann rieb er sich mit einem Finger an der Nasenwurzel.

»Die Frau fühlt sich – scheiße?«

»Danke für deine differenzierte Ausdrucksweise.«

Inzwischen spielte seine Gesichtsfarbe trotz des frischen Teints ins Bleiche.

»Mensch, Laura, wenn ich damals gewusst hätte …«

»Du hättest es wissen können«, korrigierte sie ihn. »Nein, du wusstest es. Das mit uns war doch keine billige Bettgeschichte. Wir sind zusammengezogen, wir haben von einem Bauernhof wie diesem geträumt, und das heißt ja wohl, wir hatten Zukunftspläne.«

»Stimmt.« Zerknirscht ließ er den Kopf hängen. »Ich war ein richtiger Drecksack. Wie kann ich das bloß wiedergutmachen?«

»Kein Problem, ich hole nur schnell meine Zeitmaschine«, scherzte Laura matt.

Sie war komplett bedient. Nachdenklich beobachtete sie einige Ziegen, die etwas entfernt in einem eingezäunten Areal herumsprangen und sich sicherlich schon darauf freuten, die Milch für den auf der Website angepriesenen Ziegenkäse zu liefern. Patrick hatte sich wirklich ein kleines Paradies erschaffen. Er war kein schlechter Mensch, und auch seine stetig wachsende Familie sprach für ihn. Ganz egal, was er früher angestellt hatte, heute war er ein Mann, der Verantwortung übernahm. Warum sollte sie ihm noch irgendetwas nachtragen?

Was Charlotte betraf, sah es schon ganz anders aus. Laura kam die Galle hoch bei dem Gedanken, wie listig ihre Freundin im Hintergrund die Fäden gezogen hatte. Mit den besten Absichten, den falschen Methoden und katastrophalen Folgen, denn die Trennung von Patrick hatte einen tiefen Riss in ihrem Herzen hinterlassen, der nur langsam geheilt war. Wenn er denn jemals richtig verheilt war.

»Gut, dass du unser Ende aufgeklärt hast«, krächzte sie. »Das verändert so manches. Zum Beispiel den Blick auf mich und mein Beziehungschaos.«

»Du bist gar nicht verheiratet, oder?«

Die Frage kam so blitzartig, dass Laura nicht den Hauch einer Chance hatte, ihre Gesichtszüge rechtzeitig unter Kontrolle zu bringen. Ach, was soll's, dachte sie.

»Ja, ich bin Single«, bestätigte sie achselzuckend. »Liegt aber nicht nur an dir.«

»Nanu? Eben war ich noch dein Schuft on demand?«

»Ach, wohl eher ein weiterer Meilenstein auf meinem unfallträchtigen Slalom durchs Beziehungsleben«, antwortete sie in einer Anwandlung von Resignation. »Ich meine, die meisten Hühner werden schon als Eier in die Pfanne gehauen. Ich durfte vorher wenigstens noch ein bisschen gackern und mich mit dem Hahn vergnügen.«

Ein Ruck ging durch seinen baumstarken Körper.

»Heißt das, du – verzeihst mir?«

»Das ist doch der Sinn von Auseinandersetzungen, oder? Dass man sich hinterher versöhnt.« Auf einmal musste sie lächeln. »Darin waren wir immer schon gut. Weißt du noch?«

Auch Patrick fing an zu lächeln, erst zögerlich, dann wie der raffinierte Liebeshalunke, der er einst gewesen war.

»Unser Versöhnungssex war immer sensationell.«

Einen kurzen gefährlichen Moment lang sahen sie einander in die Augen, weggerissen von Erinnerungen, die allerdings zu anzüglich waren, um sie eingehender aufleben zu lassen.

»Darauf müssen wir heute aus naheliegenden Gründen verzichten«, erklärte Laura und stupste ihn vor die rot-blau karierte Hemdbrust. »Aber es gab noch ein anderes sehr befriedigendes Versöhnungsritual. Du erinnerst dich?«

»Kaffee mit Cognac!« Langsam kehrte die Farbe in sein erbleichtes Gesicht zurück. »Das Gebräu haben wir immer Rambazamba genannt.«

»Hast du denn überhaupt Cognac im Haus?«

»Aber so was von!«, lachte er so ausgelassen, dass man förmlich die Wackersteine hören konnte, die ihm gerade vom Herzen fielen. »Den ziehen wir uns jetzt rein wie nix!«

Laura hätte ihn liebend gern umarmt, weil er ihr die Wahrheit gestanden hatte. Nur aus Rücksicht auf Bettina, die hundertpro hinter dem Küchenfenster stand und sie beobachtete, ließ sie es bleiben.

»Nur eins noch: Warum kommt Charlotte extra hierher?«

Die Art, wie Patrick die Augen verdrehte, sagte eigentlich schon alles.

»Sie wollte verhindern, dass ich dir den ganzen Schlamassel erzähle. Es ist ihr oberpeinlich.«

»Dazu hat sie auch allen Grund.« Lauras Miene verdüsterte sich wieder. »Noch heute werde ich ein Hühnchen mit ihr rupfen. Ohne Betäubung.«

»Wir töten hier keine Tiere«, griente Patrick.

»Vorsicht, ich hab gerade 'ne ganz, ganz kurze Zündschnur.« Laura ballte die Fäuste in den Taschen der Jacke, weil ihr soeben etwas eingefallen war, etwas wirklich Furchtbares, das sie bis ins Mark erschütterte. »Charlotte ist erneut tätig geworden, wenn auch diesmal mit Ansage. Sie will mich mit einem Tierarzt verkuppeln. Aber woher soll ich wissen, dass es nicht wieder ein falsches Spiel ist?«

Mit großen Augen schaute Patrick sie an.

»Sie ist deine Freundin, vertrau ihr einfach. Vertrauen ist so wichtig.«

»Genau«, knurrte Laura finster, »Vertrauen ist die perfekte Basis für jeden Betrug.«

Kapitel 18

Es wurde ein langer Spaziergang. Ganz der stolze Landlord, ließ es sich Patrick nicht nehmen, Laura das gesamte Anwesen zu zeigen, vom Hühnerstall bis zur Ziegenkoppel, vom selbst angelegten Naturteich bis zu einem riesigen Komposthaufen, der hinter einer Scheune vor sich hin müffelte. Sie sprachen wenig. Es war ja auch alles gesagt. Nur Daniel spukte als ungelöstes Rätsel durch Lauras Kopf.

Wie glühendes Eisen brannte das Handy in ihren Fingern. Sie hätte ihm so gern geschrieben, doch ihre Zweifel überwogen den Drang, mit ihm zu chatten. Verdammt. Was, wenn alles nur ein Fake war?

Die Verabschiedung am Tag zuvor kam ihr wieder in den Sinn. Die frostige Stimmung und Charlottes Vorwurf, Skipper hätte bislang noch alle ihre Freunde weggemobbt. Es war klar wie Korn, dass Skipper in Charlottes Augen ein dauernder Stein des Anstoßes war. Insofern erschien es plausibel, dass sie Daniel als Ablenkungsmanöver engagiert hatte, so wie damals schon Patrick. Eine *heiße Affäre* mit eingebautem Verfallsdatum. Ein Trainingsobjekt für künftige Beziehungen, um schon mal *auf andere Gedanken* zu kommen.

Verdammt, verdammt, verdammt. In der Realität konnte die Wirklichkeit leider ganz anders aussehen als gedacht, und diese Wirklichkeit gefiel Laura ganz und gar nicht.

Wie auf Bestellung surrte es in ihrer Jackentasche. Am liebsten hätte sie das Handy zerquetscht, als sie es hervorzog, so geladen war sie.

Später mehr, hast Du geschrieben. Jetzt ist es VIEL später (nach meiner unmaßgeblichen Daniel-Zeitrechnung), und ich brenne auf VIEL mehr. ☺
Dein ungeduldig glühender Space-Kadett

Laura war unfähig zu antworten. Schwer atmend ließ sie das Handy zurück in die Jackentasche gleiten.

»Schlechte Nachrichten?«, erkundigte sich Patrick, der seit Minuten wortkarg neben ihr her stiefelte.

»Wie man's nimmt.«

»Ist es der Mann, den Charlotte dir …«

»Ja, er heißt Daniel«, grummelte Laura. »Bis jetzt war alles wunderbar. Doch ehrlich gesagt mangelt es mir an der nötigen emotionalen Flexibilität, eine weitere Enttäuschung wegzustecken.«

»Jetzt sei mal nicht so pessimistisch«, versuchte Patrick sie zu beruhigen. »Bestimmt ist es diesmal ganz anders.«

»Lustig. Man sollte die Tatsachen kennen, bevor man sie verdreht, findest du nicht?«

Dem war schwerlich etwas entgegenzusetzen. Mit schuldbewusst gerunzelter Stirn schob Patrick ein Gatter auf, durch das sie in Richtung Haus gingen.

Laura fühlte sich nur noch wie der letzte Volltrottel. Sie war zu voreilig gewesen, denn ihre Phantasie hatte schon unablässig vorgespult und lauter wunderschöne Bilder produziert. Wie Daniel ihr vor dem Einschlafen mit einem Finger kleine Herzen auf den Rücken malte. Wie sie sich zärtlichen Blödsinn ins Ohr flüsterten. Wie sie einander samstagmorgens mit Küssen weckten und dann das gesamte Wochenende im Bett blieben.

Im Luftschlösserbauen bin ich echt gut, dachte sie. Man reiche mir einen Presslufthammer.

Wenn man Laura Gazzetti hieß, musste man eben immer mit einem Mann rechnen, auf den man nicht zählen konnte. Und das hatte in diesem Falle keineswegs mit irgendwelchen toxischen Beziehungsmustern zu tun, sondern mit einer übereifrigen Freundin, die es partout nicht lassen konnte, an ihrem Liebesleben rumzuschrauben.

»Da wären wir«, sagte Patrick.

Er öffnete eine verglaste Tür an der Rückseite des Bauernhauses, die über einen kleinen Vorflur in die Küche führte. Lauras Armbanduhr zeigte mittlerweile halb sechs. Den gesamten Nachmittag hatten sie draußen verbracht, und sie war nicht mehr dieselbe wie vorher: mit einer Illusion weniger, einer Ernüchterung mehr und einem Riesengroll auf Charlotte. Nun, immerhin hatte Patrick Tacheles geredet, was man ihm hoch anrechnen musste.

»Ihr wart aber lange weg«, wurden sie von Bettina in der Küche empfangen. »Patrick? Kümmerst du dich ums Abendessen?«

»Sicher«, nickte er ergeben, während er seine Gummistiefel von den Füßen streifte und in unförmige Schlappen schlüpfte. »Ich habe einen Dinkel-Grünkern-Auflauf vorbereitet, er muss nur noch in den Ofen.«

»Ein Auflauf mit glücklichem Dinkel von frei laufenden Bauern«, flötete Bettina, was wohl eine ironische Bemerkung sein sollte.

»Dinkel-Grünkern …« Laura spürte ein leichtes Würgen, dennoch fügte sie ein leidlich gut gespieltes »O lecker« hinzu.

Danach stieg sie ebenfalls aus ihren Stiefeln, zog ihre Sneakers wieder an und die Jacke aus. Jetzt erst merkte sie, wie fertig sie war nach den Enthüllungen, die ihre Vergangenheit in einem ganz neuen Licht erscheinen ließen.

»Wir essen um Punkt sechs«, verkündete Patrick.

Somit habe ich noch eine halbe Stunde für mich, dachte Laura. Die brauche ich auch. Dringend.

»Könnte ich vorher vielleicht duschen?«

»Jetzt? Um diese Zeit sind doch immer die Kinder im Badezimmer.« Bettina wechselte einen Blick mit Patrick, und in diesem Blick lag die ganze mitleidige Herablassung für einen kinderlosen Single, der keine Ahnung vom Familienleben hatte. »Du müsstest dich also noch ein bisschen gedulden.«

»Aha. Wie lange?«

»Half an hour, sagt der Bauer.« Patrick zwinkerte ihr zu. »Ich kann dir ja schon mal dein Zimmer zeigen.«

»Super.«

Laura holte ihre Hebammentasche, dann stiegen sie eine enge knarrende Holztreppe zum oberen Stock hoch. Gleich der erste Raum auf der rechten Seite war das Gästezimmer. Das heißt, offensichtlich war es eines der Kinderzimmer, das man dem ungebetenen Gast zur Verfügung stellte. Auf der Tapete tummelten sich Einhörner und Elfen, auf dem schmalen Bett lag eine ganze Kompanie Stofftiere, die Laura sacht zur Seite schob, bevor sie sich setzte.

»Brauchst du noch was?«, fragte Patrick.

Vom Rambazamba war nicht mehr die Rede. Hätte sie sich ja denken können.

»Danke, ich komme zurecht.« Sie öffnete ihre Tasche und wühlte darin, bis sie ein kleines Tütchen gefunden hatte. »Hier ist übrigens mein Mitbringsel, also, der persönliche Gegenstand, den ich erwähnt hatte.«

Ungläubig riss Patrick die Augen auf, als er das Tütchen entgegennahm und den Schriftzug las.

»Schokoladen-Kosmee-Samen?«

»Ja, das ist diese ganz, ganz seltene Blume aus …«

»… Mexiko!«, nahm er ihr aufgeregt das Wort aus dem Mund.

»Sie duftet intensiv nach Schokolade und war schon im Aussterben begriffen. Überlebt hat sie nur, weil sie einst von einem Botaniker nach England gebracht wurde, der sie …«

»… in den Royal Botanic Gardens anpflanzte. Weißt du noch? Es war unsere einzige größere Reise.«

»Und wie ich mich erinnere!« Patrick strahlte übers ganze Gesicht. »Wir sind damals extra nach London geflogen, um die berühmten Gärten zu sehen und Blumensamen zu kaufen!«

Laura genoss die kindliche Begeisterung, mit der er das Mitbringsel begutachtete. Sie hatte die Samen extra bei einem internationalen Spezialhandel bestellt und das Tütchen anschließend mit schwarzem Tee »patiniert«, damit es nicht so verdächtig neu aussah.

»Schokoladen-Kosmee – du bist unglaublich«, freute sich Patrick. »Ich lass dich dann mal allein. Um Punkt sechs …

»… gibt es Grünkern zu essen, ich weiß.«

Er zögerte kurz, dann setzte er sich zu ihr aufs Bett und dämpfte seine Stimme.

»Ich hätte ja auch was Italienisches für dich gekocht, zum Beispiel Spaghetti Carbonara, aber …«

»… so was ist hier tabu.«

Seine Augen funkelten sie an.

»Merkst du eigentlich, dass wir dauernd gegenseitig unsere Sätze beenden? So wie früher?«

Ja, auch Laura hatte es bemerkt. Man konnte fast sentimental werden. Es lag ihr auf der Zunge, Patrick zu fragen, ob er sie jemals geliebt hatte, doch sie fürchtete sich vor der Antwort.

»Du bist nicht wegen der Schokoladen-Kosmee hier«, flüsterte er unvermittelt.

»Nein.« Sie rückte ein Stück von ihm ab, weil sich ihre Körper berührt hatten. »Ich bin hier, weil ich wissen wollte, ob dir irgendwelche Verhaltensmuster an mir aufgefallen sind, die damals ein Trennungsgrund für dich waren. Bisher lautet die Theorie, dass ich ein Vermeidungsmuster habe. »

»Was soll das denn sein?«

»Angst vor einer Bindung.« Sie dachte an Daniel. »Oder Unsicherheit, ob ich es überhaupt wert bin, das große Glück zu finden. Deshalb hänge ich mein Herz offenbar an emotional unerreichbare Männer.«

»Hm.« Mit beiden Händen stützte sich Patrick auf der Matratze ab und bedachte sie mit einem warmen, wohlwollenden Lächeln. »Darf ich dir einen Tipp geben? Verschwende deine Zeit nicht mit der Suche nach weiteren Hindernissen. Überwinde sie einfach.«

»Wow, Superprofitipp. Wird immer gern genommen.«

»Vielleicht«, er fuhr sich mit der Zunge über die Lippen, »gibt es ja schon lange den Richtigen.«

Ach, herrje. Jetzt bitte nicht wieder *die* Leier. Entnervt streichelte Laura einen hellbraunen Stoffhasen, der neben ihr auf der Bettdecke saß und sie aus schwarzen Knopfaugen anstarrte.

»Jetzt sag bitte nicht …«

»… doch.« Seine Augenbrauen rutschten fragend hoch. »Skipper? Ich meine, letztlich war er doch immer derjenige, welcher.«

Sie legte den Stoffhasen beiseite. Sollte sie den Ausrutscher beichten? Besser nicht. Er hatte rein gar nichts zu bedeuten gehabt. Mitleids-Sex zählte nicht.

»Deiner Meinung fehlt es ein bisschen an einer Verankerung in der Realität, lieber Patrick.«

»Na, dann …«

Die Sprungfedern des Betts quietschten leise, als er aufstand. Bevor er den Raum verließ, drehte er sich noch einmal um.

»Man sollte die Dinge so nehmen, wie sie kommen. Aber man sollte auch dafür sorgen, dass die Dinge so kommen, wie man sie haben will. Schon mal überlegt, was du wirklich willst?«

Als ob sie das nicht schon die ganze Zeit täte.

Nachdem Patrick verschwunden war, kramte Laura das Ladekabel aus ihrer Tasche, schloss das Handy an und überflog die Nachrichten. Die neuen von Daniel übersprang sie wohlweislich. Dafür las sie all die Nachrichten, die bereits vorher gekommen waren.

> Luna fühlt sich so wohl, dass sie in Johnnys Bett gepieselt hat. 😊 Einen schönen Sonntag wünscht Dir Deine Freundin Mimi

Soso. Ihre überaus eigenwillige Katzendame beglückte die Gastgeber also mit einer gepieselten Markierung. Das war durchaus als Kompliment zu verstehen. Laura seufzte. Wenn doch nur Luna hier wäre. Sie fehlte ihr so sehr.

> Hi, wollte mich nun doch mal wieder melden. Alles okay so weit? Wenn Du willst, können wir demnächst einen Kaffee trinken gehen und über uns reden. Kuss, Sebastian

Wie bitte? Das gab's doch nicht! Laura las die Nachricht noch einmal. Drei Monate Funkstille, und jetzt wollte Sebastian einen Kaffee trinken und *reden*? Eins nach dem anderen, sagte sie sich. Du stehst ganz unten auf meiner Liste, mein Lieber.

Sie scrollte weiter. Schon vor Stunden hatte Karo geschrieben.

> Mir geht ziemlich die Düse, aber ich freu mich auf Deine Floristeria. Werde dann voraussichtlich gegen Mittag da sein. LG Karo

Ach, stimmte ja, morgen würden Karo und Skipper aufeinandertreffen, unter den wachsamen Augen seiner besten Freundin

Laura. Die Mittagszeit passte perfekt. Danach würde ihr genügend Zeit bleiben, um sich zur nächsten Station der Reise zu begeben.

Wenn Du wieder da bist, wäre ein gemeinsames Essen schön. Zu zweit. Hoffe sehr, dass das Tal der Tränen allmählich durchwandert ist. Alles Liebe, Eddy

Es war wirklich rührend, wie er sich um sie sorgte. Doch auch Eddy stand am unteren Ende ihrer Liste, weshalb sie ihm nur ein schlichtes *Danke schön, machen wir, dicker Kuss* sendete und ihre Sichtung fortsetzte.

Hat es bei euch auch so schrecklich gewittert, Kind? Bitte fahr nicht bei Regen mit dem Motorrad, man liest von schlimmen Unfällen auf den nassen Straßen. Melde Dich doch bei Gelegenheit. Mille baci, Deine Mama (und Papa)

Liebe Mama, lieber Papa, ich passe auf mich auf. Hab Euch sehr lieb!!

Süße, tut mir leid, ich MUSSTE mich einfach auf den Weg machen. Zur moralischen Unterstützung! Bis später, C

Laura richtete sich auf. Moralische Unterstützung, ha! Was Charlotte in Wahrheit hierhertrieb, wusste sie ja bereits: das schlechte Gewissen. Was für eine unterirdische Aktion, Patrick unter Vorspiegelung falscher Tatsachen in ihr Leben zu schleusen.

Auch Skipper hatte sich gemeldet. Mehrfach. Seit der Mittagszeit genau fünfmal.

Ich weiß ja nicht, wie es Dir geht, aber bestimmt nicht berauschend. Die Idee mit der Reise war von Anfang an komplett gaga. Komm nach Hause, Laura.

Hallo? Funkloch?

Nicht, dass wir uns missverstehen: Ich will mich nicht in Dein Beziehungsgewurstel einmischen. Ist völlig in Ordnung, dass Du mal in Dich gehst. Aber doch nicht, indem Du diese ganzen verpeilten Pappnasen besuchst!!

Sorry für die »Pappnasen«

Ich nehme alles zurück. Weiß auch nicht, was mit mir los ist. Muss am Wetter liegen. Bin momentan so wuschig, dass nicht mal ich auf mich hören würde. Miss you, Sk

Lauras Hände wurden eiskalt. Er – vermisste sie? Oder empfand er mehr? Schlag ihn dir aus dem Kopf, befahl sie sich. Das alles führt doch zu nichts.

Aufseufzend holte sie eine rote Strickjacke aus ihrer Tasche, streifte sie über das Klatschmohnkleid und erhob sich schwankend. Man wollte ja nicht unpünktlich sein.

Wie eine Schlafwandlerin, überwach und todmüde, tapste sie die Treppe hinunter ins Erdgeschoss und weiter in die Küche. Von den Kindern war nichts zu sehen. Patrick hantierte am Backofen, der Tisch war bereits gedeckt und mit allerlei Vorspeisen dekoriert. Auf irdene Schüsseln verteilt, stand vor allem Grüngraues auf dem Speiseplan. O Mann, dachte Laura, da weiß man ja gar nicht, was man zuerst nicht essen will.

Jetzt kam auch Bettina in die Küche, die ihr rosa T-Shirt mit einem handgestrickten naturweißen Pullover vertauscht hatte. Aus der Abneigung gegen ihren Gast machte sie keinen Hehl mehr, gefiel sich jedoch weiterhin in Belehrungen.

»Bei uns kommt nur Gesundes auf den Tisch, während du vermutlich Supermarkt-Sushi und Tiefkühlpizza gewohnt bist«, sagte sie spitz. »Nun ja, was der Bauer nicht kennt, das frisst er nicht. Aber wenn der Städter wüsste, was für einen Fraß man ihm vorsetzt, würde er nur noch beim Bauern essen.«

Dazu hätte Laura gern den einen oder anderen Kommentar abgesondert, doch bevor diese Unterhaltung eskalieren konnte, flog die Tür auf, und Charlotte stürmte in die Küche. Charlotte! Für ihren Besuch hatte sie sich betont rustikal ausstaffiert, mit Jeans, kniehohen braunen Stiefeln und einer Trachtenjacke aus grauem Loden. Fehlte nur noch der Gamsbarthut. Sie wollte ihre Freundin umarmen, doch danach stand Laura nun überhaupt nicht der Sinn.

»Was ist los?« Charlottes irritierter Blick wanderte zu Bettina, dann zu Patrick, der gerade seinen Auflauf aus dem Ofen holte, die Hände mit dicken Backhandschuhen vermummt, und etwas Unverständliches vor sich hin nuschelte. Zischend zog Charlotte die Luft durch die Vorderzähne. »Mist. Sie weiß es schon, richtig?«

»Was denn?«, fragte Bettina arglos.

»Unwichtig.« Laura hatte momentan einfach nicht den Nerv, Patricks Frau ins Bild zu setzen. Sie war auf Zinne, aber so was von. »Wie konntest du nur, Charlotte!«, brach es aus ihr heraus. »Ich dachte damals, Patrick wäre in mich verliebt, dabei hast du ihn mir nur als *eine heiße Affäre* aufs Auge gedrückt!«

»Patrick!«, rief Bettina aufgebracht. »Ist das wahr?«

»Aber, aber«, stammelte Charlotte, »alles lief doch nach Plan.«

»Nur der Plan war halt mies!« Laura hätte sie am liebsten geschüttelt. »Und wenn du jetzt sagst, das war *gut gemeint*, raste ich richtig aus. Es ging doch gar nicht um mich, du wolltest nur Skipper ins Aus kicken. Was zum Teufel hast du überhaupt in meinem Liebensleben verloren?«

»Ach, Süße.« Mit einem filmreifen Seufzer sank Charlotte auf den nächstbesten Stuhl. »Ich habe mir einfach Sorgen um dich gemacht.«

»Du hast mich downgegraded«, grummelte Laura. »Von einem ganz normalen weiblichen Single zu einer armen Wurst, für die man eine Bettgeschichte organisieren muss, weil ja sonst nichts läuft. Und Daniel? Ist der auch nur eine bestellte Affäre wie Patrick? Ein Placebo auf zwei Beinen – fühlt sich gut an, ist aber nix drin?«

Um Atem ringend griff sich Charlotte an die Kehle.

»Nein, nein! Wirklich nicht! Ich schwöre es beim Leben …«

»… deiner Kinder? Tja, Pech, du hast gar keine«, höhnte Laura. Sie sah zu Patrick, der sich an den Backofen drückte, als könnte er sich dadurch irgendwie unsichtbar machen. »Im Ernst, dieser Frau soll ich vertrauen?«

»Das kannst du«, keuchte Charlotte heftig hyperventilierend.

Laura streifte sie mit einem kühlen Blick.

»Nimm's mir nicht übel, aber das mit dem Vertrauen funktioniert gerade nicht. Im Gegensatz zu dir habe ich nämlich das Handbuch ›Wie drehe ich meiner besten Freundin einen Typen an, der ihr eine Beziehung vorspielt‹ nicht gelesen.«

»Aber Daniel will was Festes!«

»Gut.« Laura verschränkte die Arme. »Dann werde ich ihn zur Rede stellen. Persönlich. Gleich morgen. Ich wollte sowieso einen Abstecher in die Heimat einlegen.«

»Tu das nicht«, wimmerte Charlotte. »Sonst machst du alles kaputt. Es gibt zwei Regeln im Leben – erstens, geh nie einkaufen, wenn du hungrig bist, zweitens, geh nie zum ersten Date, wenn du emotional angeschlagen bist.«

»So, ihr zwei von der Zankstelle«, mischte sich Bettina ein. »Eigentlich sollte man euch weiträumig einzäunen, aber vorher will ich wissen, wer dieser Daniel ist. Ich dachte, Laura wäre mit ihm verheiratet. Hat sie etwa einen Geliebten?«

Ächzend hielt Laura ihre rechte Hand mit dem falschen Ehering hoch.

»Das ist nur nonstop nonsense.«

»Und Daniel?«, grunzte Patrick, während er den dampfenden Auflauf nebst einem feuerfesten Untersetzer auf den Tisch wuchtete. »Bei allem Respekt, Charlotte, ich finde, Laura hat ein Anrecht darauf, die ganze Geschichte zu erfahren. Wer ist er, und wie bist du auf ihn gekommen?«

Charlotte nahm eine Serviette vom Tischtuch und fächelte sich Kühlung zu, bevor sie antwortete.

»Ihr müsste mich verstehen. Seit so vielen Jahren sehe ich mir jetzt schon Lauras Beziehungselend an. Da dachte ich, man könnte ja mal systematisch vorgehen, und habe, na ja, mit Eddy gesprochen.«

Laura fiel fast das Smartphone runter, so feucht wurden ihre Hände. Lag wahrscheinlich an den vielen geplatzten Seifenblasen des heutigen Tages.

»Mit – *Eddy*?«

»Er kennt dich schließlich am längsten von uns allen«, rechtfertigte sich Charlotte. »Wenn jemand weiß, was du brauchst, dann er. Was denkst du denn, wie ich Daniel gefunden habe? Beim Bummel über den Flohmarkt der einsamen Herzen? Nein, mit System natürlich, wozu sonst bin ich Mathematikerin. Zusammen mit Eddy habe ich eine Checkliste erstellt, was ein Mann mitbringen muss, der dich glücklich machen kann. So kam ich auf Daniel.«

Das wurde ja immer irrer. Laura spürte, wie ihr der Schweiß ausbrach. Wenngleich sie zugeben musste, dass Daniel tatsächlich in vielerlei Hinsicht die Erfüllung ihrer Wünsche war, fühlte sie sich plötzlich wie im Fadenkreuz einer Geheimverschwörung. Selbst Eddy hatte mitgemacht. Es war nicht gerade angenehm zu wissen, dass ihr gesamtes Umfeld derart lebhaften Anteil an ihrem verkorksten Liebesleben nahm und nun auch noch mit vereinten Kräften nach dem idealen Mann für sie gefahndet hatte. Das also hatte Mimi gemeint, als sie sagte: *Den werden wir ihr backen.*

»Bliebe noch eine Sache zu klären«, durchbrach Patrick das angespannte Schweigen, das Charlottes Ausführungen gefolgt war. »Was ist mit Skipper?«

»Langsam komme ich nicht mehr mit«, brummte Bettina.

»Lauras multiples Liebesleben umfasst halt mehr als einen Mann«, erwiderte er freundlich. »Laura, bist du hundertprozentig, nein, tausendprozentig sicher, dass da nicht doch etwas zwischen euch ist?«

Alle hielten den Atem an. Die nächsten Sekunden dehnten sich so spannungsvoll wie nach einem Blitz, wenn man auf den Donner wartete. Stattdessen schlug die Standuhr scheppernd sechsmal, und alle drei Kinder kamen in die Küche gelaufen, frisch gebadet und ordentlich gekämmt.

»Ich will neben Laura sitzen!«, rief Anne-Sophie überschwänglich. »Sie schläft ja auch in meinem Bett! Erzählst du mir nachher eine Gutenachtgeschichte?«

Laura war nicht wirklich ansprechbar. In ihrem Kopf drehte sich ein Karussell aus Bildern, Gedanken, Erinnerungen. Manchmal war da dieses Glitzern in Skippers Augen, das allerdings viel zu schnell wieder erlosch, um irgendwie ins Gewicht zu fallen. Sein Interesse an ihr hatte sich immer nur im Rahmen einer guten Freundschaft bewegt. Bis auf dieses eine Mal. Den Ausrutscher. Andererseits – wenn man bedachte, dass es lediglich eine von unzähligen Liebesnächten für ihn gewesen war, konnte ihm das eigentlich nichts bedeutet haben.

Ihr sowieso nicht. Oder doch? Nein, es machte einfach keinen Sinn. Aber dann dachte sie an Skippers Nachrichten. *Weiß auch nicht, was mit mir los ist. Muss am Wetter liegen. Bin momentan so wuschig, dass nicht mal ich auf mich hören würde. Miss you, Sk.* Und dann das *Komm nach Hause, Laura.* Dieser Satz gab den Ausschlag.

»Eine Geschichte, eine Geschichte!«, wiederholte Anne-Sophie.

Laura war wie hypnotisiert. Ja, Skipper hatte etwas Hypnotisches, und plötzlich spürte sie seine nahezu magische Anziehungskraft mit jeder Faser.

»Es war einmal eine kleine Glühbirne«, begann sie leise zu erzählen. »Es war eine sehr nette kleine Glühbirne. Jeden Abend leuchtete sie fröhlich von der Decke, damit es schön hell im Zimmer war. Doch eines Tages hatte die kleine Glühbirne keine Lust mehr, immer nur ganz allein da oben rumzuhängen.«

»Und dann?«, fragte das Mädchen gespannt.

»Dann brannte sie durch.«

»Och, schade«, schmollte Anne-Sophie. »Arme kleine Glühbirne.«

»Nein, nein, gar nicht schade.« Laura strich ihr über die blonden Locken. »Als man die Glühbirne aus der Fassung schraubte, war sie endlich frei und konnte richtig durchbrennen – auf und davon. Es gab da nämlich eine andere Glühbirne, sehr lange schon, nach der sie sich sehnte und die sie wieder zum Strahlen bringen würde.«

Niemand sagte einen Ton. Es war vollkommen still in der Küche, bis bei Charlotte der Groschen fiel.

»Okay, dann fahr eben zu Skipper«, sagte sie grollend. »Aber versprich mir eins: Wenn du dann endlich geschnallt hast, dass die Skipper-Birne eine taube Nuss ist, gehst du noch mal in meinen Lampenladen, ja?«

Kapitel 19

Schon in wenigen Stunden wird sich mein Schicksal entscheiden, dachte Laura aufgeregt, während sie über die schmalen menschenleeren Straßen bretterte. Vielleicht. Vielleicht aber auch nicht. Ich weiß, was mein Herz sagt, doch was, wenn Skippers Herz nicht dasselbe sagt?

Hals über Kopf war sie losgefahren, einfach in die Dämmerung hinein, ohne die geringste Ahnung, wie weit sie kommen und wo sie übernachten würde. Dabei war sie sich auch über ihre eigenen Gefühle gar nicht so zweifelsfrei im Klaren. Obwohl ihr Herz Skipper entgegenfieberte, kam ihr immer wieder Daniel dazwischen. Wie hätte sie auch seine Zugewandtheit beiseiteschieben können, seinen Humor, seine liebevoll-empathische Art?

Dennoch, seit dem Gespräch mit Patrick traute sie dem Braten nicht mehr. Egal, was Charlotte beteuerte, niemand konnte wissen, ob sie nicht doch wieder eine Gelegenheitsaffäre aus dem Hut gezaubert hatte. Daniel wirkte zwar keineswegs wie ein Mann, der sich nach ein paar Runden Mitleids-Sex grußlos aus dem Staub machte, verunsichert war Laura trotzdem.

Nur eines wusste sie ganz genau: Es war höchste Zeit, der Sache mit Skipper auf den Grund zu gehen. Ein für alle Mal.

Selten hatte sie sich in einem derartigen inneren Aufruhr befunden. Selbst der schrecklichste Liebeskummer verblasste gegen die nervenzerfetzende Vorstellung, ihn rundheraus nach seinen Gefühlen zu befragen. Wer machte denn auch so was – Pistole auf die Brust, her mit der Liebeserklärung? Romantisch ging anders. Und doch musste es sein.

Langsam versank die Landschaft ringsum in samtiger Schwärze. Laura hatte zunehmend Schwierigkeiten, sich auf die Straße zu konzentrieren, und als die Müdigkeit sie überwältigte, hielt sie Ausschau nach einem Gasthof. Was sie fand, war eine unscheinbare kleine Pension, genau die, in der es angeblich einen Wasserrohrbruch gegeben hatte. Von einer funzeligen Straßenlaterne beleuchtet, wirkte das zweistöckige Gebäude wenig einladend, fast unbewohnt. Aber sie konnte ja schwerlich im Freien übernachten.

Die Besitzerin staunte nicht schlecht, als Laura sie mit vielen Entschuldigungen aus dem Bett klingelte. Nach einer ausführlichen Ermahnung, dass Anreisen mitten in der Nacht nur ausnahmsweise akzeptiert würden, und auch nur gegen Vorkasse, stolperte Laura in ihr Zimmer und sank wie gerädert ins Bett. Aber wie sie sich auch herumwälzte, um die ideale Schlafposition zu finden – Skipper hielt sie wach.

Wieder fielen ihr diese tausend Kleinigkeiten ein, die alles oder nichts bedeuten konnten.

Der Abend, als sie an einem See gesessen und er plötzlich sein Gesicht in ihrem Haar vergraben hatte, so zärtlich, wie es eigentlich nur ein Lover tat. Oder der kühle Herbstnachmittag auf seinem Boot, als sie aus purem Übermut halb nackt ins eiskalte Wasser gesprungen waren und sich so ausgelassen gebalgt hatten, dass ihre Körper sich lustvoll berührten. Sein verknautschtes Gesicht am Morgen nach der Ausrutschernacht, mit einem schläfrigen Lächeln auf den sinnlichen Lippen. Schließlich der gestrige Abschiedskuss auf die Nase, der fast ins Auge beziehungsweise auf den Mund gegangen wäre.

Um sechs Uhr morgens war die Nacht vorbei. Völlig zerschlagen schreckte Laura aus dem unruhigen Halbschlaf auf, in den sie dann doch noch irgendwann gefallen war. Jetzt galt es. Heute war der Tag der Tage!

Sie duschte nicht einmal, um bloß keine Zeit zu verlieren. Nur Zähneputzen und eine kleine Katzenwäsche waren drin, dann streifte sie sich das graue Sweatshirt und ihre Ledermontur über. Halbwegs gestärkt durch eine Handvoll Lakritze und einen schnellen doppelten Espresso – Gottlob gab es eine Kapsel-Espressomaschine im Zimmer –, machte sie sich auf den Weg. Mit etwas Glück würde sie kurz vor neun Uhr am Ziel sein, unmittelbar bevor die Floristeria öffnete. Ein ungestörtes Vieraugengespräch sollte um diese Uhrzeit möglich sein.

Tapfer kämpfte sie sich durch den dichten Montagmorgenverkehr. Auf einmal schien die Welt nur noch aus träge dahinschleichenden Morgenmuffeln und viel zu lahmen Lkws zu bestehen. Nach einem kurzen Tankstopp absolvierte sie die letzte Etappe in Rekordzeit, wofür einige gewagte Überholmanöver und ein beherzter Einsatz der Hupe nötig waren. Schon flog das Ortsschild ihrer Heimatstadt vorbei, die vertrauten Häuserzeilen, das kleine Café, in dem sie mit Mimi und Charlotte manchmal einen Latte Macchiato trank.

Um zwanzig vor neun bremste Laura neben der Floristeria. Mittlerweile bestand sie nur noch aus blank liegenden Nerven. Am ganzen Körper vibrierend stieg sie vom Motorrad, setzte den Helm ab und zog die Lederjacke aus.

Himmel, da war er. Skipper! Gemeinsam mit Tom schleppte er gerade ein Holzregal nach draußen, auf das Laura immer die preiswerteren Blumen stellte, um Kunden in den Laden zu locken. Wie stets sah er umwerfend aus. Knappe Jeans, dunkelblaue Lederjacke, der typisch Skipper-Look. Die verwegene Haartolle, die ihm in die Stirn fiel, war vielleicht nicht der letzte Schrei der Friseurkunst, aber Laura liebte ihn so, wie er war. Mit seinem ganzen Skipper-Sein.

Worauf wartest du noch?, wisperte ihre innere Stimme. Hol ihn dir!

Ihre Beine bestanden praktisch nur noch aus Zuckerwatte, und ihr Herz kobolzte wie ein Gummiball durch ihren Brustkorb, als sie mit wackeligen Schritten auf ihn zusteuerte.

»Hey.«

»Laura?« Er wirbelte herum. »Was machst du denn hier?«

»Heimweh?«, grinste Tom.

»Ich, ich … also, ich wollte … Skipper, können wir vielleicht kurz unter vier Augen reden?«

»Warte.« Er legte eine Hand auf seine Herzgegend und lächelte sie so liebevoll, so freudig an, dass Laura ein warmer Schauer überlief. »Erst bin ich dran. Ich muss dir nämlich was komplett Verrücktes sagen, etwas, was dich sehr, sehr glücklich machen wird. Tom kann ruhig zuhören – die ganze Welt kann es von mir aus hören!«

So sprach Skipper sonst nie, so emotional und euphorisch. In Laura wurde es ganz still. Dies war also der magische Moment, den romantische Filme feierten, schmachtende Liebeslieder besangen und gefühlvolle Dichter beschworen: das Happy End einer schier endlosen Geschichte der Irrungen und Wirrungen.

»Ja?«, hauchte sie mit einem zittrigen Lächeln.

»Ich habe eine Wahnsinnsfrau kennengelernt!« Skipper warf seinen Kopf in den Nacken und riss die Arme hoch wie ein Marathonläufer auf der Ziellinie. »Halt dich fest – ich bin restlos verschossen!«

Laura fiel das Lächeln aus dem Gesicht. Nein! NEIN! Falscher Text!!

»Du bist …«

Weiter kam sie nicht. Es war wie ein schlechter Traum, wenn man einen Fuß vor den anderen setzte und ohne Vorwarnung ins Bodenlose stürzte.

»Ist echt 'ne Hammerbraut«, schwärmte Tom nun auch noch.

»Wenn er sie mir nicht vor der Nase weggeschnappt hätte, wäre ich sofort in die Vollen gegangen.«

»Nee, nee, du Klotzkopf, die gehört mir«, lachte Skipper und klatschte ihn ab. »Ich dachte ja immer, Liebe auf den ersten Blick ist der größte Bullshit aller Zeiten. Doch dann saß ich gestern Mittag mit Tom vor dem Handyshop, wir zischten gerade ein Sonntagsbierchen, und plötzlich stand Karo vor der Floristeria.«

In Laura gingen die Lichter aus. *Karo?* Sie war schon gestern angereist? Warum? Weil sie so eine patente Art hatte und nichts auf die lange Bank schob? Oder weil das Schicksal von Laura Gazzetti ein wirklich mieser Verräter war?

»Die hat sich die Nase an deinem Schaufenster platt gedrückt, da wussten wir gleich, das ist nicht irgendeine Spaziergängerin«, erzählte Tom.

»Aber ich war es, der sie angesprochen hat.« Skipper drückte seine Brust raus wie ein alberner Teenager. »Ich! Jawohl!«

»Mann, war die zickig«, grinste Tom vergnügt. »Und witzig.«

»Witzig, genau, und schlagfertig und total cool«, stimmte Skipper in die Lobhudelei ein. »Eine richtig interessante Klassefrau, nicht irgend so ein Pipimädchen, bei dem man vor lauter Langeweile einen Gähnkrampf kriegt.«

Karma is a bitch, dachte Laura am Boden zerstört. Da habe ich mich all die Jahre vor einer Aussprache mit Skipper gedrückt, ihm dann auch noch die perfekte Liebeskandidatin geschickt und bekomme jetzt die Quittung für mein vermaledeites Rumeiern.

»Sie heißt Karo, aber das weißt du ja.« Anerkennend klopfte Tom ihr auf die Schulter. »Hast echt ein Händchen. Was 'ne Spitzenidee, Karo den Job anzubieten. In der Floristeria ist sie bestimmt top, und für deinen besten Freund könnte sich jetzt eine Menge ändern. Habe ich da ein Dankeschön gehört?«

»Ja, ich muss mich wohl bei dir bedanken, Laura«, schob Skipper hinterher. »Karo ist außergewöhnlich. Den ganzen Nachmittag und den ganzen Abend haben wir geredet, nur geredet, wohlgemerkt, und uns quasi blind verstanden. Es passt einfach. Sie steht sogar auf große Hunde und hat einen Berner Sennenhund, wusstest du das? Übrigens kommt sie gleich vorbei und bringt Brötchen mit. Na, was sagst du?«

Nichts. Gar nichts. Selbst wenn Laura es versucht hätte, vermutlich hätte ihre Stimme versagt. Noch immer konnte sie nicht fassen, was ihr gerade widerfuhr. Da hatte sie die perfekte Frau für Skipper ausfindig gemacht, nun erwies sich das Ganze als größtes Eigentor aller Zeiten.

»Wieso bist du eigentlich schon wieder da?«, fragte Skipper, dem erst jetzt richtig aufzufallen schien, dass ihre Anwesenheit alles andere als planmäßig war.

»Ähm, ich wollte nur …«

Laura kam ins Schwimmen. Spontane Schwindeleien lagen ihr sowieso nicht, und ihr Kopf war quasi entkernt. Von ihrem Herzen ganz zu schweigen, das irgendwo zerschmettert im Rinnstein lag. Zu spät, dachte sie verzweifelt. Ich habe den richtigen Zeitpunkt verpasst. Eine zweite Chance wird es nicht geben.

»Ah, du hast bestimmt ein Date mit Daniel.« Skipper klang so munter, so aufgeräumt, als würde es ihm überhaupt nichts ausmachen. Im Gegenteil. Er schien sich ehrlich für sie zu freuen. »Dann viel Spaß. Vorher solltest du dich vielleicht ein bisschen restaurieren, du siehst aus, als hättest du länger keine Dusche gesehen. Entschuldige. Nur ein kleiner Tipp von deinem besten Freund.«

Lachend gab er ihr einen Kuss auf die Wange, einen neutralen unverbindlichen freundschaftlichen absolut nichtssagenden Kuss, der Lauras Verzweiflung ins Unendliche steigerte. Ein echter Kuss ist eine Sache, für die man beide Hände braucht, hieß es, doch dieser Kuss war so bedeutungslos, als hätte Skipper nur eine Fliege von ihrer Wange verscheucht.

»Und jetzt einen extrastarken Espresso?«, schlug Tom vor.

Langsam schüttelte sie den Kopf.

»Nein, danke, ich muss mich erst mal ausruhen.«

Sie konnte sich kaum noch auf den Beinen halten. Der unerbittliche Karma-Staubsauger hatte jegliche Kraft aus ihrem Körper gesogen, nicht das kleinste Krümelchen Energie war übrig geblieben. Apathisch sah sie zu, wie Tom und Skipper einige Vasen mit Tulpen aus dem Laden holten und auf das Holzregal stellten. Danach rieb sich Skipper unternehmungslustig die Hände.

»Ich weiß ja schon, was ich heute vorhabe. Und du, Süße? Wo findet euer First Date statt?«

»Dafür wird die Zeit nicht reichen.« Nebenbei registrierte sie, wie seltsam fern und fremd ihre Stimme klang, so als dümpele sie drei Kilometer unter der Wasseroberfläche herum. »Nur ein kurzer Boxenstopp, um was Wärmeres einzupacken, dann geht es wieder los.«

»Das würde ich mir ja noch mal überlegen«, entgegnete er. »Daniel ist doch ganz vernarrt in dich.«

Daniel? Sie zuckte zusammen.

»Woher weißt du das?«

»Charlotte hat uns am Samstagabend auf ein Glas Wein eingeladen. Sehr sympathischer Typ, dieser Tierarzt, und glaub mir, er hat nur von dir gesprochen.« Skipper rückte eine Vase mit roten Tulpen zurecht, die etwas kippelig auf dem Regal stand. »Wie weit bist du denn mit deiner Recherche? Ist dir beim Auspacken deiner Beziehungskisten schon irgendwas Zweckdienliches aufgefallen?«

»Das eine oder andere«, antwortete sie unbestimmt.

»Anfangs war ich ja strikt gegen diese Reise«, erklärte er und strich sich seine Haartolle aus dem Gesicht. »Mittlerweile finde ich richtig gut, dass du an dir arbeiten willst. Wer ist denn heute dran?«

Die Reise. Ihre Exfreunde. Laura war so durcheinander, dass sie eine Weile brauchte, um sich an den Ablaufplan zu erinnern.

»Thilo, glaube ich.«

»Der Sesselpuper mit integrierter Antriebsschwäche?«, prustete Skipper los. »Ganz, ganz schwieriger Fall. Aber du machst das schon.«

Laura hielt es nicht mehr aus. Sie wandte sich ab, damit er nicht die Tränen sah, die jetzt wie ein Tsunami heranrollten. Ein riesengroßes Loch klaffte in ihrem Herzen, an jener Stelle, die immer für ihn reserviert gewesen war – ohne dass sie es all die Jahre gemerkt hätte. Wie dämlich konnte man sein?

Völlig am Ende schleppte sie sich zum Motorrad und schnallte die Hebammentasche ab, als auf einmal Karo vor ihr auftauchte, in einem schicken moosgrünen Seidenjumpsuit. Genau die Sorte Jumpsuit, die Skipper mochte, sexy, aber superlässig. In ihrer rechten Hand schwenkte sie eine große Brötchentüte.

»Laura!«

»Karo.«

Das waren diese Augenblicke im Leben, die man lieber ungeöffnet zurückgegeben hätte. Laura versuchte sich an einem freundlichen Gesichtsausdruck. Nie hatte die Redewendung, gute Miene zum bösen Spiel zu machen, so schmerzlich gepasst. Das Lächeln tat ihr weh. Die verpasste Chance tat ihr weh. Alles tat ihr weh.

»Hey, du coole Socke, wusste ja gar nicht, dass du auch hier bist«, sprudelte Karo in ihrer lebhaften Art hervor. »Ich war so neugierig, da bin ich schon gestern angereist. Deine Floristeria ist traumhaft, aber erst mal muss ich dir was komplett Verrücktes erzählen.«

Skipper und sie verwendeten sogar dieselbe Ausdrucksweise. *Was komplett Verrücktes.*

»Was ist denn passiert?«, fragte Laura, obwohl sie jetzt schon wusste, dass sie eine zweite Version dieser Katastrophe nur mit Mühe und Not überstehen würde.

»Skipper ist passiert!« Karo lachte übermütig. »Die Rumpelziege und das Raubein mit Herz, was 'ne Kombi! Ich weiß gar nicht, wo ich anfangen soll. Erst dachte ich: Vorsicht, hirnbefreiter Smartie, aber dann sprach er mich an – und zack!«

»Zack?«

»Das komplette Programm: Schnappatmung, Ganzkörpergänsehaut, Pupillenstillstand.«

»Immer macht Skipper das Rennen«, maulte Tom, der mit den Händen in den Hosentaschen heranschlenderte. »Mit mir wärst du auch nicht schlecht gefahren, Karo. Außerdem habe ich dich zuerst gesehen.«

»Im nächsten Leben wird das vielleicht noch was mit uns, in diesem ist das Ding gelaufen.« Sie gab ihm einen scherzhaften Nasenstüber. »Skipper versteht einfach, wie ich ticke – weil er genauso tickt. Eigentlich wollte ich ja gestern Abend wieder zurückfahren, doch er bestand darauf, dass ich hierbleibe. Sogar eine Airbnb-Unterkunft hat er für mich organisiert.«

»Ja, hat ordentlich gefunkt bei euch«, brummte Tom.

»Leicht mache ich es Skipper natürlich nicht«, erklärte Karo. »Ein Womanizer wie er ist gewohnt, dass alle Frauen gleich in Ohnmacht fallen, aber bei einem Krawallhuhn wie mir muss er sich erst mal ordentlich anstrengen.«

Kokett spielte sie mit ihren klimpernden Kreolen, aufgekratzt, jung, glücklich, und plötzlich fühlte sich Laura uralt. Weder konnte ihre trutschige Frisur mit Karos bunten Fransen konkurrieren noch ihre dauergetrübte Stimmung mit Karos sprühendem Wesen. So sah's aus.

»Freut mich«, schniefte sie unter Aufbietung ihrer besten Schauspielkünste.

Karo stutzte. Sie beugte sich etwas vor.

»Oh, was ist denn? Weinst du?«

»Ist nur eine – eine Allergie«, murmelte Laura. »Pollen oder so.«

»Hä?« Tom starrte sie an. »Als Blumenhändlerin? Das ist ja, als ob eine Vegetarierin eine Metzgerei aufmacht.«

»Ich nehme Antihistamine dagegen, schon seit vielen Jahren«, flunkerte Laura und drückte ihre Handballen auf die Augäpfel, damit bloß keine weiteren Tränen kamen. »Deshalb bin ich hier. Weil ich meine Medikamente vergessen habe.«

»Wolltest du nicht etwas Wärmeres …«, setzte Tom an, begriff aber offenbar im selben Moment, dass hier etwas ganz, ganz anderes vor sich ging. Unbehaglich sah er zwischen Karo und Laura hin und her. »Na, jedenfalls finde ich toll, also, dass ihr zwei euch, ähm, so gut versteht.«

»Wir verstehen uns Bombe«, bekräftigte Karo fröhlich. »Und die Floristeria ist einfach nur der Knaller. Skipper hat mir gestern schon alles gezeigt, von mir aus können wir sofort einen Vertrag aufsetzen.«

Auch das noch. Laura kroch auf dem Zahnfleisch. Sollte sie sich jetzt etwa tagein, tagaus das junge Glück antun? Direkt vor ihrer Nase? Und sich noch abgehängter fühlen als sowieso schon?

»Eine Sekunde.« Mit einem unergründlichen Gesichtsausdruck nahm Tom ihr die Tasche ab, danach wandte er sich an Karo. »Beglücke doch schon mal Skipper mit den Brötchen, ja? Laura und ich wollten noch einen Espresso trinken. Wollten wir doch, oder, Laura?«

»Ömm ...«

»Kein Problem, ein bisschen Privatsphäre wird Skipper gefallen.« Karo giggelte ausgelassen. »Ihr könnt uns ja einen Espresso mitbringen.«

Damit zog sie ab und tänzelte wie eine Primaballerina in die Floristeria. Wo Skipper auf sie wartete. Der Zack-Mann. Laura sah ihr noch völlig aufgelöst hinterher, als sich Tom ihre Hand schnappte.

»Los, sofort rein da«, raunte er und zeigte auf seinen Handyshop.

»In deine Bling-Bling-Bude? Wieso denn?«

»Das weißt du ganz genau.«

Da er beide Hände voll hatte – mit der einen trug er Lauras Tasche, mit der anderen umklammerte er ihre Hand –, stieß er die Ladentür mit der Hüfte auf und zerrte Laura ins Innere. Seit ihrem letzten Besuch war es hier noch voller geworden. Pappkartons mit billigen Kaffeemaschinen türmten sich bis zur Decke, auf einem Wühltisch lagen strassbeklebte Handys, auf einem anderen eingeschweißte Plastik-Wasserpistolen.

»Scheibenkleister, Laura.« Tom ließ die Tasche fallen. »Was hast du getan?«

»Ach Tom ...«

Bis jetzt hatte sie sich zusammengerissen, nun war es mit ihrer Beherrschung vorbei. Schluchzend hockte sie sich zwischen eine Glasvitrine voller falscher Uhren und ein windschiefes Regal mit nachgemachten Designerhandtaschen. Tom stand fassungslos daneben. Dann streckte er eine Hand aus und tätschelte unbeholfen ihren Rücken.

»Mist, verdammter. Schon als Skipper von Karo anfing, habe ich gesehen, dass du komplett drüber bist. Die volle Gesichtskirmes.«

Erschrocken sah Laura zu ihm hoch.

»Meinst du, er hat es auch gesehen?«

»Ist das jetzt wichtig?« Unwirsch drehte Tom sein Basecap so, dass der Schirm nach hinten zeigte. »Was wolltest du wirklich hier, Laura?«

»Ni-hichts«, schluchzte sie.

»Du hast nichts erwartet und wurdest trotzdem enttäuscht? Das muss man erst mal bringen. Und Latissimus ist Milchkaffee, oder was.«

»Ich bin nur etwas – erschöpft«, erwiderte sie schwach.

»Und du glaubst, das kauf ich dir ab?« Kopfschüttelnd zog er sich einen mit braunem Leder bezogenen Puff heran und ließ sich darauf nieder. »So 'n seltsames Gefühl hatte ich immer schon bei Skipper und dir. Die Art, wie ihr euch manchmal anseht, und dann diese gewisse Spannung. Tausendmal berührt, tausendmal ist nix passiert. Aber seit heute ist es amtlich: Du liebst ihn.«

Laura sank noch weiter in sich zusammen. Es war furchtbar genug, dass es stimmte, doch es war wesentlich furchtbarer, wenn es jemand laut aussprach.

Auch Tom wirkte ziemlich mitgenommen. Innerlich leistete Laura Abbitte bei ihm. Sie hatte seine Menschenkenntnis und sein Einfühlungsvermögen bei Weitem unterschätzt. Ratlos kratzte er sich an der Schläfe, bevor er den Schirm seines Basecaps wieder nach vorn drehte.

»Da wolltest du nur eine Hilfe in der Floresteria, und jetzt ist der Volltreffer Karo voll nach hinten losgegangen. Falls es dich tröstet: Das wird kein Zuckerschlecken für unseren geschätzten Freund Skipper.«

»Wenn es so läuft, wie ich es geplant hatte, spielt das keine Rolle.«

»Was, was, was?« Verständnislos blinzelte Tom sie an. »Du hast es *geplant*? Was für ein diabolischer Plan war das denn?«

»Ich dachte, ich wollte …« Mit dem Ärmel ihres Sweatshirts wischte sie sich übers tränennasse Gesicht. »Die Idee war, dass Skipper mit einer festen Freundin versorgt ist, wenn ich mit Daniel, du weißt schon.«

»Und jetzt hast du gemerkt, dass du ihn selber willst? Das fällt dir ja echt früh ein.«

»Ich bin eben eine, eine …«, sie suchte nach dem richtigen Wort, »Emotionsidiotin.« Nochmals danke, Max. »Ich meine, es gab durchaus die eine oder andere Situation, in der ich dachte, da könnte mehr sein. Doch immer, wenn ich über meinen Schatten springen wollte, machte Skipper das Licht an. Sozusagen.«

Nur nach der Ausrutschernacht, da hatte sie selber das Licht angeknipst – und ihn rausgeworfen. Womöglich der größte Fehler ihres Lebens. Kleine Fehler gab es auch. Damals am See, als er das Gesicht in ihrem Haar vergraben hatte, wäre der perfekte Moment gewesen, um über uneingestandene Gefühle zu sprechen. Stattdessen war sie aufgestanden und gegangen. Weil sie eine Beziehungsvermeiderin war? Weil sie sich insgeheim vor einer engen Bindung fürchtete?

»Tja, wer es nie ernsthaft versucht hat, wird auch nie erfahren, ob es nicht vielleicht doch geklappt hätte«, sprach Tom aus, was sie dachte. »Und jetzt? Game over?«

»Sieht so aus«, flüsterte sie niedergeschlagen.

Die Ladentür öffnete sich. Es war Skipper, der hereinkam und ruckartig stehen blieb, als er Laura auf dem grauen Linoleumbelag entdeckte, eingeklemmt zwischen der Glasvitrine und dem schiefen Regal.

»Süße, was machst du da auf dem Boden?«

»Muss an der Schwerkraft liegen«, witzelte Tom.

Eines stimmte immerhin: Lauras Herz befand sich immer noch im freien Fall, und ausgerechnet ihr bester Freund konnte aus naheliegenden Gründen nicht die starke Schulter sein, um sich daran auszuweinen. Sie hatte Skipper verloren. Jetzt musste sie selber stark sein. Obwohl ihr immer noch schwummerig war, rappelte sie sich auf und langte nach ihrer Tasche.

»Ich fahre los. Grüß Karo von mir.«

»Du willst schon wieder verschwinden?« Skipper zog ein langes Gesicht. »Wieso denn? Ich dachte, wir frühstücken alle zusammen?«

»Reisende soll man nicht aufhalten«, ging Tom in aller Bestimmtheit dazwischen. »Laura hat so einiges – aufzuarbeiten.«

Mehr erstaunt als amüsiert verzog Skipper den Mund.

»Seit wann bist du denn hier der Frauenversteher?«

»Verstehen wird man Frauen wohl nie«, erwiderte Tom mit einem vielsagenden Blick zu Laura. »Aber man kann ihnen zuhören. Kommt fast aufs Selbe raus.«

Kapitel 20

Mit geschlossenen Augen lag Laura auf einem breiten, weich gepolsterten Doppelbett und versuchte, tief und regelmäßig zu atmen. Ein – aus. Ein – aus. Und noch mal, schön langsam: eeeeiin – aaauus. Seit einer halben Stunde lag sie so da und spürte jetzt, wie sich ihr Herzschlag allmählich normalisierte. Mit einem Schönheitsfehler: Nie war ein Bett breiter, als wenn man ganz allein darin lag und jemanden vermisste.

Sie öffnete die Augen. Dieses Mal war es ein ausgesprochen luxuriöses Zimmer, das Charlotte für sie gebucht hatte. Wegen des umbauhalber geschlossenen Fitnessbereichs gewährte das Hotel einen sagenhaften Rabatt, und so kam Laura in den Genuss einer gleichermaßen schicken wie erschwinglichen Bleibe. Wenigstens ein kleiner Trost. Seufzend sah sie sich um. Ein dicker bordeauxroter Teppich bedeckte den Boden, an den Wänden schimmerten Seidentapeten in sonnigem Gelb, das Mobiliar aus poliertem nussbraunem Holz wirkte äußerst edel.

Der Clou war jedoch das Badezimmer. Ein wahrer Wellnesstempel, so groß wie Lauras Schlafzimmer daheim, ganz in hellem Marmor gehalten und verschwenderisch ausgestattet: mit kostbaren Messingarmaturen, riesigen schneeweißen Handtüchern sowie einem umfangreichen Sortiment fein duftender Waschgele, Shampoos und Bodylotions.

Laura hatte zunächst ausgiebig geduscht. Heiß, sehr heiß. Als alles weggespült war, der Frust, das Drama, ihre verletzten Gefühle, war sie obendrein in die Wanne gestiegen. Nun lag sie platt wie eine Flunder im Bett, Arme und Beine von sich gestreckt, mit korrekter Atmung und gebrochenem Herzen. Im Nachhinein erschien es ihr wie ein Wunder, dass sie es überhaupt geschafft hatte, drei Stunden auf dem Motorrad durchzuhalten. Aber zu Hause hätte sie es keine Sekunde länger ertragen. Wenn man genau dort wohnte, wo zwei Turteltauben einander umgurrten, war alles besser, als sich dieses Schauspiel zu geben.

Heftig knurrend meldete sich ihr Magen. Außer einer Handvoll Lakritze hatte er heute nichts weiter zu tun bekommen. Mit trägen Bewegungen stand Laura auf und inspizierte die gut bestückte Minibar, die neben diversen Getränken auch allerlei Snacks bereithielt: Nüsse, Chips, Salzstangen, Schokolade, Gummibärchen. Nach längerem Überlegen entschied sie sich für Cola, Apfelsaft, Gummibärchen und Cashewnüsse. Man gönnte sich ja sonst nichts.

Kauend legte sie sich wieder hin. Bisher hatte sie nicht gewagt, ihr Handy zu aktivieren. Mit stummem Vorwurf lag es auf der lederbespannten Platte des Nachtschranks. Laura konnte sich schon denken, was für eine Nachrichtenflut sie erwartete, weshalb sie sich gar nicht traute, das Ding in die Hand zu nehmen. Wozu auch? Die Welt da draußen schien plötzlich ganz weit weg zu sein – Familie, Freundinnen, Freunde, Exfreunde, Daniel, sogar Skipper. Sie wollte nur noch hier liegen, auf dem weich gepolsterten Bett eines Hotelzimmers, innerlich leer, aber ohne die Gefahr, mit neuerlichen Katastrophen beglückt zu werden.

Montags bis sonntags Ruhetag, dachte sie, vielen Dank für Ihr Verständnis.

Fröstelnd wickelte sie den blütenweißen Hotelbademantel etwas fester um ihren Körper. Es war einfach hoffnungslos. Auch diese Reise konnte keine Hoffnungen mehr wecken, dass sich irgendetwas an ihrem Ungemach änderte. Im Grunde hatte Max ihr ja schon das Wesentliche auf den Kopf zugesagt. Offensichtlich war Laura Gazzetti der wandelnde Widerspruch von Nähebedürfnis und Fluchtinstinkt – und diese Reise nur noch ein Vorwand, der Skipper-Katastrophe zu entfliehen. Niemand hatte sich groß gewundert, als sie wieder weggefahren war, wenn auch reichlich überstürzt.

Die Gummibärchentüte war halb geleert, und sie hatte sich mit der Cola ein wenig Mut angetrunken, als sie dann doch zum Handy griff. Eieiei. Vierzehn Anrufe in Abwesenheit, außerdem so viele Textnachrichten, dass ihr schwindelig wurde. Die Versuchung war groß, das Handy gleich wieder beiseitezulegen. Nur der Gedanke, dass sich einige Menschen Sorgen um sie machen würden, wenn sie weiterhin auf Tauchstation blieb, hielt sie davon ab.

Aber wo anfangen? Bei Skipper? Bloß nicht. Dann doch lieber bei Tom, der sie so ritterlich durch dieses Desaster manövriert hatte.

Hehe, alles okay? Okay ist natürlich gar nichts, aber bist Du wenigstens gut angekommen? Fragt Dein Freund und Schnickschnack-Schluri Tom

Sie schmunzelte in sich hinein. Tom war wirklich großartig.

Hallo, mein Bling-Bling-Held, ja, bin gut angekommen (leider nicht bei Skipper). Danke noch mal für alles. Ohne Dich wäre ich verloren gewesen. LG!

Als Nächstes las sie Karos Nachricht.

Hi Laura, schade, dass Du so schnell weg warst. Habe ich was falsch gemacht? Du warst auf einmal so komisch … Glaub mir, ich möchte den Job wirklich sehr, sehr gern und verspreche Dir, dass ich alles geben werde. (Büffele schon eifrig Fachliteratur über Blumen.) Bis hoffentlich bald, Karo

Nachdenklich kaute Laura auf einem Gummibärchen herum. Jetzt hatte sie den Salat: Was man versprach, musste man auch halten. Karo konnte ja nichts dafür, dass sich die Situation erheblich geändert hatte.

Hallo, liebe Karo, tut mir leid, ich war sehr in Eile. Selbstverständlich bekommst Du den Job. Wenn ich von meiner Reise zurück bin, setzen wir sofort den Vertrag auf. Alles Liebe, L

Wie sie das durchstehen sollte? Laura hatte keine Ahnung. Widerstrebend sichtete sie die übrigen Messages. Die meisten stammten von Daniel, der seit dem gestrigen Abend so oft geschrieben hatte, dass nicht weniger als neun zusammengekommen waren.

Space-Kadett an Houston: Warte immer noch auf das »mehr« … 😊

Hallo?

Liebe Laura, bitte sag mir, warum Du verstummt bist. Liegt es an mir?

Bitte melde Dich!

Okay, offenbar brauchst Du eine Auszeit. Trotzdem wäre es schön, wenn ich zumindest wüsste, ob es Dir gut geht.

Langsam mache ich mir wirklich Sorgen.

Laura, Liebes, falls Du keine Lust mehr auf eine Fortsetzung unserer gemeinsamen Reise hast, lass sie bitte nicht in sang- und klanglosem Schweigen enden.

Entschuldige, ich konnte nicht anders – habe eben mit Charlotte telefoniert. Offenbar gab es schwerwiegende Missverständnisse. Deshalb sage ich Dir ganz klipp und klar: Nein, ich bin nicht an einer flüchtigen Affäre interessiert. Und ja: Ich möchte Dich näher kennenlernen, den Menschen Laura, die Frau Laura, das wunderbare Wesen, mit dem mich jetzt schon so viel verbindet.

Bin heute wie ein Zombie in die Praxis gewankt, weil ich die halbe Nacht wach gelegen habe. Vielleicht kannst Du mir ein winziges Lebenszeichen geben, damit ich weiß, ob Du meine Nachrichten wenigstens gelesen hast? Die beiden Häkchen sind nach wie vor grau. Oder hast Du die Funktion deaktiviert, durch die sie sich nach dem Lesen blau färben? Wie auch immer, Du fehlst mir.
Dein Space-Kadett

Laura ließ das Handy sinken. Es war herzzerreißend, wie liebevoll Daniel ihr nach wie vor schrieb. Ein anderer Mann hätte vielleicht

Druck gemacht oder seinem Missmut Ausdruck verliehen. Nicht so Daniel. Das beschämte sie, zumal er von ihrer Befürchtung wusste, Charlotte könnte ihr erneut einen Teilzeitlover untergejubelt haben.

Zwei Schlucke Cola und drei Gummibärchen später versuchte sie sich an einer Antwort. Mehrere Versionen verwarf sie, bis sie einigermaßen zufrieden mit ihrem Text war.

> Lieber Daniel, zunächst einmal muss ich mich bei DIR entschuldigen – es war nicht fair, Dich einfach hängen zu lassen. Sei sicher, dass es keine böse Absicht war, nur tiefe Verunsicherung wegen Charlottes Rolle in unserer … hm, was eigentlich? Kontaktaufnahme? Ich glaube Dir, wenn Du sagst, dass Du es nicht nur auf eine Affäre abgesehen hast. Den Eindruck hatte ich auch gar nicht.
> Es lag halt an Charlottes verquerer Art, in der Vergangenheit meinem Liebesglück »nachzuhelfen«. Lass uns vielleicht einen Gang runterschalten, ja? Zumindest möchte ich mit Dir befreundet bleiben, denn Du fehlst mir auch. EHRLICH. Wer weiß, in welche Richtung sich das mit uns weiterentwickelt. Zurzeit kann ich Dir nicht mehr sagen, Dir auch nichts versprechen, aber es würde mich freuen, wenn Du Geduld mit mir hast. Liebe Grüße, Laura

Schon wenige Sekunden später trafen im Stakkato seine Antworten ein.

> Bin so glücklich, von Dir zu lesen!

> Natürlich übe ich mich in Geduld!

Team Freundschaft ist immer drin.

Fühl Dich – rein freundschaftlich – umarmt. Daniel

Und egal, was passiert: Wenn Deine Katze oder Dein Fisch ein Zipperlein haben, stehe ich jederzeit zur Verfügung.

Laura atmete pfeifend aus. Also war er ihr nicht böse, obwohl sie das unsichtbare Schildchen *Womöglich ist dies der Anfang einer wunderbaren Beziehung* aus dem Chat entfernt hatte. Sie war so erleichtert, als hätte sie bei einer Hochgebirgswanderung stundenlang in einer Gletscherspalte gehangen und sei dann doch noch von der Bergwacht gerettet worden.

Danke, Du beweist Größe. Das werde ich Dir nie vergessen.

Ach, ist keine große Sache … immerhin bist Du nicht irgendeine Frau, sondern eine unvergessliche, und jedes Warten wert. (Wenn's sein muss, bis zur Rente, danach könnte es eng werden – alte Leute werden ja leicht vergesslich)

Wir könnten uns jeden Tag neu kennenlernen, lieber Daniel, wie aufregend.

Dr. Doolittle könnte Dir auch täglich die Herztabletten abzählen.

Wer sagt mir, dass Du sie im hohen Alter nicht mit was anderem verwechselst? Mit einer Wurmkur zum Beispiel?

Ich male einfach Herzchen auf die Schachtel. Für meine Herzensdame.

Das würde mir gefallen.

Nach dem Motto: Hören kann ich nicht so gut, dafür sehe ich aber schlecht, wäre ich doch der perfekte Herzspezialist für Dich.

Haha. Heißt es denn nicht: Man sieht nur mit dem Herzen gut?.

Ob es bei mir zum kleinen Prinzen reicht, darf bezweifelt werden.

Wieso, ein Space-Kadett bist Du doch schon.

Auch wieder wahr. 😊 So, jetzt muss ich leider ins Behandlungszimmer, eine Pudeldame möchte von ihren Flöhen befreit werden.

Dann viel Spaß im Flohzirkus.

Grazie, vielleicht bis später.

Ganz bestimmt.

Daniel war wirklich phänomenal. Mit wenigen Sätzen hatte er es geschafft, dass sie sich nicht mehr wie der letzte Volltrottel fühlte, sondern sogar gelächelt hatte.

Nun kam das schwierigere Kapitel. Sowohl Charlotte als auch Skipper hatten seit gestern permanent geschrieben und angerufen. Nach wie vor fühlte sich Laura nicht stark genug für Skipper, doch was Charlotte ihr mitteilte, wollte sie dann doch wissen.

Was für ein Kuddelmuddel. Hab noch den ganzen Abend mit Patrick über Dich gesprochen, führte aber zu nichts. Fahr bitte vorsichtig.

Kannst Du mir die Sache mit Patrick verzeihen? Ich hoffe es so sehr und versichere nochmals, dass Daniel nur die besten Absichten hat. Schlaf gut.

Was ist da heute Morgen in der Floristeria gelaufen? Skipper rief an und meinte, Du wärst ein reines Nervenbündel. Daraus schließe ich mal, dass das Glühbirnenmärchen nicht so ausgegangen ist wie von Dir erträumt. (Ich erspare Dir langwierige Kommentare der Sorte »Hätte ich Dir auch vorher sagen können«) Schau nach vorn, Laura. Wenigstens weißt Du jetzt, dass Skipper nicht derjenige, welcher ist. Doch auch für Dich gibt es den Richtigen. (Wenn nicht Daniel, dann einen anderen)

Jetzt bloß nicht aufgeben, ja? Bleib beim Plan, Deine Beziehungsmuster zu ergründen. Es ist ein guter Plan. Lerne Dich selbst kennen, dann lernst Du nicht nur den Mann kennen, der Dich wirklich glücklich macht, sondern hältst dieses Glück auch aus.

PS Was mir noch einfiel: Glücklichsein ist keine Schande. Es steht Dir zu!

Wie gefällt Dir übrigens das Hotel? Toller Luxusschuppen, oder?

Schreib mir bitte nach Deinem Besuch bei Thilo. Bin gespannt wie ein Flitzebogen. Dicker Kuss, C

Charlotte hatte wahrscheinlich recht. Auch wenn Laura sie momentan nicht gerade als ihre Lieblingsfreundin bezeichnet hätte, gab es einen wahren Kern in ihrem Ratschlag: Aufgeben war keine Option. Auch die Bemerkung über das Glück fand Laura hilfreich. Vielleicht hatte sie sich tatsächlich nie zugestanden, eine rundum glückliche, erfüllte Beziehung zu führen – und deshalb nicht genug darum gekämpft.

Hashtag next level, resümierte sie, darum geht's. Dies würde von nun an ihr Mantra sein: Die Vergangenheit aufarbeiten, an sich selbst arbeiten und – sofern sich noch jemals die Gelegenheit dazu ergab – solange an der Beziehung arbeiten, bis sie gelernt hatte, wie man den jeweils nächsten Level freischaltete.

Gedankenverloren leerte sie den Rest der Gummibärchentüte. Wenigstens hatte diese Reise einen angenehmen Nebeneffekt – sie bot genug Ablenkung, um nicht dauernd an Skipper zu denken. Was Laura natürlich trotzdem tat. Ob sie nun wollte oder nicht: Immer wieder stand ihr vor Augen, wie er die Arme hochgerissen hatte, um ihr die *komplett verrückte* Neuigkeit zu überbringen. Und noch immer zerschnitt es ihr das Herz.

Als spürte er ihre Gedanken, leuchteten die Buchstaben *SKIP-*

PER auf dem Handydisplay auf. Er rief an! Genau in diesem Augenblick!

Zu Tode erschrocken schlang Laura ihre Arme um die Knie. Was tun? Ignorieren? Aber wäre das nicht viel auffälliger als ein kurzes knappes Telefonat, in dem sie die Sorgen zerstreute, die er sich laut Charlotte machte? Sie zählte bis drei. Eins, atmen, zwei, atmen, drei, atmen. Keep cool, Laura Gazzetti.

»Hi, Sportsfreund«, meldete sie sich, sorgsam darauf bedacht, ihre Stimme neutral bis gelangweilt klingen zu lassen. »Na, wie läuft's in der Floristeria?«

»Sehr gut, die Kunden kaufen massenweise Lilien, scheint das neue heiße Ding zu sein.« Auch seine Stimme klang nicht echt, das hörte sie sofort. »Gut, dass Karo mich unterstützt, sie ist ein Schatz. Gegenfrage: Wie läuft's bei dir?«

»Alles superentspannt.« Ihre kalten Finger spielten mit dem Gürtel des Bademantels. »Fahre gleich zu Thilo.«

»Heute Morgen wirktest du aber alles andere als entspannt. Etwa, weil ich dein Keuschheitsgebot zu brechen gedenke? Ich weiß ja, ich durfte Karo nicht angraben, so lautete die Anweisung.«

Ja, verflixt. Weil ich genau das wollte – und dann eben wieder nicht.

»Da meinte ich deine berühmten Skipper-One-Night-Stands.«

… von denen ich selber ein Lied singen kann, fügte sie innerlich hinzu, und war heilfroh, dass er nicht sehen konnte, wie sie rot wurde.

»Hör zu«, sein Atem beschleunigte sich, »das wird keine schnelle Nummer. Wir lassen es langsam angehen. Karo hat sogar ein Sex-Moratorium vorgeschlagen.«

»Ein – was?«

»Sie findet, wir sollten mindestens vier Wochen warten.«

»Wow.«

Das war mal eine Ansage. Auf so was wäre Laura im Leben nicht gekommen, und insgeheim bewunderte sie Karo dafür, wie geschickt sie Skipper hinhielt, um keine Eintagsfliege für ihn zu sein.

»Du kommst also damit klar, dass Karo und ich …«, hakte er nach.

Nein, ich erfriere bei dem Gedanken! Die Hölle ist nicht immer glühend heiß und voller tanzender Teufel, sie kann auch polarkalt sein, eine gnadenlose Kältekammer, wenn der Mann, den man liebt, eine andere will!

»Selbstverständlich komme ich damit klar«, erwiderte sie heiser. »Wäre doch phantastisch, wenn der einsame Wolf, der Nacht für Nacht um die Ecken zieht, endlich zur Ruhe kommt. Ehrlich, ich freue mich.«

»Klingt nicht so.«

Mist. Skipper kannte sie zu gut, deshalb konnte sie ihm nichts vormachen. Jetzt half nur noch der älteste Trick der Telekommunikation.

»Was hast du gesagt? Die Verbindung ist so schlecht! Ciao, ich rufe wieder an!«

»Halt, stopp, keine Tricks!«, rief er aufgebracht. »Ich höre dich klar und deutlich! Also, was war heute Morgen los? Bist du etwa eifersüchtig?«

»Das überinterpretierst du. Ich war nur total erledigt.«

»Warum bist du überhaupt hergekommen? Und jetzt erzähl mir bitte nichts von wärmeren Sachen oder irgendwelchen Antihistaminika, die du noch nie genommen hast. Du warst ja nicht mal in deiner Wohnung.«

Erwischt. Sie zermarterte sich noch das Hirn, auf der Suche nach einer Ausrede, als Skipper weitersprach.

»Entschuldige, Kundschaft, muss Schluss machen. Aber denk nicht, du kommst mit deinen doofen Ausflüchten durch. Ich bin dein bester Freund, verdammt! Es geht dir hundeelend, und ich möchte dir helfen, weil Freunde das nämlich so machen!«

Schnell wegdrücken, sonst brach sie noch zusammen und gestand ihm alles. Nachdem Laura das Gespräch beendet hatte, starrte sie lange zur Decke. Warum hatte sie nie wirklich für möglich gehalten, dass es auf diese Weise endete – damit, dass Skipper sich ernsthaft in eine andere Frau verliebte?

Zwei weitere Nachrichten trafen ein, eine von Charlotte, die andere von Skipper.

Ich weiß, Du bist gerade nicht in bester Stimmung, und Dein Optimismus tendiert wahrscheinlich gegen null. Doch vielleicht hilft Dir das Folgende (aus eigenem Erleben): Eine Beziehung, das ist, als ob einem die Eltern zu große Schuhe kaufen und sagen: Du musst da irgendwie reinwachsen. Was dann auch geschieht. Also Kopf hoch!

Laura tippte die zweite Nachricht an.

Hey, Kleines, hab darüber nachgedacht, was Tom heute sagte: dass man Frauen zuhören muss. Inzwischen kommt es mir so vor, als hätte ich Dir all die Jahre nicht aufmerksam genug zugehört. Falls das stimmt, zögere bitte nicht, mit mir zu reden, ja? Kuss, Sk

Zu spät, Skipper. Leider.

Kapitel 21

Lauras Verabredung mit Thilo war für den späten Nachmittag anberaumt. So blieb noch Zeit, ihre ziellos herumgondelnden Gedanken zu ordnen, bevor sie ihn traf. Ohne Eile zog sie sich an und versuchte, sich innerlich auf ihn einzustellen.

Ach, Thilo. Damals war er das perfekte Kontrastprogramm zu Max und Patrick gewesen, ganze zehn Jahre älter als sie und eher der emotionale Typ. Laura hatte ihn als gemütvollen Mann in Erinnerung, ruhig, vielleicht ein bisschen phlegmatisch. Und ein Muttersöhnchen vor dem Herrn.

Während sie ihr Haar föhnte, überflog sie in Gedanken noch einmal ihre Checkliste: der größte Streitpunkt, die besten Momente, die schlimmste Auseinandersetzung, der letzte Satz.

Der größte Streitpunkt hatte darin bestanden, dass ein Abend auf der Couch das ultimative Freizeiterlebnis für Thilo gewesen war, Rundum-Bemutterung inklusive, was bedeutete: Bierchen und Chipstüte in Reichweite, eventuelle Telefonate von Laura außer Hörweite, Luna außer Sichtweite. Schwierig. Wie gern hätte sie mehr mit Thilo geteilt als blutrünstige Krimiserien und fettige Pepperoni-Chips. Aber nein, abends ab halb acht hockte er auf der Couch wie festgeschraubt. Viel zu viele Abende hatte Laura deshalb allein in der Küche verbracht, Luna auf dem Schoß und ihre Freundinnen am Handy.

Die besten Momente hatten sich nach einem Feueralarm ereignet. Ein falscher Alarm, wie sich herausstellte. Doch Laura hatte darauf bestanden, im Hotel zu übernachten, und dort listigerweise den Stecker des Fernsehers gelockert. Wäre die ganze Wohnung daheim abgebrannt, Thilo hätte nicht untröstlicher sein können. Erst nach viel Gejammer hatte er eingewilligt, nicht nur eine Pizza essen zu gehen, sondern hinterher auch noch einen Quizabend in einer kleinen Kneipe zu besuchen. Dabei war er richtig aufgetaut und wieder zu dem Mann geworden, in den sich Laura verliebt hatte: lustig, unterhaltsam, gefühlvoll.

Es war bei dem kurzen Intermezzo geblieben. Schon nach wenigen Tagen war er wieder zur Couch-Potatoe mutiert.

Das Etikett *schlimmste Auseinandersetzung* trugen gleich zwei kapitale Streitigkeiten. Die erste hatte sich an sein Präsent zum ersten Kennenlerntag angeschlossen. Er könne ihr ja schlecht Blumen schenken, hatte Thilo gesagt, das sei ja, als ob man einem Bäcker Kuchen schenkt. Deshalb habe er sich was Besonderes ausgedacht.

Besonders übertraf es bei Weitem. Der hübsch verpackte längliche Gegenstand löste zunächst gemischte Gefühle in Laura aus. Ein Vibrator?, hatte sie verwundert gedacht. Soll der Schwung in unser Sexleben bringen – oder es ersetzen? Diese Frage erübrigte sich, als sie den Gegenstand auswickelte. Es war ein Pürierstab. Weil Thilo doch so gern pürierte Suppen löffelte.

Da war Zoff vorprogrammiert. Was er sich eigentlich denke? Dass sie seine Kaltmamsell sei? Ob ihm denn wirklich nichts Romantischeres zu ihrer Beziehung einfalle? Danach hatten sie zwei Tage nicht miteinander gesprochen. Zu seinem Geburtstag hatte sie sich dann mit einem hübsch verpackten Lipgloss revanchiert.

Die allerschlimmste Auseinandersetzung war jedoch wegen Lauras Quasi-Schwiegermutter entbrannt. Letztlich ein Klassiker. Wenn es nämlich überhaupt etwas gab, was Thilo seiner geliebten Couch und pürierten Suppen vorzog, dann seine über alles geliebte Mutter. Die Dame mit dem schönen Namen Gundula wachte mit Argusaugen über ihren Sohn, er wiederum machte Männchen, wenn sie noch das kleinste Stöckchen warf – ach was, selbst auf ein abgebrochenes Streichholz hätte er reagiert wie ein gut abgerichteter Hund.

Als Thilo dann einen von Laura mühevoll erkämpften Wochenendtrip abgebrochen hatte, und das nur, weil Guuuundula es angeblich nicht schaffte, die Batterien ihrer Fernbedienung auszuwechseln, war das Ende der Fahnenstange erreicht gewesen.

Die ganze Nacht hatten sie gestritten, viele, viele unfreundliche Worte waren gefallen, und am Ende hatte Gundulas großes gerahmtes Portraitfoto, das gegenüber vom Bett hing, einen Sprung im Glas gehabt. Der letzte Satz war entsprechend ausgefallen: *Du hast mich sehr beleidigt, Mutter auch.* Laura hätte das an sich abperlen lassen können. Vorbei war vorbei. Doch sie hatte Thilo dann doch noch geantwortet, und zwar mit jenem Kampfruf, mit dem Gundula jeden Samstag angerückt war, den Putzeimer in der einen, die Sagrotanflasche in der anderen Hand: Schluss mit schmutzig!

Ideale Voraussetzungen also für ein harmonisches Wiedersehen. Wie Thilo jetzt wohl lebte? Und wie er wohl aussah? Weder auf Facebook noch Instagram hatte sie ihn gefunden. Vielleicht erging es ihr ja so wie mit Max, und sie traf einen völlig veränderten Mann, voller Energie und Lebenslust, der sich erfolgreich von seiner Mutter befreit hatte.

Auf dem Handy checkte sie noch einmal die Route. Ihr nächstes Ziel war eine verträumte Kleinstadt, an deren Blumenladen sie überaus positive Erinnerungen hatte. Dort hatte sie erstmals mit Ton-in-Ton-Sträußen experimentiert, und ihre Chefin, eine feine alte Dame, hatte sie großzügig gewähren lassen. Der Renner waren Sträuße ganz in Orange gewesen, mit Gladiolen, Gerbera, Fackellilien und Physalis franchetii, auch Lampionblume genannt. Man hatte ihr diese Kreationen förmlich aus den Händen gerissen.

Laura dachte gern an jene Zeit. Damals war ihr Thilo über den Weg gelaufen, weil er jeden Samstag einen Blumenstrauß für seine Mutter kaufte. Wie süß, hatte sie gedacht, wer ein liebevolles Verhältnis zu seiner Mutter pflegt, wird auch in der Beziehung ein liebevoller Partner sein. In den ersten Monaten hatte das durchaus gestimmt. Thilo war reizend gewesen, aufmerksam, gefühlvoll. Nur den Test of time hatte er leider nicht bestanden …

Als Wegzehrung steckte Laura die Nüsse aus der Minibar ein, dann verließ sie das Hotel und schwang sich aufs Motorrad. Der Verkehr war nicht sonderlich dicht an diesem Montagnachmittag. Früher als gedacht rollte sie durch die Straßen des Städtchens, an hübschen Gründerzeitbauten und idyllischen Parks vorbei. Wie klein, fast puppenstubenhaft alles wirkte. Damals war ihr der Ort viel größer erschienen.

Von Erinnerungen überwältigt umrundete sie den Brunnen auf dem Marktplatz, legte eine Gedächtnisminute vor dem Blumenladen ein, der immer noch existierte, und lenkte das Motorrad schließlich in eine ruhige Gegend mit Einfamilienhäusern und gepflegten Vorgärten. Nachdem sie noch einmal die Adresse gecheckt hatte, hielt sie vor einem grauen zweistöckigen Haus mit tief heruntergezogenem Walmdach.

Merkwürdig. Irgendetwas war hier anders. Sie setzte den Helm ab, und plötzlich wusste sie, was sie irritierte: Während in den Vorgärten rechts und links bunte Blumenbeete um die Wette blühten, gab es vor Thilos Haus lediglich einen betonierten Vorplatz, den ein einziger Plastikkübel mit einer kümmerlichen Zirbelkiefer schmückte.

Wie konnte man bloß auf so eine schaurige Idee kommen? Ihr war schon klar, dass nicht jeder Mensch Blumen so sehr liebte wie sie, doch etwas derartig Trostloses hatte sie lange nicht gesehen. Alles wirkte ungeheuer steril, so als würde hier gar nicht richtig gelebt, und wenn, dann allenfalls auf Sparflamme und vollkommen rückstandsfrei.

Eins stand mal fest: Wer hier wohnte, starb wie neu.

Ein Blick zu Uhr sagte ihr, dass sie eine halbe Stunde zu früh dran war. Nun, das konnte eigentlich kein Beinbruch sein. Sie vergewisserte sich, dass sie ihr Mitbringsel für Thilo dabeihatte, dann überquerte sie den totbetonierten Vorplatz und trat vor die Haustür. *JESSEL* stand auf dem metallenen Oval an der rauverputzten Hauswand, darunter prangten diverse emaillierte Schilder. *Keine Werbung. Kein Türverkauf. Keine Paketannahme für Nachbarn.* Am auffälligsten war ein rot-weißes Schild, das einen durchgestrichenen defäkierenden Hund sowie einen Totenkopf zeigte.

Alles klar. Wer hier ungebeten aufkreuzte und vielleicht sogar seinen Hund Gassi führte, lag so gut wie im Sarg.

Als sie klingelte, hörte sie ein dezent surrendes Staubsauergeräusch, danach hektisches Getrappel. Zwei Sekunden später wurde die Tür von einem etwa sechsjährigen Jungen geöffnet, der sie neugierig anstarrte. Er hatte Thilos graue Augen und war ihm wie aus dem Gesicht geschnitten, was Laura ähnlich merkwürdig berührte wie die Begegnung mit Patricks Kindern.

Das könnte dein Kind sein, flüsterte eine Stimme in ihrem Kopf. Ist es aber nicht. Weil du noch nie eine Beziehung hattest, die es bis zum Level Familienplanung gebracht hat.

»Du bist zu früh«, sagte der Junge.

»Ich weiß.« Sie lächelte verbindlich. »Sind deine Eltern da?«

Er verschwand, und wenige Sekunden später erschien ein Herr mit schütterem Haar, dessen imposante Körperfülle in überkorrekte Kleidung verpackt war: dunkelblaues Jackett, weißes Oberhemd und eine schwarze Hose, an deren exakten Bügelfalten man sich eine Schnittverletzung hätte holen können. Nur die unförmigen Filzpantoffeln Marke Schlossbesichtigung fielen etwas aus dem Rahmen.

Hm. Thilos Vater war das nicht. Vielleicht handelte es sich ja um seinen Schwiegervater?

»Einen schönen guten Tag, entschuldigen Sie bitte die Störung, mein Name ist Laura Gazzetti«, stellte sie sich höflich vor. »Ich bin mit Ihrem … also, mit Thilo verabredet.«

»Du liebe Güte.« Der Mann zog seine Hose etwas höher, was zwei Streifen papierweißer Waden über grauen Socken zum Vorschein brachte. »Du erkennst mich nicht, oder?«

Die Stimme verriet ihn, und ein kalter Schreck fuhr Laura in die Glieder. Das konnte doch nicht wahr sein. Das durfte nicht wahr sein!

»Nein, das heißt, ja, ich meine …«

»Du musst dich nicht verrenken«, schmunzelte er. »Ich schaue ab und an in den Spiegel und weiß selber, dass der Zahn der Zeit an mir genagt hat. Was man will, ist ewige Jugend, was man bekommt, sind Glatze, Bauch und ein Satz Hämorrhoiden.«

Wow. An Selbstironie mangelte es ihm offenbar nicht. Laura hätte es zwar etwas feinfühliger ausgedrückt, aber offenbar nahm Thilo seine äußere Erscheinung mit Humor, was ja schon mal sympathisch war. Dennoch konnte sie ihr Erstaunen über seine Veränderung kaum verbergen. Damals war er ein attraktiver Bursche gewesen, zehn Jahre älter als sie zwar, aber der jungenhafte Typ Mann. Jetzt erinnerte er fast schon an jene betagten Herrschaften, die ihr manchmal in der Fußgängerzone mit dem Rollator in die Hacken fuhren.

»Ich finde, dieses«, sie suchte nach einer netten Formulierung, »ähm, Stattliche steht dir eigentlich ganz gut.«

Gutmütig lachend winkte Thilo ab.

»Früher hat man stattliche Männer bewundert. Heute bedeutet

ein Bauch, dass man ein alter Sack ist, der sein Leben nicht auf die Reihe kriegt. Na ja, ganz so schlimm ist es auch wieder nicht. Ich bin eigentlich recht zufrieden mit meinem Leben.«

So sah er auch aus. Dafür sprach unter anderem, wie sorgfältig er gekleidet war, von den Filzpantoffeln mal abgesehen. Schon damals hatte Laura gefallen, dass er großen Wert auf Stil und untadelige Umgangsformen legte. Manche Männer ließen sich ja nach einer gewissen Zeit gehen, latschten in ollen Unterhosen durchs Wohnzimmer oder rülpsten die Tapete von den Wänden. In dieser Hinsicht hatte sie nie etwas an ihm auszusetzen gehabt.

»Also, Thilo, was ich sagen wollte …«

»Warte.« Er wandte sich um und rief in den Flur hinein: »Kommst du? Laura ist da!«

Das Staubsauergeräusch erstarb. Eine Sekunde später tauchte eine Frau hinter ihm auf, die seiner Mutter frappierend ähnelte. Die gleiche Statur, die gleiche etwas strenge Ausstrahlung, die gleiche Dauerwellenfrisur in hellem Eichhörnchenbraun. Nur das Gesicht war anders. Was besonders ins Auge fiel, waren ihre bläulichen Augenbrauen, die aussahen wie mit Filzstift aufgemalt.

Dennoch, letztlich hatte Thilo eine jüngere Version seiner Mutter geheiratet. Sie trug sogar die gleiche Sorte Hemdblusenkleid, die Gundula bevorzugte, durchgeknöpft, dezent gemustert, wadenlang.

»Herzlich willkommen«, lächelte sie mit violett umränderten Lippen, denen sie das gleiche Filzstift-Design verpasst hatte wie ihren Augenbrauen.

»Ja, willkommen«, echote Thilo.

Danach trat eine unbehagliche Stille ein, und Laura wusste mal kurz nicht weiter. Selten hatte sie sich so fehl am Platz gefühlt. Trotz der freundlichen Begrüßung spürte sie die unausgesprochene Frage, was sie hier nach all den Jahren eigentlich verloren hatte.

»Schön, Sie kennenzulernen, Frau Jessel«, versuchte sie die Stimmung aufzulockern.

»Wieso, wir kennen uns doch.«

Nein, dieses Malen-nach-Zahlen-Gesicht hätte Laura ganz bestimmt nicht vergessen.

»Mutter hat was machen lassen«, raunte Thilo ihr zu.

Uff. Lauras Herz rutschte bis runter in die Kniekehlen. Langsam, ganz langsam begriff sie, wer da vor ihr stand: die wandelnde Sagrotanflasche.

»Da siehst du mal, wie raffiniert man heute dem Alter ein Schnippchen schlagen kann«, erklärte Gundula verschmitzt. »Du bist nicht die Erste, die mich für Thilos Frau hält – meinem Permanent-Make-up und ein paar kleinen Eingriffen sei Dank. War nicht billig, hat aber sich gelohnt.«

Darüber konnte man geteilter Meinung sein. Nichts entstellt einen Menschen so sehr wie seine Eitelkeit, hatte Laura mal gelesen, und in diesem Falle traf das hundertprozentig zu.

»So, jetzt aber mal ins Haus«, forderte Gundula sie auf. »Dürfte ich dich bitten, vorher die Schuhe auszuziehen und vor die Tür zu stellen?«

Laura hatte nichts anderes erwartet. Nachdem sie sich ihrer Sneakers entledigt hatte, zog sie auch die Motorradjacke aus, die sie über ihrem olivgrünen Seidenoverall trug. Skippers Lieblingsoutfit. Nein, nicht an Skipper denken, ermahnte sie sich.

Thilo nahm ihr die Jacke ab und hängte sie ordentlich auf einen Bügel, bevor er sie in einem perlweißen Flurschrank verstaute.

»Ich muss schon sagen, deine Nachricht war eine ziemliche Überraschung.«

»Eine sehr überraschende Überraschung«, ergänzte seine Mutter launig. »Nach all der Zeit hätten wir ja nicht gedacht, dich noch einmal wiederzusehen. Also, dann immer nur rein in die gute Stube.«

Vom Flur aus ging es ins Wohnzimmer. Neugierig schaute sich Laura um. Die Wände waren mit cremeweißen Einbauschränken verkleidet, der Boden bestand aus grauem Laminat. Neben der geöffneten Terrassentür standen zwei weiße Couchen im rechten Winkel zueinander, davor ein auf Hochglanz gewienerter gläserner Couchtisch.

Alles in allem ein durchaus geschmackvolles, wenn auch etwas lebloses Zuhause – und das putzfreundlichste Wohnzimmer, das Laura jemals gesehen hatte. Nicht der kleinste Staubfänger stand herum, nur ein großformatiger Fernseher, auf dem stummgestellt eine Realityshow mit noch mehr Filzstiftgesichtern lief.

»Entschuldige das Chaos«, sagte Thilo, »wir hatten nicht so früh mit dir gerechnet.«

Von welchem Chaos sprach er? Meinte er den kleinen schwarzen Saugroboter in der Ecke? Freundlich formuliert war hier doch alles tipptopp. Sofern man wie Laura eine persönliche Note bevorzugte und Dekofetischistin war, hätte man auch von Langeweile im Endstadium sprechen können. Womit der Punkt *Originelle Einrichtung und kreative Unordnung* ganz nach oben auf ihre Liste der unverzichtbaren Voraussetzungen für eine Beziehung rückte. Da konnte Charlotte reden, wie sie wollte, es gab Grenzen der Kompromissbereitschaft.

Ihr Blick fiel auf den kleinen Jungen, der sich in eine Sofaecke gedrückt hatte und mit seinem Handy spielte.

»Wo ist denn seine Mama?«, flüsterte sie.

Gundula legte einen Finger an die violetten Lippen, dann wandte sie sich an ihren Enkel.

»Stefan, gehst du nach oben in dein Zimmer? Ich rufe dich später zum Abendessen.«

Bereitwillig tapste er hinaus, die Augen unverwandt auf sein Handy gerichtet.

»Einmal im Monat verbringt er das Wochenende bei uns«, erzählte Gundula. »Seine Mutter ist auf und davon.«

»Sehr zu meinem Leidwesen«, seufzte Thilo und faltete die Hände vor seinem Bauch. »Carmen war meine große Liebe, deshalb habe ich sie auch schon nach vier Monaten geheiratet.«

»Viel zu schnell, viel zu übereilt«, merkte Gundula an.

»Was heißt denn schon zu schnell«, widersprach er mit einem weiteren Seufzer. »Wenn einem die Milch schmeckt, sollte man die Kuh kaufen.«

Laura schwoll der Kamm. Wie konnte man nur so einen Mist erzählen, ohne rot zu werden? Sie hielt sich lediglich zurück, weil sie hoffte, etwas über ihre Beziehungsmuster zu erfahren. Ausflippen konnte sie später immer noch.

»Carmen war die Erfüllung all meiner Wünsche, lieb, lustig, unanstrengend«, hob Thilo die Vorzüge seiner Ex hervor. »Eine Traumfrau.«

Heißt das etwa, dass es mir an solchen Qualitäten mangelt?, überlegte Laura alarmiert. War ich zu anstrengend? Bin ich es immer noch? Okay, als liebes lustiges Weibchen würde ich mich ganz gewiss nicht charakterisieren.

»Carmens hausfrauliche Talente hielten sich allerdings im unteren Bereich.« Missbilligend verzog Gundula den Mund. »Der Dreck macht sich ja nicht von alleine weg, deshalb musste ich an den Wochenenden ran. Es heißt zwar, neue Besen kehren gut, aber die alte Bürste kennt die Ecken.«

Na, guten Morgen. Den Hang, ihrem Sohn hinterherzuputzen, hatte sie ja damals schon gehabt. Überdies war Gundula der

Überzeugung gewesen, Laura solle mal besser die Wohnung »anständig auf Vordermann« bringen, statt in einem Blumenladen zu arbeiten. Aber Aschenputtel war halt nie ihr Traumberuf gewesen, und womöglich hatte diese Carmen genauso gedacht.

Laura konnte nur ahnen, welche Dramen sich hier abgespielt hatten. Arme Carmen. Und, na ja, irgendwie auch armer Thilo. Ein Jammer, dass er es nicht geschafft hatte, den mütterlichen Klauen zu entkommen.

»Ich verstehe es immer noch nicht, Junge.« Mit einem vernehmlichen Ächzen sank Gundula auf die Couch und fegte unsichtbare Stäubchen von der Sitzfläche. »Warum hat Carmen dich bloß verlassen?«

Klassischer Fall von: Wenn die Antwort die Frage stellt, dachte Laura belustigt.

»Du hast einen echt niedlichen Sohn, Thilo«, sagte sie, um das heikle Thema Exfrau zu umschiffen. »Er ähnelt dir sehr, finde ich. Der Apfel fällt …«

»… manchmal gar nicht erst runter«, schnitt Gundula ihr das Wort ab. »Stefan kommt mehr nach der Mutter.«

Rummms. Laura nahm in sicherem Abstand auf der anderen Couch Platz.

»Und jetzt wohnst du hier allein, Thilo?«

»Nein, nein, nachdem Carmen weg war, ist dankenswerterweise Mutter bei mir eingezogen.« Auch er setzte sich nun, wobei er mit Daumen und Zeigefinger die Bügelfalten seiner Hose festhielt. »Wir haben eine ungewöhnlich starke Bindung, musst du wissen.«

Ach nee. Das war ja was ganz Neues.

»Und arbeitest du immer noch bei der Bank?«, erkundigte sie sich weiter.

»Ich habe es inzwischen zum Filialleiter gebracht«, erwiderte er mit einigem Stolz. »Da kann man sich was leisten. Zu Weihnachten habe ich Mutter den Staubsauger-Roboter geschenkt. Und einen herrlichen Apparat, mit dem wir immer zusammen die Terrasse kärchern.«

Mittlerweile war Laura nur noch sprachlos. Irgendwie drängte sich der Eindruck auf, als sei dieses picobello aufgeräumte Haus eine Funktionshülle um ein Sinn-Vakuum herum. Gut, schon damals war Thilo nicht sonderlich scharf auf ausgefallene Freizeitaktivitäten gewesen, aber abwechselnd fernzusehen und diesem Tempel des Sauberkeitskults zu huldigen, war doch kein Leben.

Was wäre wohl aus mir geworden, wenn ich nicht mit ihm Schluss gemacht hätte?, überlegte sie. Hätte ich mich vielleicht irgendwann angepasst? Schwer vorstellbar.

»Hast du sonst noch Hobbys?«, fragte sie. »Außer Putzen?«

Mit ernster Miene holte Thilo sein Handy aus der Hosentasche und tippte darauf herum.

»Ich habe mir angewöhnt, berufliche Gespräche sowie wichtige private Ereignisse zu dokumentieren. Darf ich unsere Unterhaltung aufnehmen? Dein Besuch ist ja ein außerordentlich bemerkenswertes Ereignis.«

»Nur zu«, nickte Laura. »Schick mir hinterher gern das Video.«

Sonst glaubt mir ja keiner, was hier abgeht, fügte sie innerlich hinzu.

»Thilo hat das Talent, aus allem was zu machen, er könnte sogar den Duden verfilmen«, schwärmte Gundula. »Darf ich anfangen mit dem Interview? Du bist ledig, richtig? Geschieden, verwitwet oder wie? Jedenfalls unverheiratet.«

Laura sah zu ihrer rechten Hand. Sie hatte den falschen Ehering vor dem Duschen abgesetzt und vergessen, ihn wieder aufzusetzen. Aber ohnehin hatte sie weder Lust noch Anlass zu flunkern. Wozu auch? Von diesem Exfreund hatte sie nichts zu befürchten. So wie es aussah, waren seine erotischen Ambitionen mausetot.

»Ich bin Single, weil der Richtige noch nicht dabei war«, antwortete sie mit ihrem Standardspruch.

»Könnte das der Grund sein, warum du mich besuchen wolltest?«, griente Thilo, der seine Handykamera auf sie gerichtet hielt.

»Mein Sohn ist ja immer noch eine gute Partie«, schob Gundula nach.

Genau. Und ich bin die Prinzessin von Burundi. Laura kramte in ihrer Tasche und zog eine zottelige kleine Plüschfigur in nachgedunkeltem Pink heraus.

»Der Anlass meines Besuchs ist ein anderer. Sieh mal, Thilo, was ich dir mitgebracht habe.«

Es war der gleiche Stoffteddy, den er in ihrer gemeinsamen Zeit wie einen Augapfel gehütet hatte. Nie war er ohne das herzige Bärchen ins Bett gegangen. Bei seinem überstürzten Auszug hatte er es jedoch vergessen, und in einer Aufwallung dunkler Gefühle hatte Laura das Bärchen entsorgt. Ebay sei Dank war es ihr gelungen, einen Doppelgänger zu beschaffen.

Thilo starrte darauf wie auf eine Erscheinung.

»Mister Beanie?« Seine Stimme brach fast. »Du hast Mister Beanie aufgehoben?«

»Was würde Laura denn *nicht* aufheben?«, stichelte seine Mutter.

»Laura ist nun mal eine Sammlerin«, warf er ein.

»Eine Sammlerin? Heutzutage nennt man das Messie, glaube ich.«

Ja, herzlichen Dank auch. Allmählich wurde es Laura zu bunt.

»Würdet ihr bitte nicht in der dritten Person über mich reden, solange ich im Raum bin?«

»Geht klar.« Thilo wechselte einen Blick mit seiner Mutter, dann schaute er begehrlich zu dem Plüschbären. »Wo war Mister Beanie denn die ganze Zeit?«

»Er fiel mir neulich beim Ausmisten in die Hände«, behauptete Laura und hielt ihm das Stofftier hin. »Da dachte ich, weil du ihn doch immer so mochtest ...«

»Bitte nicht anfassen«, ging Gundula dazwischen. »Wir sollten das Ding erst mal desinfizieren.«

Bemerkenswert flink lief sie aus dem Zimmer und kam mit einer Sprühflasche zurück. Ein streng riechender Schwall Desinfektionsmittel ging auf den armen Mister Beanie nieder. Es hätte Laura nicht gewundert, wenn auch sie von Kopf bis Fuß desinfiziert worden wäre.

Höchste Zeit, das Weite zu suchen. Hier waren keine Erkenntnisse zu holen außer der Binsenweisheit, dass man entweder ein Leben oder eine keimfreie Wohnung hatte.

»War richtig toll, euch wiederzusehen«, beteuerte sie. »Leider muss ich los, ich habe noch einen dringenden Termin.«

Thilo ließ sein Handy sinken.

»Jetzt? Wo denn?«

»Beim Verein für artgerechte Haltung von Wollmäusen.«

Notiz an mich selbst: Gundula einen Besen schenken, damit sie nach dem Terrassenkärchern eine Runde ums Haus drehen kann. Mit diesem stimmungsaufhellenden Gedanken verließ Laura das Wohnzimmer.

Aber wenigstens war es eine unterhaltsame Wiederbegegnung gewesen. Vielleicht sogar eine kleine Wiedergutmachung ihres Karmas. Da hatte sie doch tatsächlich für eine halbe Stunde vergessen können, dass dies der schwärzeste Tag in ihrem Leben mit Skipper war. Danke, Thilo, danke Gundula, ihr wart großartig.

Kapitel 22

Draußen vor der Haustür schöpfte Laura erst einmal Atem, um ihre Lungen von dem Desinfektionsgeruch zu befreien. Dann schlüpfte sie in ihre Sneakers und ging eilig zum Motorrad. Sie hätte sich lieber die Beine mit einer Kettensäge rasiert, als länger in dem Haus zu bleiben. Stattdessen würde sie sich jetzt einen gemütlichen Abend im Hotel machen und etwas Leckeres beim Zimmerservice bestellen.

Bevor sie den Motor anließ, warf sie einen letzten Blick auf die mickrige Zirbelkiefer, ein Sinnbild für Thilos beklagenswertes Leben. Inzwischen tat er ihr nur noch leid. Er war der gelebte Stillstand. Die personifizierte Pausentaste.

»Warte, Laura, bleib stehen, bitte!«, hörte sie auf einmal seine Stimme hinter sich.

Sie drehte sich halb um.

»Was gibt es denn?«

»Du hast deine Lederjacke vergessen. Und ich wollte mich noch mal bedanken, für Mister Beanie.« Thilo drückte das Stofftier so fest gegen seine weiße Hemdbrust, als sei es das Kostbarste, was er je besessen hatte. »Das bedeutet mir sehr viel.«

»Gern geschehen.«

»Und du willst wirklich schon los?«

Er klang richtig kläglich.

»Wir bleiben in Kontakt«, antwortete Laura mit der gängigen Floskel, wenn man das genaue Gegenteil meinte. »Ich hab ja deine Nummer.«

Während sie ihre Jacke anzog, sah sie, dass Gundula vor der

Haustür Position bezog. Auch Thilo bemerkte es und schaute so schuldbewusst drein wie ein kleiner Junge, der mit den falschen Kindern spielte.

Das weckte Lauras Beschützerinstinkt. Die Zeit mit ihm mochte nicht die glücklichste ihres Lebens gewesen sein, und Thilos unsäglichen Sprüche über Frauen hatten sie auch nicht gerade für ihn erwärmen können, doch er war kein primitiver Macho. Nur eben etwas fehlgeleitet durch die überdominante Gundula. Wie hieß es noch so schön? Wenn ein Mann eine Schraube locker hat, liegt es meist an der Mutter. Jedenfalls ging es ihr gewaltig gegen den Strich, dass er dermaßen untergebuttert wurde.

»Was hältst du davon, wenn wir noch irgendwo einen Kaffee trinken gehen?«, raunte sie ihm zu. »Nur wir beide.«

»Wie – nur wir beide?«

»Los, steig auf. Bis zum Marktplatz schaffst du es auch ohne Helm.«

»Ich soll ...« Ängstlich betrachtete er das Motorrad. »Nee, weiß nicht.«

»Aber ich – na, los doch, hopp und drauf! Und dann ab die Luzie!«

Unter den indignierten Blicken seiner Mutter hob Thilo tatsächlich ein Bein, klammerte sich mit beiden Händen an Lauras Schultern fest und hievte seinen schweren Körper auf das Motorrad, das unter seinem Gewicht merklich nachgab.

»Ich bring ihn dir wieder, Gundula, versprochen!«, rief Laura fröhlich.

Dann ließ sie den Motor aufheulen und fuhr einfach davon. Wenn sie Thilo auch nur für ein Stündchen der bösen Königin entführen konnte, hatte sie wahrlich ein gutes Werk getan.

Je näher sie der Innenstadt kamen, desto tiefer gruben sich seine Finger in ihren Nacken. Es machte Laura nichts aus. Hauptsache, sie konnten unter vier Augen reden. Am Marktplatz hielt sie vor einem kleinen Café, das sie noch aus früheren Zeiten kannte. Sie wartete, bis Thilo abgestiegen war, dann schwang auch sie sich vom Motorrad. Die Fahrt war ihm sichtlich gut bekommen. Seine blassen Züge hatten etwas mehr Farbe, und seine Augen wirkten nicht mehr ganz so matt.

In diesem Moment bemerkte er, dass er immer noch seine Filzpantoffeln trug.

»So kann ich doch nirgendwo reingehen«, jammerte er.

»Kannst du.« Laura nahm ihn beherzt an die Hand. »Komm, wir haben uns einen schönen Espresso verdient.«

Ohne weitere Diskussion zog sie ihn in das Café. Es war im Stil eines Wiener Kaffeehauses eingerichtet, mit ockergelben Wänden, dunkelbraunen Thonet-Möbeln und herrlich altmodischen Bistrotischen, auf deren hellen Marmorplatten kleine gelbe Rosensträußchen standen. Nichts Künstliches, sondern Strauchrosen der Marke Goldspatz, wie Laura fachmännisch feststellte. Der Anblick entschädigte sie ein bisschen für Gundulas keimfreie Bude.

Nachdem sie sich an einen freien Tisch am Fenster gesetzt hatten, war es Thilo, der das Wort ergriff.

»Hast du was von Mimi gehört? Geht es ihr gut? Ist sie noch glücklich mit ihrem Mann?«

»Mimi?«

Eigenartig. Laura erinnerte sich, dass sie damals manchmal etwas zu dritt unternommen hatten – bevor Thilo vollends zur Couch-Potatoe mutiert war. Aber warum das plötzliche Interesse an Mimi? Auf einmal beschlich sie der Verdacht, es könnte mehr hinter seiner Frage stecken. Reine Intuition, aber eine sehr starke. Er verheimlichte ihr etwas, das sah sie ihm an der Nasenspitze an.

»Gibt es vielleicht irgendetwas, das du mir sagen willst, Thilo?«

Stöhnend lehnte er sich zurück und faltete wie schon bei sich zu Hause die Hände vor seinem Bauch. Eine schützende Geste, wie Laura jetzt aufging. Dieser Mann befand sich in der permanenten Defensive.

»Ich muss dir ein Geständnis machen«, sagte er zerknirscht. »Damals war ich ein bisschen in Mimi verliebt. Es ist nie was passiert, Laura, bitte, das musst du mir glauben, aber Mimi war nun mal viel mehr mein Typ als du. Weicher halt, mütterlicher.«

Das war ein Paukenschlag. Vollkommen entgeistert musterte Laura sein schuldbewusstes Gesicht.

»Das heißt, unsere Trennung …«

»… lag an mir«, nahm er ihr das Wort aus dem Mund. »Ich meine, dass du Mutters Foto zerstört hast, brachte das Fass zum Überlaufen, aber in Wahrheit habe ich mir immer Hoffnungen auf Mimi gemacht. Ich mochte dich sehr, Laura, ehrlich, ich würde sogar so weit gehen zu sagen, dass ich dich geliebt habe, jedenfalls am Anfang, doch meine Traumfrau war dann Mimi.«

»Du würdest *so weit gehen zu sagen …?*«

Laura konnte nur noch den Kopf schütteln. Und für diesen Mann hatte sie zwei Jahre lang sämtliche Folgen von CSI New York, CSI Miami sowie CSI Los Angeles ertragen. Sogar die Wiederholungen! Sie wusste, wie DNA-Vergleiche vor sich gingen, wie Haarproben unterm Mikroskop aussahen, und dass bruchstückhafte Fingerabdrücke per Computer vervollständigt werden konnten. Zwei Jahre. Für nichts!

»Dir kam aber nicht der naheliegende Gedanke, mir reinen Wein einzuschenken, oder?«

Kummervoll zupfte er an seinen Bügelfalten. »Kurz darauf heiratete Mimi, du hast Schluss gemacht, dann seid ihr beide weggezogen. Seitdem ging bei mir alles daneben.«

Laura schwankte noch zwischen Empörung und Fassungslosigkeit, als sie plötzlich die ganze Tragweite seines Geständnisses begriff: Sie war aus dem Schneider! Diese Trennung hatte tatsächlich nicht an ihr gelegen! Eine echte Chance hatte diese Beziehung nie gehabt! Endlich mal eine positive Nachricht auf ihrer Ex-Tour. Wobei es mit ihrer Menschenkenntnis nicht weit her zu sein schien. Wieso hatte sie nie bemerkt, dass Thilo heimlich auf Mimi stand?

»Was darf's denn sein?«, fragte eine junge Kellnerin in schwarzweiß gestreifter Weste, die unbemerkt an den Tisch getreten war.

»Einen Cognac«, stöhnte Thilo.

»Für mich dasselbe.« Auch Laura brauchte jetzt etwas Hochprozentiges, so sehr hatte sie Thilos Geständnis aus der Bahn getragen. »Und einen doppelten Espresso bitte.«

»Sehr wohl, kommt sofort.«

Thilo wartete, bis die Kellnerin sich entfernt hatte, dann sprach er erregt kieksend weiter.

»Ich hätte es dir schon viel früher erzählt, ehrlich. Aber du warst ja weg.«

Höhö. Eine ziemlich windige Ausrede, fand Laura.

»Das mit Mimi hätte ich also nie erfahren, wenn ich nicht zufällig bei dir reingeschneit wäre«, stellte sie klar.

»Zufällig? Ich hatte gedacht, gehofft …«

Weiter kam er nicht, stattdessen starrte er auf die laminierte Eiskarte, als lauere zwischen Bananasplit und Heißer Liebe die Erlösung von seinem unglücklichen Leben. Was ging hier vor? Aus seinem Mienenspiel ließ sich wenig mehr herauslesen als Enttäuschung. Laura beschloss, aufs Ganze zu gehen.

»Hast du etwa gehofft, ich würde dir eine frohe Botschaft von Mimi überbringen? So nach dem Motto: Hey, Thilo, Mimi ist wieder zu haben und lässt fragen, wie's denn so wäre mit euch?«

Die Ankunft der Cognacs und des doppelten Espressos verschaffte ihm einen Zeitgewinn, den er zu angestrengtem Nachdenken nutzte. Stumm prosteten sie einander zu. Worauf hätten sie auch trinken sollen? Auf die guten alten Zeiten, die sich nun ganz anders darstellten als angenommen? Herrje, er war in Mimi verliebt gewesen!

Nachdem Thilo seinen Cognac gekippt hatte, trat ein entschlossener Ausdruck in sein Gesicht.

»Es war vielleicht nicht in Ordnung, dass ich heimlich für Mimi schwärmte, aber du musst hier gerade die Moralische spielen. Wer war denn damals in Skipper verliebt?«

Laura verschluckte sich an ihrem Cognac. Hustend rang sie nach Luft.

»Was? Was hast du gesagt?«

Mit einem schiefen Lächeln spielte Thilo an den Knöpfen seines Jacketts.

»Um Lady Di zu zitieren: Unsere Beziehung war ein wenig überfüllt. Ich hatte Mimi und meine Mutter im Herzen, dich musste ich mit Skipper teilen.«

»Das ist doch nicht wahr«, keuchte Laura zwischen zwei neuerlichen Hustenanfällen. »Außerdem hat Skipper im Gegensatz zu Mimi gar nicht hier gewohnt.«

»Was ihn allerdings nicht davon abhielt, mindestens an jedem zweiten Wochenende aufzukreuzen.«

Das entsprach durchaus der Wahrheit. Wie oft Skipper damals aus ihrer gemeinsamen Heimatstadt angereist war, hätte Laura nicht sagen können, aber es stimmte, er hatte sie regelmäßig besucht.

»Du täuschst dich gewaltig, Thilo.« Sie war so durcheinander, dass sie gleich drei Löffel Zucker in ihren Espresso rührte. »Skipper und ich sind der lebende Gegenbeweis, dass Männer und Frauen angeblich keine Freunde sein können, weil irgendwann immer der Sex dazwischenfunkt. Bei uns war das anders.«

»War?« fragte Thilo geistesgegenwärtig. »Was hat sich geändert?«

Alles. Laura nippte an ihrem viel zu süßen Espresso. Es würde zu weit führen, Thilo die ganze Geschichte zu erzählen, und sehr wahrscheinlich würde sie auf der Stelle in Tränen ausbrechen, wenn sie es versuchte.

»Kommen wir lieber zum Wesentlichen, nämlich zu dir«, bog sie das kitzlige Thema ab. »Willst du den Rest deines Lebens damit verbringen, Handyvideos zu machen und deine Terrasse zu kärchern? Hast du mal bedacht, was für ein Vorbild du deinem Sohn gibst?«

Peinlich berührt sah Thilo aus dem Fenster.

»Du hast kein Recht, über mein Leben zu urteilen.«

»Schon irgendwie richtig«, gab Laura zu. »Ich hätte auch nichts gesagt, wenn ich nicht das Gefühl hätte, dass du kreuzunglücklich bist.«

»Ach ja?«

Noch immer konnte er ihr nicht in die Augen blicken, sondern schaute nur weiter aus dem Fenster, als gäbe es dort mehr zu sehen als ein paar Spaziergänger, die über den idyllischen Marktplatz schlenderten.

»Thilo.« Laura senkte ihre Stimme. »Wann haben wir uns getrennt? Vor etwa elf Jahren? Hast du seither irgendeine eigenständige Entscheidung getroffen, außer zu heiraten? Oder wer hatte die Idee, dass Gundula bei dir einzieht?«

Resigniert hob er die Achseln.

»Mutter wollte …«

»Was Gundula will, ist doch klar: dich. Mit Haut und Haar, vierundzwanzig Stunden am Tag, sieben Tage die Woche. Sie will dich verzwergen, und wenn du das weiterhin zulässt, wird erst der Tod euch scheiden – falls du dann noch lebendig bist.«

Ein tiefer Seufzer entwich seinen Lippen, sein flackernder Blick wanderte zu den Filzpantoffeln an seinen Füßen.

»Weiß ich doch. Eigentlich bin ich ganz anders, ich komme nur viel zu selten dazu. Ehrlich, manchmal gehe ich mir selber auf den Sack. »

»Das ist doch schon mal ein Anfang«, lächelte Laura und versuchte, zuversichtlich zu klingen. »Man nennt es Erstverschlimmerung.«

»Bitte?«

»Mein Cousin Eddy sagte mir vor Kurzem: Es muss immer erst schlimmer werden, damit es besser wird. Glaub mir: Ohne einen gewissen Leidensdruck kommt man nicht aus dem Quark. Today it hurts, tomorrow it works.«

»Was du nicht sagst.«

Sollte sie noch mehr preisgeben? Blankziehen und gestehen, dass auch sie nicht alles im Griff hatte? Laura gab sich einen Ruck. Wenn es Thilo helfen konnte, musste sie es tun.

»Ich lege jetzt mal die Karten auf den Tisch«, sagte sie, ihre inneren Widerstände und vor allem ihren Stolz überwindend. »Zurzeit versuche ich zu ergründen, warum ich es nie zu einer dauerhaften Beziehung gebracht habe.«

Thilos Mund klappte auf und wieder zu. Es dauerte ein bisschen, bis er seine Sprache wiederfand.

»Ganz schön mutig. Bei uns liegt der Fall ja klar. Wobei … willst du wirklich alles wissen?«

»Natürlich!«, versicherte Laura im Brustton der Überzeugung, auch wenn sie nicht einmal ansatzweise wusste, worauf er hinauswollte.

»Also schön.« Nachdenklich rieb Thilo sein Kinn. »Als ich dich das erste Mal sah, damals im Blumenladen, war ich fasziniert von deinem Elan. Du hattest so was Mitreißendes, Energiegeladenes, ganz anders als ich. Als wir dann zusammenkamen, war ich der glücklichste Mann der Welt.«

Er legte eine Pause ein, und Laura spürte schon das Aber, das in der Luft hing. Es kam so zuverlässig wie der Donner nach dem Blitz.

»Aber bald schon hatte ich den Eindruck, dass ich dir nicht mehr genüge«, fuhr er etwas hilflos fort. »Du wolltest dauernd was unternehmen, rausgehen, Freunde treffen, verreisen. Ich ließ es ruhig angehen, so bin ich nun mal. Das konntest du nicht akzeptieren. Ständig hatte ich das Gefühl, du willst mich ändern – bis ich zu gar nichts mehr Lust hatte. Na ja, und dann kam Mimi ins Spiel.«

»Thilo …«

»Nein, lass mich ausreden«, entgegnete er, während er Mister Beanie aus der Hosentasche holte und ihm liebevoll das pinke Fell zerzauste. »Unsere Zweisamkeit reichte dir nicht, das war der Punkt. Irgendwann fragt man sich doch, ob man für das geliebt wird, was man ist – oder für das, was jemand anderes aus einem machen will.«

Betroffen sank Laura auf ihrem Stuhl zusammen. Es war, als hätte Thilo ihr die Luft rausgelassen. Alles stimmte, jedes Wort. Nie hätte sie ihm eine so scharfsinnige Analyse zugetraut.

»Danke für deine Offenheit. Du hast recht – ich wollte dich ändern. Das war ein großer Fehler.«

»Dann sind wir ja schon zwei im Klub.« Ein schwaches Lächeln erschien auf seinem Gesicht. »Auch ich habe versucht, Carmen zu ändern. Ich wollte sie nach dem Muster meiner Mutter zur perfekten Hausfrau erziehen, deshalb habe ich sie verloren. Dabei hätte ich mir einfach eine Scheibe von ihrer Lebenslust abschneiden sollen.«

»Und ich mir eine Scheibe von deiner gelassenen Art.«

Laura war beeindruckt. Es stimmte ja – wenn man es übertrieb mit den Änderungsambitionen, entmutigte man den Partner und trieb ihn womöglich in die Arme einer anderen Frau.

»Wusste Mimi eigentlich, dass du in sie verliebt warst?«

»Iwo.« Er drückte Mister Beanie an sich. »Verrätst du mir trotzdem, wie es ihr geht?«

»Sie ist glücklich verheiratet und hat fünf Kinder.«

»Fünf.« Das milde Entsetzen in Thilos grauen Augen war nicht zu übersehen. »Au backe.«

Eine Weile schwiegen sie wie ein Paar, das sich auch ohne Worte unterhalten konnte. Es lag auf der Hand, dass Thilo mit derart ausgeprägten Kinderwünschen überfordert gewesen wäre. Er musste es gar nicht eigens aussprechen.

»Hast du denn eventuell was Neues am Start?«, erkundigte er sich vorsichtig.

»Ja, es gibt da einen Mann.« Ein nervöses Kribbeln überlief Laura. Zu ihrer eigenen Verblüffung bezog es sich nicht auf Skipper, sondern auf Daniel. Bestimmt hatte er ihr schon geschrieben. »Leider muss ich los. Ich bringe dich nach Hause, ja?«

»Sehr lieb, danke. Übrigens lade ich dich ein.« Umständlich kramte Thilo ein Portemonnaie aus seiner Hosentasche und zog einen Geldschein heraus, den er auf den Tisch legte. »Dann wünsche ich dir, dass es mit dem Neuen klappt – und für immer hält. Aus leidvoller Erfahrung weiß ich nämlich, dass eine Scheidung sehr viel teurer ist als eine Hochzeit.«

Zärtlich strich er dem Stoffbären über den Kopf, bevor er ihn in seiner Hosentasche verstaute. Und plötzlich hatte Laura eine Eingebung. Eine ziemlich schräge Eingebung.

»Wer hat dir eigentlich Mister Beanie geschenkt?«

Thilo blieb ihr die Antwort schuldig. Auf einmal wirkte er wie ein Narkosearzt, der sich die Betäubung aus Versehen selber verpasst hatte. Vollkommen reglos, ja, wie erloschen starrte er sie an. Da stimmte doch was nicht!

»Es war Mimi«, flüsterte Laura in einer Anwandlung fast grausamer Klarheit. »Deshalb also dein ewiges Nicht-ohne-meinen-Teddy. Du hast ihn sogar mit in unser Bett genommen!«

»Aber, aber …«, langsam kam wieder Leben in Thilos Züge, »ich habe ihn immer auf den Bauch gedreht, wenn wir Sex hatten, damit er nichts mitbekommt.«

Eine volle Sekunde lang wusste Laura nicht, ob sie lachen oder explodieren sollte. Sie entschied sich für Ersteres.

»Je mehr du erzählst, desto schräger klingt es«, kicherte sie los. »Kleiner Tipp für deine Schildersammlung an der Hauswand. Häng noch ein Schild dazu mit der Aufschrift: Wer mit mir verkehrt, verkehrt verkehrt.«

»Och, nun sei doch nicht so«, schmollte Thilo.

»Warum? Du bist definitiv der Traum aller Frauen, wenn du mit Mister Beanie ins Bett steigst. Wie alt bist du noch mal?«

»Ich definiere mich doch nicht über so was Nebensächliches wie eine Zahl.«

»Recht so.« Laura erhob sich. »Jedenfalls wünsche ich dir, dass du demnächst öfter derjenige sein kannst, der du wirklich bist.«

»Hm. Wünsche ich mir auch. Zu Weihnachten vielleicht?«

Hach, irgendwie war Thilo süß. Verstrahlt, aber süß. Laura gab ihm einen Kuss auf die Wange.

»Danke für deine Aufrichtigkeit. Der Hinweis, dass ich dich zu sehr ändern wollte, war Gold wert, ehrlich. Im Grunde …«, sie dachte an Max, an Patrick, an Skipper, »wollte ich immer alle Männer ändern. Endlich habe ich verstanden, wie mies sich das für sie anfühlte.«

Bisher hatte sie angenommen, nur Leute, die zu bequem für

eine eigene Meinung waren, übten sich in Toleranz. Thilo hatte sie eines Besseren belehrt.

»Grüßt du Mimi von mir?«, fragte er zaghaft.

Nun, ein bisschen Strafe musste sein, fand Laura.

»Ich werde ihr sagen, dass du sie eingeladen hast, mit allen fünf Kindern. Und dass sie Fingerfarbe mitbringen sollen.«

Kapitel 23

Knisternder Schaum schaukelte in der Wanne. Das hatte Laura schon als Kind geliebt: den bunt schillernden glitzernden Schaum zu kleinen Bergen aufzutürmen und sich ganze Märchenreiche zusammenzuphantasieren. Ab und an blitzte ein stechender Schmerz in ihrer Herzgegend auf, wenn sie an Skipper dachte, gefolgt von einem dumpfen Dröhnen im Kopf. Dagegen half nur eins: ihn im Schaum verschwinden zu lassen und stattdessen ihre jüngste Begegnung Revue passieren zu lassen.

Das war auch bitter nötig nach einem Gespräch der Kategorie Vollwaschgang. Allein Thilos damalige Verliebtheit in Mimi war ein Klopfer. Doch es gab ein Thema, das Laura weit intensiver beschäftigte: dass sie offenbar dazu neigte, Männer auf Teufel komm raus ändern zu wollen.

Ihre Mutter war genauso drauf. Man muss die Männer nehmen, wie sie sind, sagte sie stets, man darf sie aber um Himmels willen nicht so lassen. Getreu dieser Devise hatte sie sich Lauras Vater auf ein handliches Format zurechtgeknetet. Sofern man Tante Sophia Glauben schenken konnte, war Salvatore Gazzetti früher ein temperamentvoller Hansdampf in allen Gassen gewesen. Ein bisschen wild und für jeden Unsinn zu haben. Doch davon war schon lange nichts mehr zu spüren.

Vermutlich habe ich Mamas Konzept übernommen, überlegte Laura. Ohne es zu wissen, ohne es zu wollen, einfach, weil es mir vorgelebt wurde. Also muss ich mich davon lösen. Gefahr erkannt, Gefahr gebannt! Kleinere Korrekturen sind zulässig, aber kein komplettes Umerziehungsprogramm à la Alessandra Gazzetti.

Der Chat mit Daniel kam Laura in den Sinn, und was sie einander gestanden hatten: dass sie beide das bange Gefühl kannten, es könnte für den Partner der Träume nicht reichen. Unglaublich, dass ausgerechnet Thilo ihr eine der wichtigsten Lektionen in Sachen Beziehung erteilt hatte: Man musste den Menschen, den man liebte, in seinem Sosein annehmen.

Völlig durchgeweicht und angenehm müde stieg Laura aus der Wanne. Nachdem sie sich abgetrocknet und die zart duftende rosafarbene Hotel-Bodylotion auf ihrer Haut verteilt hatte, schlüpfte sie wieder in den weißen Bademantel. Fast war es schon ein Ritual, als sie zum Handy griff. Mal wieder war fleißig geschrieben worden.

Mutter fragte nach Dir. Bist Du sauer wegen Mimi?
In alter Verbundenheit, Thilo

Du hattest recht. Cleo steht auf mich. Danke,
Max

Der erste Tag lief super. Skipper und ich sind ein tolles Team, Dein Laden ist fast leer gekauft. Morgen früh besorgen wir Nachschub! LG Karo

Hallo Laura, Luna geht es prächtig. Sie ist aus unserer Familie gar nicht mehr wegzudenken. Wie war's mit Thilo? Fand ihn damals sehr nett. Alles Liebe, Mimi

Der zweite Teil ließ Laura stutzen. In all den Jahren hatte Mimi ihn nie erwähnt, woher also das plötzliche Interesse an Thilo? Hatte sie womöglich noch mehr zu verbergen als Mister Beanie?

Könntest Du Dein Verhältnis zu Thilo etwas näher erläutern? WIE nett fandest Du ihn damals?

Sofort war Mimi online.

Was meinst Du, Süße?

Na, was wohl. Lief da was mit Euch?

Eine tödliche Stille folgte. Dann endlich Mimis Antwort.

Was denkst Du von mir???? Wir haben uns nur manchmal getroffen, und er hat mir sein Herz ausgeschüttet, das war schon alles.

Schon alles? Das war eindeutig zu viel. Was Laura da las, empfand sie als absoluten Vertrauensbruch. Warum hatte Mimi sie nicht eingeweiht und stattdessen hinter ihrem Rücken Thilos Herzensergüssen gelauscht? Um ihr kleines Geheimnis zu genießen?

Wir reden, wenn ich zurück bin, Mimi. Gibt es sonst noch etwas, was ich bislang nicht über mein Liebesleben wusste?

Frag Charlotte.

Das ließ sich Laura nicht zweimal sagen. Ihre beiden Freundinnen hatten offenbar so einige Fäden im Hintergrund gezogen, deshalb wählte sie Charlottes Nummer.

»Hallo, Schatz«, tönte es zuckrig aus dem Handy. »Ich freue mich ja so, dass du …«

»Warte, die erfreulichen Dinge müssen leider warten«, unterbrach Laura sie. »Soeben habe ich erfahren, dass Mimi damals in meine Beziehung mit Thilo reingefunkt hat. Nach ihrer Aussage ist da noch mehr, und ich soll dich danach fragen. Also?«

»Oh.«

»Falls es noch mehr gibt, was du ohne mein Wissen angezettelt hast, spuck's lieber gleich aus.«

»Nnneeinn, da ist nichts!«

Es klang wenig überzeugend. Ganz deutlich spürte Laura, dass noch so einiges im Busch war, hatte aber das Gefühl, dass im Moment nicht mehr herauszubekommen war.

»Gut.« Sie nickte, obwohl Charlotte es nicht sehen konnte. »Belassen wir es vorerst dabei.«

»Immer wieder gern«, zwitscherte Charlotte ein wenig zu aufgekratzt. »Dann viel Spaß morgen mit Quentin. Ich muss Schluss machen, wir haben heute Abend Gäste.«

»Dann einen schönen Abend. Ciao.«

Charlotte, Charlotte. Was führst du im Schilde? Mittlerweile haben sich etwa zwanzig Prozent meines Liebeslebens als organisierter Selbstbetrug herausgestellt. Bitte nicht mehr davon. Laura las weiter.

Hab gerade phantastische Kopien von Chanel-Taschen reinbekommen. Interesse? LG Tom

Wie früh muss ich morgen noch mal am Blumengroßmarkt sein? Küsse, Sk

Lauras Herzschlag setzte aus. Warum ging ihr dieses kleine Wörtchen *Küsse* durch und durch? Es war wie eine Umarmung hinterrücks, die sie nicht hatte kommen sehen und der sie sich wehrlos ausgeliefert fühlte. Doppelmist. Skipper war ein grandioser Küsser, wenn sie sich richtig erinnerte. Schnell weiterlesen.

Carissima, die Kleinen fragen nach ihrer geliebten Tante Lauli. Du hast Samstag beim Familienessen gefehlt … Auf bald und tanti auguri, Eddy

Hm. Auch Eddy war ein Teil der Verschwörung. Oder sah sie das alles zu finster? War es nicht eigentlich rührend, wie große Sorgen sich alle um sie machten? Sie tippte die nächste Nachricht an.

So, jetzt ist es so weit: Die Königskerze hat begonnen zu blühen. Ohne Dich. Kannst Du nicht etwas früher nach Hause kommen, Kind? Isst Du auch anständig? Wenn Du wieder da bist, koche ich Deine Lieblings-Conchiglie für Dich. Mit Hügeltomaten, gerösteten Pinienkernen und Zucchini. Mille baci von Mama und Papa

Laura rang sich eine sehr fröhliche, sehr optimistische Antwort ab. Sie durfte es ihrer Mutter nicht nachtragen, dass sie all die Jahre ein negatives Muster vorgelebt hatte. Schließlich wusste sie es nicht besser, und Lauras Vater war dennoch geblieben. Aber es handelte sich ja auch um eine andere Generation. Heutige Männer ließen sich nicht mehr widerspruchslos zurechtbiegen, die schlugen Alarm, und irgendwann waren sie weg.

Ihre Erregungskurve stieg steil an, als sie eine Nachricht von Daniel entdeckte.

Liebe Laura, ich habe von Dir geträumt. Psychologen würden vermutlich sagen, dass Du mein Unterbewusstsein beschäftigst. Ich sehe es anders: Jeder Traum, in dem Du auftauchst, ist ein Kapitel in dem Buch, das mein Herz über uns beide schreibt. Zu kitschig? Vielleicht. Ist aber so. Daniel

Sie hielt den Atem an. Woher nahm er das? Diese Formulierungen, die sie in einen Kokon aus Glück einhüllten? Und wie verrückt war sie, an Skipper auch nur zu *denken*?

Kitschig ist das ganz und gar nicht, lieber Daniel. Nur schön. Sehr schön. Da bekomme ich ein richtig schlechtes Gewissen, dass ich es Dir momentan so schwer mache.

Ach, weißt Du, lieber habe ich es schwer mit Dir als leicht mit irgendeiner x-beliebigen Dame. 😊

Ihr wurde ganz flau vor Freude.

Wirklich? Ich fürchte, ich passe nicht so richtig in Deine Komfortzone.

Ah, da sind sie wieder, die Ängste, die Selbstzweifel. Hatten wir das nicht schon hinter uns, Laura?

Theoretisch ja.

Und praktisch?

Stehe ich oft neben mir. Zum Beispiel jetzt.

Darf ich mich dazustellen, liebe Laura?

Wenn es Dir Spaß macht …

Spaß ist was für Anfänger. 😊 Fortgeschrittene trauen sich auch in unwegsames Gelände. Jenseits der Komfortzone.

Was hast Du eigentlich genau von mir geträumt?

Die Schicklichkeit verbietet es dem Träumer Daniel Lombardi, eingehendere Details zu schildern.

So »schlimm«? 😊 Hatte keineswegs geplant, Dein feuchter Traum zu sein …

Er war ja auch überwiegend trocken. 😊 So was kann man übrigens nicht planen. Apropos, liebe Laura, (Himmel, ist das peinlich): Ich muss jetzt eine Dogge kastrieren, was etwas länger dauern kann.

Nicht! Dein! Ernst!

Tierarztalltag … nicht immer romantisch. Die Dogge (der Doggo?) ist überaus aktiv und hat zuletzt einen Dackel geschwängert, was zu ganz lustigen Ergebnissen führte. Doch Herrchen hat beschlossen, dass jetzt Schluss mit lustig ist. Daher greife ich zum Skalpell.

Was sagt man da? Frohes Schaffen? Frohes Schnippeln am Schniepel?

Passt. 😊 Dir auch frohes Schaffen, was immer Du gerade tust.

Ich chille hier im Bademantel rum, erhole mich von heftigen Psycho-Lektionen und vermeide, an Skipper zu denken. Schrieb sie ihm natürlich nicht.

Danke, Dr. Doolittle. Bis bald

Bis bald, Du Geheimnisvolle

Laura legte das Handy auf den Nachtschrank. Fast fühlte sich der Chat schon wieder an wie vor dem Charlotten-GAU: leichter beschwingter Pingpong mit ernsthaftem Hintergrundrauschen. Man konnte glatt vergessen, dass es da noch einen anderen Mann namens Skipper gab.

Um sich noch wirkungsvoller abzulenken, besann sie sich auf den Sinn dieser Reise und somit auf den nächsten Ex. Puh. Ein harter Themenwechsel auf fast nüchternen Magen.

Sie überflog die Karte des Hotelrestaurants. Steak mit Gnocchi in Tomatensauce hörte sich gut an, auch wenn jeder italienische Koch schreiend aus der Küche gelaufen wäre. Dennoch, Laura hatte inzwischen einen Bärenhunger und bestellte das Gericht kurzerhand beim Zimmerservice. Außerdem öffnete sie zur Einstimmung schon mal ein Fläschchen Rotwein aus der Minibar.

Mit dem Glas Wein in der Hand kuschelte sie sich wieder ins Bett. Also weiter im Text. Was gab es zu bedenken?

Quentin war ihre ganz große Liebe gewesen, eine Lichtgestalt in der bunten Truppe ihrer Beziehungen. Und der erste Mann, bei dem sie hundertprozentig sicher gewesen war, dass es für immer halten würde. Er hatte eine besondere Aura gehabt, immer sanft, immer verständnisvoll, und durch seinen Job als Versicherungsmakler mit einiger Beredsamkeit gesegnet.

Was sie lange nicht verstanden hatte: Wenngleich doch die Liebe – angeblich – so groß gewesen war, hatte Quentin es immer abgelehnt, eine gemeinsame Wohnung zu beziehen. Man solle besser noch warten. Worauf, war ihr zunächst ein Rätsel geblieben. Er hatte es Quality Time statt Alltagseinerlei genannt. Dafür war die Quality Time dann aber auch überaus berauschend ausgefallen.

Bis sie ihm auf die Schliche kam. Quentin bezeichnete sich als einen konsequenten Individualisten mit ausgeprägtem Freiheitsbedürfnis, irgendwann hatte sie allerdings herausgefunden, dass diese Freiheit auch anderweitige sexuelle Aktivitäten betraf.

Wenn das mal kein Trennungsgrund war! Nie vorher und nie nachher war Laura in ein derart tiefes Loch gestürzt. Bis auf den heutigen Tag vielleicht, aber das wollte sie lieber nicht so genau ergründen.

Du hast das Leben doch noch vor dir, hatte Quentin sie getröstet, als es auseinanderging. Mittlerweile klang es ganz schön hohl, wenn man kurz vor vierzig war. Skipper definierte ihr Alter diplomatischer: Du wirst gar nicht achtunddreißig, hatte er an ihrem letzten Geburtstag gesagt, du bist süße zwanzig plus achtzehn Jahre Erfahrung.

Moment, warum schon wieder Skipper? Wieso besaß er nicht den Anstand, sich einfach mal aus ihrem Kopf zu verpieseln?

Zum Glück klopfte es an der Tür, und der Hotelkellner schob einen weiß gedeckten Servierwagen herein, auf dem neben einer Blumenvase mit einer einzelnen Rose in vornehmem Écru eine große Metallhaube die darunter ruhenden Genüsse ankündigte.

»Vielen Dank.« Laura kramte ein paar Münzen aus ihrer Handtasche. »Können Sie das Gericht empfehlen?«

»Sicher.« Der Kellner lächelte, während er das Trinkgeld in Empfang nahm. »Aber Vorsicht, meine Empfehlung könnte Spuren von Ironie enthalten.«

Genauso schmeckte es dann auch.

Bevor Laura einschlief, ging sie noch einmal ihren Reiseplan durch. Quentin war der vorletzte Kandidat, danach kam nur noch Sebastian. Sie hatte schon über die Hälfte geschafft! Ihr allerletzter, schon von der Müdigkeit getrübter Blick fiel aufs Handy.

Schlaf gut & träume wohl, Daniel

Dito. Laura

Plötzlich ritt sie ein kleines Teufelchen.

Vor allem schöne Träume. Ob feucht oder trocken,
Du schläfst ja mit Socken.

Kapitel 24

Neuer Tag, neues Glück, dachte Laura, als sie am nächsten Nachmittag ihrem neuen Ziel entgegenfuhr. Es war ein ausnehmend schöner Routenabschnitt. Kurve um Kurve wand sich die schmale Landstraße an einem Flüsschen entlang, rechts und links ragten dicht bewaldete Berge in den Himmel, da und dort von malerischen Burgen gekrönt. Mittlerweile war es später Nachmittag. Das Licht färbte sich bereits golden, und der Verkehr wurde immer dichter – vermutlich Pendler, die dem heimischen Herd zustrebten.

Laura kam nur noch langsam voran, was ihr Gelegenheit gab, in Ruhe über einiges nachzudenken. Fokussiere dich auf Daniel, sagte sie sich zum hundertsten Mal. Er verspricht alles zu sein, was du dir wünschst: Sensibilität, Einfühlungsvermögen, dazu eine gute Dosis Humor. Er ist die Zukunft, nicht Skipper.

Mit diesem Vorsatz erreichte Laura am frühen Abend das Hostel, das Charlotte für sie gebucht hatte. Es lag in einem quirligen Viertel, wo sich Restaurants, Bars und kleine Straßencafés aneinanderreihten, und praktischerweise direkt gegenüber von Quentins Wohnung.

Sie stellte das Motorrad am Bordstein ab. Interessant. Hier also lebte Quentin. Obwohl ein Montag nicht gerade der klassische Ausgehtag war, wälzten sich ganze Gruppen von Feierlustigen über die Bürgersteige, Akrobaten jonglierten mit Bällen und Fackeln, Straßenmusiker lieferten den Soundtrack zum Trubel.

Nachdem Laura ihre Hebammentasche geschultert hatte, nahm sie das Hostel näher in Augenschein. Es war ein hübsches altes

Backsteingebäude mit Zinnen und Türmchen, an dessen Fassade Efeu emporrankte – eine Bleibe ganz nach ihrem Geschmack. Davor standen bunte gusseiserne Tische und Stühle, auf denen einige junger Leute herumfläzten. Sie mochten Anfang, Mitte zwanzig sein. Unbekümmert lachten und schwatzten sie und ließen eine Weinflasche kreisen.

Laura lenkte ihre Schritte zum Eingang des Hostels, als sie von einem jungen Mann angesprochen wurde, der allein an einem Tisch saß.

»Hey, willste 'n Bier? Siehst ganz schön ausgepowert aus. Schon lange on the road?«

Ein Leben lang, wäre die ehrliche Antwort gewesen. Weil ich eine Liebesnomadin bin.

Abschätzend musterte sie ihn. Das verstrubbelte dunkle Haar hing ihm tief in die Stirn, zu einer zerrissenen Jeans trug er ein weißes Polohemd und weiße Sneakers. Alles in allem sah er vertrauenerweckend aus, und sein offenes Lächeln überzeugte Laura vollends. Nach ihrer langen Fahrt war sie in der Tat durstig geworden, und obwohl sie normalerweise kein Bier trank, tat es sicher ganz gut, mal mit jemandem zu reden, der sie nicht auf ihre Beziehungskatastrophen ansprach.

Sie streckte ihm die Hand hin.

»Hi, ich bin Laura.«

»Jimmy.« Immer noch lächelnd zog er ein Sixpack aus seinem Rucksack, öffnete mit einem Feuerzeug eine der Bierflaschen und hielt sie ihr hin. »Bitte sehr. Siehst aus, als könntest du was Kaltes vertragen.«

Ermattet sank sie auf den freien Stuhl neben ihm. Dann griff sie nach der Flasche und nahm einen tiefen Zug.

»Was verschafft mir die Ehre der Einladung?«

»Ich fand's cool, wie du hier angebrettert bist.« Mit dem Kinn deutete er auf Toms Motorrad. »Hammermaschine. Ist 'n Nachbau einer alten BMW R 37, richtig?«

»Ja, ein Liebhaberstück.« Sie rülpste unauffällig. Das Bier schmeckte gar nicht mal so schlecht, enthielt aber mehr Kohlensäure als gedacht. »Und du? Warst du auch *on the road?*«

Zerstreut fuhr er sich durchs Haar und rutschte noch ein bisschen tiefer auf seinen Stuhl.

»Nee, ich hatte gerade zivilisierten Zoff mit meinen Eltern. Die sind wie 'ne Gummiwand. Wenn du dagegen anrennst, prallst du ab wie 'n Flummi.«

Schwer vorstellbar für Laura. Bei den Gazzettis ging es temperamentvoll zu, auch bei Streitigkeiten. Besonders ihre Mutter verstand sich darauf, das ganz große Drama zu inszenieren. Natürlich immer *gut gemeint*. Ich sollte ihr schreiben, überlegte Laura. Überhaupt sollte ich mich mal bei allen melden.

»Danke für das Bier, Jimmy, ich gehe duschen. Viel Glück mit deinen Eltern.«

»Die können das Glück besser gebrauchen«, grinste er und zog sein Handy aus der Hosentasche. »Machen immer einen auf Traumpaar, so hasi- und bärchenmäßig, aber in Wirklichkeit ... Guter Streit führt zu Sex, schlechter Streit führt zu Magengeschwüren.«

Eine altkluge, aber auch wahre Bemerkung, fand Laura.

»Apropos«, sie zeigte auf ihren Magen, »kannst du mir ein italienisches Restaurant in der Nähe empfehlen?«

»Das Piccolo Mondo«, murmelte er, ohne von seinem Handy aufzuschauen. »Meine Eltern gehen auch immer da hin, die Trüffelpasta soll spitze sein.«

Laura lief das Wasser im Mund zusammen. Sie meinte schon, die cremige Parmesan-Sauce mit frisch gehobelten Trüffeln auf der Zunge zu spüren.

»Und was hast du heute Abend noch so vor?«, fragte sie.

Er sah von dem Handy auf, über das er in einem fort mit dem Zeigefinger wischte.

»Tinder checken. Sind einige Hammermädels in der Nähe.«

Aha, dachte Laura, ein Vertreter der Generation Wisch und Weg. Was war nur aus dem guten alten Verlieben geworden? Ihre eigenen Zwanziger schienen Lichtjahre her zu sein. Wie gern hätte sie sich in jene Zeit zurückgebeamt und ihr jüngeres Ich gewarnt: Hey, aufwachen, du hast nicht unbegrenzt Zeit! Und denk bloß nicht, beim nächsten Mann wird alles anders!

»Suchst du denn auch irgendwann was Festes?«, erkundigte sie sich, weil sie nun doch neugierig geworden war.

Jimmy sah sie an, als hätte sie gefragt, ob er gelegentlich auf dem Friedhof übernachtete.

»Erst mal nicht. Ein Tinder-Date und eine feste Beziehung, das ist wie der Unterschied zwischen Surfbrett und Bügelbrett – falls du weißt, was ich meine.«

»Mag sein. Doch Verlieben ist nicht halb so wichtig wie das, was man draus macht«, gab sie ihr neu erworbenes Wissen zum Besten.

»Aha.« Er musterte sie aufmerksam. »Und in welchem Stadium bist du gerade?«

Laura kicherte verlegen.

»Surfbrett.«

»Dann wünsche ich dir 'ne Riesenwelle«, erwiderte er. »So 'ne richtige Hammerwelle!«

»Danke dir.« Laura nahm einen letzten Schluck Bier und stand auf. »Wohnst du auch hier im Hostel?«

»Nee, gegenüber. Musste nur mal raus aus dem ewigen Clinch zu Hause.«

Das konnte Laura gut verstehen. Manchmal reichte schon ein

räumlicher Abstand, um alles wieder einzurenken. Vielleicht wäre das die ideale Beziehung, überlegte sie: zwei Herzen, zwei Wohnungen und eine Liebe, die für immer hält, weil sie nicht im Alltagskram untergeht. Nur – wie passten Kinder in diese Konstruktion? Falsche Frage. Erst mal ist die Arbeit an meinen Beziehungsmustern dran, danach kommen Mann und Kinder. Müssen ja nicht gleich fünf sein wie bei Mimi.

Womit ihre Gedanken wieder um Mimi und Thilo kreisten. Allein, dass er Mimis Stofftier mit ins Bett genommen hatte, war wirklich ein Ding.

Nachdem sie an der Rezeption des Hostels ihren Schlüssel in Empfang genommen hatte, fand sie ihr Zimmer ganz am Ende eines langen, mit bunten Graffiti verzierten Ganges. Der klinisch weiß gestrichene und spartanisch eingerichtete Raum – ein Bett, ein Stuhl, eine Kleiderstange – war ihr gerade recht nach dem Luxushotel. So blieb man auf dem nicht vorhandenen Teppich.

Von einem nahen Kirchturm schlug es achtmal, als Laura frisch geduscht und geföhnt vor das Hostel trat. Quentin würde sie erst morgen früh treffen, und da sie an diesem Abend sozusagen freihatte, trug sie ihr bequemstes Outfit, den hellblauen Nickianzug. Sie freute sich auf den Restaurantbesuch. Ohne irgendwelche aufwühlenden Gespräche würde sie sich den Wonnen einer vorzüglichen Pasta hingeben und dazu ein gutes Glas Rotwein trinken.

Die Luft war noch lau, auf dem Bürgersteig herrschte unverändert geschäftiges Getriebe. Kurz dachte Laura an den Blumenladen ein paar Straßen weiter, in dem sie damals für kleines Geld gearbeitet hatte. Es war ein großer Laden gewesen, der größte der Stadt, und zu ihren Aufgaben hatten erstmals Weihnachtsgestecke gehört. Den würzig-harzigen Geruch nach Kiefernnadeln und Tannenzapfen würde sie nie vergessen. So wenig wie ihre Experimente mit pechschwarzen Christbaumkugeln und dunklen Beeren auf geflochtener Blautanne, eine Erfindung, die zum Erstaunen ihres Chefs reißenden Absatz gefunden hatte.

Aufs Geratewohl marschierte sie los, vorbei an den vielen Bars und Restaurants, die schier überquollen vor lauter Menschen. Es dauerte ein bisschen, bis sie sich zum Piccolo Mondo durchgefragt hatte. Doch schon als sie das Lokal betrat, entspannte sich alles in ihr. Es war wie nach Hause kommen: dieser schwere mehlige Duft nach handgemachter Pasta, vermischt mit dem Wohlgeruch frisch gebackener Foccacia und dem sanften Aroma von gedünstetem Fisch mit Olivenöl und Zitrone.

Laura war keine Feinschmeckerin, aber was die italienische Küche betraf, machte ihr keiner was vor. Da ging es um die Frische und Qualität der Zutaten, ganz ohne Tütensaucen oder Geschmacksverstärker. Und was sie hier erschnupperte, verhieß den höchsten Genuss: Cucina à la Big Mama.

Ein Ober führte sie zu einem freien Tisch in einer kleinen Nische. Alles gefiel ihr hier, die blütenweißen Tischdecken, die honiggelben Kerzen, die Blumendekoration aus blauen Mini-Hortensien. Darüber hinaus war der Raum schlicht gehalten, abgesehen von großen Terrakotta-Schalen mit frischem Gemüse auf einem runden Tisch in der Mitte des Lokals.

Sie hatte sich kaum gesetzt, als auch schon ein Körbchen mit frisch gebackener Foccacia vor ihr stand, dazu ein Schälchen mit großen, schwarz schimmernden Oliven.

»Prego«, lächelte der Kellner. »Was darf ich Ihnen bringen?«

Laura musste sich nicht lange mit der Lektüre der Speisekarte aufhalten.

»Könnte ich bitte die Trüffelpasta haben?«, fragte sie auf Italienisch. »Vorher bitte eine Minestrone, hinterher vielleicht noch etwas Fisch.«

Der Kellner strahlte übers ganze Gesicht, weil sie in seiner Muttersprache mit ihm redete.

»E un vino rosso, la bella Signora?«

Signorina wäre die korrekte Anrede gewesen. Andererseits befand sie sich in einem Alter, in dem andere Frauen schon mindestens einmal geschieden waren, weshalb sie nicht weiter darauf einging.

»Sehr gern einen Rotwein. Wenn möglich, *un Vino Nobile di Montepulciano, per favore.«*

Nachdem sich der Kellner zurückgezogen hatte, biss sie in das knusprige Brot und kostete von den Oliven, die einen angenehm fruchtigen Geschmack hatten. Somit hätte sie auf dem Olymp der ungetrübten Gaumenfreuden angekommen sein können, wenn nicht in ihrer unmittelbaren Nähe ein Ehepaar Platz genommen hätte, das so laut und so exaltiert sprach, als sei es extra für die Unterhaltung der Gäste engagiert worden.

»Nur auf dem Pfad der Nacht gelangt man zur Morgenröte«, deklamierte die Frau, eine Mittvierzigerin in einer weißen Mahatma-Gandhi-Gedächtnis-Tunika, deren feuerrotes Haar wie ein Flammenmeer ihren Kopf umloderte. »Nicht wahr, Bärchen?«

»Da bin ich ganz bei dir«, erwiderte der Mann salbungsvoll. »Die Sonne lehrt uns die Sehnsucht nach dem Licht, doch es ist die Nacht, die uns zu den Sternen erhebt, Hase.«

Etwas zu dick aufgetragen, um echt zu sein, fand Laura. Doch das war es nicht, was sie aufhorchen ließ. In ihr klingelte etwas. Hase und Bärchen, nannten sich so nicht die Eltern von Jimmy, ihrem Bierkavalier?

Sie schaute genauer hin. Wie die Frau war auch der Mann ganz in Weiß gekleidet, mit einem weißen T-Shirt zu einer verknitterten weißen Leinenhose. Er erinnerte sie an jemanden. Und dann vollführte ihr Herz eine Rolle rückwärts. Dort an dem Tisch saß Quentin! Ihr Quentin von damals!

Instinktiv zog sie den Kopf zwischen die Schultern und machte sich ganz klein, bevor sie ihn erneut musterte. Auf eine leicht verlebte Art und Weise sah er immer noch gut aus: groß, schlank, fast hager, mit inzwischen ergrauendem Haar. Jetzt begriff Laura, warum sie Jimmy spontan als vertrauenerweckend empfunden hatte: Er war die jüngere Version von Quentin.

Aber Moment mal. Sie begann zu rechnen. Man musste kein Mathegenie sein, um den Fehler zu finden: Jimmy war um die zwanzig, ihre Liaison mit Quentin ungefähr neun Jahre her. Hatte er ihr etwa ein Kind aus einer anderen Beziehung verschwiegen? Zwei Jahre lang? War das der Grund, warum sie nie zusammengezogen waren?

Keine Frage, diese Reise wurde langsam zur Geisterbahnfahrt. Erst entpuppte sich Patrick als bestellter Lover, dann offenbarte Thilo, dass er in Mimi verliebt gewesen war, jetzt entdeckte sie bei Quentin einen doppelten Boden.

»Entschuldigst du mich für eine Sekunde?«, fragte er seine Begleiterin. »Ich habe mein Ernährungstagebuch vergessen.«

Während er aufstand, streiften seine Augen die Frau am Nebentisch, die ihn anstarrte wie einen Geist.

»Laura?« Ungläubig runzelte er die Stirn. »Bist du das?«

»Ich, ja, also, was für ein Zufall«, stammelte sie und richtete sich aus ihrer geduckten Haltung auf. »Ich wollte euch nicht stalken, ehrlich.«

Mit zusammengelegten Handflächen und einem alles verstehenden, alles verzeihenden Blick schaute er auf sie hinab.

»Es gibt keinen Zufall, nur Karma.«

Da Laura zurzeit nicht gerade auf freundschaftlichem Fuß mit ihrem Karma stand, überging sie seine Bemerkung.

»Na ja, im Prinzip waren wir verabredet, wenn auch erst für morgen.«

»Bärchen, wer ist denn die Dame?«, fragte Quentins Begleiterin.

Ihre Stimme schnurrte wie ein Kätzchen. Die Art, wie sie Laura ansah, vermittelte jedoch eine andere Botschaft: Wer zum Henker ist die Schnalle?

»Hase, darf ich dir die Laura vorstellen?«, sagte Quentin sanft. »Sie war eine wichtige Station auf meinem Weg zu spiritueller Erleuchtung. Laura, das ist meine Frau Tessa.«

Als Station hatte sich Laura bislang eigentlich nicht betrachtet. Auch von welcher Erleuchtung er sprach, war ihr mehr als schleierhaft. Zwei Dinge hatte sie allerdings begriffen: Nach einem rational gesteuerten Versicherungsmakler hörte sich Quentin absolut nicht mehr an, und seine Gattin war nur mit äußerster Vorsicht zu genießen.

»Hallo, schön, Sie kennenzulernen.«

»Die Freude ist ganz auf meiner Seite«, behauptete Quentins Frau. »Wir hatten einen Abend zu zweit geplant, denn wir finden es sehr wichtig, immer wieder aufs Neue das Wir zu feiern.«

Oha. Jedes *Wir* klang wie der spitze Widerhaken eines Stacheldrahtzauns, den sie um sich und Quentin errichtete. Mit einem großen Schild davor: Du bist hier unerwünscht.

»Entschuldigung, es war nicht meine Absicht zu stören«, versicherte Laura, um bloß nicht als Eindringling dazustehen.

»Aber nein, du störst keineswegs«, widersprach Quentin mit der Autorität eines Mannes, der unheilbar an sich selbst und die Richtigkeit seiner Überzeugungen glaubte. »Wir sollten dieses karmische Zusammentreffen als eine Verabredung mit dem Schicksal interpretieren und Laura an unseren Tisch bitten.«

Entweder tut er so, als hätte er den aggressiven Unterton seiner Frau überhört, oder es ist ihm schlicht egal, überlegte Laura, die ihn wesentlich lieber unter vier Augen gesprochen hätte.

»Ich möchte aber nicht …«

»Nur keine Scheu«, insistierte Quentin, bevor sie ihren Satz zu Ende bringen konnte. »Setz dich zu uns und inspiriere uns mit deiner Anwesenheit.«

Was tun? Unter einem Vorwand gehen? Lauras Magen protestierte vehement, zumal der Kellner schon mit der Minestrone im Anmarsch war. Also wechselte sie an den Nebentisch, wenngleich Quentins Frau nach wie vor ein Du-kommst-hier-nicht-rein-Türstehergesicht zog.

»Wir sind immer offen für Begegnungen«, erklärte Quentin. »Das Leben ist wie ein Vogel, den wir mit Erfahrungen füttern sollten.«

Nun, Laura war eher auf die beglückende Erfahrung erpicht, ihren Magen mit einer vorzüglichen Gemüsesuppe zu füttern. Hungrig begann sie die Minestrone zu löffeln.

»Ich empfinde genauso wie mein Mann«, beteuerte Tessa, »wir sind wie zwei Seiten einer Medaille, wie Wind und Meer, wie Yin und Yang. Oder, um es etwas prosaischer auszudrücken: Wenn ich huste, bekommt Quentin Fieber.«

Deutlicher konnte man keine Warnung aussprechen.

»Lass uns locker bleiben«, entgegnete ihr Mann mit unerbittlicher Sanftheit. »Du weißt doch, Liebe basiert auf Freiheit und Freiwilligkeit, sie lässt sich so wenig zähmen wie ein Sturm.«

Irgendetwas musste er gesagt haben, was seiner Frau missfiel, denn auf einmal ging eine merkwürdige Veränderung mit ihr vor. Der Mund verwandelte sich in einen bleistiftdünnen Strich, auf ihrer Stirn schwoll eine bläuliche Ader an.

»Reicht es dir denn nicht, dass ich dir tagsüber deine Freiheit lasse mit all diesen Frauen?«

»Tessa, bitte,« säuselte er beschwichtigend, »das ist nun mal mein Job.«

»Was ist denn dein Job?«, wagte Laura zwischen zwei Löffeln Minestrone zu fragen.

Ein mildes Lächeln straffte seine Lippen.

»Ich habe mein altes Leben hinter mir gelassen und mich für einen körpernahen Beruf entschieden.«

Über ihre Suppe hinweg schaute Laura ihn an. War er Friseur? Oder etwa Podologe? Schwer vorstellbar, dass er anderen Leuten die Fußnägel abknipste.

»Ich arbeite jetzt mit meinen Händen«, verkündete er und legte eine Kunstpause ein, in der er wohlgefällig seine Finger spreizte. »Meine spirituelle Berufung sind Tantra-Massagen.«

Laura erschauerte. Auch wenn sie nur vage Vorstellungen von derartigen Massagen hatte, wusste sie noch, dass Quentin ein geduldiger und einfallsreicher Lover war, der sich darauf verstand, eine Frau in den Wahnsinn zu treiben. Ja, er konnte ausgesprochen hingebungsvoll sein. Das hatte sie damals immer an ihm fasziniert. Weniger faszinierend war gewesen, dass er sich nie für ein gemeinsames Dach über den Kopf – und letztlich auch nicht für die Monogamie entscheiden konnte.

Jetzt bloß kein Rückfall in sentimentale Erinnerungen, dachte sie. Du musst unbedingt ein paar Dinge herausbekommen, denn ob dir diese Tessa morgen noch mal Zutritt zum *Wir* gestattet, ist völlig ungewiss. Also feuere die Frage ab, die dir seit Minuten auf der Seele brennt.

»Wann wolltest du mir eigentlich sagen, dass du einen erwachsenen Sohn hast, von dem ich noch nie gehört habe?«

Tessa versteinerte, Quentin ließ seine Fingerknöchel knacken, etwas, was er schon damals getan hatte, wenn ihm etwas unangenehm war.

»Ach das«, murmelte er verlegen.

Mittlerweile waren Lauras Antennen voll ausgefahren. Ganz

offensichtlich kam sie gerade einer Ungeheuerlichkeit auf die Spur, und ihr wurde schon übel, bevor sie die nächste Frage stellte.

»Ist deine Frau Jimmys Mutter?«

»Ja, wer denn sonst?« Tessa kicherte schrill. »Wir sind seit zweiundzwanzig Jahren verheiratet, und ich war bereits schwanger, als wir den Bund der Ehe eingingen!«

Rumms. Das war ein K. o.-Schlag, der Laura so gnadenlos auf die Bretter ihrer Vergangenheit schmetterte, dass ihr die Luft wegblieb. So fühlte es sich also an, wenn rückwirkend eine Welt zerbrach.

Verdammt. Sie hatte gar keine Beziehung mit Quentin gehabt. Sondern eine Affäre mit einem verheirateten Mann!

Kapitel 25

Manchmal half Händewaschen. Einfach beide Hände in den kalten Wasserstrom halten und mit ganz viel Seife waschen, spülen, waschen – in der Hoffnung, dass man loswurde, was wie klebrige Pampe an einem haftete. Genau das tat Laura seit etwa fünf Minuten auf der altrosa gekachelten Toilette des Restaurants. Ausgiebig. Immer wieder.

Ihr Spiegelbild starrte sie mit großen Augen an. Du warst nie Quentins Nummer eins, und spätestens als er sich weigerte, mit dir zusammenzuziehen, hättest du hellhörig werden müssen. Wie konntest du nur auf ihn reinfallen? Wie war es möglich, zwei Jahre lang zu übersehen, dass er doppelgleisig fuhr? Mit Frau *und* Kind?

Sie drehte den Wasserhahn zu. Während sie sich die Hände abtrocknete, kamen die Antworten. Weil du dich mit dem bisschen begnügt hast, das Quentin dir gab. Weil unbewusst vielleicht Beziehungsvermeidung im Spiel war. Womöglich warst du ja insgeheim erleichtert, dass es mit ihm nie zu eng wurde …

Und nun? Sollte sie grußlos verschwinden? Ihr Magen protestierte, ihr Gaumen auch. Nach den erschütternden Neuigkeiten war es eindeutig zu viel verlangt, jetzt auch noch auf die Trüffelpasta zu verzichten. Seit Stunden freute sie sich darauf!

Ihr letzter Blick in den Spiegel galt dem flauschigen hellblauen Nickianzug, den sie heute Abend trug. Von wegen *proaktives Treffen* mit wohlüberlegter Kleiderwahl. Befriedigt stellte Laura fest, dass es ihr total wumpe war. Wen wollte sie denn noch beeindrucken? Einen Mann, der sie nach Strich und Faden verladen hatte?

Als sie an den Tisch zurückkehrte, wurde sie mit eisigem Schweigen empfangen. Auch der Rest Minestrone war inzwischen eiskalt. Schade drum. Vor dem Pastagang musste sie sich einstweilen mit einem Stück Foccacia begnügen.

»Geht es dir besser?«, erkundigte sich Quentin. »Du warst lange weg.«

Und du warst nie richtig da, dachte Laura. Geistesabwesend betrachtete sie ihre aufgeweichten Hände. Ahnten verheiratete Männer eigentlich, was sie Frauen antaten, die keinen Schimmer von ihrer Rolle als Nebenschauplatz hatten? Und nicht verstanden, warum sie nie den nächsten Level erreichten?

»Wie gut kennt ihr euch eigentlich?«, fragte Tessa auf einmal gefährlich leise.

Laura blieb buchstäblich der Bissen im Hals stecken. Instinktiv schaute sie zu Quentin, der ebenfalls unangenehm berührt schien. Das verhieß nichts Gutes. Selbst leichte Beben konnten Vorboten gewaltiger Eruptionen sein, und sie hatte überhaupt keine Lust, Zeugin eines kapitalen Ehestreits zu werden.

»Nur flüchtig«, schwindelte sie deshalb.

»Sagen wir's mal so – wir hatten unsere Momente.« Mit den Fingerspitzen malte Quentin konzentrische Kringel auf das Tischtuch. »Manchmal stimmt einfach der Flow, nicht wahr, liebe Laura? Ich schätze mich glücklich, dass ich dich eine Weile begleiten durfte. Jeder braucht einen spirituellen Meister, der die Gabe besitzt, für Höheres zu sensibilisieren, für die allumfassende Matrix, die …«

Laura stellte innerlich auf Durchzug. So war es schon damals gewesen: Mit Quentin konnte man stundenlang reden, ohne ein einziges Mal zu Wort zu kommen. Er hörte sich halt gern selber zu. Möglicherweise lag das an seinem früheren Beruf in der Versicherungsbranche. Sein Erfolg sei seine Beredsamkeit, hatte er immer gesagt, und sich einiges darauf zugutegehalten, dass er Leuten Vollkasko-Autoversicherungen verkaufen konnte, die nicht mal einen Wagen besaßen.

Nachdem er seinen kleinen Vortrag beendet hatte, war es sekundenlang still am Tisch. Dann ereignete sich genau jene Eruption, die Laura befürchtet hatte.

»Schluss mit dem esoterischen Gequatsche!«, schrie Tessa. »Oder willst du etwa die Tatsache wegschwurbeln, dass du mich mit dieser Frau betrogen hast?«

»Nicht so laut, Hase«, versuchte Quentin sie zu beschwichtigen, sprach das Wort »Hase« allerdings derart scharf aus, dass es verdächtig nach »Hass« klang.

»Ich setze mich dann mal wieder an den anderen Tisch«, flüsterte Laura.

»Du bleibst hier!«, donnerte Tessa, die sich nun erst recht in ihren Wutausbruch hineinsteigerte. »Wir müssen uns verbünden, schließlich sind wir beide Opfer dieses, dieses … schrecklichen Egoisten! Männer! Alles Liebesverbrecher!«

Der Kellner, der in diesem Augenblick Lauras Suppenteller abräumte, zuckte erschrocken zusammen und entfernte sich danach mit dem Gesicht zum Tisch, als fürchte er, andernfalls ein Messer in den Rücken gerammt zu bekommen.

»Okay, könnten wir uns jetzt alle mal beruhigen?«, schlug Quentin mit geradezu unheimlich stoischer Miene vor. »Lasst uns dunkle Gefühle wie Missgunst und Eifersucht überwinden. Noch hinter dem Schleier der finstersten Nacht verbirgt sich die Morgenröte der Harmonie.«

Seine Frau schnaufte einmal durch, ohne ihn weiter zu beachten, dann wandte sie sich mit der gestrengen Miene einer Staatsanwältin an Laura.

»Wer hat Schluss gemacht? Du oder er?«

Ach, du große Güte. Es war sonnenklar, dass Quentin wesentlich besser dastehen würde, wenn er die außereheliche Eskapade freiwillig beendet hätte. Hatte er aber nicht. Sollte sie noch einmal flunkern?

»Wir beide«, antwortete Quentin für sie.

»Was du nicht sagst«, knurrte Tessa. »So läuft es nie, Bärchen, nicht in der real existierenden Wirklichkeit. Also kannst du auch gleich vorspulen und mit der Wahrheit rausrücken.«

»Dafür müsste ich etwas länger ausholen«, eierte er herum.

»Ich war's«, kam Laura ihm zuvor, weil sie es nicht länger aushielt, um den heißen Brei herumzureden. »Ich habe Schluss gemacht, weil er nie mehr sein wollte als ein Teilzeitlover. Ich träumte von einer gemeinsamen Wohnung, von Ehe, Kindern, einer Familie. Er nicht. Nun weiß ich, warum: Er hatte das alles ja schon.«

»Du Schuft!« Wutentbrannt schnappte Tessa sich die Wasserkaraffe, die mitten auf dem Tisch stand. »Du mieser, mieser Betrüger! Warte, ich werd dir gleich …«

Sicher hätte sie die Karaffe über seinem Kopf geleert, wenn nicht in diesem Moment erneut der Kellner an den Tisch getreten wäre, um drei verheißungsvoll dampfende Teller zu servieren. Äußerst wachsam sah er vom einen zum anderen, bevor er eine Reibe hervorzog und hauchdünne Scheiben eines sattbraunen, herb duftenden Trüffels auf die Pasta hobelte.

»Bitte sehr, dreimal Spaghettini mit frischem Trüffel. Buon appetito.« Er deutete eine Verbeugung an und zwinkerte Laura zu. *»Maledetto bue cornea. É un cane codardo.«*

»Was hat er gesagt?«, fragte Tessa scharf.

»Das ist … sozusagen unübersetzbar«, hauchte Laura.

Sollte sie den beiden etwa auf die Nase binden, dass der Kellner seinen männlichen Gast für einen verflixten Hornochsen und feigen Hund hielt?

»Lasst uns unseren Körper feiern, indem wir ihn nähren, auf dass unsere Seele genährt werde«, salbaderte Quentin los, als sei die bisherige Unterhaltung nichts weiter als eine anregende Plauderei gewesen. »Guten Appetit, ihr Lieben.«

Tessa rückte demonstrativ von ihm ab, Laura überlegte kurz, ob sie sich ihre Portion einpacken lassen und auf ihrem Zimmer im Hostel essen sollte. Doch das wäre ein Sakrileg gewesen, ein Verbrechen an der guten Küche. Lauwarm und auf der Bettkante verspeist hätte sie dieses Gericht nicht angemessen gewürdigt. Deshalb beschränkte sie sich darauf, mitsamt ihrem Teller wieder zum Nebentisch umzuziehen.

Während Tessa ihre Schimpfkanonade fortsetzte, konzentrierte sie sich auf die Geschmackssensationen, die ihrem Gaumen schmeichelten, und kostete den Rotwein, den der freundliche Kellner ihr hinstellte. Sie hatte mehr als genug gehört. Einst war Quentin ein Seelenverwandter für sie gewesen, nun hatte er sich als klassischer Falschspieler entpuppt, wodurch sich jeder weitere Gedankenaustausch erübrigte.

Laura war so vertieft in den genussvollen Dreiklang aus Pasta, geschmolzenem Parmesan und Trüffelscheibchen, dass ihr erst nach mehreren Minuten auffiel, wie merkwürdig still es am Nebentisch geworden war. Sie wagte einen Blick. Tessa schaufelte verstockt die Pasta in sich hinein, Quentin aß nicht, sondern beobachtete sie aufmerksam.

»Ja?« Sie hob den Kopf. »Wolltest du mir noch irgendetwas mitteilen?«

»Das muss ich wohl«, erwiderte er ernst. »Unsere Trennung hatte einen weiteren Grund, den ich dir nicht vorenthalten darf, schon allein aus energetischen Erwägungen.«

»Ach ja?« Enerviert wickelte Laura eine Ladung Spaghettini um ihre Gabel, dass die Zinken nur so auf dem Teller quietschten.

»Was war denn der weitere Grund? Fandest du es nicht mehr prickelnd, verheiratet zu sein und von einer Geliebten bespaßt zu werden?«

Quentin schaute leicht gequält zu Tessa, bevor sein Blick zu ihr zurückkehrte.

»Der Grund war, na ja – Skipper.«

Allein die Erwähnung seines Namens reichte aus, um Lauras Selbstbeherrschung zu zerlegen. Ihre Hände begannen zu zittern, die Härchen auf ihren Unterarmen stellten sich senkrecht. Aber so war das eben: Je weiter man ein Thema von sich wegschob, desto hartnäckiger kehrte es zurück – wie ein Bumerang, den man mit aller Kraft wegschleuderte, bis er einem umso heftiger um die Ohren flog. Fahrig griff sie zu ihrem Weinglas, um sich ein wenig Mut anzutrinken, dann nahm sie ihren Teller und ihr Besteck und setzte sich wieder zu Quentin und Tessa.

»Was bitte soll Skipper mit *uns* zu tun gehabt haben?«

Quentin sah auch nicht gerade aus, als ob ihm diese Angelegenheit sonderlichen Spaß bereitete. Nervös drehte er sein T-Shirt zu einer Wurst, so dass es aussah, als wollte er ein nasses Handtuch auswringen.

»Er hat mich ertappt«, antwortete er mit Grabesstimme.

Neugierig sah seine Frau ihn an.

»Wer ist Skipper? Ein Detektiv?«

»Ein Freund.« Laura legte ihre Gabel auf den halb leeren Teller, weil ihr nun doch noch der Appetit vergangen war. »Ein guter Freund.«

»Haha, ja klar«, lachte Quentin mit triefender Ironie. »Leidest du neuerdings unter einer Faktenphobie?«

»Erzähl einfach, was passiert ist.«

Umständlich nahm er eine Gabel von der Trüffelpasta und kippte ein ganzes Glas Wasser nach.

»Erinnerst du dich, wie wir mal zu dritt einen Kaffee trinken waren? Skipper, du und ich? In dem kleinen Café um die Ecke?«

Ja, Laura erinnerte sich dunkel. Auch in dieser Stadt hatte Skipper sie regelmäßig besucht, ganz der treue Freund, dem kein Weg zu weit war, um sie wenigstens ab und an zu sehen.

»Am nächsten Tag lauerte er mir vor deiner Wohnung auf«, erzählte Quentin weiter. »Er fing mich regelrecht ab. Dann fragte er mir ein Loch nach dem anderen in den Bauch. Wie ernst es mir mit dir ist, ob ich noch was anderes nebenbei laufen habe – solche Sachen.«

Laura spürte, wie das Blut aus ihren Wangen wich.

»Skipper? Hat dich zur Rede gestellt?«

»Ganz genau«, bestätigte Quentin. »Ich habe alles abgestritten, aber er fand heraus, dass ich verheiratet bin und ein paar Blocks weiter wohne, mit Tessa und unserem Sohn.« Ein schuldbewusster Blick streifte seine Frau. »Daraufhin sagte er: So, Freundchen, ich werde mich nicht einmischen und auch nichts verraten, aber wenn Laura Schluss macht, gehst du. Sofort. Ohne Diskussionen. Oder es wird sehr, sehr ungemütlich für dich.«

»Spitzentyp, dieser Skipper!«, rief Tessa begeistert. »Endlich mal ein Mann mit Charakter!«

Quentin ignorierte ihren Zwischenruf und nahm einen Schluck Rotwein.

»Nicht nur mich hat er ins Gebet genommen, Laura, sondern nach eigenem Bekunden auch deine Exfreunde vorher.«

War das zu fassen? Mit hängenden Schultern stocherte sie in ihrer erkaltenden Pasta herum.

»Das ist … das verstehe ich nicht.«

»Du willst es nicht wahrhaben, oder?« Er stützte die Ellbogen auf den Tisch, legte sein Gesicht in die Hände und schaute sie so mitleidig an wie jemand, der einem Erwachsenen das Einmaleins erklären musste. »Skipper war immer dein Beschützer im Hintergrund. All die Jahre hat er auf dich aufgepasst, weil …«

»Ja?«

»… weil er dich liebt, du dummes kleines Schaf!«

Wie bitte? Nein, nein, nein! Alles in Laura rebellierte gegen diese unsinnige Behauptung.

»Hach, schön«, seufzte Tessa, von deren anfänglicher Feindseligkeit nichts mehr zu spüren war. »Nur das mit dem dummen Schaf solltest du zurücknehmen, Quentin.«

»Einverstanden.«

»Ich bin wirklich hingerissen«, flötete Tessa weiter, »ein heimlich verliebter Beschützer, wie romantisch!«

Ihre plötzliche Metamorphose von der angriffslustigen Tigerin zum gefühlvollen Schmusekätzchen war mindestens so absurd wie das, was sie von sich gab, fand Laura.

»Aber das ist nicht romantisch, das ist absoluter Blödsinn«, krächzte sie völlig aufgelöst. »Warum sollte Skipper große Gefühle für mich hegen und dann nicht damit rausrücken?«

»Vielleicht, weil du es ihm so verdammt schwer machst?« Quentin zog eine missbilligende Grimasse. »Du bist wie ein Schmetterling, der von Blüte zu Blüte flattert. Nie konnte er bei dir landen. Immer warst du ihm einen Schritt voraus. Und ich vermute mal, dass er nach wie vor Single ist, stimmt's?«

Laura konnte nur nicken.

»Siehst du, es ist *doch* romantisch!«, rief Tessa, die vor lauter Aufregung ihr Weinglas umwarf, so dass sich eine rote Pfütze auf dem Tischtuch bildete. »Dieser Skipper hat sich nie an eine Frau gebunden, weil er darauf wartet, dass doch noch ein Signal von dir kommt! Ein kleiner Wink, irgendein Hinweis, dass du seine Gefühle erwiderst!«

In Lauras Brustkorb puckerte es wie verrückt. Gegen ein massives Schwindelgefühl ankämpfend, hielt sie sich an der Tischkante fest.

»Warum sollte ich das tun, wenn er mir nie …«

»Denk doch mal nach«, fiel Tessa ihr ins Wort. »Ganz bestimmt gab es Anzeichen.«

Natürlich gab es sie. Zum Beispiel die Ausrutschernacht und den Morgen danach, den Laura vergessen hatte zu verdrängen – aber nicht mehr vollständig rekonstruieren konnte. Angestrengt kramte sie in ihren Erinnerungen. Nach dem Aufwachen und vor dem Rausschmiss hatte Skipper etwas gesagt, ganz leise, aber was? Sie kam einfach nicht darauf. Alles wurde überlagert von dem Gefühl der Scham und des Bedauerns, weil sie das Ganze für Mitleidssex gehalten hatte.

»Schließ die Augen, gib dich der heilenden Dunkelheit hin und lass deine Seele in die Vergangenheit reisen«, sagte Quentin in seinem Guru-Singsang. »Die Sonne lehrt uns die Sehnsucht nach dem Licht …«

»… doch es ist die Nacht, die uns zu den Sternen, blabla, Dingsbums und so weiter«, ergänzte Tessa ungeduldig. »Was mein Gatte sagen will: Versetze dich in eine Situation, die dir Aufschluss geben könnte.«

»Versuch, es zu sehen, zu riechen, zu schmecken«, übernahm Quentin. »Zu fühlen!«

Ja, doch. Laura schloss brav die Augen, aber ihr Gedächtnis war ein komisches Ding. Nach und nach spuckte es zwar weitere Details aus, nur eben lauter Zeugs, das nicht weiterhalf.

Sie sah den roten Spitzen-BH, den Skipper mit seinen Zähnen geöffnet hatte, sie hörte das rhythmische Wackeln des Nachtschranks, als es zur Sache gegangen war. Sogar den schweren, wilden Geruch körperlicher Liebe meinte sie zu erschnuppern. Auch den Sonnenstrahl, der sie am anderen Morgen wachgekitzelt hatte, konnte sie wieder sehen, und Skippers verschlafenes Lächeln.

Sie schlug die Augen auf. Es hatte keinen Sinn. Immer, wenn sie versuchte, sich an seine Worte zu erinnern, sanft geflüstert, kaum hörbar, streikte ihr Gedächtnis.

»Scusi, Signorina«, entschuldigte sich der Kellner, der an den Tisch getreten war und auf ihren Teller deutete, »möchten Sie das noch essen? Oder soll ich Ihnen jetzt eine gedünstete Dorade bringen?«

Als kehre sie von einer langen, langen Reise zurück, starrte Laura erst ihn, dann den Teller an.

»Mille grazie, ich glaube, ich brauche jetzt was Süßes«, stöhnte sie. »Haben Sie vielleicht Tiramisu?«

»Certo, Signorina.«

Tessa, die immer mehr Gefallen an ihrer Rolle als schwesterliche Unterstützerin zu finden schien, tätschelte begütigend ihre Hand.

»Ja, iss nur ein schönes Tiramisu, das wird deine lausige Stimmung eins, zwei, drei aufhellen. Und glaub mir, alles wird gut.«

»Wird es nicht«, entgegnete Laura finster.

»Aber warum denn?«

»Ich habe den richtigen Augenblick verpasst. Und jetzt hat Skipper sich in eine andere verliebt.«

Kapitel 26

Ziemlich abgekämpft lag Laura auf dem schmalen Hostelbett und betrachtete ihre nackten Zehen. Wahnsinn. Nie hätte sie gedacht, dass diese Reise derart lebensverändernd sein könnte. Erst bekam sie eine niederschmetternde Vermeidungsdiagnose von Max. Dann stellte sich heraus, dass Patrick nicht derjenige gewesen war, für den sie ihn gehalten hatte, dass Thilo in Mimi verliebt und Quentin verheiratet gewesen war.

Wie, bitte schön, sollte sie denn jemals wieder einem Mann vertrauen? Mehr als fünfzig Prozent ihrer Beziehungsgeschichte hatte aus Schummeleien respektive Selbstbetrug bestanden, und mit dem Vertrauen verhielt es sich nun mal wie mit einem Stück Papier: War es erst mal zerknittert, bekam man es nie wieder richtig glatt.

Die jüngste Offenbarung, Skippers Rolle im Hintergrund, hatte sie vollends umgehauen. Je länger sie darüber nachdachte, desto gerührter war sie aber auch. Er hatte ja mit den besten Absichten gehandelt, nahezu selbstlos, um sie zu beschützen.

Trotzdem. Es blieb unbefriedigend. Vorausgesetzt, er liebte sie wirklich – warum stand er nicht zu seinen Gefühlen? Weil sie ihn immer wieder zurückgestoßen hatte?

Reflexhaft streckte sie eine Hand aus, um Luna anzulocken, die in solchen Sinnkrisen immer die beste Gesprächspartnerin war: verständnisvoll, anschmiegsam, verschwiegen. Doch Luna war nicht da. Genauso wenig wie Fritzchen, dessen stumme Anteilnahme ebenfalls etwas Beruhigendes hatte. Auf einmal packte Laura ein derartiges Heimweh, dass sie es körperlich spürte, als schmerzhaftes Ziehen im Bauch. Was sie außer Luna und Fritzchen daheim erwartete, war allerdings wenig berauschend. Dauernd würde sie Zeuge werden, wie Karo und Skipper miteinander turtelten. Grässlich, einfach grässlich.

Ich muss Daniel daten, schoss es ihr durch den Kopf. Er ist das einzige Gegengift, das jetzt noch helfen kann. Also los. Wage den ersten Schritt!

Sie zog ihr Handy hervor. Zwischen den vielen Nachrichten, die inzwischen gekommen waren, befanden sich auch fünf von Daniel.

Hallo, wie geht es Dr. Doolittles Patientin? Immer noch Bauchgrummeln?

Habe aus Solidarität gerade einen staubtrockenen Zwieback verspeist und dazu eine Tasse Kamillentee getrunken (geschmacklich äußerst gruselig). Da kannst Du mal sehen, wie sehr ich mit Dir fühle, liebe Laura.

Apropos Bauchgefühl – wusstest Du, dass der Mensch ein zweites Hirn im Bauch hat? Forscher haben dort die gleichen Nervenstrukturen gefunden wie im Kopf. Und das Verrückte ist: Meist hat der Bauch recht, nicht das Hirn.

Mein Kopf sagt: Laura hat wichtige Termine, mein Bauch sagt: Wenn sie mir doch bloß schreiben würde …

Falls Du es heute nicht mehr schaffst, Dich zu melden, wünsche ich Dir eine grummelfreie, sorgen- und sockenfreie Nacht. D

Er war wirklich süß. Und einfallsreich. Und nett. Aber ob das reichen würde, um den ersten Level freizuschalten und sich in ihn zu verlieben?

Bevor Laura ihm antwortete, wühlte sie in ihrer Hebammentasche und förderte einen Rest Lakritze zutage, den sie sich auf einmal in den Mund stopfte. Mit vollen Backen kauend legte sie sich wieder aufs Bett.

> Hallo Dr. Doolittle, danke der Nachfrage, ich kann zwar nicht behaupten, dass es mir besser geht, aber – anders. Vielleicht wird aus dem Grummeln ja demnächst ein Schmetterlingsgeschwader und

Nein, das war einfach nur blöd. Sie löschte das Geschriebene und setzte noch einmal von Neuem an.

> Lieber Dr. Doolittle, das mitfühlende Verspeisen des Zwiebacks war nicht nur heldenhaft, sondern hat auch geholfen! Es geht mir wieder viel besser. Muss ich ein schlechtes Gewissen haben, weil ich mir unterdessen eine Trüffelpasta gegönnt habe? (Wenn auch nur eine halbe Portion)

Die Antwort ließ auf sich warten. Wahrscheinlich war Daniel unterwegs. Oder im Bad. Oder er notoperierte ein Meerschweinchen. Kurz widerstand Laura der Versuchung, Skippers Nachrichten zu lesen, gab dann aber doch ihrem Verlangen nach, ihm wenigstens von ferne nahe zu sein.

> Hey Kleines, Du hast es fast geschafft. Morgen früh triffst Du Quentin, wenn mich nicht alles täuscht, dann ist als Letztes Sebastian an der Reihe. Stell Dir vor, er war heute hier im Laden. Hat mächtig

aufgedreht, der Honk. Er müsste Dich dringend sprechen etc. Ich sage nur: Vorsicht.

Was ich noch sagen wollte: Wir vermissen Dich alle.

Die Umsätze waren übrigens Bombe.

Karo ist einfach toll. Heute Abend gehen wir zusammen essen.

Laura? Wo bist Du?

Ich glaube, ich vermisse Dich am meisten.

Das war mal wieder ein echtes Skipper-Verwirrspiel. Wie sollte sie diese widersprüchlichen Aussagen einordnen? Er vermisste sie *am meisten*, aber Karo war *toll* und wurde heute Abend zum *Essen* ausgeführt. Es kam Laura vor wie eine Schnitzeljagd, bei der Skipper kleine verheißungsvolle Hinweise versteckte, die aber nie zu einem erkennbaren Ziel führten.

In diesem Augenblick meldete sich Daniel.

TRÜFFELPASTA! Woher kennst Du meine geheime kulinarische Leidenschaft?

Bauchgefühl? 😊

Oje, jetzt bekomme ich Hunger …

Nur zu, lieber Daniel …

Um diese Uhrzeit wird das etwas schwierig, weil alle Restaurants schon geschlossen haben. By the way: Kennst Du die »Trattoria vale un peccato«?

Noch nie davon gehört. Der Name ist jedenfalls vielversprechend – »Eine Sünde wert«

Das ist diese Trattoria definitiv, liebe Laura. Ein sehr gemütliches Lokal, und mit der besten Trüffelpasta der nördlichen Hemisphäre auf der Karte.

Lauras Finger verharrten über dem Display. In der letzten Nachricht verbarg sich eine unausgesprochene Frage. Und obwohl sie schon bei der bloßen Vorstellung gewisse Beklemmungen spürte, beantwortete sie die Frage ganz so, wie sie es sich vorgenommen hatte: Ein erstes Date musste her.

Vielleicht gehen wir mal zusammen hin, lieber Daniel?

Das wäre wunderbar! Wann?

Morgen Abend?

Wow. Das heißt, Du bist morgen endlich zurück von Deiner Reise? Und möchtest mich dann sofort sehen?

So war es. Laura wollte nicht mal das Gespräch mit Sebastian abwarten. Im Grunde wollte sie ihn gar nicht mehr treffen. Wozu auch? Mittlerweile hatte sie mehr über den doppelten Boden der männlichen Spezies erfahren, als ihr lieb sein konnte, weshalb sie überhaupt keine Lust auf Sebastians plötzliches Ich-will-dich-zurück-Gefiedel hatte. Da verabredete sie sich doch lieber mit einem Mann, der bisher ohne Netz und doppelten Boden auskam.

Sehr gern, lieber Daniel. Morgen Abend? Um halb acht?

Kann's kaum erwarten.

Freu mich auf Dich.

Ich mich auch auf Dich, liebe Laura. Aber wundere Dich nicht – Dr. Doolittle ist im real life etwas schüchtern.

Du? Schüchtern?

Bis jetzt haben wir ja nur geschrieben, das machte es mir leichter, mich zu öffnen. Im Alltag bin ich den Umgang mit Lebewesen gewohnt, die der menschlichen Sprache nicht mächtig sind.

Kein Problem. Ich könnte auch miauen. Oder bellen 😊

Nee, passt schon. Wollte Dich nur vorwarnen, dass ich in echt vielleicht nicht ganz so, na ja, gesprächig bin.

Komisch. Welcher Mann sagte so was vor einem ersten Date?

Da mach Dir mal keine Sorgen, lieber Daniel.

Danke.

Dann bis morgen Abend.

Bis MORGEN!!

Laura atmete tief durch. Sie war angemessen aufgeregt, wurde jedoch von einem gewissen Schuldbewusstsein geplagt. Wie viele Frauen gingen wohl zu einem ersten Date, um einen anderen Mann zu vergessen? Hunderte? Tausende? Millionen? Ab morgen würde sie diesem zweifelhaften Klub angehören, denn Daniel war das Anti-Skipper-Programm. Nicht mehr, nicht weniger. Aber womöglich verliebte sie sich ja doch unsterblich in ihn und lebte mit ihm glücklich bis ans Ende ihrer Tage?

Ihr Handy klingelte. Charlotte. War ja klar.

»Hallo?«

»Das sind großartige Neuigkeiten, Schatz!«, sprudelte Charlotte los. »Daniel hat es mir gerade geschrieben: Ihr geht morgen zusammen aus! Ein kleiner Schritt für die Menschheit, ein riesiger Schritt für dich!«

»Könnte man so sagen.«

»Ich freue mich ja so! Und? Hast du Lampenfieber?«

»Natürlich. Ein bisschen.«

»Daniel auch.« Charlotte lachte herzlich. »Er ist mehr der introvertierte Typ, doch wie heißt es so schön, stille Wasser und so weiter.«

»Beim Chatten war er aber alles andere als still.«

»Ist doch normal«, entgegnete Charlotte. »Wenn man einander schreibt, ist alles ganz einfach. Da muss man sich nicht fragen:

Wie sehe ich aus? Wer zahlt? Wann ist der erste Kuss fällig? Gehen wir zu dir oder zu mir?«

Oha. So weit hatte Laura noch gar nicht gedacht. Wenngleich es schon die eine oder andere schlüpfrige Bemerkung gegeben hatte, war das Wort mit den drei Buchstaben noch nicht mal im Entferntesten aufgetaucht.

»Was ist?«, fragte Charlotte hörbar irritiert, weil Laura nichts erwiderte.

»Na ja, in manchen Dingen bin ich etwas aus der Übung.«

»Sprichst du etwa von dem, wovon ich glaube, dass es das ist?«

»Hmmmm.« Laura verdrehte die Augen. »Ist lange her. Nach dem Motto: Ich habe märchenhaften Sex – es war einmal.«

»Ach, das ist wie Fahrradfahren, das verlernt man nicht«, kicherte Charlotte. »Außerdem geht es ja erst mal nur darum, dass ihr euch näher kennenlernt. Daniel ist schon sehr gespannt.«

Angespannt wäre wohl die bessere Wortwahl gewesen. Er klang nachgerade, als fürchte er, eine Enttäuschung zu werden.

»Wann kommst du denn genau wieder?«, erkundigte sich Charlotte.

»Morgen, gegen Nachmittag. Quentin habe ich schon abgehakt, der ist mir heute Abend in einem Restaurant über den Weg gelaufen. Mit seiner Frau.«

»Du musst mir morgen unbedingt alles erzählen«, zwitscherte Charlotte. »Aber vor allem drücke ich dir die Daumen für dein erstes Date mit Daniel!«

Ich mir auch. Haha.

»Ciao, Charlotte.«

»Ciao-iii!«

Nachdem Laura das Gespräch beendet hatte, betrachtete sie wieder ihre nackten Zehen. *Ciao-iii?* Irgendetwas gefiel ihr nicht an Charlottes aufgekratzter Art. Hatte es damit zu tun, dass es noch etwas gab, das sie nicht verraten wollte? Aber was konnte das sein?

Schluss für heute. Schon während des Telefonats hatte Laura verstohlen gegähnt, jetzt sehnte sie sich nach tiefem, erholsamem Schlaf. Also Zähneputzen, Haare bürsten, und dann ab in die Bububox. So nannte Skipper das Bett: *Bububox*. Er konnte richtig niedlich sein, zum Beispiel, wenn er morgens aufwachte. Aber nicht mehr mit ihr. Nie wieder.

Mit diesem wenig aufbauenden Gedanken schmiegte Laura ihren Kopf ans Kissen. Verpasste Chancen sind wie ein hartnäckiger Fleck, ging es ihr durch den Kopf: Wenn man daran rubbelt, wird es nur schlimmer, und wirklich entfernen kann man den Fleck dann nur noch, indem man eine Schere nimmt und ein Loch in den Stoff schneidet. Deshalb musste sie die Nacht mit Skipper aus ihrem Gedächtnis schneiden. Letztlich musste sie Skipper aus ihrem Herzen schneiden. Aber wie sollte das gehen?

Eine halbe Stunde später stand Laura wieder auf. Es hatte keinen Sinn. Sie war viel zu aufgewühlt, um schlafen zu können. Also zog sie sich an, schloss die Zimmertür hinter sich ab und ging nach unten auf die Straße.

Von der Turmuhr schlug es Mitternacht. Die Akrobaten waren längst verschwunden, in den meisten Lokalen wurden die Stühle auf die Tische gestellt. Ziellos streifte Laura durch die fast menschenleere Straße. Nur ein älteres Ehepaar war noch unterwegs, das Arm in Arm einen kleinen Pinscher Gassi führte. Die beiden wirkten so harmonisch, so aufeinander eingespielt und miteinander einverstanden, dass Laura ein schmerzhaftes Ziehen spürte, und diesmal nicht im Bauch, sondern im Brustkorb.

Sie sehnte sich nach einem Mann, mit dem sie auch noch im

hohen Alter abends so einträchtig spazieren gehen würde. Sie sehnte sich nach einer Beziehung, in der sie die beste Version von sich selbst sein konnte. Momentan war sie nur eine sehr, sehr verwirrte Version von sich selbst.

»Letzte Runde!«, rief ihr ein junger Mann zu, der gerade die Tische vor einer kleinen Bar abräumte. »Alle Getränke zum halben Preis! Wie wär's?«

Laura ging nie allein in Bars, schon gar nicht nachts. Zaudernd schaute sie in den dunkelviolett glühenden Innenraum, der praktisch nur aus einem langen, schwarz lackierten Tresen und ein paar Barhockern bestand.

»Man sollte dem Leben immer einen Drink voraus sein«, grinste der junge Mann. »Du siehst nach einem Whiskey pur aus.«

»Viel zu stark.«

»Dann ein Caipirinha, wenig Rum, viel Eis, jede Menge Rohrzucker und viel Limette. Der ideale Absacker.«

Noch immer war sie unschlüssig. Allein etwas trinken zu gehen hatte sie eigentlich nicht vorgehabt. Aber vielleicht sollte sie schon mal üben für den Fall, dass ihr Liebespech anhielt.

»Okay, überredet.«

Immer noch unsicher, ob sie das Richtige tat, folgte sie dem jungen Mann, der sogleich hinter den Tresen glitt, und setzte sich auf den nächstbesten Barhocker.

»Ich bin Carlo«, stellte er sich vor, während er Limettenstücke und Rohrzucker in ein Glas gab und mit einem Stößel zerquetschte. »Sag nichts – du hattest einen harten Tag.«

»Stimmt.«

»Job oder Liebe?«

Kurz musterte sie sein raspelkurz geschnittenes Haar, das die schnörkelig tätowierten Schläfen freiließ.

»Liebe.«

»Und was ist das Problem?«, fragte er.

»Wie viel Zeit hast du? Bis morgen früh?«

Lachend schüttete er Crushed Ice in das Glas, füllte es mit Rum auf und rührte die Mischung mit einem Strohhalm um.

»Barkeeper sind Beichtväter, und manchmal ist es ganz gut, einem völlig Unbeteiligten das Problem zu schildern. Sofern dich meine Meinung interessiert, versteht sich. Bitte sehr.« Er stellte das Glas vor Laura auf den Tresen. »Wohl bekomm's.«

Der Drink war köstlich – frisch und limettig. Laura hatte kaum gekostet, als es in ihrer Hosentasche surrte. Daniel? Nein, eine Nachricht von Skipper!

Hi Kleines, wollte Dir nur eine gute Nacht wünschen. Und schöne Träume. Und den ganzen anderen Krempel, den man sich so wünscht. Sorry, werde gerade bissi sentimental. Wie man hört, hast Du morgen Dein erstes Date mit Daniel, und ich weiß ehrlich gesagt nicht so richtig, was ich Dir für Deine Zukunft mit Daniel wünschen soll. Glück vermutlich. Denn das hast Du verdient. Eine Extradosis Glück. Millionenfaches Glück. Galaktisches Glück. Findet Dein alter Skipper

Lauras Mund wurde ganz trocken, und die Buchstaben verschwammen vor ihren Augen, als sie den Text nochmals durchging, um jede Kleinigkeit, jeden Zwischenton auf etwaige versteckte Botschaften zu überprüfen.

»Aha, dein Problem hat dir geschrieben«, sagte Carlo.

Es war keine Frage, sondern eine Feststellung. Seufzend hielt Laura ihm das Handy hin.

»Sieh selbst. Wie soll ich das verstehen?«

Mit lautlos bewegten Lippen las Carlo die Nachricht, dann kreuzte er seine Arme auf dem Tresen und lehnte sich zu ihr vor.

»Hör mal, Honey, ohne euch zwei Nasen weiter zu kennen: Der Typ steht auf dich. Volle Möhre.«

Kapitel 27

Das monotone Motorengeräusch hatte etwas Einlullendes. Da Laura schon seit Stunden unterwegs war, musste sie höllisch aufpassen, dass sie im dichten Verkehr wach und reaktionsschnell blieb. Noch dazu herrschte Hochbetrieb in ihrem Kopf. Je näher die Heimat rückte, desto mulmiger wurde ihr nämlich.

Nichts war geklärt. Gar nichts. Und das, obwohl ihr die Zeit immer schneller davonlief. Wenn alles gut ging, wurde man als Frau achtzig, mit Glück auch etwas älter. Insofern stand sie kurz vor dem Halbzeitabpfiff, was wiederum bedeutete: Wenn sie nicht bald ein Tor schoss, würde sie den Rest ihres Lebens auf der Ersatzbank verbringen. Wenn überhaupt.

Demnächst kam das Klimakterium, danach das Single-Nirwana, in dem sie nur noch die Wahl zwischen unsichtbarer Statistin und verhaltensauffälliger Krawallschachtel à la Tante Sophia hatte. Von Stützstrümpfen, Gleitsichtbrillen und dem permanent störanfälligen Selbstwertgefühl mal ganz zu schweigen.

Aber ausgerechnet jetzt hatte sie sich emotional verheddert. Beziehungsmäßig abgeschossen sozusagen. Komplett. Ein Alptraum.

Unaufhaltsam näherte sie sich dem Epizentrum ihres Gefühlschaos. Schon erkannte sie die vertrauten Straßen, die Geschäfte, in denen sie einkaufte, ihr kleines Stammcafé. Die letzten Meter waren die schlimmsten. Nachdem Laura in die Straße eingebogen war, in der sie wohnte und arbeitete, drosselte sie unwillkürlich das Tempo. Der Asphalt war mit lauter Fragezeichen gepflastert, dazwischen gähnten tiefe Sinn-Schlaglöcher. Wie sollte sie Skipper begegnen? Wie seine sich anbahnende Beziehung mit Karo aushalten? Woher die nötige Energie für ihr Date mit Daniel nehmen?

Als sie vor der Floristeria bremste, erlosch auch das letzte Fünkchen Hoffnung, sich vielleicht unbemerkt in ihre Wohnung stehlen zu können. Das Empfangskomitee war vollzählig. Skipper, Karo und Tom hatten Stühle nach draußen gestellt und genossen fröhlich plaudernd die letzten Sonnenstrahlen des frühen Abends. Ein Bild ungetrübter Harmonie und Sorglosigkeit.

Laura hatte noch nicht mal den Motor ausgemacht, als alle drei aufsprangen und ihr entgegenliefen.

»Endlich, wurde auch Zeit«, sagte Tom, während er ihr den Helm abnahm und sie mit viel Rückenklopfen willkommen hieß. »Bin total auf Spaghetti-Entzug.«

Karo beschränkte sich auf ein paar spitze »Juhuus«, Skipper murmelte etwas, was sich wie »Ähm, ja, echt toll« anhörte. Aus dem Augenwinkel beobachtete Laura, wie vertraut die beiden schon wirkten. Zwanglos schlang Karo einen Arm um Skipper, ohne dass er etwas dagegen unternahm. Sie waren ein *Paar,* verdammt.

»Schön, euch alle wiederzusehen.« Schwerfällig pellte sie sich aus ihrer Motorradjacke. »Sieht so aus, als wärt ihr glänzend ohne mich zurechtgekommen.«

»Was'n brainfuck«, knurrte Tom, dann fing er an zu lachen. »War sterbenslangweilig ohne dich! Ich hab sogar Prosecco kaltgestellt, den hole ich jetzt aus meiner Bling-Bling-Bude, und dann feiern wir deine Rückkehr!«

Er lief zu seinem Handyshop, Karo folgte ihm im Laufschritt.

»Warte, Tom, ich helfe dir mit den Gläsern!«

So kam es, wie es nicht hatte kommen sollen: Auf einmal war Laura allein mit Skipper – was ihn mindestens so befangen machte wie sie. Das hatte es noch nie gegeben. Skipper und sie, das war doch die älteste und vertrauteste Freundschaft aller Zeiten, da gab es keine Befangenheiten. Dennoch fühlte Laura, wie eine gläserne Wand zwischen ihnen hochfuhr.

Auf seine Nachricht von gestern Abend hatte sie keine Antwort gefunden und es deshalb vorgezogen, gar nichts zu schreiben. Nun stand jedes einzelne Wort zwischen ihnen. *Sorry, werde gerade bissi sentimental,* zum Beispiel. Oder: *Ich weiß ehrlich gesagt nicht so richtig, was ich Dir für Deine Zukunft mit Daniel wünschen soll.* Und dann das halbherzig nachgeschobene *galaktische Glück*, das sie noch dazu an ihren Chat mit Daniel erinnerte.

Verflixt noch eins, was bitte war das mit Skipper? Seine Augen funkelten eigentümlich, seine gebräunten Züge erschienen etwas blasser als sonst, doch seine schönen sinnlichen Lippen waren wie versiegelt. Dabei hatte Laura durchaus den Eindruck, dass ihm etwas auf der Zunge lag.

Rede mit mir!, hätte sie ihn am liebsten angeschrien. Sag mir endlich, was du denkst, was du fühlst! Und wenn du schon dabei bist, rück auch gleich damit raus, was du an jenem Morgen zu mir gesagt hast. *Unserem* Morgen!

»Ha, servieren kann ich!«, lachte Karo, die bestens gelaunt zu ihnen trat, in den Händen ein Tablett mit vier gefüllten Wassergläsern, in denen etwas Grünliches schwamm. »Bitte sehr, hier ist der gute Supermarkt-Prosecco, stilecht in extragroßen Gläsern, mit Eiswürfeln und Minz-Deko!«

Auch Tom kam wieder zum Vorschein, ebenfalls bester Laune und mit einem extrabreiten Grinsen im Gesicht. Er drehte sein Basecap noch hinten, bevor er Karo einen Kuss auf die Wange schmatzte.

»Bist 'ne Top-Schnecke!«

»Lass mal, du charmanter Schmierlappen«, revanchierte sie sich. »Um mich geht's heute nicht, wir trinken doch auf die glückliche Wiederkehr unserer wunderbaren Freundin!«

Na ja, glücklich ging anders. Lauras Muskulatur bestand quasi nur noch aus Pudding, so dass sie fürchtete, jeden Moment als wabbelige Pfütze zu enden. Trotzdem schaffte sie es irgendwie, ein verwackeltes Lächeln hinzukriegen und ihr Glas in einem Zug zu leeren.

»Wow, auf ex!« Tom hob einen Daumen. »Willst du dir Mut antrinken für dein Date mit Daniel? Ist ja schließlich 'ne große Sache. Charlotte hat es uns gesteckt, seitdem reden wir hier alle von nichts anderem.«

»Sogar mich haben die Jungs angefixt mit ihrer Hibbeligkeit«, lächelte Karo. »Hast du denn schon mit diesem Daniel telefoniert?«

»Äh, nein? Sollte ich?«

»Unbedingt! Das ist ein Basic bei solchen Dates!«

Eilig zog sie Laura etwas beiseite zu den Stühlen. Als sie sich setzten, bemerkte Laura zwei Dinge: Erstens trug Karo wieder den grünen Jumpsuit, vermutlich, weil Skipper ihr gesagt hatte, dass er ihn mochte; zweitens baumelte eine auffällige Uhr an ihrem linken Handgelenk – auf den ersten Blick ein sündteures Modell, das aber sicherlich aus Toms Shop stammte.

»Also«, seufzte sie, »was hat es mit dem Telefonieren auf sich?«

»Es ist so, wenn man nur schreibt, fehlt natürlich eine Menge Information«, antwortete Karo so fachmännisch, als hätte sie schon hunderte solcher Dates gehabt. »Und die Stimme sagt sehr viel über einen Menschen aus. Mag man die Stimme nicht, kann man den Typen vergessen.«

An diesen Aspekt hatte Laura noch gar nicht gedacht, nur daran, dass sie Daniel bisher nicht buchstäblich beschnuppern konnte. Doch Karo hatte recht. Die Stimme war unglaublich aussagekräftig.

»Los, Laura, ruf ihn an«, drängelte Karo.

»Wie – jetzt?«

Karo zeigte auf ihre Bling-Bling-Uhr.

»Halb sechs schon, um halb acht ist euer Date, also höchste Eisenbahn.«

Am meisten wunderte Laura, dass sie nicht selbst darauf gekommen war. Selbst ein kurzes Telefonat verriet so einiges über den Menschen, mit dem man den Abend zu verbringen gedachte. Vielleicht kiekste Daniel ja in den höchsten Tönen. Oder er hatte einen einschüchternden Brummbass. Wie auch immer, mutig zog sie ihr Handy aus der Hosentasche, tippte den Chat an und drückte auf das Telefonsymbol.

»Lustig, hörst du das?«, giggelte Karo. »Skipper kriegt auch gerade einen Anruf. Na, ich lass dich dann mal allein mit deinem Daniel.«

Jetzt hörte Laura es ebenfalls: Aus Skippers Richtung drang ein Klingelton an ihr Ohr, die Instrumentalversion irgendeines dämlichen Schlagers. Das war neu. Sonst stellte er sein Handy immer auf stumm. Aber womöglich wollte er keinen Anruf seiner neuen Flamme Karo verpassen, und weil er einen ziemlich schrägen Humor hatte, musste es dann eben ein Herzschmerzschlager als Klingelton sein.

Aus ihrem Handy kam einstweilen nur ein regelmäßiges Tuten. Gespannt wartete Laura darauf, dass Daniel abnahm, bis die Verbindung von selbst abbrach. Ob er wohl noch in der Praxis war und seine tierischen Patienten beglückte? Oder duschte er gerade? Etwas enttäuscht erhob sie sich und ging wieder zu dem Trio, das mit erhobenen Gläsern vor der Floristeria stand.

»Wir trinken gerade auf dich«, verkündete Tom mit einem kleinen Zwinkern.

»Kein Glück gehabt?« Besorgt suchte Karo Lauras Blick. »Wie doof. Aber mach dir nichts draus, dann wird es eben ein Blindflug.«

»Wenn dir der Kerl komisch kommt, kannst du dir ja immer noch das Essen einpacken lassen und abhauen«, grinste Tom.

»Hast du das jetzt wirklich gesagt?«, fragte Laura konsterniert.

»Hat er!«, riefen Skipper und Karo im Chor.

»Danke für eure lebhafte Anteilnahme«, stöhnte Laura. »Aber zu meiner Verabredung gehe ich alleine, oder habt ihr vor mitzukommen?«

»Warum nicht?«, kicherte Karo. »Ich bin ein prima Date-Coach, und du scheinst etwas aus der Übung zu sein.«

»Okay, jetzt lasst sie mal in Ruhe«, intervenierte Skipper, der offenbar spürte, dass diese Unterhaltung langsam etwas aus dem Ruder lief. »Laura ist müde von der Reise, sie muss erst mal runterkommen. Außerdem sehe ich gerade, dass Kundschaft im Laden ist. Also, die Pflicht ruft.«

Dankbar schaute Laura ihn an. Ja, so war Skipper, ihr unvergleichlicher Ritter. Er trug ihr noch die Hebammentasche in die Floristeria, wo er zwei Damen mittleren Alters begrüßte, die ihn ungeniert anhimmelten und sich nach bolivianischen Rosen erkundigten, während Karo einem älteren Herrn zwei weiße Orchideen für den Geburtstag seiner Frau empfahl.

Am Ende ihrer Kräfte schleppte sich Laura durch den schmalen Gang mit dem halbblinden Kronleuchter, bis sie in ihre Wohnung gelangte. War sie wirklich nur wenige Tage weggewesen? Es kam ihr vor wie Wochen. Reflexhaft schaute sie zur Küchenanrichte, doch Fritzchen weilte noch bei Charlotte, und auch Luna war noch nicht wieder da.

Wie leer die Wohnung auf einmal wirkte, trotz des liebevoll zusammengestellten Schnickschnacks. Wie leer, wie fremd. Das musste aufhören! Sie wollte diese Leere nicht mehr!

Aber vielleicht markiert der heutige Abend ja den Beginn einer neuen Lebensphase, beruhigte sie sich. Ich darf es bloß nicht vermasseln, worin ich erwiesenermaßen einiges Talent besitze. So wie ich die einzigartige Gabe habe, mich in den falschesten aller falschen Männer zu vergucken. Glückwunsch, Laura Gazzetti. Amor hat voll danebengeschossen.

Die Worte von Charlotte kamen ihr in den Sinn. *Lerne Dich selbst kennen, dann lernst Du nicht nur den Mann kennen, der Dich wirklich glücklich macht, sondern hältst dieses Glück auch aus. Glücklichsein ist keine Schande. Es steht Dir zu!*

Ja, darum ging es wohl: das Glück *auszuhalten*, wenn es an die Tür klopfte. Sie musste die Vergangenheit loslassen und Skipper gleich mit.

Mit grimmiger Entschlossenheit holte sie den Block aus ihrer Tasche, um die To-do-Liste zu vervollständigen, bevor sie Daniel traf. Zunächst überflog sie ihre bisherigen Stichpunkte, die sie unter dem Titel *Aufgaben für meine Beziehungsarbeit* notiert hatte:

1. *Nicht immer gleich wegrennen*
2. *Stolpergefahr bei Gefühlen beachten – Hashtag Tigerkopf Hashtag Einhorn*
3. *Balance aus Nähe und Distanz hinkriegen*
4. *Kompromisse einkalkulieren*
5. *Daran denken, dass der nächste Level jeweils mit gewissen Anstrengungen/Opfern verbunden ist*
6. *Liebe entsteht ganz von selbst (Hashtag Dussel), aber eine Beziehung ist das, was du draus machst.*
7. *Eventuelle Ängste herausfinden*
8. *Freiräume umsichtig dimensionieren (vor allem deine eigenen, haha)*
9. *Freunde auch mal an die zweite Stelle setzen (jedenfalls, wenn sich der Partner bedroht fühlt)*

10. *Skipper auf Abstand halten (und alles dafür tun, dass er sich in Karo verliebt)*

Punkt zehn war ja leider Gottes schon erledigt. Sie zückte ihren Stift und begann zu schreiben:

11. *Keine emotional unerreichbaren Männer mehr. Nie wieder!*
12. *Mutterqualitäten checken (danke, Patrick)*
13. *Vorher auf jeden Fall klären, ob Kinder überhaupt erwünscht sind (danke, Max, danke, Thilo)*
14. *Die eigenen Gefühle genau anschauen und ihnen trauen – Hashtag Emotionsidiotin*
15. *Darauf achten, ob du einen Mann für das liebst, was er ist, nicht für das, was du aus ihm machen willst (siehe Thilo)*
16. *Kleinere Korrekturen sind zulässig, aber kein komplettes Umerziehungsprogramm à la Alessandra Gazzetti*
17. *Zu allem bereit, zu nichts zu gebrauchen – so darf es nicht weitergehen*
18. *Mit der Vergangenheit abschließen, damit der Weg frei wird fürs große Glück*

So weit die Beziehungsarbeit. Als Nächstes erstellte Laura eine Checkliste, die ihren potenziellen Partner betraf. In dieser Hinsicht war die Reise zu ihren Exfreunden wahrlich inspirierend gewesen. *Worauf ich künftig achten muss*, betitelte sie die neue Liste.

1. *Humor (nichts verbindet mehr als Lachen)*
2. *Einrichtungsstil (bloß kein Purist wie Max)*
3. *Musikgeschmack (bitte keine Metal!)*
4. *Ernährungsgewohnheiten (nicht ohne meine Lakritze!)*

5. *Aufteilung der häuslichen Aufgaben (Aschenputtel kommt nicht infrage)*
6. *Eventuelle Schwiegermonster weiträumig umfahren (nie wieder ein Ich-kann-an-keinem-Schrubber-vorbeigehen-Besen wie Thilos Mutter)*
7. *Auf Gesprächsqualitäten achten (Schweigen ist das Ende, siehe Patrick)*
8. *Vorsicht bei Ausflüchten, wenn der nächste Level ausbleibt – mögliche Doppelgleisigkeitsgefahr (danke, Quentin)*

Uff. Wie sollte sie das alles im Kopf behalten? Dagegen war die ewige Frage Was anziehen beim ersten Date? nahezu lachhaft simpel.

Nach einer ausgiebigen Dusche stellte Laura fest, dass sich ihre Lieblingsoutfits allesamt verknittert in der Hebammentasche befanden. Was tun? Sie wollte etwas tragen, das ihre Persönlichkeit unterstrich, das nicht zu elegant, aber auch nicht zu schlampig war. Die goldene Mitte eben. Das kleine Schwarze? Zu schick. Der hellgraue Leinenanzug mit Blazer und Hose? Zu brav. Jeans und T-Shirt? Zu alltäglich.

Immer hektischer wühlte sie sich durch ihren Kleiderschrank, bis sie zu der Partyabteilung gelangte. Ein wehmütiges Lächeln legte sich auf ihr Gesicht. Es war lange her, dass sie mit Skipper die Klubs unsicher gemacht hatte. Früher waren sie oft nächtelang unterwegs gewesen, ein unschlagbares Feierteam, und aus dieser Zeit existierten noch diverse Glitzershirts, gewagte Hotpants sowie knallenge Leggins in allen Regenbogenfarben.

Ganz unten im Schrank fand sie die Outfits für Mottopartys. Da gab es so einiges Extravagante: bunt gemusterte Schlaghosen für Siebziger-Partys, ein grünes Dirndl für Oktoberfest-Sausen, der Secondhand-Hausmantel aus bedruckter Seide für Pyjamapartys. Tja, sie hatte alles aufgehoben, wie es nun mal ihre Art war.

Zwischen einem pechschwarzen Halloween-Hexenumhang und ihrem giftgrünen Beachparty-Kleidchen entdeckte sie einen silbernen Overall. Wann hatte sie den denn getragen? Ach ja, die Alien-Party. Und plötzlich wusste sie, was sie heute Abend anziehen würde: diesen herrlich bekloppten silbernen Jumpsuit. Was passte denn besser zu einem Space-Kadett? Daniel würde begeistert sein von der ironischen Anspielung. Dazu silberne Sandaletten und eine strassbesetzte Vintage-Clutch, fertig war der angemessene Style.

Nachdem Laura ihr Haar aufgesteckt hatte, kam das Make-up an die Reihe. Dezent natürlich, bloß keine Malen-nach-Zahlen-Gundula-Gedächtnis-Maske.

Auf ihren hohen Sandaletten stöckelte sie in das heillos verkramte Badezimmer. Es sah ein bisschen aus wie ein gekachelter Gemischtwarenladen in Fliederlila. Neben einer beeindruckenden Sammlung Kosmetika hielt es alles bereit, was Laura morgens brauchte: ein altmodisches Transistorradio, eine kleine Espressomaschine für den ersten frühmorgendlichen Koffeinschub, Berge von Modeschmuck sowie, ganz wichtig, eine hohe schmale Glasvase mit einer roten Rose.

Auf Zehenspitzen stellte sie sich vor den Spiegel. Wimperntusche, ein Hauch Puder, etwas Lippenstift, das dürfte reichen.

»Wollte dir nur den Ladenschlüssel …«, hörte sie plötzlich eine wohlvertraute Stimme, die mitten im Satz erstarb.

Skipper! Sie schrak derart zusammen, dass der Lippenstift abrutschte und einen tomatenroten Kringel auf ihrem Kinn hinterließ.

»Entschuldige, ich hätte wohl besser anklopfen sollen.« Sein Blick heftete sich an den silbernen Overall. »Wow, das weckt Erinnerungen. Heiß siehst du aus.«

Ja, klar. Eine Frau mit Lippenstift am Kinn war einfach nur unwiderstehlich.

»Danke für den Schlüssel, danke, dass du für mich eingesprungen bist, ich müsste dann auch gleich mal los«, erwiderte sie hastig.

»Laura.«

Sein sacht vibrierendes Timbre berührte sie an ihrer empfindlichsten Stelle, dort, wo das Loch in ihrem Herzen klaffte. Was denn noch?, dachte sie gequält. Hast du mich denn nicht schon genug verwirrt?

Langsam, wie in Zeitlupe, streckte er eine Hand nach ihr aus, ließ sie jedoch ins Leere fallen, als sei er sich nicht ganz sicher.

»Weißt du, Kleines, bevor du dich heute mit Daniel triffst …«

»Ja?«, flüsterte sie.

Erneut hob er die Hand, und so sacht, als versuchte er, Seifenblasen zu liebkosen, strich er ihr das Haar aus der Stirn.

»Wir haben nie …«

»Sie ist wieder da-haaa!«, sprengte Charlottes kräftige Stimme den hauchfeinen Moment unverhoffter Intimität, gefolgt von Mimis exaltiertem Sopran: »Unsere Beziehungsheldin ist zurück!«

Hektisch stoben Laura und Skipper auseinander, wobei sich Laura die Hüfte am Waschbeckenrand stieß und Skipper fast über das verschnörkelte Tischchen mit den drei Millionen Cremes, Parfums und Parfümerieپröbchen gestolpert wäre, das vor der Dusche stand. Eine Sekunde später schauten Lauras Freundinnen durch die offene Badezimmertür. Charlotte wie gewohnt im dunkelgrauen Gabardineanzug, Mimi in einem magentafarbenen Hängerkleid mit weißem Spitzenkragen.

»Huch, stören wir?« Charlotte machte ein unschuldiges Gesicht, allerdings war kaum zu übersehen, wie sehr ihr Skippers Anwesenheit missfiel. »Wir dachten halt – also, wir wollten dir viel Glück für heute Abend wünschen.«

»Mit Da-ni-el!«, gluckste Mimi, die Lauras Katzentransportbox schwenkte. »Schau, ich bringe dir deine Luna!«

Skipper tauschte einen sehr, sehr merkwürdigen Blick mit Charlotte, bevor er sich mit einem halblaut hingenuschelten »Viel Spaß, Ladys« verabschiedete und fluchtartig das Badezimmer verließ.

»Was war das denn?«, fragte Mimi entgeistert.

»Wieso?« Um ihren aufgelösten Zustand zu überspielen, hockte sich Laura vor die Katzenbox und öffnete das Türchen. »Skipper hat mir nur den Ladenschlüssel zurückgegeben. Freu mich ja so, dass ihr Luna mitgebracht habt.«

Fauchend stolzierte ihre Hoheit aus der Box, schaute sich wachsam um und hatte dann den Großmut, ihren Kopf an Lauras Knie zu reiben.

»Stand Skipper nicht auf dem Index?«, setzte Mimi nach.

»Wir sollten nicht so streng sein«, sagte Charlotte im Tonfall einer Mutter, die ihre Kinder bei etwas Verbotenem ertappt hatte, aber gewillt war, Milde walten zu lassen. »Alles wird sich fügen. Skipper hat jetzt seine Karoline, ein sehr nettes Mädchen übrigens – gut gemacht, Laura. Und du kannst dich auf deinen Abend mit Daniel freuen.«

Freute sie sich? Geistesabwesend kraulte Laura Lunas weiches Fell. In erster Linie war Daniel ihre Skipper-Exitstrategie. Andererseits – wenn sie daran dachte, wie herrlich leicht und bis zur Albernheit komisch, dann aber auch wieder ernsthaft sie einander geschrieben hatten, regte sich tatsächlich so etwas wie Vorfreude.

»Das wird super.« Sie nickte. »Bestimmt.«

»Meinst du denn, dieses Outfit ist das Richtige?«, wandte Mimi ein und musterte kritisch den silbernen Overall. »Etwas schrill für so ein vornehmes Restaurant.«

»Damit hat es eine besondere Bewandtnis«, entgegnete Laura. »Daniel wird es lieben.«

»Mit oder ohne Overall, so gut wie verliebt ist er jetzt schon.« Unternehmungslustig krempelte Charlotte die Ärmel ihres dunkelgrauen Gabardineblazers hoch. »Achtung, Mädels, der Countdown läuft. Mimi und ich holen jetzt noch das wirklich sauschwere Aquarium rein. Laura, du beseitigst deine Make-up-Panne und fütterst Luna. Danach fahre ich dich zum Restaurant.«

»Aber …«

»Kein Aber.« Charlotte lächelte wissend. »Nichts ist unromantischer als eine Frau, die nach dem Date ins eigene Auto steigt. Lass dich nach Hause bringen. So entstehen besondere Momente.«

Genau davor hatte Laura ein bisschen Angst: dass alles zu schnell ging. Doch nachdem Charlotte so eifrig einen Mann für sie gesucht hatte, wollte sie auch nicht undankbar sein.

Zu dritt gingen sie nach draußen, wobei Laura aus dem Augenwinkel registrierte, dass der Laden tipptopp aufgeräumt aussah. Auf Skipper und Karo war Verlass. Sogar den Boden hatten sie gefegt. Keine Blüte, nicht das kleinste Fitzelchen von Blättchen lag herum.

»Skipper und Karo sind ein tolles Paar«, schwärmte Mimi, als Charlotte die Heckklappe ihres Wagens öffnete. »Gestern waren wir zusammen einen Kaffee trinken. Wer hätte gedacht, dass es Skipper noch mal so richtig erwischt?«

»Urrrrps, ja«, bekräftigte Laura heiser, weil sie den Kloß ihres Lebens im Hals hatte. »Wer hätte das gedacht?«

Sie schaute in den Kofferraum, wo das Aquarium stand. Und traute ihren Augen nicht.

»Was ist …«

Charlotte lächelte verschmitzt.

»Ich habe dafür gesorgt, dass Fritzchen Gesellschaft hat. Meinem Eindruck nach fühlte er sich einsam. Darf ich vorstellen? Das ist Paula, auch Paulinchen genannt, eine höchst temperamentvolle Goldfischdame, die richtig Leben in die Bude bringt.«

Während Laura noch gerührt die beiden Fische betrachtete, die im Kreis miteinander um die Wette schwammen, klopfte Mimi mit einem Fingerknöchel an die Glasscheibe des Aquariums.

»Das ist ein gutes Omen, findest du nicht, Laura? Nie wieder allein! Paarweise ist es halt am schönsten!«

Und da war sie wieder, die Arche Noah. Majestätisch baute sie sich vor Lauras geistigem Auge auf, nebst einem langbärtigen älteren Herrn, der ihr mit abweisender Miene den Zutritt verwehrte. Und *das* war ein sehr, sehr schlechtes Omen.

Kapitel 28

Ein verschwenderisch glühendes Abendrot hatte den Himmel entflammt und färbte Straßen, Bäume und Häuser in intensivem Passionsblumenrot. Doch Laura stand nicht der Sinn nach diesem Naturwunder. Ziemlich verkrampft hockte sie auf dem Beifahrersitz von Charlottes Auto, weil ihr das bevorstehende Date immer schwerer im leeren Magen lag. Es war ja nicht nur ein erstes Date. Nach den unzähligen WhatsApp-Nachrichten war es vor allem das erste Rendezvous mit der Realität.

»Nun entspann dich doch mal«, sagte Charlotte zum wiederholten Mal.

»Das geht aber nicht auf Kommando.« Nervös zog Laura den Reißverschluss ihres silbernen Overalls auf und zu. »Oder hast du schon mal erlebt, dass du jemanden zwingen kannst, sich zu entspannen?«

»Gut, dann meditiere deine Aufregung eben selber weg. Wir sind nämlich fast da.«

Verdrossen setzte Charlotte den Blinker und bog in eine kiesbestreute Auffahrt ein, über der ein indirekt beleuchtetes weinrotes Schild mit der weißen Aufschrift *Trattoria vale un peccato* hing.

»Man sollte so einen Abend als ein völlig neues Kapitel im großen Buch des Lebens betrachten«, dozierte sie in ihrem freundlich-bestimmten Lehrerinnentonfall. »Neue Überschrift, neue Namen, neue Erfahrungen.«

Wenn es doch bloß so einfach wäre. Unablässig spielten Lauras Finger mit dem Reißverschluss. Ritschratsch, auf und zu.

»Dumm nur, dass ich gerade im Buch meines Lebens zurückgeblättert habe, und siehe da, es waren lauter Eselsohren drin.«

Charlotte warf ihr einen Seitenblick zu.

»Jedenfalls siehst du sehr hübsch aus.«

»Danke, ich weiß so ungefähr, wie ich aussehe.« Laura ließ den Reißverschluss los und spielte stattdessen am Verschluss ihrer Strass-Clutch herum. »Ehrlich gesagt hätte ich manchmal gern mein Gesicht von vor zehn Jahren zurück. Und meinen Busen von vor zwanzig Jahren.«

»Nun mach aber mal 'nen Punkt«, entrüstete sich Charlotte. Sie gab so energisch Gas, dass die aufspritzenden Kieselsteine der Auffahrt wie Kastagnetten gegen den Unterboden des Wagens klackerten. »Älterwerden hat viele Vorteile. Oder wärst du etwa noch mal gerne zwanzig?«

Liebend gern sogar, dachte Laura. Mit dem Wissen von heute hätte ich einiges anders gemacht. Zum Beispiel die Sache mit Skipper. Er war immer meine sichere Bank, mein Anker und mein Hafen. Genauso gut hätte ich aber auch mit ihm in See stechen können. Zu zweit. Für immer.

Sie grub ihre Schneidezähne in die Unterlippe. Einmal falsch abgebogen, und schon landet man im Beziehungsniemandsland.

»Gemäß den Worten einer weisen Frau sind wir pünktlich fünf Minuten zu spät«, plapperte Charlotte drauflos, die Lauras Schweigen offenbar als Aufforderung betrachtete, letzte ermunternde Worte zu sprechen. »Der Mann muss immer ein bisschen warten, weil ihn diese letzte kleine Ungewissheit umso dankbarer macht, wenn sein Date dann doch noch erscheint. Du hast also keinen Grund zur Eile.«

Mit einer gekonnten Bremsung stoppte sie den Wagen direkt

vor dem Eingang des Restaurants. Ein weinroter Baldachin wölbte sich darüber, davor stand ein Spalier aus messingfarbenen Halterungen mit weinroten Kordeln.

»Edler Schuppen«, raunte sie anerkennend. »Daniel lässt sich nicht lumpen.«

»Hmmm«, brummte Laura.

»Nun komm, ein kleines Lächeln sollte schon drin sein.« Charlotte hauchte ihr einen Kuss auf die Wange. »Glaub mir, das wird was mit euch. Mast- und Schotbruch!«

Laura hatte bereits den Türgriff in der Hand und wollte gerade aussteigen, als sie mitten in der Bewegung innehielt.

»Sag mal, hast du in letzter Zeit öfter mit Skipper abgehangen? Sonst sagst du doch immer Hals- und Beinbruch. Mast- und Schotbruch ist Skipper-Sound.«

»Nun ja«, konzentriert drehte Charlotte an der Lüftung herum, »nach unserem hässlichen Streit am Tag deiner Abreise haben wir uns in der Tat ein-, zweimal getroffen. Ich wollte die Gräben zuschütten, die ich aufgerissen hatte. Skipper ist ein prima Kerl, und ich merke ja, wie sehr du darunter leidest, wenn sich deine besten Freunde streiten.«

»Das ist alles?«

»Was sollte da sonst noch sein?«

Laura wusste es ja selber nicht. Es war nur eine dunkle Ahnung, ein kaum merklicher Schatten, aber irgendetwas ging hinter ihrem Rücken vor.

»Danke fürs Herbringen. Ciao, Charlotte.«

Mit weichen Knien stieg sie aus dem Wagen und stöckelte durch das Spalier der Kordeln auf den Eingang zu. Dort wurde sie sogleich von einem Herrn im schwarzen Anzug abgefangen, der sie von oben bis unten musterte.

»Guten Abend, gnädige Frau. Haben Sie reserviert?«

Er fragte es auf eine Weise, als ob er dies bezweifle, was Lauras Stimmung nicht gerade verbesserte.

»Die Reservierung läuft auf den Namen Daniel Lombardi«, antwortete sie leicht verschnupft. »Ich denke, der Herr erwartet mich bereits.«

Mit zerfurchter Stirn tippte der Empfangschef – oder was immer er hier darstellte – auf einem Laptop herum.

»Ah, jetzt sehe ich es. Daniel Lombardi, sehr wohl. Ich führe Sie an Ihren Platz, gnädige Frau.«

Das ging ja gut los. Zu den Dingen, die Laura überhaupt nicht ausstehen konnte, gehörte vornehmes Getue, hinter dem sich nichts als kühle Gleichgültigkeit verbarg. Sehnsuchtsvoll dachte sie an den netten Kellner, der ihr die Trüffelpasta serviert hatte – ein Mann, der einem das schöne Gefühl vermittelte, willkommen zu sein. Davon war hier nichts zu spüren.

Sehr gerade stöckelte sie hinter dem Empfangschef her, während sie sich fragte, warum Daniel ein gleichermaßen exquisites wie steifes Lokal ausgesucht hatte. Wollte er sie verwöhnen oder beeindrucken?

Als sie in das Innere des Restaurants gelangte, hielt sie den Atem an. Der Raum roch förmlich nach Geld. Er war riesig, mit schwarzen goldgesprenkelten Wänden und weit auseinanderstehenden Tischen, an denen große weinrote Polsterstühle standen. Das Publikum sah entsprechend aus: die Damen in teuren Kleidern, dezent schmuckbehängt, die Herren in eleganten Anzügen.

Und dann entdeckte sie ihn. Daniel. Ein Bild von einem Mann – gut gebaut, schlank, mit männlich markanten Zügen. Er trug das curryfarbene Jackett von dem Foto, das sie kannte, sein Haar war etwas kürzer und modischer geschnitten. Stirnrunzelnd blickte er sie an, so als ob er sich vergewissern müsste, dass sie es auch wirklich war. Danach erhob er sich halb.

»Laura, wie schön.«

Sein Gesichtsausdruck sagte etwas anderes. Irgendetwas Trennendes stand zwischen ihnen, das spürte Laura ganz deutlich, und dabei handelte es sich nicht nur um den weiß gedeckten Tisch. Lag es daran, dass dies ein *Blindflug* war, wie Karo gesagt hatte? Und dass Daniel deshalb genauso gehemmt war wie sie selbst?

»Hi«, hauchte sie.

Der Empfangschef entfernte sich, Laura sank auf den weich gepolsterten weinroten Stuhl, der Daniel gegenüberstand. Sie würde diesen Abend schon irgendwie anständig über die Bühne kriegen. Vielleicht sogar mit einer kleinen Schmetterlingslarve im Bauch. Lächeln, hatte Charlotte gesagt. Also lächelte sie.

»Freu mich sehr, dass wir uns heute in echt kennenlernen.«

»Du hast da was«, zischte er leise. »An den Zähnen.«

What? Panisch öffnete sie ihre Clutch und holte einen Handspiegel heraus. Auweia. An ihren oberen Schneidezähnen klebte Lippenstift.

»Entschuldigst du mich für einen Augenblick?«

»Selbstverständlich.« Wieder erhob er sich halb. »Die Toilette ist links hinter dem bemalten Paravent.«

»Danke dir.«

Mit hochrotem Kopf stolzierte Laura zu dem besagten Paravent, den ein Stillleben aus Früchten auf schwarzem Grund schmückte. Sie ärgerte sich maßlos über den verpatzten Einstieg. Wenn sie sich die Lippen schminkte, sollte sie es künftig unterlassen, an ihrer Unterlippe zu nagen.

Nächstes Mal. Falls es ein nächstes Mal gab.

Die Toilettenräume waren wie das Lokal überwiegend in Schwarz gehalten: schwarze Kacheln, schwarze kleine Sessel, eine schwarze Bodenvase, in der immerhin weißen Gladiolen steckten.

Missmutig riss Laura ein Stück Papier aus dem Handtuchspender und rieb sich die Schneidezähne sauber. So, jetzt aber, ermahnte sie sich. Daniel hat sich wirklich Mühe gegeben mit diesem Restaurant und eine anregende Gesprächspartnerin verdient. Gib ihm eine Chance. Gib *euch* eine Chance. Es ist doch Daniel, dein Space-Kadett!

Nachdem sie auch den untadeligen Zustand ihrer Wimperntusche kontrolliert hatte, kehrte sie an den Tisch zurück. In der Zwischenzeit hatte Daniel etwas zu trinken kommen lassen. Mit vorsichtig aufkeimendem Optimismus entdeckte Laura zwei gefüllte Sektgläser neben dem blütenweißen Geschirr und dem funkelnden Silberbesteck. Wie aufmerksam.

»Gute Idee«, säuselte sie, »ich liiiebe Prosecco.«

»Das ist Champagner, meine Liebe.« Mit undurchdringlicher Miene nahm Daniel eines der Gläser und prostete ihr zu. »Auf unseren Abend. Auf uns.«

Die kleine Zurechtweisung war ihr durchaus nicht entgangen, dennoch tat Laura so, als hätte sie es überhört, und hob das zweite Glas hoch.

»Ja, auf uns! Ich freu mich riesig, dass der Space-Kadett wohlbehalten zum Heimatplaneten zurückgekehrt ist.«

»Der Space …« Daniel trank einen Schluck. »Ach so, ja, stimmt, Space-Kadett.«

Wie konnte er das denn bitte vergessen? Er muss sehr aufgeregt sein, überlegte Laura, sonst hätte er doch mit einer seiner schlagfertigen Antworten reagiert, und sie wären endlich im selben Film gewesen.

»Deshalb habe ich übrigens diesen spacigen Overall angezogen«, half sie ihm auf die Sprünge. »Für dich, meinen Space-Kadetten.«

Kurz schweifte sein Blick zu den anderen Tischen. Zu den überelegant gekleideten Gästen genauer gesagt, bei denen Grau, Schwarz und dunkles Braun dominierten.

»Verstehe, liebe Laura. Cool. Sieht – originell aus.«

Nein, er fand ihr silbernes Outfit weder cool noch originell. Er fand es total daneben, das sah Laura ihm an der Nasenspitze an. Oje. Jetzt musste schnell etwas Positives passieren, wenn dieses Date nicht der absolute Reinfall werden sollte. Am besten, sie knüpfte noch mal an ihren Chat an.

»Wie geht's Floppi?«, fragte sie eisern lächelnd und im beruhigenden Bewusstsein, dass ihre Zähne dieses Mal lippenstiftfrei waren. »Hat er die OP gut verkraftet?«

»Floppi ...« Wieder brauchte Daniel einen Schluck Champagner, bevor der Groschen fiel. »Oh, natürlich, ja, er hat sich bestens erholt. Eine sehr erfolgreiche OP. Bei der Nachuntersuchung waren seine Vitalwerte top.«

Laura spürte, wie sich ein feiner Schweißfilm auf ihrem Rücken bildete. Wo war der lockere schlagfertige Daniel geblieben? Hatte er etwa seinen begriffsstutzigen Zwillingsbruder mit angezogener Handbremse geschickt?

»Wie war denn heute dein Tag?«, versuchte sie, das schleppende Gespräch in Gang zu halten. »Musstest du wieder eine Dogge kastrieren?«

Sie hatte wenigstens einen winzigen Lacher erwartet, stattdessen verschluckte sich Daniel an seinem Champagner. Hustend schnappte er sich eine Serviette und hielt sie vor den Mund.

»Deine Vorstellungen von meinem Berufsalltag sind eigenartig«, erwiderte er, als er wieder Luft bekam. »Ich hatte heute hauptsächlich mit Katzen zu tun, das ist mein Spezialgebiet.«

»Steht ja auch so auf deiner Website.« Und immer weiterlächeln. »Du bist nicht nur der Laura-Flüsterer, sondern auch ein echter Katzenflüsterer, stimmt's?«

Komisch. Schon wieder ging ein irritierter Blick in ihre Richtung. Was stimmte hier nicht? Immer wenn sie etwas sagte, sah er sie mit diesem Ausdruck an, als sei sie nicht ganz richtig im Kopf.

»Eine häufige Problematik sind Bezoarsteine«, sagte er ernst. »Das kennst du bestimmt von deiner Katze.«

»Bislang noch nicht.«

»Aha.« Eingehend musterte er die aufsteigenden Bläschen in seinem Glas. »Ein Bezoarstein, auch Gastrolith genannt, bildet sich aus unverdaulichen Substanzen im Magen der Katze. Hauptsächlich sind es Haare, die beim Fellputzen aufgenommen wurden. Normalerweise würgen Katzen sie wieder aus, doch wenn so ein Haarknäuel länger im Magen bleibt, verklumpt es, bildet eine harte Kruste und versteinert gewissermaßen. Deshalb spricht man von Bezoarsteinen.«

Auch Laura versteinerte. Was Daniel da erzählte, klang dermaßen eklig, dass sie selber ein leichtes Würgen in der Kehle verspürte. Aber sie hatte halt ein Date mit einem Tierarzt, da konnte man nichts machen. So viel zum Thema *Rendezvous mit der Realität.*

»Interessant«, heuchelte sie Interesse. »Und wie wird man die Dinger wieder los?«

Er schien äußerst erfreut über ihre Nachfrage zu sein, wurde allerdings kurzfristig von einem Kellner ausgebremst, der zwei dicke, in Pergament gebundene Speisekarten auf den Tisch legte.

»Im Tagesangebot hätten wir auch einen Babysteinbutt in Sherrycreme sowie im Ofen gebackenes Kaninchen mit Rotweinsauce«, erklärte der Kellner. »Sind Sie bereit für unser Amuse-Gueule?«

»Sehr gern, vielen Dank«, nickte Daniel hoheitsvoll und schlug die Karte auf. »Meist reicht ein mildes Abführmittel, um Bezoarsteine zu entfernen. Zuweilen ist eine OP nötig, in anderen Fällen kann man auch endoskopisch vorgehen, durch den Enddarm. Da habe ich mit der Zeit einiges Fingerspitzengefühl entwickelt, das kannst du mir glauben. Was hältst du von dem Babysteinbutt?«

Nichts. Gar nichts. Die Vorstellung, wie Daniel *mit Fingerspitzengefühl* in irgendwelchen Katzenpopos rumprokelte, war so abartig, dass Lauras Appetit laut kreischend das Weite suchte.

»Ich denke, wir könnten mit einer knusprigen Bruschetta beginnen«, murmelte er versonnen. »Mit Sardellen, schön deftig. Danach nehme ich den Thunfisch-Zwiebel-Salat, außerdem könnte ich mich tatsächlich für den Babysteinbutt erwärmen.«

Laura war fix und fertig. Welcher Mann erzählte erst Kotz-Würg-Geschichten über den Verdauungstrakt von Katzen und toppte das Ganze dann mit einer Speisenwahl, die jeden Gedanken an eine körperliche Annäherung verbot? Hallo? Sardellen, Thunfisch, Zwiebeln? Wusste er überhaupt, wie heftig man danach aus dem Mund roch?

»Was ist?« Über den Rand der Speisekarte hinweg sah er sie mit kaum kaschiertem Vorwurf an. »Willst du dir denn gar nichts aussuchen?«

»Doch, doch«, nuschelte Laura. »Das mit den Dingsbumssteinen war nur so, so – unfassbar faszinierend.«

»Da bin ich aber froh, dass ich dich nicht gelangweilt habe.«

Langweilig traf es nicht im Entferntesten, das musste man ihm immerhin lassen.

»Alles gut.« Sie schlug nun ebenfalls die Speisekarte auf. »Du hast echt einen spannenden Beruf.«

Ein Lächeln glitt über sein Gesicht. Das erste Lächeln heute Abend.

»Stell dir vor, selbst beim Menschen können sich Bezoarsteine bilden, beispielsweise bei Babys, wenn sich Reste von Muttermilch verklumpen und ...«

»Daniel?«

»Ja?«

»Ich wäre dann mal bereit für einen Themenwechsel.«

»Oh. Okay.« Sein Lächeln verschwand. Angestrengt dachte er nach. »Apropos Themenwechsel: Wie kommt es eigentlich, dass eine attraktive und intelligente Frau wie du noch Single ist?«

Laura entgleisten die Gesichtszüge. Das war die Killerfrage. Genau jene Frage, die sie bei ersten Dates am meisten hasste. Reichte es denn nicht, alleinstehend zu sein? Musste man es ihr auch noch um die Ohren hauen?

Sie legte die Speisekarte auf das Tischtuch und bemühte sich, völlig *entspannt* zu wirken. Ja, doch Charlotte. Krieg ich hin.

»Entschuldigst du mich bitte noch mal kurz?«

Kapitel 29

In der Toilette war es gepackt voll. Nicht in den Kabinen, sondern im Vorraum, wo die Spiegel hingen. Hier ging die wahre Party ab. Gleich fünf in elegantes Schwarz gewandete Damen erzählten einander mit viel Geschnatter den neuesten Klatsch, hingegossen auf den niedrigen Sesseln, und puderten sich nebenbei das Näschen.

Laura war es egal. Mit ihrem wutbebenden rechten Zeigefinger tippte sie Charlottes Nummer auf dem Handydisplay an.

»Ja, Süße?«

»Was hast du mit Daniel gemacht?«, legte Laura los. »Er verhält sich nicht nur merkwürdig, er ist der absolute Abtörner.«

»Das muss an der Aufregung liegen, Schatz. Er hatte lange kein Date mehr.«

»Und du hast dich nie gefragt, woran das liegen könnte?«

»Nun mal nicht so biestig, Laura. Was ist denn los?«

»Nichts ist los, das ist ja das Problem. Tagelang haben wir super gechattet, leicht und locker, richtig flirtig. Aber jetzt zieht sich der Abend zäh wie Kaugummi.«

Während sie auf eine Antwort wartete, registrierte Laura, dass sämtliche Damen mit offenem Mund lauschten. Na und? Sollten sie doch.

»Bitte hör mir zu«, sagte Charlotte beschwörend. »Hab ein bisschen Geduld mit Daniel. Eines Tages wirst du es mir danken, weil du dann begreifst: Der richtige Mann ist nicht der, mit dem immer alles super ist, sondern der, ohne den alles blöd ist.«

»Es ist aber jetzt schon blöd, *mit* ihm«, beschwerte sich Laura.

»Wo bist du überhaupt?«

»Damentoilette.« Laura zupfte an den weißen Gladiolen, deren Blütenränder sich bereits bräunlich färbten. »Von Blumen haben die hier übrigens keine Ahnung.«

»Tu mir einen Gefallen, und halte durch. Daniel ist auf den ersten Blick ein attraktiver Mann, auf den zweiten vielleicht ein wenig dröge, aber warte den dritten Blick ab, bevor du das Date abbrichst.«

Hm. Laura zuppelte an den Gladiolenblüten. Das hörte sich nach Punkt eins ihrer Liste *Aufgaben für meine Beziehungsarbeit* an: *Nicht immer gleich wegrennen.* Sofern sie ihren neuen Vorsätzen treu bleiben wollte, und das wollte sie um jeden Preis, durfte sie sie jetzt keinesfalls die Flucht ergreifen.

»Okay, okay, ich gehe da wieder rein.«

»Fein«, freute sich Charlotte. »Morgen reden wir dann ausführlicher.«

O ja, es gab einiges zu bereden.

»Sagen Sie mal«, sprach eine der Damen Laura an, »posaunen Sie immer alles so ungeniert aus? Haben Sie denn keinen Friseur, bei dem Sie Ihre Probleme etwas unauffälliger loswerden könnten?«

»Nö, ich schneide mir die Haare immer selber, mit der Rosenschere«, erwiderte sie knapp. »Schönen Abend noch.«

Eilig verstaute Laura ihr Handy in der Clutch, warf den Damen noch eine Kusshand zu und marschierte schnurstracks zum Tisch zurück, wo sie deutlich angeschlagen auf ihren Stuhl plumpste. Inzwischen war das Amuse-Gueule serviert worden: eine gebratene Jakobsmuschel mit grünem Spargel in Miniaturformat. Daniel hatte seine Portion schon halb verspeist. Wow. Ein echter Gentleman.

»Schmeckt's?«, fragte sie mit einem unmerklich sarkastischen Unterton.

Diesmal war er nicht so schwer von Kapee.

»Sorry, meine Ernährungsgewohnheiten sind zurzeit nicht ganz so Knigge. Tagsüber kann ich nicht essen, weil ich dauernd an dich denke, nachts kann ich nicht schlafen, weil ich einen Mordshunger habe. So bleibt mir nur der Abend.«

Beifall heischend schaute er sie an. Dumm nur, dass Laura selbst auf den T-Shirts von Max schon witzigere Sprüche gelesen hatte. Nur Charlotte zuliebe versuchte sie sich an einem Kichern, das notgedrungen ein bisschen blechern ausfiel.

»Hihi. Du bist mir ja ein Spaßvogel.«

»Nicht wahr?« Der letzte Happen verschwand in seinem Mund. »Mit mir hat man immer was zu lachen.«

Geradezu ein Paradebeispiel für die Diskrepanz von Selbstwahrnehmung und Außenwirkung, stellte Laura innerlich fest. Daniels Humorfaktor war absolut unterirdisch, womit der erste Punkt auf ihrer Liste *Worauf ich künftig achten muss* wegfiel. Das Date würde sie trotzdem durchziehen, bis zum bitteren Espresso, so wie sie es Charlotte versprochen hatte.

Andererseits musste es gestattet sein, Daniel auf den Zahn zu fühlen. Es wollte ihr einfach nicht in den Kopf, dass ein Mensch zwei derartig verschiedene Gesichter hatte.

»Im Chat warst du irgendwie anders«, ging sie ohne Umschweife aufs Ganze. »Woran könnte das liegen?«

Nach längerem Lippenbetupfen mit der Serviette zeigte er auf die Speisekarte.

»Willst du nicht erst mal was bestellen?«

Da Laura ohnehin der Appetit vergangen war, hatte sie auch keine Lust mehr auf die Lektüre der Speisekarte.

»Ich nehme einfach dasselbe wie du.«

»Aber den Babysteinbutt gab es leider nur einmal«, entgegnete Daniel. »Schau doch bitte, ob du was anderes für den Hauptgang findest.«

Im Zeitschinden war er wirklich gut. Aber sie hatte sich ja vorgenommen, geduldig zu sein. Ergeben nahm Laura die Karte zur Hand, stolperte jedoch sogleich über die Preise.

»Siebzehn Euro für eine Bruschetta? Und zweiundfünfzig Euro für ein Filetsteak? Verarbeiten die hier Blattgold in der Küche?«

»Nun«, erneutes Lippenbetupfen, »man zahlt ja auch fürs Ambiente. Und für die Freundlichkeit der Kellner.«

Höhö, Freundlichkeit kriege ich woanders umsonst, dachte Laura.

»Ich lade dich natürlich ein«, beteuerte Daniel. »War ja mein Vorschlag, dieses Restaurant.«

»Danke, danke.«

»Da nicht für.«

Und schon wieder war das träge dahintröpfelnde Gespräch versickert. Umso stärker beschäftigte Laura das Rätsel, warum Daniel so unerträglich stoffelig rüberkam. Fast schien es, als sei es gar nicht er gewesen, der ihr die WhatsApps geschrieben hatte. Warum zum Beispiel erwähnte er die Trüffelpasta mit keinem Wort mehr? Schließlich war das der Hauptgrund gewesen, weshalb er dieses Lokal vorgeschlagen hatte.

»Ich nehme an, du hast auch die sagenhafte Trüffelpasta bestellt, für die dieses Ristorante berühmt ist«, ließ sie einen Versuchsballon steigen.

»Die Trüffelp...« Er begann hektisch zu zwinkern. »Ach, richtig. Klar. Das muss ich dem Kellner noch sagen, eben war ich so auf den Babysteinbutt fixiert, dass es mir entfallen ist.«

Eine ganz schön lahme Ausrede. Und plötzlich fiel Laura etwas auf. Etwas absolut Schockierendes: In den besten Momenten des Chats hatte Daniel sie an Skipper erinnert. Es gab sogar Übereinstimmungen bei der Wortwahl – *stets zu Diensten, Mylady* oder der *Koma-kann-jede-Oma*-Spruch. Dann kam ihr das heutige Empfangskomitee in den Sinn. Wie war das gewesen, als sie versucht hatte, Daniel anzurufen? Hatte es nicht im selben Moment bei Skipper geklingelt, mit einem dämlichen Schlager-Klingelton, der viel besser zu einem bekennenden Helene-Fan wie Daniel Lombardi passte?

Der Verdacht, der sich dahinter aufbaute, war so ungeheuerlich, dass sie kaum wagte, ihn zu Ende zu denken: War Daniel eine Mogelpackung made by Skipper?

Um sicherzugehen, musste sie sofort die Handyfrage klären. Beiläufig natürlich. Sie würde Daniel kunstvoll überrumpeln, damit das Testergebnis eindeutig ausfiel.

»So, ich habe alles beisammen«, flötete sie. »Bruschetta, Thunfisch-Zwiebelsalat, Trüffelpasta, Kaninchen. Klingt toll, oder? Am liebsten würde ich ja Fotos davon auf Instagram posten, aber meine Handykamera ist etwas schlappi. Deine scheint wesentlich besser zu sein, den Facebookfotos nach zu schließen. Hast du zufällig dein Handy dabei?«

Er kniff ein Auge zu.

»Wer geht denn heutzutage noch ohne aus dem Haus? Selbstverständlich habe ich es dabei.«

»Darf ich mal sehen?«

»Bitte sehr.« Ohne zu zögern holte er ein blau glänzendes Smartphone aus der Innentasche seines Jacketts und hielt es ihr hin. »Das ist das neueste Modell der Reihe. Inklusive TrueDepth-Frontkamera mit Nachtmodus, LIDAR Scanner für AR-Erlebnisse und der Option, 4K-Dolby-Vision-HDR-Aufnahmen zu machen.«

Männer. Wie behielten sie diesen ganzen Technik-Kauderwelsch-Quatsch? Doch viel wichtiger: Daniel hatte den Test bestanden. Ohne jeden Zweifel befand sich sein Handy dort, wo es hingehörte, und nicht etwa in Skippers Hosentasche.

Laura fühlte sich auf einmal richtig mies. Mann, Mann, so weit war es also schon mit ihr gekommen, dass sie Skipper unterstellte, mutwillig mit ihren Gefühlen zu spielen. Was er niemals tun würde, das wusste sie doch. Und dem Rätsel Daniel war sie auch noch keinen Schritt näher gekommen. Da tauschte man den lieben langen Tag und auch zur Nacht alle möglichen Nachrichten aus, doch das Life-Erlebnis ließ überdeutlich zu wünschen übrig. Woran zum Teufel lag es, dass er ein anderer zu sein schien?

»Lieber Daniel«, sie schlang ihre Finger ineinander, »darf ich dir eine sehr direkte Frage stellen?«

Unter seinem linken Auge zuckte ein kleiner Nerv.

»Warum?«

»Weil ich dich besser kennenlernen möchte?«

»Gut, kann losgehen.«

»Aus welchem Grund haben wir heute ein Date?«, platzte Laura mit ihrer Frage raus. »Warum ich?«

Daniel holte tief Luft, doch wieder erlöste ihn der Kellner von der Notwendigkeit, sogleich zu antworten.

»Bitte schön, die Herrschaften, Bruschetta nach Art des Hauses«, schnurrte er. »Ich habe mir erlaubt, auch eine Portion für die junge Dame zu bringen.«

»Ist recht, danke«, krächzte Laura.

Sichtlich erleichtert griff Daniel nach seinem Besteck, um an der gerösteten, mit Tomatenstückchen, Basilikum und Sardellen belegten Brotscheibe herumzusäbeln.

»Dann guten Appetit. Willst du vorher mein Handy haben? Für ein Foto?«

»Nee, lass mal, Bruschetta ist nicht so aufregend«, winkte sie ab. »Lieber würde ich erfahren, was du zu meiner Frage zu sagen hast.«

Aufmerksam behielt sie ihn im Auge. Daniel sah jetzt aus wie ein Schüler, der seine Hausaufgaben vergessen hat und zur Strafe vom Lehrer an die Tafel zitiert wird. Er schloss kurz die Augen, als müsse er etwas memorieren.

»Da war so ein Gefühl, das ich beim Betrachten deines Fotos hatte«, seufzte er. »Multipliziere es mit der Unendlichkeit, erweitere es um die Ewigkeit, dann ahnst du, wovon ich spreche.«

»Hammer. Ist das von dir?«

»Nein«, er lächelte verdruckst, »aus einem Film.«

Verwundert starrte Laura ihn an.

»Du hast es auswendig gelernt? Für mich?«

Er sah kurz zur Seite, dann verdrehte er hilflos die Augen.

»Weißt du denn nicht, wie einschüchternd du bist? Eine gestandene Frau, klug, witzig, schnell. Neben dir fühle ich mich wie ein, na ja, wie der letzte Blödmann. Beim Schreiben geht es so gerade, aber jetzt, hier«, er wedelte mit einer Hand vor ihrem Gesicht herum, »bin ich wie blockiert.«

Oha. Ähnliches hatte Laura schon früher gehört – sie sei beeindruckend, aber eben auch einschüchternd. Letztlich war Skipper der einzige Mann, der ohne solche Bedenken mit ihr klarkam. Ganz easy.

»Und da dachtest du: Ich bereite mal was vor?«

»Genau.«

Daniels Offenheit hatte etwas Herziges. Was sollte sie da anderes tun, als sich in Nachsicht zu üben?

»Ich bin nun mal Tierarzt, kein Schriftsteller«, fügte er hinzu. »Ich verfasse keine Gedichte, keine Romane, sonst würde ich dir jetzt die tollsten Formulierungen zu Füßen legen, ehrlich.«

»Aber das ist doch gar nicht nötig«, versuchte sie, seine Selbstzweifel zu zerstreuen. »Außerdem hast du meinen vollen Respekt, dass du dennoch den Abend mit mir verbringst.«

Aufatmend klaubte er ein Tomatenstückchen auf, das vom Teller aufs Tischtuch gefallen war, und steckte es sich in den Mund.

»Sagen wir es so: Ich mag den Menschen, zu dem ich werde, wenn wir miteinander schreiben.«

Hach, süß. Lauras innerer Widerstand schmolz. Vielleicht behielt Charlotte ja recht, und Daniel war gar nicht der knochentrockene Stoffel, für den man ihn auf den zweiten Blick halten konnte. Was hatte sie denn auch erwartet? Dass es blitzartig funkte? Dass sie schon nach dem Aperitif auf Wolken schwebte und vor lauter Glück zersprang?

»Also, manchmal, wenn mir die Worte fehlen, probiere ich es einfach mit Songtiteln«, erklärte er mit der Andeutung eines zaghaften Lächelns. »Obwohl es bestimmt noch zu früh dafür ist, könnte vielleicht passen: *I Love You Just The Way You Are*.«

Nein. Bitte nicht das. Laura vereiste innerlich. Es war Max' und ihr Lied! Konnte das Zufall sein? Gab es solche Fügungen? Oder war das wieder so eine Sache, die sie stutzig machen musste?

»Ich mag total Michael Bublé«, sagte er nun auch noch.

Das sollte ja wohl ein Scherz sein. Kein Mann mochte Michael Bublé, es sei denn, er trug ausgefallene Kleider, bunte Perücken und pfundweise Make-up.

»Hat Charlotte dich gecoacht?«, feuerte sie aus der Hüfte ihre nächste investigative Frage ab.

»Nein!« Daniel warf sein Besteck auf den Teller, dass es klirrte, und presste beide Hände auf seine Brust. »Wo denkst du hin? Wir haben uns nur ein-, zweimal getroffen, seit ich … seit sie … seit wir …«

»Seit – was?«

»Wie jetzt, wird das hier etwa ein Verhör?«, antwortete er bockig. »Ist doch normal, dass man sich vorher ein bisschen erkundigt, wenn man ein Date mit einer Unbekannten hat.«

»So weit sind wir uns einig«, bestätigte Laura. »Allerdings ist es nicht wirklich hilfreich, wenn du so tust, als hättest du denselben

Musikgeschmack wie ich. Bleib bitte du selbst – und bei der Wahrheit. Ich weiß doch schon, dass du heimlich auf Helene stehst. Und auf Nana.«

»Ich kenne keine Helene und keine Nana! Wer sind die?«

Laura gab es auf. Entweder hatte Daniel vor lauter Aufregung einen Totalblackout, oder jemand anderes hatte mit ihr gechattet. In beiden Fällen traf jedoch dasselbe zu: Dieser Abend war eine Witznummer.

»Es tut mir so leid«, stöhnte sie, »ich glaube, ich habe mir den Magen verdorben und muss schleunigst nach Hause.«

»Aber, aber«, nahezu verzweifelt rang Daniel die Hände, »wir sehen uns doch wieder, oder? Ganz bald?«

»Ja, vielleicht. Ciao, Daniel, danke für das Essen.«

Laura stand auf und stöckelte los, dem Ausgang entgegen. Sie hatte die Nase gestrichen voll, und ein Vielleicht war immer noch die eleganteste Art, Nein zu sagen.

Kapitel 30

So war das also, wenn einen der Alltag wiederhatte. Kein grauer Alltag, ein recht bunter und abwechslungsreicher sogar, aber eben der ganz normale Tagesablauf, mit allen Pflichten und Freuden. Schon früh um sechs war Laura auf dem Blumengroßmarkt gewesen. Seitdem hatte sie vierundzwanzig Sträuße, fünf Topfpflanzen sowie drei Gestecke verkauft, und die alte Frau Minnemann hatte wie gewohnt ihre Rosen bekommen.

Same procedure, dachte Laura, als sie kurz vor Ladenschluss ihre Orchideen mit einem feinen Wassernebel besprühte. Erschöpft. Und ernüchtert. Obwohl doch so viel passiert war, stand sie wieder da, wo sie auch vor der Reise gestanden hatte: eine Singlefrau mittleren Alters, die jetzt zwar wusste, woran es in der Vergangenheit gehakt hatte, die aber ohne Plan für die Zukunft irgendwie weiterwurschteln musste. Was blieb ihr denn anderes übrig?

Sicher, theoretisch könnte sie Daniel eine zweite Chance geben oder vielleicht mal auf Dating-Apps stöbern, aber wozu? Um den nächsten Reinfall zu erleben? Das einzige Lebewesen, das hier unverhofft sein Glück gefunden hatte, war Fritzchen.

Sie stellte die Sprühflasche unter den Ladentisch und ging die Kassenbons durch. Geschäftlich war es ein erfolgreicher Tag gewesen. Auch neue Aufträge waren reingekommen, zwei große Hochzeiten, und sogleich hatte sich wieder das mittlerweile quietschende und eiernde Gedankenkarussell in Bewegung gesetzt: Wie schafften es andere Frauen, eine haltbare Bindung aufzubauen? Kompromissbereit, angstfrei, geduldig? Oder lieb, lustig, pflegeleicht, wie Thilo es bevorzugte?

Sie schaute zur Uhr. Fünf vor sechs, Zeit, klar Schiff zu machen und danach den Laden abzuschließen. Ach, Skipper. *Klar Schiff*, den Ausdruck habe ich von dir. Aber nun hast du die Segel gesetzt und schipperst in eine andere Richtung.

Laura räumte gerade die Vasen von dem Blumengestell vor der Floristeria ab, als ihr Handy surrte. Ohne große Begeisterung schaute sie aufs Display. Den ganzen Tag über hatte sie die vielen Anrufe ignoriert, die gekommen waren, und auch keine der unzähligen Nachrichten gelesen. Es wurde ihr einfach zu viel. Nach dem Kommunikationsmarathon der letzten Tage brauchte sie ein Digital Detox. Dringend. Jetzt war es allerdings ihre Mutter, die sich meldete. Da musste sie wohl rangehen.

»Hallo, Mama.«

»Kind, du bist wieder da? Warum erfahre ich als Letzte davon? Geht es dir gut, meine kleine Principessa? Wie war deine Reise?«

»Interessant.« Das konnte alles und nichts bedeuten, was es im Grunde ja auch traf. »Und bei euch?«

»So wie immer, alles bestens. Sag, Kind, magst du heute Abend zum Essen vorbeikommen? Es wäre die letzte Gelegenheit, unsere Königskerze in voller Blüte zu sehen.«

»Ja, warum nicht?«

»Ich koche dir auch was Schönes, wie wäre es mit Conchiglie in Zucchini-Pinienkern-Sauce? Das isst du doch so gern.«

»Großartig.«

»Um sieben? Wir freuen uns!«

»Abgemacht. Danke, Mama, freu mich auch.«

Seufzend klemmte sich Laura eine Vase mit hellroten Freilandrosen unter den einen Arm und ein Glas mit weißen Tulpen unter den anderen. Solange die Eltern lebten, blieb man eben immer ein Kind. Sehr schön, sehr zwiespältig, wenn man eine erwachsene Frau war und keine eigenen Kinder hatte.

Sie trug die Vasen in den Verkaufsraum und drückte die Tür mit ihrer Hüfte zu. Aua. Es war die Hüfte, die sie sich am Waschbecken gestoßen hatte, als Skipper … ja, was eigentlich? Das kurze Gespräch im Badezimmer hatte verheißungsvoll angefangen, doch wieder mal war nichts dabei herausgekommen. Nur ein blauer Fleck auf der Hüfte – und ein blauer Fleck mehr auf ihrer Seele.

Die Ladenglocke ertönte. Mit den Händen in den Hosentaschen kam Tom reingestiefelt, für seine Verhältnisse ungewöhnlich elegant angezogen, in sandfarbenen Chinos und einem gebügelten Jeanshemd.

»Hey.« Verlegen setzte er sein Basecap ab, fuhr sich mit einer Hand durchs Haar und setzte die Kappe wieder auf. »Kein guter Tag für dich, schätze ich.«

Na toll. Hier blieb aber auch gar nichts verborgen.

»Also hat es schon die Runde gemacht? Mein geplatztes Date mit Daniel?«

»Ließ sich nicht vermeiden«, erwiderte er mit zusammengezogenen Augenbrauen. »Charlotte hat es Skipper erzählt, Skipper hat es mir erzählt, ich habe es Karo erzählt.«

Laura stellte die Vasen auf eine weißes Tischchen, hob ein paar braune Blätter vom Boden auf, die sie in den Mülleimer beförderte, und lehnte sich an den Ladentisch.

»Scheint so, als ob ihr euch dauernd was über mich *erzählt*. Habt ihr kein anderes Thema?«

»Wieso, ist doch normal, wir haben dir halt alle die Daumen gedrückt.«

»Normal?« Unwillig verschränkte sie die Arme. »Abgesehen davon, dass mein marodes Liebesleben ein lustiger Gesprächsstoff sein mag, ist es kein so erhebendes Gefühl, dass ihr dauernd hinter meinem Rücken über mich redet.«

»Aber wir wollen doch nur …«

»… mein Bestes. Klar. Trotzdem möchte ich euch herzlich bitten, euren Gesprächsstoff künftig woanders zu beziehen. Wozu gibt es Netflix? Da findet ihr jede Menge Serien, bei denen man sich über komplett verpeilte Heldinnen amüsieren kann.«

»Okay. Also – okay.« Toms Finger spielten mit den perlmuttfarbenen Druckknöpfen seines Jeanshemds. »Eigentlich wollte ich dir ja auch nur mit dem Regal draußen helfen.«

»Sehr gern.«

Gemeinsam schleppten sie das Holzgestell in den Verkaufsraum, was eine Weile dauerte. Danach hockte sich Tom auf den Ladentresen und sah Laura bedrückt an.

»Du kommst darüber hinweg. Über Daniel. Und über Skipper.«

Dasselbe sagte sich Laura auch schon den lieben langen Tag, aber verdammt, sie glaubte nicht daran.

»Sicher«, erwiderte sie müde. »Man kommt über alles hinweg. Danke, Tom. Ich muss mich jetzt beeilen, meine Eltern erwarten mich um sieben zum Essen.«

»Dann einen schönen Abend.«

Und weg war er. Erst als Laura den Laden abgeschlossen hatte und in ihre Wohnung ging, fiel ihr auf, dass die Reihenfolge, in der die Neuigkeiten über sie zirkulierten, etwas eigenartig war. Charlotte hatte es Skipper erzählt, Skipper dann Tom und Tom wiederum Karo. Wäre es nicht logischer gewesen, dass Skipper den Daniel-GAU zunächst Karo anvertraute? Schließlich hatten die beiden den Tag zusammen verbracht. Skippers Nachricht, eingegangen um acht Uhr morgens, hatte Laura nämlich als einzige gelesen.

Hi Kleines, mache heute mal blau. Gehe wahrscheinlich mit Karo aufs Boot. Tut mir leid wegen Daniel, shit happens, kann nur besser werden. Sk

Mensch, Laura, du musst aufhören, an Skipper zu denken, befahl sie sich. Loslassen heißt dein Mantra, nicht klemmen und klammern. Sie ging in die Hocke, um Luna zu streicheln, die sich auf dem abgeschabten Vintagesessel geputzt hatte und wie ein Pfeil heranschoss, um ihr Frauchen zu begrüßen.

»Hallo, Luna«, murmelte Laura. »Wenigstens auf dich ist Verlass.«

Miauend presste sich das Kätzchen an ihre Beine und schaute sie aus großen bernsteinfarbenen Augen an, als wollte sie sagen: Alles gut, bin ja da. Wie immer schaute Frauchen reflexhaft zur Anrichte. Doch das junge Glück im Aquarium war völlig ungetrübt. Wie übermütige Kinder kobolzten Fritzchen und Paula durchs Wasser und schienen eine Menge Spaß zu haben.

Nachdem Laura ihrer Hoheit eine Portion Hühnerleber und dem schwimmenden Traumpaar eine Dosis Trockenfutter serviert hatte, zog sie ihre Arbeitsklamotten aus und das weiße Kleid mit dem Klatschmohnmuster an. Es war noch ein wenig zerknittert von der Reise, aber wenigstens war es ein Kleid. Big Mama würde es freuen. So wie sie sich freuen würde, dass ihre Tochter die Königskerzenblüte nun doch nicht verpasste.

Es gab über dreihundert Königskerzenarten. Eine Besonderheit bestand darin, dass sich die Knospen der bis zu zwei Meter hohen Stängel von unten nach oben öffneten, bis zum spektakulären Finale, wenn alles vollständig aufgeblüht war. Im Garten von Lauras Eltern wuchs ein schönes Exemplar Verbascum chaixii »Sixteen Candles«, mit großen gelben Blütenblättern und violetten Staubgefäßen, dessen volle Blüte Alessandra Gazzetti Jahr für Jahr in Entzücken versetzte. Laura natürlich auch.

»Ciao, Tiger«, flüsterte sie und kraulte Luna zum Abschied den Nacken. »Ich bin nur kurz weg, danach kuscheln wir.«

Heute Abend nahm sie das Fahrrad. Etwas Bewegung würde ihr

guttun und sollte ja angeblich auch die Produktion von Glückshormonen ankurbeln. Die konnte Laura wahrlich gebrauchen. Nahezu verbissen trat sie in die Pedale und erreichte nach einer knappen halben Stunde das sonnengelb gestrichene Haus ihrer Eltern. Schon von Weitem sah sie, dass die Gartenpforte wie für einen Kindergeburtstag mit bunten Luftballons geschmückt war. Tja, einmal Kind, immer Kind, so lief das eben. Big Mama war offenbar gewillt, ihrer Tochter die Rückkehr von der Reise zu versüßen.

Laura stieg ab, drückte die Pforte auf und schob das Rad zum Hauseingang. Bis hier draußen duftete es nach Pasta und gerösteten Pinienkernen. Obwohl sie eigentlich keinen Hunger hatte, regte sich auf einmal ein kindlicher Appetit in ihr. Futtern bei Muttern half immer, selbst bei blauen Flecken auf der Seele.

Sie lauschte. Wie merkwürdig still es war. Keine Stimmen, keine Musik, nicht mal Geschirrgeklapper drang aus den offenen Fenstern. Laura ging ins Haus. Nichts. Die Küche war leer, Esszimmer und Wohnzimmer ebenfalls. Hatte sie sich in der Zeit geirrt? Oder warteten ihre Eltern draußen bei der Königskerze auf sie? Ein wenig irritiert öffnete sie die Terrassentür des Wohnzimmers, hinter dem sich der größere Teil des Gartens befand.

O nein. Bitte, bitte nicht.

»Über-ra-schuuuung!«, tönte es ihr entgegen.

Alle ihre Freunde hatten sich auf dem Rasen versammelt und schwenkten bunte Fähnchen: Charlotte, Mimi, Skipper, Karo, Tom. Daneben standen ihre Eltern, mit Na-los-freu-dich-doch-Gesichtern und riesigen Luftballontrauben in den Händen. Selbst Eddy und Tante Sophia waren zugegen. Und Daniel. Verflixt, DANIEL?

»Willkommen daheim, Kind!«, juchzte Alessandra Gazzetti, die in einem mit Sonnenblumen bedruckten roten Kleid auf ihre Tochter zustürmte. »Heute wirst du gebührend gefeiert!«

»D-danke«, stammelte Laura.

Sie hätte sich am liebsten ins nächstbeste Mauseloch verkrochen. Das alles war so lieb. Und absolut überfordernd. Und eine wirklich unfassbare Zumutung. Was sollte diese Party?

Leicht verstört betrachtete sie den festlich dekorierten Garten. Auf dem Rasen standen mit weißem Flieder geschmückte Tische, in den Bäumen hingen Lampions, rund um die Königskerze waren Lichterketten drapiert, damit auch jeder die Hauptattraktion fand. Nur zu feiern gab es nichts. Gar nichts.

»Hast du schon gesehen?«, wisperte ihre Mutter. »Er ist da. Dein Daniel. Charlotte hat mir seine Nummer gegeben, damit ich ihn einladen kann. Prächtig sieht er aus, und noch dazu ist er Tierarzt! Kind, ich freue mich ja so!«

»Mama, also …«

»Nein, sag nichts.« Alessandra Gazzetti strich ihr Sonnenblumenkleid glatt und lächelte schelmisch. »Du willst Sebastian zurück? Er kommt später auch noch, denn selbstverständlich bereut er längst, dass ihr euch getrennt habt. Du hast also die freie Auswahl!«

»Gott behüte!«, protestierte Laura. »Mein Liebesleben ist doch keine Jahrmarktsbude, wo man sich einen Preis aussuchen kann!«

»Nun sei mal nicht so fest im Kopf«, sagte Big Mama in ihrem besten Tadelton. »Bei einer außergewöhnlichen Frau wie dir darf man auch mal zu ungewöhnlichen Mitteln greifen.«

Nein, darf man nicht, dachte Laura erbittert. Weil das nämlich *mein* Leben ist!

Sie behielt diese Antwort nur für sich, weil ihr Vater mit zwei gefüllten Proseccogläsern über den Rasen heranstapfte und so arglos lächelte, dass sie es nicht übers Herz gebracht hätte, ihn vor den Kopf zu stoßen.

»Hallo, Papa.«

»*Mia cara*, lass uns auf dich trinken.« Er überreichte ihr eines der Gläser. »Cin cin, Principessa.«

»Cin cin!«, riefen alle im Chor. »Auf Laura!«

Zitternd nahm sie einen Schluck. Im Grunde blieben ihr jetzt nur zwei Optionen: entweder wegrennen oder sich hemmungslos betrinken. Da wegrennen ausschied, einmal wegen ihrer Liste, zum anderen, weil sie weder ihre Eltern noch ihre Freunde düpieren wollte, blieb nur die Flucht in den Vollrausch.

Na, dann Prost. Diesen Abend hatte sie sich ganz anders vorgestellt.

Da sie wenig Lust verspürte, mit Charlotte & Co. zu sprechen, und noch weniger Lust auf eine Begegnung mit Daniel hatte, ging sie zu Tante Sophia, die sich einen Stuhl neben dem Getränketisch gesichert hatte. Sie trug eine neue Perücke – weiße Löckchen, leichter Rosastich –, die hervorragend zu ihrem rosa Bouclékostüm und ihrer schreirosa Lackhandtasche passte.

»Cin cin«, röhrte die alte Dame mit ihrer unverwechselbaren Reibeisenstimme, während sie sich ihr Glas vollschenkte. »Findest du diese Party auch so grässlich?«

»Wie kommst du denn darauf?«

Aus den schlauen alten Augen, die von tausend kleinen Lachfältchen umkränzt wurden, traf Laura ein messerscharfer Blick.

»Ich kann die Zeitung nur noch mit der Lupe lesen, aber glaub mir, eine unglücklich verliebte Frau erkenne ich auf tausend Meter Entfernung.«

»Ich bin nicht verliebt.« Missmutig bohrte Laura ihren rechten Sneaker in den Rasen. »Weder glücklich noch unglücklich.«

»Erzähl das dem Weihnachtsmann.« Mit einem heiseren Lachen nippte Tante Sophia an ihrem Prosecco. »Vorsicht, wenn du einer erfahrenen Frau wie mir so einen Unsinn auftischst, ist das wie russisches Roulette mit vollem Magazin. Also, wer ist der Idiot, der dich nicht will?«

In diesem Moment spürte Laura einen zwiebeligen Atem in ihrem Nacken. Scheibenkleister. Sie wirbelte herum.

»Hallo«, lächelte Daniel etwas trübe. »Kann ich dich mal sprechen? Ich denke, ich muss dir einiges erklären.«

Genau. Erklär mir doch mal, warum du überhaupt hier bist. Und warum du zu diesem albernen weißen Jackett ein schwarzes Hemd trägst, als wärst du das wandelnde Klischee eines Vorstadtmafiosos.

»Das reicht, junger Mann«, knurrte Tante Sophia. »Wir haben genug gehört.«

»Wie bitte?« Millimeterweise fiel Daniel die Kinnlade runter, bis sein Mund komplett offenstand. »Ich habe doch noch gar nichts …«

»Jetzt hör mir mal gut zu, Jungchen.« Tante Sophia holte eine ihrer Herztabletten aus der Handtasche, spülte sie mit einem großen Schluck Prosecco runter und klappte die Tasche wieder zu. »Ich bin so alt, dass ich noch defekte Lichtmaschinen in den Autos mit Nylonstrümpfen repariert habe. Und ich habe gelernt, jedes Wort zu verstehen, das ein Mann *nicht* sagt.«

Zwei, drei Wimpernschläge lang war Daniel einfach nur sprachlos. Dann drückte er seinen Rücken durch.

»Es geht hier aber nicht um Sie, werte Dame, sondern um Laura und mich. Wir sind sozusagen ein Paar, es fehlt nur noch eine Aussprache. Zu zweit.«

Damit erzeugte er größte Heiterkeit bei Tante Sophia. Knarzig lachend schüttelte sie den Kopf.

»Siehst du, Principessa? So sind sie, die Männer: Lieber den Mund aufmachen als gar nichts Dummes sagen.«

Laura wollte gerade die Wogen glätten, als Eddy näher kam, wie immer apart anzusehen mit seinen lebhaft funkelnden Augen und seinem dunklen Dreitagebart.

»Gibt's ein Problem?«

»Mehrere«, brummte Tante Sophia.

»Hi, Daniel.« Eddy streckte ihm die Hand hin. »Wie ich hörte, kam es zu Komplikationen rund um den gestrigen Abend. Aber das kann ich sicher wieder einrenken.«

»Ach, kannst du das, du *rimbambito*?«, giftete Tante Sophia. »Häng dich mal nicht so weit aus dem Fenster. Wer im Glashaus sitzt, sollte im Keller duschen. Du bist doch auch nicht besser als Alessandra mit ihren unsäglichen Heiratskandidaten. Schließlich warst du ein Teil von diesem, diesem – Taasforst.«

Alarmiert umklammerte Laura ihr Glas.

»Eddy? Wie soll ich das verstehen?«

»Ach, hör nicht auf Tante Sophia«, murmelte er. »Du weißt doch, wie sie ist.«

»Ja, eine Frau mit Durchblick, die etwas mehr Respekt verdient hätte«, regte sich Laura auf. »Was zur Hölle ist Taasforst?«

»Sag's ihr!«, kommandierte Tante Sophia röhrend.

»Taskforce«, antwortete er kleinlaut. »Wir haben es Taskforce Laura genannt. Manchmal auch das L-Team – L wie Laura braucht einen Mann.«

»Und *wir,* das sind ...?«

»Na ja, eigentlich alle hier Anwesenden.«

Laura taumelte einen Schritt zurück. Vor ihren Augen tanzten glühende Punkte. Alle? *Alle*?

»Also, ich habe nichts damit zu tun!«, rief Daniel. »Jedenfalls so gut wie nichts! Na ja, fast.«

Ein weiterer Fall für den Weihnachtsmann. Laura glaubte ihm kein Wort mehr.

»Wie lief das ab?«, fragte sie mit tonloser Stimme.

»Wir haben uns neulich hier getroffen«, berichtete Eddy mit gesenktem Kopf. »Zunächst nur Charlotte, Mimi, deine Eltern und ich.«

»Um mir einen Mann zu backen.«

»Könnte man so sagen.«

»Was heißt übrigens *rimbambito*?«, fragte Daniel mit reichlicher Verspätung.

»Hornochse – das solltest du eigentlich wissen.« Eddy zog sich einen Stuhl heran und setzte sich. »Wir fanden, dass deine Suche ein Ende haben sollte, Cara. Wir wollten dir helfen. Wir wollten, dass du glücklich wirst.«

»Mir kommen die Tränen.« Mit dem Handrücken fuhr sie sich über die heiß pochende Stirn. »Und weiter?«

»Die Idee war, den perfekten Mann für dich zu finden.«

»Mich«, ergänzte Daniel geschmeichelt.

»Rimbambito!«, brüllte Tante Sophia.

»Ich habe alles aufgelistet, was der ideale Mann dir bieten muss«, erzählte Eddy ungerührt weiter. »Besondere Eigenschaften und so fort.«

Nun, diesen Teil seiner Rolle in dem Komplott kannte Laura ja schon von Charlotte. Während Eddy ein Glas vom Tisch nahm und es randvoll mit Prosecco füllte, beobachtete sie aus dem Augenwinkel, dass sich Charlotte und Mimi auf die Terrasse verzogen hatten und miteinander tuschelten.

Von Skipper, Karo und Tom war nichts mehr zu sehen. Bei Tom erstaunte es sie ein wenig. Doch dass Skipper und Karo mehr an ungestörter Zweisamkeit als an einer Party gelegen war, wunderte sie überhaupt nicht. Bestimmt waren sie wieder zum Boot gefahren. Ein Mann wie Skipper akzeptierte kein Sex-Moratorium, und diese laue Sommernacht eignete sich bestens für seine Verführungskünste.

»Die Wahl fiel auf Daniel.« Eddy trank einen langen Zug. »Er nahm Kontakt mit dir auf, war aber unsicher, wie er mit dir schreiben sollte. Deshalb haben wir ihn – beraten.«

Was für ein hirnverbrannter Bockmist. Laura brauchte jetzt ebenfalls einen Stuhl.

»Wie darf ich mir das vorstellen?«, fragte sie, nachdem sie sich gesetzt hatte.

Man merkte Eddy an, dass es ihn einige Überwindung kostete, die schräge Sache aufzudecken.

»Am Samstag war es einfach, da haben wir uns hier getroffen und alle mitgeschrieben. Doch es fehlte was, dieses gewisse Etwas halt. Deshalb haben wir Skipper ins Boot geholt.«

Skipper! In Lauras Herzgrube ging es plötzlich drunter und drüber.

»Bitte sag nicht, er hat bei diesem dämlichen Spiel mitgemacht.«

»Am Anfang war er strikt dagegen, ehrlich«, beteuerte Eddy. »Doch dann hat Charlotte ihm ordentlich den Kopf gewaschen. Dass er immer dein Beziehungsverhinderer war, der Mann im Hintergrund, der deinem Glück im Wege steht. Jetzt sollte er beweisen, dass er wirklich dein bester Freund ist.«

»Hui, der Typ ist echt super«, fügte Daniel mit völlig unangebrachter Euphorie hinzu. »Als mir nichts mehr einfiel, habe ich ihm einfach mein Privathandy gegeben. Das war ein bisschen wie in dieser französischen Geschichte mit, warte, Cypriano …«

»Cyrano de Bergerac.« Eddy musste ein wenig schmunzeln. »Ja, wir beherzigten dasselbe Prinzip: Ein Mann schreibt Liebesbriefe für einen anderen, weil er das nun mal besser kann. Skipper hatte es drauf. Er kennt dich, ihr sprecht dieselbe Sprache, habt denselben Humor.«

»So was würde ich nie auf die Reihe kriegen«, bekannte Daniel.

»Aber Sekunde mal, gestern im Restaurant hattest du doch dein Handy dabei?«, wandte Laura ein.

»Das war mein Diensthandy«, erklärte er. »Das für tiermedizinische Notfälle.«

Es wurde schlimmer und schlimmer. Laura fasste sich an den Hals, weil sie ein Würgen verspürte. Sie war heilfroh, dass wenigstens Tante Sophia diesen Irrsinn nicht mitbekam, weil sie nach dem reichlich genossenen Prosecco geräuschlos eingenickt war.

»Ich habe also die meiste Zeit mit Skipper gechattet?«, fragte Laura völlig durcheinander. »Floppi war seine Erfindung? Die Schlagernummer? Die kastrierte Dogge? Der Space-Kadett?«

»Hmja.« Daniel zuckte mit den Schultern. »Von Zeit zu Zeit habe ich natürlich mitgelesen, aber alles konnte ich mir nun wirklich nicht merken.«

Schockschwerenot. Für Laura ging eine Welt unter. Deshalb also das enttäuschende Date. Daniel war tatsächlich eine Mogelpackung made by Skipper.

»Wie konntest du nur, Eddy?«, stöhnte sie.

»Bitte«, sagte er flehend, »wir waren davon überzeugt, dass es nur so funktioniert und dass es unwichtig sein wird, wenn ihr euch dann in der Realität kennenlernt. Wir dachten halt, es muss erst mal eine Schwingung zwischen Daniel und dir entstehen, damit du einem Treffen zustimmst. In dieser Hinsicht bist du ja echt kompliziert. Jeder weiß doch, wie schwer du dich mit einem ersten Date tust, weil du immer Angst hast, dass du als bedauernswerter Single abqualifiziert wirst.«

»Weißt du was?« Laura erhob sich schwankend. »Genauso fühle ich mich gerade.«

»Aber du hast Potenzial«, versicherte Daniel.

Sie konnte sogar lachen über den heillosen Unsinn, den dieser Mann in einer Tour verzapfte.

»Wow. Potenzial ist ein großes Wort für die Verfassung, in der ich mich gerade befinde.«

»Kinder, das Buffet ist eröffnet!«, verkündete Big Mama, die mit einer gelben Schürze über ihrem Kleid auf der Terrasse erschien. »Lasst es euch schmecken!«

Essen? Bloß nicht. Laura stand vollkommen neben sich. Denn auf einmal kamen ihr all die Nachrichten in den Sinn, die ihr Herz hatten höherschlagen lassen. Nachrichten, derentwegen sie sich von ferne in Daniel verliebt hatte – der in Wirklichkeit Skipper war.

Während die anderen Gäste dem Büffet zustrebten, wankte sie zu einer etwas abseitsstehenden Gartenliege, zog ihr Handy hervor und scrollte durch den Chat. Es war überwältigend viel Charmantes, Romantisches und Komisches dabei, doch an einer bestimmten Passage blieb sie hängen.

In Patricks Garten hatte sie Daniel respektive Skipper eine alles entscheidende Frage gestellt: *Kennst Du das Gefühl, dass Du womöglich nicht gut genug bist für das, was Du Dir am meisten wünschst?*

In der Antwort hieß es unter anderem: *JAAA, ich kenne das Gefühl, von dem Du sprichst, Liebes. Dieses Gefühl der Verunsicherung, ob man überhaupt genug zu bieten hat für den Menschen, den man sich in seinen kühnsten Träumen wünscht.*

War das Skipper, verkleidet als Daniel – oder war das Skipper pur gewesen?

»Hey, Süße, wollen wir das Büffet plündern?«, erklang plötzlich Mimis zwitschernde Stimme. »Jedenfalls solltest du hier nicht allein im Garten rumsitzen, meint auch Charlotte.«

Laura sah auf und in die fröhlich erhitzten Gesichter ihrer beiden Freundinnen.

»Was – habt – ihr – getan?«, flüsterte sie.

Mimi verzog das runde Gesicht, als hätte sie in eine saure Ananas gebissen.

»Du weißt es also?«

»Taskforce Laura? Das L-Team? Ja.«

»Es erschien uns nun mal als die einzige Möglichkeit, dich an einen passenden Mann zu bringen.« Mit einer unwirschen Handbewegung, als wolle sie ein aufdringliches Insekt vertreiben, setzte sich Charlotte zu Laura auf die Liege. »Mach bitte kein Drama draus, Schatz, wir wollten doch nur …«

»Das war so eine Art Grauzone«, flötete Mimi.

»Aber wir wollten nur dein Bestes«, sagte Charlotte.

Wenn ich das noch einmal höre, werfe ich mich schreiend auf den Boden, dachte Laura.

»Mäuschen!« Zwischen zwei Tischen tauchte plötzlich Sebastian auf, sehr fein gemacht in einem hellbeigen Anzug mit roter Fliege. »Hehe, Überraschung gelungen?«

»Ist! Das! Toll!«, juchzte Mimi.

Puh. Nicht auch das noch. Es war definitiv vorbei. Lauras Gefühle für Sebastian dümpelten ungefähr zwischen null und egal, weshalb sie keine Kraft mehr hatte, sich auch noch um diese Ex-Baustelle zu kümmern.

In diesem Moment surrte ihr Handy. Ausdauernd. Da sie es in der Hand hielt, erkannte sie sofort, wer anrief. Und sie musste, musste, musste einfach rangehen.

»Komm her«, keuchte Skipper. »Zum Boot. Am besten sofort.«

Kapitel 31

Friedlich lag der See im schwindenden Abendlicht, spiegelglatt und von den Silhouetten der Bäume ringsum eingerahmt wie ein impressionistisches Gemälde. Laura kannte jeden Zentimeter hier. Wie oft hatte sie mit Skipper abends am Ufer gesessen und geredet. Wie oft waren sie zur Seemitte rausgefahren, um zu baden oder sich einfach nur vom Wasser treiben zu lassen, weil man an diesem idyllischen Fleckchen Erde Ruhe und Frieden fand.

Momentan war ihr allerdings weder ruhig noch friedlich zumute. Ein Sturm tobte in ihrem Innern. Mal brandete heiße Wut auf, dann wieder packte sie kalte Verachtung, gefolgt von Rührung und völliger Ratlosigkeit.

Als sie den Bootssteg erreichte, legte sie eine Vollbremsung hin, bei der sie sich um ein Haar überschlagen hätte. Das Fahrrad ließ sie einfach am Ufer liegen. Dann rannte sie los, die Holzplanken entlang zu dem kleinen blauen Segelboot, das ganz hinten am Steg vertäut war. Nie hatte sie sich so sehr nach Skipper gesehnt. Und nie hatte sie einen derartigen Drang verspürt, ihn mit bloßen Händen zu erwürgen. Letzteres würde leider schwierig werden, weil Karo bei ihm war und vor Gericht als Zeugin auftreten könnte.

Das Taptap ihrer Sneakers auf den groben Holzbohlen dröhnte in ihren Ohren. War es überhaupt richtig, dass sie hergefahren war? Hätte sie Skipper nicht besser eiskalt mit einer WhatsApp abservieren sollen? *Danke für gar nichts, das war's?*

Zu spät. Er hatte sie bereits gesehen und winkte ihr zu.

»Hey, Laura, da bist du ja!«

Das Dröhnen in ihrem Kopf hielt an, als sie zu ihm ins Boot kletterte. Jetzt musste sie konzentriert bleiben, schon deshalb, um all die Schimpfwörter loszuwerden, die sie sich auf der Fahrt zurechtgelegt hatte. Blödmann, Scheusal und Schuft zum Beispiel. Auch Stinkmorchel und Hampelmann kamen infrage. Vor allem Hampelmann.

»Setz dich.« Er deutete auf die schmale Bank, die sich ihm gegenüber an der Reling befand. »Möchtest du was trinken?«

Ihre Augen suchten das Boot nach Karo ab. An Deck war sie nicht, doch in der Kajüte brannte Licht. Aha. Vermutlich lag sie selig schlummernd in der zerwühlten Koje, nachdem Skipper ihr das Moratorium weggeküsst hatte. Ging's noch deprimierender?

»Es gibt Wein in der Kajüte«, sagte er, »einen Rosé.«

»Du hast echt Nerven«, schnaubte Laura. »Erst machst du Karo klar, jetzt willst du mir bestimmt mit windelweichen Ausreden kommen, warum du dich als Cyrano von Bergerac im Wurstformat hergegeben hast. Ist dir denn gar nichts peinlich?«

Selbst im schwachen Schein des Kajütenlichts, das durch das Bullauge nach draußen fiel, konnte sie erkennen, dass er lächelte.

»War eine meiner Lieblingsstellen in unserem Chat – wie wir uns die Peinlichkeiten gestanden haben.«

»Bist du etwa auch noch stolz darauf?«

Auf einmal schien er nervös zu werden, denn er begann, den Reißverschluss seiner dunkelblauen Windjacke auf und zuzuziehen. Ritschratsch. Es war schon fast absurd, wie sehr sie einander ähnelten.

»Nein, nicht stolz«, antwortete er leise. »Nur unendlich froh, dass wir diese Chance hatten.«

»Eine *Chance* nennst du das?«

»Anfangs wollte ich ja gar nicht mitmachen.« Er ließ den Reißverschluss los und griff zu einer Bierflasche, die unter seiner Bank auf dem Boden stand. »Doch dann hat mich Charlotte unter Druck gesetzt. Wir haben gestritten wie die Kesselflicker – das hast du ja auch am Tag deiner Abreise erlebt. Ich sei verantwortungslos, ich sei deine Beziehungsbremse, lauter so Zeugs.«

»Und da bist du eingeknickt.«

Es gluckerte rhythmisch, während er die Bierflasche leerte. Danach stellte er sie zurück auf den Boden.

»Es fing harmlos an, ein paar Tipps, mehr nicht. Beispielsweise gab ich Daniel den Rat, sich die romantischen Filme anzuschauen, die du so sehr magst.«

»Er hat sogar Zitate daraus auswendig gelernt«, brummte Laura. »Multipliziert mit der Unendlichkeit.«

»Irgendwann wurde es ihm zu viel mit dem Chatten«, fuhr Skipper fort. »Er überließ mir sein Handy, das sei praktischer. Und ich, na ja, konnte nicht mehr aufhören, dir zu schreiben.«

»Weil es Spaß machte, mich zu veräppeln?«

Er schaute zum dunkler werdenden See. Zwei Jetskis mit johlenden Jugendlichen preschten so nah an ihnen vorbei, dass die heranschwappende Bugwelle das Segelboot heftig zum Schaukeln brachte.

»Es hatte einen Zauber, Laura. Einen unwiderstehlichen Zauber.«

»Und dich hat nicht gestört, dass ich glaubte, mit Daniel zu chatten.«

»Nachgedacht habe ich durchaus darüber.« Sein Blick glitt wieder zu ihr. »Doch du kanntest nur ein Foto von ihm, mehr nicht. Klar habe ich gemerkt, dass du geflirtet hast und auch anverknallt warst – aber man kann sich nicht in ein Foto verlieben. Du hast dich in den Mann verliebt, mit dem du geschrieben hast. Daniel war nur ein …«

»Phantom?«

»Genau, ein Phantom, und unser Chat das Beste, was passieren konnte. Denn je länger wir chatteten, desto mehr wurde mir bewusst, was du mir bedeutest – und dass ich meine Gefühle für dich nicht länger ignorieren kann.«

Laura musste sich an der Reling festhalten, so sehr schaukelte das Boot immer noch. Man konnte ganz seekrank dabei werden. Aber ohnehin war ihr schon ganz schlecht.

»Findest du es nicht ein bisschen abgeschmackt, mir so ein schnulziges Gedudel aufzudrängen, während Karo da drinnen in der Koje liegt?«

»Karo?« Ein kleines durchtriebenes Lachen wehte ihr entgegen. »Die ist mit Tom unterwegs.«

Langsam bekam Laura das Gefühl, dass sie noch begriffsstutziger war als Doktor Daniel Lombardi.

»Klär mich auf«, stöhnte sie.

»Karo passte in den Plan. Sie hat sich auf der Stelle in Tom verschossen, doch Charlotte riet uns, ich sollte so tun, als wäre sie meine Herzensdame. Damit du mich abschreibst und innerlich frei für Daniel bist.«

Das Dröhnen in Lauras Ohren wurde von einem hohen Pfeifton abgelöst. Mein lieber Herr Gesangsverein. Tom und Karo ein Paar? Wo hatte sie ihre Augen gehabt?

»Du kennst ja Karo«, grinste Skipper, »die ist für jeden Blödsinn zu haben. Und da sie dich sehr mag, hat sie mitgespielt. Für Tom war es schwieriger. Wir mussten auf ihn einreden wie auf ein krankes Pferd, damit er bis zu deinem Date mit Daniel durchhält.«

»Welches sich dann als der absolute Rohrkrepierer entpuppte.« Das Pfeifen in den Ohren ging in ein Rauschen über. »Und was ist jetzt noch mal diese ominöse Chance, von der du gesprochen hast?«

Es wurde zusehends dunkler. Sie sah nur noch Skippers Umrisse, die breiten Schultern, die angespannte Haltung, mit der er auf der Bank saß.

»Erinnerst du dich an unsere gemeinsame Nacht?«

Oha. Laura erschauerte. Niemals hätte sie für möglich gehalten, dass er diesen Ausrutscher noch einmal erwähnen würde.

»Es war«, er warf auf einmal beide Arme in die Luft, »galaktisch. Life changing sex, wie man so sagt. Seitdem wusste ich, dass ich dich – bitte lach nicht – liebe.«

Das Universum stand still, ganz still. Sogar Lauras Herz hörte auf zu schlagen. Bestürzt starrte sie in das Dunkel. Er liebt dich. Skipper liebt dich.

Es war wie Sterben. Denn nun zogen im Zeitraffer alle gemeinsamen Stationen ihres Lebens vorbei, die sich unauslöschlich in ihr Gedächtnis eingegraben hatten. Skipper in blutjung, ein schlaksiger blonder Typ, der Neue an der Schule. Heimliches Rauchen auf dem Jungsklo. Radtouren zum See, mit Bier und Bienenstich auf dem Gepäckträger. Der Vollrausch nach der Abiparty. Ein komplett verregnetes Campingwochenende mit Skippers erstem klapprigen Fiat. Currywurst morgens um vier. Die herrlich hässliche Siebziger-Vase in Orange, die er ihr mal zum Geburtstag geschenkt hatte. Lachanfälle wegen gar nichts, die Stunden dauern konnten. Bootstouren, mal gechillt, mal übermütig. Lange Spaziergänge. Noch längere Abende, an denen sie sich an Skippers Schulter den Liebeskummer rausgeheult hatte. Seine Besuche, wenn sie in einer anderen Stadt wohnte. Wie er ihr bei den Umzügen geholfen hatte. Frikadellen-Frühstücke. Sein Gesicht, wenn sie ihm von exotischen Blumensorten vorschwärmte. Seine Art, sie treuherzig anzusehen. Das Funkeln seiner Augen.

Er war immer da gewesen, fast ihr ganzes Leben lang. Als

Freund, als Unterstützer, Muntermacher, Helfer in der Not. Und als der Mann, der sie liebte.

»Warum hast du mir das nie gesagt?«, fragte sie mit brüchiger Stimme.

»Hab ich doch. Am nächsten Morgen. Aber du hast gar nicht richtig zugehört, weil du mich nur so schnell wie möglich loswerden wolltest.« Der dunkle Umriss gegenüber veränderte sich ein wenig. Offenbar schlang Skipper die Arme um seinen Oberkörper. »Was sollte ich denn machen? Da bin ich eben gegangen – beziehungsweise hast du mich achtkantig rausgeschmissen.«

Laura fühlte sich, als hätte ihr jemand einen Eimer heißes Wasser über den Kopf geschüttet. *Das* hatte Skipper gesagt an jenem Morgen? Dass er sie *liebte*? Ja, doch, langsam, ganz langsam kehrte die Erinnerung an diesen Moment zurück. Und daran, dass sie es nicht geglaubt hatte. Skipper war doch der Superwomanizer mit den superattraktiven Superfrauen. Und sie nur die liebe nette Laura Gazzetti, der weibliche Kumpel, bei dem es nicht zu mehr als Freundschaft reichte.

»Damals habe ich nicht verstanden, warum du mich weggeschickt hast.« Zögernd erhob er sich, dehnte seine Schultern und setzte sich neben sie. »Doch dann im Chat …«

»… du meinst die Stelle, als ich dich fragte, ob du das Gefühl kennst …«

»… man sei das, was man sich am meisten wünscht, nicht wert.«

Sie atmeten synchron ein und aus.

»Da ahnte ich plötzlich, Laura, dass du mich vielleicht doch …«

»… ja.« Ihre Augen wurden feucht. »Ja, ja, ja.«

»Hey, wir beenden gegenseitig unsere Sätze«, raunte er ihr zärtlich ins Ohr. »Aber ich will es von dir hören. Laut und deutlich, jedes einzelne Wort.«

Es gab Augenblicke im Leben, die so schicksalhaft waren, dass man unter der Last ihrer Bedeutung nahezu zusammenbrach. Dies war so ein Augenblick.

Sag es!, rief ihre innere Stimme. Und wehe, wenn nicht!

»Ich«, sie räusperte sich, »liebe dich.«

Wieder stand das Universum still. Dann nahm Skipper sie in die Arme, sanft erst, schließlich so fest, als müsste er sie vor Seeungeheuern beschützen.

»O Gott, Laura, meine Glücks-Laura.«

Ihre Lippen suchten einander, ihre Zungen, ihre Körper. Es war das Magischste und zugleich Natürlichste und Abwegigste der Welt.

»Es wird nicht funktionieren«, flüsterte sie zwischen zwei Kussattacken.

»Ich weiß.«

»Wir sind zu verschieden.«

»Ich weiß.«

»Verdammt, Skipper, was tun wir hier?« Resolut schob sie ihn ein Stückchen von sich weg. »Das mit uns wird niemals klappen!«

»Stimmt«, erwiderte er trocken. »Es gibt tausend Gründe, warum es nicht klappen kann.«

»Ich nenne dir ein paar von meiner Killerliste«, sagte sie dumpf, während sie noch etwas weiter von ihm abrückte. »Der Humor passt. Aber du hast einen ganz anderen Einrichtungsstil als ich, viel klarer, männlicher, schnickschnackfrei.«

»Wir finden einen Kompromiss«, grunzte er.

»Dann dein Musikgeschmack. Du hasst Michael Bublé, und ich kann deinen Hip-Hop nicht ausstehen.«

»Kein Problem, ich setz mir Kopfhörer auf, wenn du Michael Bublé hörst.«

Das glaubte er ja wohl selber nicht. Sie dachte nach. Was war noch der nächste Punkt? Ach ja, die Ernährungsgewohnheiten.

»Du stehst auf Hausmannskost, ich auf italienische Küche. Das ist ein Ausschlusskriterium, so wie du Hunde magst und ich Katzen – das sind zwei verschiedene Universen! Und denk dran, dass ich ein Lakritzjunkie bin. Dir wird schon schlecht, wenn du Lakritze nur riechst.«

»Ich gewöhn mich dran.«

War diesem Mann denn überhaupt nicht zu helfen? Nächster Punkt.

»Bei der Aufteilung der häuslichen Aufgaben wird es nur Ärger geben«, stieß sie aufgebracht hervor. »Wir bügeln beide nicht gern, da geht der Streit schon los, und beim Kochen können wir uns nicht abwechseln, weil du ja nicht mal ein Spiegelei hinkriegst.«

Seine Antwort begann damit, dass er vergnügt in sich hineinlachte.

»Wir teilen alles gerecht auf, Laura, ehrlich. Ich kann zum Beispiel einkaufen und den Müll runterbringen.«

Haut nie im Leben hin, dachte sie. Dann fiel ihr ein, dass Daniel italienisches Essen mochte, Katzen liebte, für eine faire Aufteilung der Hausarbeit war. Und was hatte es genützt? Gar nichts.

»Danke übrigens, dass du es als erklärte Oberromantikerin so wahnsinnig romantisch angehst«, zog Skipper sie auf.

»Ich versuche nur, realistisch zu sein.« Mit einer Hand rieb sie an der glatten Reling herum. »Weißt du, was Patricks Frau sagte? Verlieben ist für die Tonne, es muss auch im Alltag funktionieren.«

Statt sich davon abschrecken zu lassen, rutschte er wieder etwas näher zu ihr heran. So nah, dass sie den Skipperduft riechen konnte, eine einzigartige Mischung aus Minze, sonnenwarmer Haut und aromatischen Holznoten.

»Ich bin aber nicht verliebt, Laura«, flüsterte er. »Ich *liebe* dich. Dazwischen liegen Welten.«

Für ein paar Sekunden verschlug es ihr den Atem. Es war immer noch so ungewohnt, ja geradezu verstörend, diese Worte aus seinem Mund zu hören. Doch sie durfte sich jetzt nicht von ihrer Liste abbringen lassen. Wofür hatte sie denn die anstrengende Reise auf sich genommen und lauter Lernprozesse durchlebt, wenn sie das alles jetzt über Bord schmiss?

»Was ist mit deiner Mutter? Ich will auf keinen Fall ein Schwiegermonster.«

»Du weißt doch, dass meine Mutter im Ausland lebt und nur zweimal im Jahr herkommt. Das kriegst du hin.«

Ja, vielleicht. An den Fingern zählte Laura die letzten Punkte ihrer Liste ab. Punkt sieben betraf die Gesprächsqualitäten, doch darüber musste man sich wohl keine Sorgen machen. Reden ging immer mit Skipper, und wenn sie überhaupt mal schwiegen, dann war es eine andere Sorte Schweigen, eines, das auf tiefem Einverständnis beruhte, nicht auf sprachlosem Verstummen.

Blieb noch Punkt acht, der heikelste von allen: die Gefahr der Doppelgleisigkeit. Bei einem wie Skipper war auch Drei- oder Viergleisigkeit zu befürchten, und dieser Knackpunkt war bei Weitem der übelste.

»Hey, Kleines«, sacht streichelte er ihren Nacken, »sagst du Bescheid, wenn du fertig bist mit deiner Liste?«

»Du liebst mich«, seufzte sie, »aber was ist mit dem einsamen Wolf, der nachts um die Ecken zieht? Wann erwacht der wieder? Stehe ich dann ganz oben auf deiner Liste? Oder mehr so in der Mitte?«

»Gutes Mittelfeld müsste drin sein.« Er knabberte an ihrem linken Ohrläppchen. »Schon wegen deiner hübschen Ohren. Die hübschesten der Welt.«

»Meine Ohren? Das kommt dir nur so vor.«

»Aber sie sind wunderschön geformt, mit sehr sinnlichen Ohrläppchen, nach denen ich total verrückt bin.«

Er küsste sie leidenschaftlich auf das andere Ohrläppchen, danach auf den Hals, den Mund. Als Laura wieder Luft holen konnte, presste sie ihren Kopf an seine Brust.

»Ja, jetzt denkst du das. Aber eines Morgens wachst du auf und denkst: Auch andere Frauen haben hübsche Ohrläppchen. Die ganze Welt ist voller hübscher Ohrläppchen.«

»Dann rutschst du auf meiner Liste eben ganz nach unten.«

»Du bist gemein«, beschwerte sie sich. »Könntest du das mit der Liste bitte lassen?«

»Ja, aber du hast angefangen.« Mit einem Finger strich er ihr das Haar aus der Stirn. »Ich weiß schon lange, dass du Riesenangst vor einer festen Bindung hast. Aber bin ich denn wirklich so Furcht einflößend?«

Natürlich nicht. Im Gegenteil. Bei Skipper konnte sie sicher sein, dass es keine bösen Überraschungen gab. Sie kannte seine Stärken und seine Schwächen, seine Abneigungen und seine Vorlieben. Aus nächster Nähe hatte sie erlebt, wie er auf Belastungen reagierte und welchen Streitmodus er hatte, einen sehr angenehmen übrigens, ohne Geschrei und Getöse.

Skipper war der verlässlichste Mensch in ihrem Leben. Loyal, hilfsbereit, stets zur Stelle, wenn sie ihn brauchte. Sogar während ihrer Beziehungen hatte er sie ritterlich beschützt – etwa, als er Quentin ins Gebet genommen hatte.

Im Gegenzug kannte er sie ebenfalls in allen Facetten. Ihren Trödeltick, ihre Liebe zu Katzen, ihren leidenschaftlichen Einsatz für die Floristeria, auch ihre verletzlichen Seiten. Den Test of time hatten sie beide bestanden, sonst wäre diese Freundschaft längst im Sande verlaufen. Eigentlich die ideale Voraussetzung für eine Beziehung – wenn man einander so gut kannte, dass man genau wusste, auf wen man sich da einließ.

Sie schaute hoch. Inzwischen hatte sich der Himmel dunkelblau gefärbt. Nur dort, wo die Sonne untergegangen war, leuchtete noch ein heller Streifen, in dessen Mitte wie eingestickt der Abendstern funkelte. Die Venus.

»Laura?«

»Ja, ich habe Angst«, murmelte sie. »Aber nicht vor dir.«

»Wovor dann?«

»Max sagt, ich hätte ein Vermeidungsmuster. Bei Patrick hat sich die These im Nachhinein bestätigt. Und Thilo meint, ich hätte den Hang, so lange an meinen Partnern rumzuschrauben, bis sie mir gefallen. Doch in Wahrheit habe ich Angst, dass ich mich verbiegen lassen muss, damit eine Beziehung funktioniert.«

»Und du denkst im Ernst, ich will dich anders haben?«

Ihre Augen suchten im Dunkel sein Gesicht. Und dann begriff sie es. Skipper und sie, das war weder Liebe auf den ersten noch auf den zweiten Blick. Es war eine Liebe, die alles einschloss, den ganzen Menschen, mit allen Macken, die man nun mal hatte, mit der gesamten gemeinsamen Geschichte, die hinter ihnen lag.

»Hm, nein«, sie atmete etwas schneller, »ich denke, du willst mich so, wie ich bin.«

»Trotzdem kann ich nachempfinden, dass du Angst hast«, raunte er ihr aus dem Dunkel zu. »Was denkst du denn, wie viel Schiss ich habe? Aber dann sind wir ja schon mal zwei Angsthasen und wissen, worum es geht. Lass es uns ausprobieren.«

Er roch so gut. Niemand roch so gut wie Skipper.

»Was ist mit Kindern?«, erkundigte sie sich bang. »Darüber haben wir noch nie gesprochen.«

»Gab ja bisher auch keinen Anlass.« Stille. Nein, eine Kunstpause, denn er fing unvermittelt an zu lachen, so als hätte er den Schreckmoment einkalkuliert. »Was denkst du denn? Natürlich will ich Kinder, wenn sie von dir sind! So viele du willst!«

»Wie lange gibst du uns denn?«, fragte Laura und lehnte sich leicht an seine Schulter. »Eine Woche, einen Monat, ein Jahr?«

Mit beiden Händen umfasste er ihren Kopf, und seine Lippen wanderten einmal über ihr ganzes Gesicht, bevor er antwortete.

»Nein, Laura. Für immer.«

Epilog

Ein Jahr später

»Na, da habt ihr aber Glück mit dem Wetter!«, rief Mimi, die in einem wehenden weißen Hängerkleid am Seeufer entlangschritt und zwei große Weidenkörbe mit sich schleppte. »Sieht so aus, als ob es der Himmel gut mir euch meint!«

»Ist ja auch ein besonderer Tag!« Laura lief ihr entgegen, um ihr einen der Körbe abzunehmen. »Huch, was ist denn da drin? Wackersteine?«

»Na hör mal, ich bin Mutter von fünf Kindern, ich kann in einer Nacht vier Apfelkuchen und sechzig Cupcakes backen«, erwiderte Mimi mit leicht entrüstetem Stolz. »Soll ja schließlich was Anständiges zu essen geben bei eurer Party.«

»Wir haben auch italienische Vorspeisen, aber dein Kuchen wird bestimmt das Highlight. Danke, wie lieb von dir.«

»Bedanken kannst du dich bei Skipper, er hat mir beim Einkauf geholfen.« Mimi sah sich um. »Wo ist er überhaupt?«

Mit einer Hand beschattete Laura ihre Augen. Der Bootssteg wimmelte vor weiß gekleideten Menschen, die im hellen Sonnenschein wie lauter kleine Segel über den Holzplanken schwebten.

Zur Feier ihres ersten Jahrestags hatten Skipper und sie zu einer White Party eingeladen. Ein gleichermaßen sommerliches wie festliches Motto, das ihrem besonderen Tag die einzigartige Note verlieh. Sie selbst trug ihre Vintage-Robe in Écru-Weiß, in die sie so gerade reinpasste, nachdem Charlotte mit Nadel und Faden angerückt war.

Ja, die Aussöhnung mit ihren Freundinnen hatte ganz oben auf Lauras funkelnagelneuer To-do-Liste gestanden. Mimis heimliche

Gespräche mit Thilo waren zwar nicht leicht zu verknusen gewesen, so wenig wie Charlottes Intrigenspiel mit Patrick, und auch die Sache mit Daniel hatte Laura tief gekränkt. Doch letztlich war nie böse Absicht im Spiel gewesen. Nur *Gutgemeintes.*

Nach ein, zwei Wochen absoluter Funkstille hatte es Laura nicht mehr ausgehalten und beschlossen, ihren Freundinnen zu verzeihen. Schließlich war ein Leben ohne Mimi und Charlotte doch ebenso wenig vorstellbar wie ein Leben ohne Skipper. Aus dem Mädelsabend war dann eine ganze Mädelsnacht geworden, an deren Ende sie einander schluchzend in den Armen gelegen hatten.

Den einzigen Wermutstropfen bildete Charlottes Ehe-Aus. Schon länger hatte es schwer gekriselt, inzwischen war sie ausgezogen und lebte nun allein in Lauras alter Wohnung. Verkehrte Welt: Auf einmal hatten sich die Rollen vertauscht, denn jetzt war es Laura, die ihrer Single-Freundin Charlotte den Rücken stärkte.

»Ah, da ist Skipper«, unterbrach Mimi ihre Gedankengänge. »Sieh doch, er steht auf dem Boot und zeigt den Kindern eurer Gäste, wie man einen Seemannsknoten macht. Wollen wir hin?«

»Nichts lieber als das.«

Auch nach einem ganzen Jahr des Zusammenlebens vollführte Lauras Herz immer noch einen Salto, wenn sie ihn anschaute. Er war einfach der Richtige. Der Mann, der sie glücklich machte. Außerdem sah er nahezu unverschämt gut aus mit seinem vom Segeln gebräunten Teint. Eine Haut wie Zimtsahne. Gab es das? Zimtsahne? Na ja, jedenfalls war es das, was Laura dazu einfiel.

Vorsichtig raffte sie ihr Kleid und betrat den Bootssteg. Er war breit genug für lange Biertische und Holzbänke, und natürlich hatte Laura die weiß gedeckten Tische verschwenderisch mit Wolken aus Vergissmeinnicht und weißen Pfingstrosen dekoriert. Keine Passionsblumen. Die wollte sie sich aufheben, falls sie vielleicht doch noch eines Tages heiratete. Momentan war es ihr nicht so wichtig. Hauptsache feste Beziehung, Hauptsache glücklich. Skipper dachte genauso, schloss aber eine spätere Heirat nicht aus.

Beim Anblick all der Gäste in Weiß ging Laura das Herz auf. Wirklich jeder hatte sich an das Motto gehalten. Tom, der mit Karo an einem der Tische saß und bereits kräftig bei den Vorspeisenplatten zulangte, trug sogar ein weißes Basecap.

»Wow, voll nice siehst du aus«, sprach er sie an. »Hammerklamotte.«

»Hammerfrau«, fügte Karo lächelnd hinzu.

Sie trug ein ärmelloses weißes Kleid, das die vielen bunten Tattoos auf ihren Armen zum Vorschein brachte, dazu klappernde weiße Kreolen. Tom drückte sie an sich.

»Wir beide sind schneller als du, Laura, wir hatten schon vorgestern unseren Jahrestag.«

»O Mann, wenn ich das mit euch damals zwei Tage früher gewusst hätte, wäre mir wohl einiger Kummer erspart geblieben.«

»Nein, nein, war schon in Ordnung so«, widersprach Eddy, der mit Tante Sophia gekommen war und Tom und Karo gegenübersaß. Er lachte. »Weißt du noch? Es muss immer erst schlimmer werden, bevor es besser wird.«

»War allerdings eine ziemliche Rosskur.«

»Dafür hast du aber auch den Sechser im Lotto abgekriegt!«, krähte Tante Sophia. »Wenn ich dreißig Jahre jünger wäre, könnte ich mich bei Skipper glatt vergessen!«

Laura musterte sie genauer. Irgendetwas war anders, doch sie kam nicht gleich darauf. Die alte Dame trug ein elegantes weißes Georgettekleid mit aufgenähten weißen Stoffblüten, in dem sie fast mädchenhaft wirkte. Aber das war es nicht.

»Wow, hat deine Tante eine neue Pe…, ähm Frisur?«, fragte Tom.

Ach, natürlich. Das war es. Ein messerscharf geschnittener Pagenkopf in Bonbonrosa!

»Der Haarschnitt war umsonst, dafür hat mir mein Friseur ein Heidengeld für den Kaffee abgeknöpft«, verkündete Tante Sophia heiser krächzend und deutete mit dem Kopf auf Karo. »Das junge Ding da hat mich inspiriert. Du könntest auch mal was mit deinen Haaren machen, Laura.«

»Nein, danke, das Thema ist durch.« Ihre Hände glitten hoch zu ihrer Aufsteckfrisur, an der zwei weiße Orchideenblüten wippten. »Skipper meint, ihm ist meine Frisur völlig egal. Ich könnte mir auch eine Glatze rasieren lassen, er fände mich immer noch schön.«

»Das ist wahre Liebe«, stöhnte Karo verzückt.

»Nein, das ist pervers!«, donnerte Tante Sophia.

Schmunzelnd ging Laura weiter. Abgesehen vom harten Kern hatte sie noch so viele weitere Gäste zu begrüßen, Freunde, Bekannte, dazu einige Lieblingsstammkunden. Sogar die alte Frau Minnemann war gekommen. Sie überreichte Laura ein hellblaues Strumpfband.

»Falls Sie mal heiraten«, wisperte sie, »das bringt Glück.«

»Danke schön, dann lege ich es vorsichtshalber heute schon an.« Laura beugte sich ein wenig vor. »Wenn Sie möchten, gebe ich Ihnen nachher ein paar Gestecke mit. Wäre doch schade um die Pfingstrosen und die Vergissmeinnicht, deshalb … Hey!«

Zwei Arme umschlangen sie von hinten. Schon bevor sie sich umdrehte, wusste sie, dass es Skipper war.

»Hi Traumfrau«, flüsterte er. »Hab ich dir heute schon gesagt, dass ich dich liebe?«

Es ging ihr kribbelnd durch und durch, von den Fußsohlen übers Sonnengeflecht bis zu ihrem überglücklich hüpfenden Herzen. Ob sie sich wohl jemals daran gewöhnen würde, dass sie liebte und geliebt wurde?

In diesem Moment schlängelte sich Charlotte an den voll besetzten Tischen vorbei, in einem weißen Hosenanzug und mit einem sehr aparten weißen Strohhut auf dem Kopf.

»Lass dich beglückwünschen, Schatz.« Sie hauchte Laura luftige Küsschen auf die Wangen. »Was ich noch fragen wollte, ich, also, na ja, habe jemanden mitgebracht – einen Mann? Falls das okay ist?«

»Mehr als okay«, bekräftigte Laura. »Freu mich doch, wenn du …«

Der Rest des Satzes blieb ihr im Halse stecken. Heiliges Kanonenrohr, was sollte das denn werden?

»Hallo Laura.« Artig streckte ihr Doktor Daniel Lombardi die Hand entgegen. »Ich schließe mich Charlottes Glückwünschen an.«

Eine Weile sagte niemand etwas, dann fing Skipper lauthals an zu lachen.

»Nee, also, nee – ihr beide?«

»Eine Spätfolge unserer Kooperation im Rahmen der Taskforce Laura«, antwortete Daniel förmlich.

»Ja, bei so was wächst man irgendwie … zusammen«, erklärte Charlotte verschämt. »Aber gefunkt hat es erst nach meiner Trennung!«

»Klar.« Skipper legte sein Kinn auf Lauras Schulter. »Dein Leben ist wie eine Excel-Tabelle, da läuft immer alles nach Plan.«

Laura schwankte noch zwischen freudiger Verblüffung und strikter Ablehnung, entschied sich jedoch für einen goldenen Mittelweg.

»Dann wünsche ich euch ebenfalls viel Glück so weit.«

»He, he, der Wenn-man-vom-Teufel-spricht-Gast!«, rief Tom ihnen zu. »Wir haben gerade über Daniel geredet!«

»Nur Gutes natürlich!«, ergänzte Tante Sophia in ihrem röhrenden Bass.

Mit einem bleistiftdünnen Lächeln öffnete Daniel den obersten Knopf seines weißen Dinnerjacketts. Wenigstens hatte er heute das schwarze Hemd weggelassen.

»Die zurückliegenden Ereignisse waren eine wertvolle Erfahrung, liebe Laura, lieber Skipper. Aus gegebenem Anlass habe ich daraufhin einiges an Fachliteratur konsultiert und musste feststellen, dass Lauras Bindungsprobleme gar nicht mal so selten sind. Dysfunktionale Beziehungsmuster mit einer Tendenz zu toxisch-destruktiven Verhaltensweisen kommen sogar recht häufig vor.«

»O danke, genauso hätte ich das auch formuliert«, griente Laura. »Aber du verwechselst da was. Wenn ich Probleme habe, dann mit meinem Bindegewebe.«

»Quatsch, nicht mal die hast du.« Skipper richtete sich zu seiner vollen Größe auf. »Also, Daniel, du hast jetzt die Wahl: feiern und Klappe halten – oder Abflug.«

Für Laura hatte sich das Ganze bereits erledigt. So war Daniel nun mal: Was ihm an Taktgefühl fehlte, machte er durch nervige Vorträge wett. Da konnte man nachgerade froh sein, dass er nicht über würgende Katzen und Expeditionen in den Enddarm gesprochen hatte.

»Kind, ich freue mich ja so«, schniefte Alessandra Gazzetti, die mit Frau Minnemann geplaudert hatte und sich jetzt zu ihnen gesellte. »Meine kleine Principessa, mein Augenstern, was für eine wunderschöne Party! Und was für ein wunderschönes Kleid!«

»Danke, Mama.« Laura umarmte sie mit geschlossenen Augen. Seit sie mit Skipper zusammenwohnte, liebte sie ihre Eltern noch mehr – für ihre behütete Kindheit, für das weitgehend harmonische Elternhaus, für den Garten, in dem sie ihre Leidenschaft für Blumen entdeckt hatte. »Habt ihr alles, was ihr braucht? Mimi hat Apfelkuchen mitgebracht. Und Cupcakes.«

»Alles gut, mach dir keine Sorgen«, lächelte ihr Vater milde. »Wir genießen es hier sehr.«

»Wer hält jetzt eigentlich eine Rede?«, fragte Big Mama. »Keine Feier ohne Rede!« Auffordernd schaute sie ihren Mann an, doch der duckte sich schnell weg. »Du, Laura? Skipper? Sonst wer?«

Betretenes Schweigen. Genauso gut hätte Alessandra Gazzetti auch fragen können, ob jemand Lust hatte, nackt auf dem Tisch zu tanzen. Der Einzige, der mit Freuden gewillt schien, ganz offiziell einige Worte zu sprechen, wurde von Charlotte in Schach gehalten. Gott sei Dank.

Erstaunlicherweise war es Skipper, der in die Bresche sprang.

»Ich habe einen Vorschlag«, sagte er. »Die Art und Weise, wie Laura und ich uns gefunden haben, richtig gefunden, war speziell. Und so stelle ich mir auch eine angemessene Rede vor.«

Damit erntete er ratlose Gesichter. Nur Laura verstand ohne jede Mühe, was er meinte: ihren Chat. Das Pingpongspiel.

»Jede Annäherung ist eine Reise«, machte sie den Anfang.

»Eine Weile sind wir nebeneinanderher gegangen«, übernahm Skipper.

»Doch dann gingen wir aufeinander zu.« Gerührt schaute sie Skipper an. Er sah umwerfend aus in seinen engen weißen Chinos, dem weißen T-Shirt und seiner weißen Kapitänsmütze mit dunkelblauem Schirm, die ihm ausgezeichnet stand. Aber was stand ihm nicht? »So wurde er zu meinem Space-Kadetten.«

»Und zum offiziell zertifizierten Lauraflüsterer.«

»Der einen Goldhamster namens Floppi erfand«, kicherte sie.

»Denk bitte auch an den Pudel inklusive Flohzirkus. Und an die Dogge, die kastriert werden musste, nachdem sie einen Dackel besprungen hatte.«

Dafür gab es Zwischenapplaus. Skipper lachte ausgelassen, bevor er salutierend zwei Finger an die Kapitänsmütze legte.

»Aye, aye, Mylady. Ich habe den Chat genossen, ich habe dich genossen …«

»… sozusagen mit einem kleinen Löffel, so wie ein Kind seinen Nachtisch genießt.« Sie schmiegte sich an ihn. »Skipper deutete an, wir wären die zwei Hälften einer Kugel.«

»Was soll ich sagen? An unserem ersten gemeinsamen Weihnachtsfest hingen wir tatsächlich als schönste Kugel ganz oben am Baum.«

Er legte einen Arm um sie. Davon würde Laura wohl nie genug bekommen: von diesen Umarmungen, mit denen er ihr grenzenlose Sicherheit gab, das Gefühl unverbrüchlicher liebender Nähe.

»So ist es«, nickte sie. »Diskussionsbedarf besteht eigentlich nur noch darüber, wer von uns beiden die bessere Hälfte ist.«

»Aber auch die pikanten Details sollen nicht verschwiegen werden«, erklärte Skipper mit einem mokanten Seitenblick zu Daniel. »Wir haben sogar über feuchte Träume gechattet.«

»Und du hast geantwortet: Jeder Traum ist ein Kapitel des Buchs, das dein Herz über uns schreibt.«

»Echt? Hab ich?« Er presste sie noch enger an sich. »Dann muss ich ja wohl schwer verschossen gewesen sein. Obwohl du Sachen geschrieben hast wie: Frohes Schnippeln am Schniepel.«

Tante Sophia lachte so laut und schlug so temperamentvoll mit der flachen Hand auf den Tisch, dass alle zu ihr hinschauten.

»Damit war aber die Dogge gemeint«, ergänzte Laura. »Nur die Dogge, wohlgemerkt.«

»So endete dieser Chat damit, dass Doktor Doolittle alias Skipper seine Patientin über Nacht hierbehielt, zur Beobachtung.«

»Die Diagnose war eindeutig.« Sie verdrehte die Augen. »Unsterbliche unheilbare galaktische Liebe im fortgeschrittenen Stadium.«

»Jetzt wohnen wir sogar zusammen.«

»Mit einem Trödelzimmer für die Dame …«

»… und einem rustikal-schlichten Zimmer für den Herrn.«

»Auch Familienzuwachs gibt es schon«, erzählte Laura.

»Einen pechschwarzen Labrador, der die Teppiche annagt, mitten in der Nacht Gassi geführt werden will und sich glänzend mit Luna versteht. Aber das ist nicht alles.« Liebevoll zwinkerte Skipper ihr zu. »Wir chatten immer noch.«

»Und er schreibt immer noch romantische Sachen«, seufzte Laura. »Zum Beispiel: Ich möchte der Mond sein, der deinen Schlaf bewacht.«

»Und die Sonne, die dich weckt. Deshalb hab ich was für dich.« Skipper ließ sie los, kniete sich vor ihr auf den Boden und zog eine kleine rote Schachtel aus seiner Hosentasche. »Keine Angst, Kleines, nur eine simple Frage: Willst du meine Für-immer-Frau werden?«

Himmel, jetzt? Das Stimmengewirr an den Tischen verstummte, und alle Blicke richteten sich auf Laura, die auf die geöffnete Schachtel starrte. Der Ring war wunderbar, ein schlichter schmaler Goldreif. Aber heiraten?

»Ich hab was eingravieren lassen«, grinste Skipper.

»Was denn? Nonstop Nonsense?«

»So ähnlich.« Behutsam nahm er den Ring aus der Schachtel und streifte ihn über ihren rechten Ringfinger. »Nonstop Laura und Skipper.«

»Aber sie hat noch gar nicht Ja gesagt!«, jammerte Big Mama.

»Muss sie auch gar nicht.« Skipper erhob sich federnd. »Worte sind überflüssig. Wir können das mit den Augen.«

Dann küsste er sie unter dem tosenden Applaus der Gäste. Was niemand hörte, waren die Worte, die er ihr danach ins Ohr wisperte.

»Wir können jederzeit heiraten. Du bestimmst den Zeitpunkt:

nächste Woche, nächsten Monat, in einem halben Jahr, in zehn Jahren, in fünfzig, ganz so, wie es sich richtig für dich anfühlt.«

»In einem halben Jahr wäre etwas ungünstig«, flüsterte sie.

»Wieso?«

»Dann werde ich definitiv nicht in dieses Kleid passen.«

»Weil …?«

Ungläubig sah er sie an. Dann rastete er aus. Mit einem gellenden Freudenschrei hob er Laura hoch und wirbelte sie so oft herum, bis ihnen beiden schwindelig war.

»Perfektes Timing«, keuchte er. »Ich kann es nämlich gar nicht erwarten, unseren Kindern die völlig abgefahrene, komplett verrückte Geschichte unseres Kennenlernens zu erzählen.«

LESEPROBE

Kapitel 2

In dem ich in Paris ankomme und es gar nicht so schrecklich finde

Manche meiner Autorenfreundinnen können in weniger als drei Stunden einen Koffer mit einer Auswahl von Kleidungsstücken packen, die sich zu dreiundzwanzig verschiedenen Outfits inklusive Accessoires kombinieren lassen. Außerdem schaffen sie es, drei Paar Schuhe, eine leichte Jacke und einen schicken Regenhut unterzubringen. In ihrem Gepäck ist immer Platz für das Portemonnaie, den Schlüssel, Laptop, einen E-Reader und sehr wichtige, womöglich sogar streng geheime Dokumente sowie Schminkzeug, beeindruckenden Schmuck und einen Reiseföhn. Sie treffen genau im richtigen Moment am Flughafen ein, um sich an der kürzesten Schlange anzustellen, segeln durch den Security-Check und schlürfen vor dem Abflug noch ein Glas Sekt. An Bord stellen sie fest, dass sie ganz zufällig ein Upgrade in die erste Klasse bekommen haben, und genießen den ruhigen Flug an ihren Zielort, wo sie erholt, freudestrahlend und voller Tatendrang aussteigen.

Ich gehöre nicht zu diesen Autorinnen.

Wer einen Blick auf meine Reise-Pinterest-Pinnwand wirft, könnte den Eindruck bekommen, ich verstünde es perfekt, mich in jedem Land der Jahreszeit angemessen zu kleiden, würde fünfundzwanzig essenziell wichtige Sätze in fünfzehn Sprachen beherrschen und wüsste, wie man Reisekrankheit, Jetlag und charmante Schwindler vermeidet. Leider entspricht trotz all meiner Pins nichts davon der Wahrheit.

Packen war schon immer eine Herausforderung für mich, obwohl ich über unzählige Listen verfüge, ganz zu schweigen von den Videos, die ich mir mit fast religiösem Eifer zu Gemüte geführt habe, um zu lernen, wie man einen Koffer so packt, dass nicht alles aussieht, als wäre es vor drei Tagen in eine Papiertüte gestopft worden. Normalerweise stelle ich beim Öffnen meines Koffers fest, dass ich fünf identische schwarze Hosen, drei T-Shirts und eine zehn Jahre alte Weste von Lands' End eingepackt, die Unterwäsche hingegen vergessen habe.

Da ich keine Ahnung hatte, wie lange ich in Paris bleiben würde, war das Packen eine noch viel größere Herausforderung als sonst. Zusätzlich zum üblichen Klamottenhaufen versuchte ich, mindestens zwölf verschiedene Schönheitsprodukte von Anti-Aging-Serum über Augenschattencreme bis zu Lippenfüller zu verstauen. Als ich fertig war, konnte ich den Koffer kaum noch hochheben, so viel hatte ich in meinem irrsinnigen Bestreben hineingestopft, bei meiner ersten Reise nach Paris wie eine Zwanzigjährige auszusehen. Schließlich gab ich auf und ließ den ganzen Haufen Schönheitsprodukte zurück, nahm mich stattdessen noch einmal des Klamottenhaufens an. Dann hatte ich keine andere Wahl, als das Taxi eine Viertelstunde warten zu lassen, während ich krampfhaft versuchte, den verdammten Koffer zu schließen, bis ich aus reiner Verzweiflung einfach die obersten paar Schichten wieder herausholte. Knapp zwei Stunden vor dem Start kam ich zum Flughafen, stellte mich in die denkbar langsamste Schlange und wurde bei der Sicherheitskontrolle gefilzt, obwohl ich mich für den TSA PreCheck angemeldet hatte. Schließlich rannte ich mit Seitenstechen durch das Terminal zu meinem Gate, nur um festzustellen, dass der Flug drei Stunden Verspätung hatte.

Also machte ich mich auf die Suche nach Lee. Er und Martin saßen an der Bar. Wo auch sonst? Sie gehörten zu einer Generation, die fest daran glaubte, dass es zu jeder Situation den passenden Cocktail gab. Als ich zu ihnen stieß, hatten sie es sich in einer ruhigen Ecke bequem gemacht, Lee am Laptop, Martin das *Wall Street Journal* vor sich. Beide schienen sich zu freuen, als ich mich auf den Stuhl zwischen ihnen plumpsen ließ.

»Hallo, Maggie. Lust auf einen Drink?«, fragte Lee und gab mir einen Kuss auf die Wange. Martin ließ die Zeitung sinken und zwinkerte mir lächelnd zu.

Ich nickte, und als die Kellnerin kam, bestellte ich einen Martini mit zwei Oliven. Ja, ich weiß, vor einem langen Flug soll man keinen Alkohol trinken, aber ich hatte festgestellt, dass die Wirkung von Xanax durch Wodka viel schneller einsetzt. Und ich liebe Oliven.

»Du siehst gestresst aus«, bemerkte Lee.

Ich seufzte. »Mein Koffer ging nicht zu, also habe ich einfach irgendwelche Sachen rausgezerrt. Ich fürchte, ich habe alle meine BHs in Morristown gelassen.«

»Das kommt in Paris bestimmt gut an«, meinte Martin

mit einem freundlichen Grinsen. Er stammte aus Jamaica und hatte immer noch einen herrlich melodischen Akzent. Wie alt er war, ließ sich schwer schätzen, denn er hatte eine Glatze, und auf seiner glänzenden Kopfhaut war keine Spur von Grau zu sehen. Im Gegensatz zu Lee, der groß und schlaksig war, mit wilden weißen Haaren und ebensolchen Augenbrauen, war Martin klein und kompakt.

Lee funkelte seinen Mann ärgerlich an. »Sie ist in Paris, um zu arbeiten, Martin. In den nächsten sechs Wochen muss sie hundertzwanzigtausend Wörter schreiben, und damit wird sie sofort beginnen, sobald wir gelandet sind.« Sein Blick richtete sich auf mich. »Es sei denn, du hast schon angefangen? Hat dir mein Vortrag den nötigen Antrieb gegeben? Hast du die letzten zwei Tage etwas geschrieben?«

Ich schüttelte den Kopf. »Ich hab die letzten zwei Tage damit verbracht, Greg zu meiden, während er seine Sachen gepackt hat. Dafür musste ich mich im Gästezimmer einschließen und Staffel zwei und drei von *The Great British Baking Show* am Stück gucken.«

Martin ließ die Zeitung fallen und stieß einen anerkennenden Pfiff aus. »Das ist eine Menge!«

Ich nickte und griff nach meinem Martini, der endlich aufgetaucht war. »Ich war bis zwei Uhr nachts wach und hab mich nach Treacle Pudding mit endlos viel Sirup und buttrigem Shortbread verzehrt.« Ich nahm einen Schluck und ließ den Wodka meine strapazierten Nerven beruhigen. »Und nach dem backenden Paul Hollywood.«

Martin beugte sich zu mir und flüsterte lachend: »Das geht mir auch oft so.«

»Du hast alten Leuten im Fernsehen beim Backen zugesehen?«, fragte Lee skeptisch. »Das war alles?«

Ich schüttelte den Kopf. »Sei nicht albern. Ich war auch mit Alison und Cheri unterwegs, um den Verlust von Greg zu beklagen – eine Art Totenwache mit Bloody Marys.«

»Bravo«, murmelte Martin.

»Außerdem habe ich die *New York Times* abbestellt und die Nachbarin angerufen, die für mich die Blumen gießt. Oh, und heute Morgen habe ich Gregs Sachen aus meinem Arbeitszimmer geräumt und in seinen Kofferraum gestopft.« Die Erinnerung brachte mich zum Grinsen. Jetzt, da ich seine ganzen Bücher und Trophäen aus meinen Regalen entfernt hatte, konnte ich endlich meine vier RITA-Awards, meine sechs Romantic Times Readers' Favorite Awards und all die Bestsellerlisten präsentieren, die ich aus verschiedenen Zeitschriften ausgeschnitten und eingerahmt hatte. »Eigentlich wollte ich dasselbe mit seinen Klamotten machen, aber im Kofferraum war nicht genug Platz, also habe ich sie einfach in der Garage liegen lassen.«

Lee schnappte nach Luft. »Das würdest du nicht wagen!«

Mit einem großen Schluck kippte ich den Rest meines Martinis hinunter. »O doch«, sagte ich, stellte das Glas ab und atmete tief ein. »Und es hat sich großartig angefühlt.«

»Gut«, schnaubte Martin. »Ich mochte den Kerl noch nie.«

»Du hast ihn nie getroffen«, erinnerte ich ihn.

»Stimmt«, räumte er ein, »aber ich habe deine Geschichten gehört. Und ich habe Fotos von ihm gesehen. Er ist zwar ziemlich heiß und strahlt so ein gewisses Promi-Flair aus, aber er wusste dich nie wirklich zu schätzen.«

»Das kannst du laut sagen«, seufzte ich. »Er hat mir an den Kopf geworfen, meine Arbeit wäre nicht so wichtig wie seine. Und als ich ihn darauf hingewiesen habe, dass ich die Rechnungen bezahle, war er beleidigt.« Ich schob mir eine Olive in den Mund. »Ich hasse beleidigte Leberwürste.« Die zweite Olive folgte. »Jetzt aber zu unserer Reise. Wo werden wir wohnen?«

Lee, der Martin gerade noch wütend angefunkelt hatte, wandte sich mir zu. »Als meine Mutter gestorben ist, habe ich eine Wohnung in Paris, die ursprünglich meiner Großtante Helene gehört hatte, und das Familien-Weingut im Süden geerbt. Außerdem die Haushälterin, die dem Testament zufolge lebenslanges Wohnrecht besitzt. Solange kümmert sie sich um alles – wischt Staub, sorgt dafür, dass die Rechnungen bezahlt werden, und hält das Silberbesteck auf Hochglanz. Ach, wir werden übrigens gleich am Tag nach unserer Ankunft in die Provence fahren – das war schon geplant, bevor wir dich eingeladen haben. Du wirst also eine Weile ohne uns zurechtkommen müssen.«

»Wir sollten es absagen«, meinte Martin. »Wir müssen Maggie doch Paris zeigen.«

Lee schlug mit der flachen Hand auf den Glastisch. »Nein, wir werden das nicht absagen. Maggie ist in Paris, um sich inspirieren zu lassen und endlich mit dem Schreiben anzufangen, nicht, um Sightseeing zu machen. Es geht um die Muse, nicht um Tourismus.«

»Aber sie ist zum ersten Mal in Frankreich«, erwiderte Martin. »Sie sollte mit uns aufs Land kommen.«

»Nein, sie sollte einen Ort finden, wo sie ihren Laptop

einstöpseln kann, und *schreiben.*« Lee warf mir einen strengen Blick zu. »Das hast du doch vor, oder?«

»Ja, klar«, sagte ich, »und ich will Nicole besuchen.«

»Natürlich«, pflichtete mir Martin bei. »Lee, sei vernünftig. Sie muss Nicole besuchen.«

»Und vielleicht treffe ich auch Louis.«

Martins Augenbrauen schossen in die Höhe. »Louis? Etwa einen *Liebhaber?*«

Ich nickte. Meine Tochter war klug und schön, und seit ihrer ersten Schwärmerei in der Schule hatte sie kaum einem Mann Beachtung geschenkt. Die Tatsache, dass sie Louis in den letzten sechs Monaten mehr als fünfmal erwähnt hatte, legte die Vermutung nahe, dass sie vielleicht endlich … jemanden gefunden hatte. Natürlich hatte ich sie nicht über ihn ausgefragt. Nicht einmal, als sie an Weihnachten zu Hause gewesen war. Jedes Interesse meinerseits würde nur dazu führen, dass sie ihn hochkant hinauswarf.

»Ich glaube schon«, antwortete ich. »Ich tue so, als würde mich das nicht im Geringsten interessieren. Du weißt, wie sie ist. Aber ich habe angedeutet, dass es nett wäre, ihn kennenzulernen, wo ich schon mal da bin, und sie ist nicht schreiend davongelaufen, also, wer weiß?«

»Wie aufregend. Du musst ihn unbedingt kennenlernen«, meinte Martin. »Ist das nicht aufregend, Lee?«

»Nicht so aufregend wie hundertzwanzigtausend Wörter über Sex, Liebe und Abenteuer und noch mehr Sex«, grummelte Lee. »Dieser Aufenthalt dient dem *Arbeiten.*«

Ich setzte mich kerzengerade auf und bedachte Lee mit einem vorwurfsvollen Blick. »Das Versprechen, mit dem du mich geködert hast, sichert mir Kunst, Geschichte und das unbegrenzte Budget zweier schwuler Männer zu. Ganz zu schweigen von den inspirierenden Männern, die mein romantisches Gehirn auf Hochtouren bringen. Wie soll ich inspirierende Männer finden, wenn ich an meinen Computer gekettet in eurer Wohnung sitze und von einer steinalten Haushälterin bewacht werde?«

»Ganz genau«, stimmte Martin zu. »Sie muss raus, die Umgebung sehen, das köstliche Essen genießen und sich von den wunderschönen Menschen in Paris inspirieren lassen.« Mit einem Grinsen fügte er hinzu: »Ohne BH.«

Ich grinste zurück. »Das ist mein Plan.«

Doch Lee machte ein grimmiges Gesicht. »Wenn ich den Abgabetermin noch einmal verschieben muss, werde ich ernsthaft wütend.«

»Ich werde schreiben, versprochen«, sagte ich und tätschelte seine Hand.

Er sah erst mich, dann Martin streng an. »Das will ich hoffen«, sagte er grimmig und warf einen Blick auf die Uhr. »Gut. Wir haben genug Zeit für noch einen Drink.«

Als wir in Paris ankamen, hatte der nächste Tag schon begonnen. Irgendwann würde ich vielleicht noch verstehen, welchen Gesetzen die Zeitverschiebung folgte; das Ganze war mir schon immer wie Magie vorgekommen. Wir schlenderten durch den Zoll und holten uns am Flughafen einen Kaffee. Zumindest hieß das Getränk so – auch wenn es keine Ähnlichkeit mit dem Kaffee hatte, wie ich ihn kannte, und etwas sehr Starkes mit aufgeschäumter Milch war. Lee erklärte mir, dass es sich dabei um einen Café Crème handelte, und versprach, dass ich ihn irgendwann lieben würde. Zumindest brachte er mein Gehirn in Gang, was schon mal ein guter Anfang war.

»Wo sind die Taxis?«, fragte ich.

Lee schüttelte den Kopf. »Wir fahren mit der Métro. Du brauchst das vollständige Paris-Erlebnis. Wenn schon, denn schon.«

Mir blieb nichts anderes übrig, als den beiden mit einem angestrengten Lächeln zu folgen. Ich hasste jegliche Form von Fortbewegung im Untergrund – sei es unter der Erde, unter Wasser oder was auch immer. In New York vermied ich die U-Bahn, soweit es nur ging. Wenn man von New Jersey nach New York wollte, war es eigentlich die beste Option, mit dem Bus durch den Lincoln Tunnel zu fahren, aber ich bekam jedes Mal, während ich unter der Erde und anschließend unter dem Hudson River gefangen war, panische Angst, weil ich mir sicher war, in höchster Lebensgefahr zu schweben.

Und mit dem Auto nach New York zu fahren war keine Option. Es gab Leute, die das taten, aber sie mussten allesamt verrückt sein.

Doch die Pariser Métro-Station war hell und sauber und voller gut gekleideter Menschen, die einen so zivilisierten Eindruck machten, dass die Anspannung in meinen Schultern nachließ. Immerhin.

»Also«, sagte Lee, »ich erkläre euch lieber, wie man sich durch Frankreich bewegt, ohne als nervtötender Ami aufzufallen.«

Martin seufzte und verdrehte die Augen.

»Wird es eine Prüfung geben?«, fragte ich sarkastisch.

»Nein, aber wenn ihr nicht aufpasst, werdet ihr scheitern. Erstens: Wenn ihr einen Laden oder ein Café betretet, solltet ihr die Anwesenden begrüßen. Bonjour ist am besten, aber Hallo reicht auch.«

»Ach, komm schon, kümmert es die Leute wirklich, ob …«

Er hob die Hand, um mich zum Schweigen zu bringen. »Ja. Hier kümmert es die Leute. Das ist ganz einfach, Maggie. Lächle und sag Hallo.«

»Verstanden.«

»Gib kein Trinkgeld.«

»Was, nie?«

»Nie. Hier verdient jeder genug zum Leben, und Trinkgeld wäre eine Beleidigung.«

»Und wenn ich ein Taxi nehme?«

Lee wandte sich zu mir um, sein schmales, runzliges Gesicht eine Maske der Verzweiflung. »Maggie, was habe ich gerade gesagt? Warum weigerst du dich, mir auch nur eine Sekunde zuzuhören? Ich bin dein Agent. Ich will nur dein Bestes. Kein Trinkgeld.«

Ich sah an ihm vorbei zu Martin. »Hat er schlechte Laune?«

Er lächelte mir verschmitzt zu. »Immer.«

Als wir die Métro-Station verließen, sahen wir direkt vor uns den Arc de Triomphe. Ich muss zugeben, dass ich mitten auf dem Gehsteig stehen blieb und ihn verblüfft anstarrte.

Obwohl ich das Bauwerk schon Hunderte Male auf Bildern gesehen hatte, war ich von seiner eleganten, geradezu erhabenen Schönheit und imposanten Architektur überwältigt.

Er war von einem Verkehrsring umgeben, und hinter dem Getümmel von Autos befand sich eine Gruppe von Bäumen, die gerade ihr strahlendstes Frühlingsgewand aus sattgrünen Blättern angelegt hatten. Und all die Leute – die unverkennbaren Touristen, die aufgeregt auf den Triumphbogen zeigten und Fotos machten, und die ebenso unverkennbaren Pariser, die zielstrebig vorbeiliefen und inmitten all der Pracht lässig und elegant ihrem gewohnten Alltag nachgingen.

Ich konnte mich kaum sattsehen, aber Lee wollte gleich weiter. »Hier entlang«, sagte er ungeduldig.

Martin hielt ihn zurück. »Gib der armen Frau einen Moment Zeit, Touristin zu sein.«

So stand ich dort an diesem Frühlingsnachmittag in Paris und blickte mich staunend um wie ein Trekkie auf der Comic Con. Lee musste mich am Ellbogen fassen und sanft die Straße hinunterschieben, sonst hätte ich mich vermutlich nie mehr von der Stelle gerührt.

»Atemberaubend«, sagte ich aufgeregt, meinen Koffer im Schlepptau, meine Tasche über der Schulter. »Das kriegen die Leute hier jeden Tag zu sehen?«

Lee schüttelte den Kopf. »Nein, den Triumphbogen holen sie nur montags und jeden zweiten Donnerstag raus.«

Wir liefen eine breite, kopfsteingepflasterte Straße entlang. »Wo sind wir jetzt?«

»In der Avenue Victor Hugo«, antwortete Martin. »Lee, warum gibst du ihr nicht ein paar wirklich nützliche Ratschläge?«

»Was zum Beispiel?«, fragte ich.

»Zum Beispiel: Du solltest alles mit Butter bestreichen und Jamjam-Geräusche machen, während du kaust.«

Das musste ich mir merken. Ich war dafür bekannt, dass ich beim Essen tatsächlich gern Geräusche des Genusses von mir gab, daher erschien mir dieser Hinweis durchaus sachdienlich.

»Hier kannst du exzellenten Wein für ungefähr vier Euro die Flasche kaufen. Frag bloß nicht, ob der Preis vielleicht nicht stimmt«, fuhr Martin fort. »Er ist immer richtig. Außerdem werden sich an der Kasse andauernd Leute vordrängeln. Nimm es einfach hin und lächle. Mach kein empörtes Gesicht, gib keinen lauten Kommentar auf Englisch ab – den Franzosen ist es egal, wenn sich jemand vordrängelt, und die meisten verstehen Englisch und werden dich für schrecklich unhöflich halten.«

Ich hasste Leute, die sich an der Kasse vordrängelten, also schrieb ich mir das hinter die Ohren.

Wir überquerten einen großen Platz. »Das ist die Place Victor Hugo«, verkündete Lee. »Wir sind fast da.«

Ein Grinsen breitete sich auf meinem Gesicht aus. Überall Cafés und so schöne Leute, frische Luft und kein ohrenbetäubender Lärm. Ich wäre vollauf damit zufrieden gewesen, mich auf den erstbesten Stuhl zu setzen und einfach ein paar Stunden den Blick schweifen zu lassen, aber Lee trieb mich weiter. Wir bogen in eine Seitenstraße ein, kamen an einem Blumenladen, einem Souvenirshop und einem kleinen Restaurant vorbei und hielten schließlich vor einer großen, eleganten Flügeltür mit kleinen Bogenfenstern und einem Messing-Türklopfer.

»Da sind wir«, verkündete Lee, holte seinen Schlüsselbund heraus und steckte einen imposant aussehenden Schlüssel in das schmale Schloss.

Ich staunte. »Sieht aus wie das Tor nach Moria bei Tolkien«, flüsterte ich Martin zu.

Er grinste. »Ja, fast.«

Wir betraten ein kleines Foyer mit drei Meter hoher Decke und Marmorfußboden.

»Hier entlang«, sagte Lee und schob mich erneut weiter. »Hör auf zu gaffen. Du wirst hier wohnen. Glotzen kannst du später noch. Jetzt muss ich erst mal aufs Klo.«

Martin und ich warteten mit dem Gepäck auf den Aufzug, während Lee die schmalen Treppen hinaufrannte.

»Welche Etage?«, fragte ich.

»Die zweite. Er wird es noch rechtzeitig schaffen. Das tut er immer.«

Der Aufzug bot kaum genug Platz für Martin, die Koffer und mich. »Das ist übrigens ein *Fahr*stuhl«, erklärte Martin und drückte auf den Knopf.

Ich nickte. »Alles klar.«

Oben angekommen, betraten wir einen kleinen Flur mit einer Tür zur Linken, einer Tür zur Rechten und der Treppe vor uns.

Die Tür zur Linken stand einen Spaltbreit offen, und Martin führte mich hinein.

An den hohen, mit Stuck verzierten Decken hingen prunkvolle Kronleuchter. Die glatten Hartholzböden waren mit ausgebleichten orientalischen Teppichen ausgelegt, und von den raumhohen Fenstern im Wohnzimmer hatte man einen atemberaubenden Ausblick. Schnurstracks rannte ich hin und starrte hinaus.

»Martin, das ist umwerfend«, murmelte ich und sah mich mit großen Augen um. Zu meinem Erstaunen gab es noch ein zweites Wohnzimmer – ein genaues Spiegelbild des Raums, in dem ich stand, einschließlich des Kamins. Überall Bücherregale, eine bunte Kunstmischung und sehr bequeme, dick gepolsterte Sitzmöbel neben schlichten, zierlichen Antiquitäten. Im zweiten Wohnzimmer stand ein langer, robuster Holztisch, umgeben von transparenten Plexiglas-Stühlen wie aus den Fünfzigern.

»Wenn ich hier wohnen würde, würde ich nie das Haus verlassen«, erklärte ich.